Jasmin Leheta
Quatschen mit Soße

PIPER

Zu diesem Buch

Mona hat die Nase voll von den Launen ihres Mannes, der tief in einer Midlife-Crisis steckt, und setzt ihn vor die Tür. Doch was macht sie jetzt mit der Leere, die sich in ihrem neuen Singleleben breitmacht? Um auf andere Gedanken zu kommen, gründet sie einen Kochsalon, in dem fortan fünf Frauen zwischen 32 und 71 Jahren immer montags über dampfenden Töpfen und aromatischen Essenzen ihre Lebensgeschichten miteinander teilen. Mit der Zeit werden aus den Salonlöwinnen echte Freundinnen, die sich gegenseitig beraten und unterstützen. Und Rat kann Mona gut gebrauchen. Denn eines Tages muss sie sich zwischen zwei Männern entscheiden …

Jasmin Leheta lernte schon als Kind in Rom das Kochen: Jeden Sonntag versammelten sich die Frauen zu einem stundenlangen Ritual in der Küche, bei dem nach Herzenslust gekocht, gelacht und geklatscht wurde. Nach diesem Vorbild gründete sie in München ihren eigenen Kochsalon für Frauen, bei dem es mindestens so unterhaltsam zugeht wie in »Quatschen mit Soße«.
Kommen Sie doch auch mal vorbei: www.alles-ueber-jasmin.de!

Jasmin Leheta

QUATSCHEN mit Soße

Roman

Piper München Zürich

Mehr über unsere Autoren und Bücher:
www.piper.de

MIX
Papier aus verantwortungsvollen Quellen
FSC® C014496
FSC
www.fsc.org

Ungekürzte Taschenbuchausgabe
April 2014

erschienen im Verlagsprogramm Pendo
Umschlaggestaltung: Mediabureau Di Stefano, Berlin
Umschlagmotiv: Peter Dazeley, esemelwe (Getty Images);
plainpicture/Folio Images und Dean Turner/iStockphoto
Satz: Fotosatz Amann, Memmingen
Gesetzt aus der Adobe Caslon Pro
Papier: Munken Print von Arctic Paper Munkedals AB, Schweden
Druck und Bindung: GGP Media GmbH, Pößneck
Printed in Germany ISBN: 978-3-492-30335-4

Inhalt

Für all meine wundervollen Salonlöwinnen
und alle leidenschaftlichen Köchinnen

Stille Nacht

»Und? Was machst du so an Silvester?«

Mona spuckte einen Mund voll Zahnpasta ins Waschbecken und drehte sich zu ihrem Mann Albert um, der gerade seine Hose herunterfallen ließ. Sie betrachtete ihn in seinen blau-weiß gestreiften Boxershorts. Zu Nikolaus hatte sie ihm eine mit tanzenden Rentieren geschenkt. Schade, dass er die nicht angezogen hatte. Selbstironie war nie eine seiner Stärken gewesen.

»Du meinst wohl, was *wir* an Silvester machen?«

»Nein, ich wollte wissen, was *deine* Silvesterpläne sind«, entgegnete Albert, während er sich aufs Bett setzte, um die Socken auszuziehen. Ihr Blick fiel kurz auf die tiefe Kuhle, die er dabei erzeugte.

Mona warf ihm einen verständnislosen Blick zu und fuhr fort, ihre Zähne zu putzen.

»*Ich* hab schon was vor.«

»Wie bitte?« Sie musste sich verhört haben. Kein Wunder, waren ja nur ein paar Millimeter von den Weisheitszähnen bis zum Innenohr. Jetzt legte sie die Zahnbürste doch lieber weg, saugte hastig einen großen Schluck Wasser aus ihrer Handfläche, gurgelte einmal kurz, spuckte hörbar aus und wischte sich flüchtig mit einem Handtuch über den Mund. Dann ging sie ebenfalls rüber ins Schlafzimmer.

Noch vor ein paar Monaten hatte er, wenn sie so in roter Spitzenunterwäsche vor ihm gestanden hatte, seine starken Arme um ihre schlanke Taille gelegt, seine Lippen sanft auf ihre ein wenig zu knöchernen Schultern gepresst und federleichte Küsse auf ihrem

Hals platziert. Sie hatte ihren Hals ganz lang gestreckt, um ihm möglichst viel Kussfläche zu bieten und den Genuss so lang wie möglich auszudehnen. Irgendwann hätte er sich mit ihr im Arm langsam auf das Bett zurückfallen lassen. Sie hätte sich in seiner Umarmung und auf seinem kräftigen Körper wohlig und geborgen gefühlt. Und dann hätten sie sich wahrscheinlich geliebt. Routiniert, aber irgendwie schön.

Doch jetzt sah er auf den Boden zu dem Haufen, den er dort aus seiner Kleidung aufgetürmt hatte, und sagte: »Paul hat eine Hütte in der Schweiz gemietet und mich gefragt, ob ich mitkomme.«

»Paul?« Sie ließ den Haufen liegen, wo er war. Ihr Ton klang gereizt. Kein Wunder. Dieser Heiligabend war eher eine beunruhigend stille Nacht gewesen. Ohne Alexander.

Es schien ihr eine Ewigkeit her zu sein, die Zeit der riesigen staunenden Kinderleuchteaugen, in denen sich die bunten Lichter und Glaskugeln eines Christbaumes spiegelten und die einem aus einem pummeligen, in einem unordentlichen Geschenkpapierfetzenhaufen thronenden, Kekse mümmelnden Kleinjungenkörper entgegenstrahlten. Ihr Mann unweit davon am Boden kniend, wieder zum Kind geworden, mit äußerster Konzentration ein neues Playmobil-Ungetüm zusammenbauend – irgendwas Großes, was der Kleine noch nicht hatte –, das nun wochenlang den Boden des Kinderzimmers flächendeckend einnehmen würde.

Das erste Weihnachten ohne ihren einzigen Sohn, der inzwischen sechzehn, eins fünfundachtzig und für ein ganzes langes Jahr bei einer Gastfamilie in Neuseeland war, war Mona plötzlich hohl und sinnlos vorgekommen.

Eigentlich nur aus Gewohnheit hatte Mona wie immer all ihre heiß geliebten Weihnachtsrituale durchgezogen: konditoreiwürdige Plätzchen gebacken, einen Teil in hübsch verzierten Zellophanbeutelchen verschenkt und den Rest in Sammeldosen bis Heiligabend aufbewahrt, damit sie sie bis dahin nicht schon über hatten. Einen Baum geschmückt, ein köstliches Mahl zubereitet und auf Weihnachtsgeschirr serviert. Und natürlich hatten Albert und sie sich auch Geschenke überreicht. Doch all das kam ihr vor wie ein Pflichtprogramm, das die beiden absolvierten. Die anschließende Skype-Unterhaltung mit Alexander hatte fast wie eine Befreiung von dem beklemmenden Smalltalk bei Tisch gewirkt, der genauso auch unter Fremden hätte stattfinden können. Schauspieltalent musste bei ihnen in der Familie liegen, denn alle drei hatten so getan, als wäre alles perfekt. Diesseits und jenseits des Ozeans.

Mona stemmte angriffslustig die Hände in die Hüften.

Na typisch Paul. Das war sein komischer Bergfexfreund, der bei der ersten Schneeflocke die Skier anschnallte. Alberts Jugendfreund, der nie geheiratet hatte und schon ihre ganze lange Ehe über bei ihnen auf der Bettkante saß.

»Ich habe zugesagt.«

Da saß er auch schon wieder. Mitten zwischen ihnen.

»Wie?« Mona war nicht mehr gereizt, sondern einfach fassungslos. »Ohne mich zu fragen?«

Sie ließ sich neben Albert auf die Bettkante fallen. Als könnte er ihre Nähe nicht ertragen, sprang er auf und verschwand im Bad.

»Ich finde, wir brauchen beide mal ein bisschen Abstand«, hörte sie ihn sagen. Das war genau das, von dem sie in letzter Zeit viel zu viel hatten, fand Mona. Abstand. Sekündlich wurde der größer. Gefühlstaub sah sie ihm zu, wie er herauskam und den Gürtel seines Bademantels festzurrte. Er sah aus wie einer dieser Geschäftsleute, die in den Mafiafilmen immer mit in der Sauna sitzen. Diese gepflegten, ein bisschen zu stattlichen, durchtrainierten und aalglatten Typen, die zwar nie die Chefs sind, sich aber um alle krummen Geschäfte kümmern – Zahlen, Konten, Immobilien. Ohne sie anzusehen, verließ Albert das Schlafzimmer. Mona sprang auf und stürmte ihm hinterher.

»Das fällt dir ausgerechnet an Heiligabend ein?«

Albert schwieg, was sie in zwei Sekunden auf hundertachtzig brachte – seit zwanzig Jahren war das ein eingefahrenes Spiel von ihnen, wie ein Neunkommanull-Paarlauf im Eistanz. Er schwieg, sie schrie.

Sie stellte sich ihm in den Weg.

»Wir machen doch sowieso kaum noch was zusammen!«

Albert schob sich an ihr vorbei.

»Meinst du, ich habe nicht gemerkt, wie du dich seit Ewigkeiten davor drückst, mit mir alleine zu sein?«

Albert öffnete den amerikanischen Kühlschrank.

Mona presste die Kühlschranktür wieder zu und lehnte sich herausfordernd dagegen. Albert sah in Monas tiefschwarz funkelnde Augen. Teilnahmslos. In ihren lebendigen, geheimnisvollen Augen war er sonst so gern versunken. Er zog erneut an der Tür und griff sich eine halb volle Weißweinflasche. Sie glitt mit, als wäre sie ein Kühlschrankmagnet.

»Das ist so typisch für dich.«

Albert stellte die Flasche zurück in den Kühlschrank.

»Hast du ernsthaft erwartet, dass ich jubiliere, wenn ihr mich alle verlasst?«

Albert zog den Bauch ein, um Mona ja nicht zu berühren, als er an ihr vorbei zu einem gläsernen Wandregal in ihrer offenen Küche ging, das als Bar diente.

»Erst Alex und jetzt du.«

Albert griff nach einer Whiskyflasche und einem Glas.

»Ist das deine Antwort?«

Albert goss sich ungerührt mindestens einen Doppelten ein und nahm einen großen Schluck davon.

»Komm, nimm auch einen«, sagte er ruhig. Doch das konnte bei ihm die Ruhe vor dem Sturm bedeuten. Oft kam es nicht vor, aber wenn, dann war es eine Art Hurrikan.

»Du machst in ganz Deutschland einen auf Mr. Wichtig als Unternehmensberater-Schrägstrich-Spesenritter und findest es wahrscheinlich ganz toll, dass ich rund um die Uhr in meinem Laden aufgeräumt bin. Ich dachte, wir hätten zumindest in der wenigen Freizeit, die wir haben, endlich mal Zeit für uns.«

Er schenkte sich nach und kippte alles in einem Zug runter.

»Nun übertreib mal nicht so maßlos. Sind doch nur ein paar Tage«, meinte Albert monoton. Es schien so, als wolle er für alle Zeiten so weitermachen.

»Ein paar Tage?« Nun überschlug sich ihre Stimme. Dass sie

nach wie vor nur ihre Unterwäsche trug, ließ sie nicht gerade würdevoller erscheinen. Für einen Augenblick sammelten sich Tränen in ihren Augen. »Ein paar Tage, die du lieber mit diesem Scheiß-Paul verbringst! Das war der schrecklichste Heiligabend meines Lebens! Und wer Silvester getrennt verbringt, ist im neuen Jahr nicht zusammen!«, schrie sie.

»Du bist auf dem besten Weg dahin, wenn du so weitermachst.« Sein nachgesetztes »Meine Liebe« klang so gar nicht lieb. Er drehte Mona den Rücken zu, goss sich noch mal Whisky nach und schlenderte betont lässig zum englischen Ledersofa.

»*Ich* fahre in die Berge. Punkt.«

Sein Plumps in die weichen, abgesessenen Polster untermauerte seine Ansage. Die Sprungfedern ächzten geräuschvoll.

Für Mona war das ganz und gar inakzeptabel. Sie strebte immer nach klaren Verhältnissen – auch wenn sie diese erzwingen musste. Doch manchmal konnte ihre Hartnäckigkeit ganz schön destruktiv sein. Dies war so ein Moment. Nur blöd, dass sie das nicht merkte.

»Herr Albern fährt also in die Berge.«

Eine Reaktion hielt er nicht für nötig, nahm sich stattdessen die Fernsehzeitschrift und blätterte planlos darin herum.

»Ich frag mich, was du da willst. Den Kamin anfeuern? Du kannst ja noch nicht mal Ski fahren. Ach ja, so wie wir deinen Paul kennen, seid ihr da ja nicht alleine.«

»Garantiert nicht«, konterte Albert und legte die Zeitschrift ab. Sein Blick war die reine Provokation. »Und das Schönste ist: *Du* bist nicht da.«

Mona schnappte nach Luft. Blitzschnell griff sie sich Alberts Handy, das auf dem Couchtisch lag, und drehte sich um. »Und du auch nicht! Ich werde nämlich absagen.« Sie wusste, dass Pauls Nummer als Kurzwahl auf der 4 gespeichert war, nach ihrer, der von Alexander und Alberts Arbeit. Albert konnte sich kaum vom Sofa erheben, da war sie schon aus dem Zimmer gestürmt und hatte gewählt. In der Ewigkeit, die sie dem Klingelton lauschte, war Albert zu ihr gestürmt und hielt sie am Arm. »Gib mir das Handy.« Albert klang immer noch ruhig.

»Hallo?«, rief Mona aufgeregt in den Hörer.

»Sofort. Du gibst mir jetzt dieses Handy!«

»Paul?«

In ihrem sexy Wäscheset sah sie aus wie eine amerikanische Dessouswrestlerin, als sie sich seinem Griff entwand und ins Bad davonrannte, atemlos ins Telefon zischend: »Hier ist Mona. Ja, *die*! Hör endlich auf, in unserer Beziehung herumzupfuschen, du Arsch!«

Albert würde nie handgreiflich werden, das wusste Mona genau. Richtig hilflos blickte er drein, als er so ein paar Millimeter vor Mona stand, die sich in ihre böse Zwillingsschwester verwandelt hatte, und er wie eine hängende Schallplatte immer denselben Satz wiederholte: »Gib mir sofort mein Handy wieder.«

»Albert kommt nicht mit auf deine beschissene Hütte, und am besten löschst du seine Nummer! Sofort! Kapiert? Mir reicht's jetzt nämlich mit deinem blöden Studentengetue!«

Albert schnappte nach dem Handy. Mona wand sich wie ein Aal. Wenn Albert nicht mit ihr ringen wollte, hatte er keine andere Wahl, als sie festzuhalten, bis sie sich beruhigt hatte. Doch hier traten zwei ungleiche Gegner an: tapsiger Bär kontra wendiger Lachs.

»Such dir ein eigenes Leben, du Loser, und lass uns ein für allemal in Frieden!«, schrie sie noch, streckte den Arm aus, öffnete die Hand und überließ das Handy dem freien Fall. Direkt in die Kloschüssel.

Albert war so verdutzt, dass er nur hinterherstieren konnte. Auf der Stelle ließ er von ihr ab. Mona betätigte die Spülung, und er beobachtete das Wasserballett seines Telefons. Fragend sah er sie an, sah ihren entschlossenen Blick, ihre plötzlich männlich-harten Züge, die so gar nicht zu ihrem weiblich-weichen Körper passen wollten. Wortlos krempelte er seinen Bademantelärmel hoch, fischte das Gerät aus seinem nassen Grab und verließ das Badezimmer. Mona klappte den Klodeckel runter und ließ sich erschöpft darauf fallen. So weit war es noch nie gekommen – die Rücksicht auf Alexander ließ sie sonst immer die Contenance bewahren. Aber ein Zurück gab es jetzt nicht mehr. Auf in die zweite Runde.

Sie nahm ihren Bademantel von einem Haken an der Wand und schlüpfte hinein. Henry Maske auf dem Weg in den Ring.

Die Hände in die Seiten gestemmt, baute sie sich zwischen Albert und dem Fernseher auf. In ihrem Rücken sang irgendein Opernstar *Stille Nacht* mit italienischem Akzent.

Albert sah zu ihr hoch und ließ seinen Blick eine Weile auf ihr ruhen.

Dann stellte er sachlich fest: »Wir brauchen definitiv Abstand. Silvester bin ich auf der Hütte. Punkt.«

»Weißt du was?«

»… nur das traute hochheilige Paar …«, sang der beleibte Italiener.

»Du kannst dich jetzt gleich auf den Weg machen.« Ihre halbe Drehung war einer Tänzerin würdig. »Punkt.« Ihr ausgestreckter Finger landete auf dem »Aus«-Knopf des Plasmafernsehers, und bevor Albert reagieren konnte, war sie schon im Schlafzimmer verschwunden.

Keine zehn Minuten später schleppte sie einen Koffer ins Wohnzimmer und warf ihn Albert vor die Füße. Unter anderen Umständen hätten sie in ihren Partnerlook-Bademänteln ein hübsches Pärchen abgegeben.

»Tschüss!« Wieder schaltete sie den Fernseher aus. »Viel Spaß mit deinem Loserfreund!«

Jetzt hatte sie Albert tatsächlich zum Brüllen gebracht: »Worauf du dich verlassen kannst!« Wutentbrannt sprang er auf. Und stieß mit dem großen Zeh gegen den Koffer.

»Verdammt!« Fluchend humpelte er ins Schlafzimmer, wo Mona ihn schimpfend herumhantieren hörte, während sie sich einen Weißwein eingoss, um sich damit aufs Sofa zu setzen und mit wachsender Verzweiflung den Koffer anzustarren. Auf einmal waren die vergangenen Stunden ein einziger dichter Nebel. Als wäre sie bewegungsunfähig in einer Lawine gefangen und müsste auf Hilfe von außen warten. Wenn Albert erst mal richtig in Fahrt war, war der Strohhalm zerbrochen, an den sie sich gerne geklammert hätte. Ihm nachzugehen oder versuchen einzulenken hatte jetzt keinerlei Wirkung mehr. Wie war sie nur in diesen Schlamassel geraten?

Ohne ein Wort kam Albert – jetzt in voller Wintermontur (Daunen kleideten ihn wirklich nicht, er sah aus wie ein Michelin-Männchen) – herein, nahm den Koffer und sein Handy, das er zum Trocknen auf die Heizung gelegt hatte, und rauschte wieder aus dem Zimmer. Wie festgeschraubt blieb Mona auf dem Sofa sitzen, ihr Weinglas immer noch in der Hand. Die Stimme, die ihm »Frohes neues Jahr« hinterherrief, bevor die Wohnungstür ins Schloss fiel, schien nicht ihr zu gehören. Einundzwanzig, zweiundzwanzig, und schon konnte sie diese gespenstische Stille nicht mehr ertragen. Ein Adrenalinschub verdrängte die Schockstarre in ihrem System. Sie musste was tun. Instinktiv griff sie zum Telefon. Beim hektischen Durchsuchen ihrer Kontaktliste wurde ihr flau im Magen. Scheiße, ihre Mutter war ja in Thailand. Die überwinterte da wie jedes Jahr. Schon früher waren sie beide in den Weihnachtsferien meist in den Urlaub gefahren, anstatt so richtig traditionell zu feiern, darum hatte Mona später an Heiligabend eigentlich nie mit ihr gerechnet. Der plätzchenbackende Omatyp war ihre Mutter nun mal nicht. Die Kosten für einen Flug nach Thailand hätte Mona auf sich genommen, aber im Yogakloster war Handyverbot.

Selbst als Schlüsselkind hatte sie sich nicht so schrecklich klein und allein gefühlt.

Weiter in der Liste. Scheiße, überall nur die Mailbox. Klar. *Alle* hatten was Besseres zu tun, als ihr Gejammer anzuhören: emotionsgeladene Familienzusammenkünfte, mehrgängige Abendessen, kurzweilige Spieleabende, wehmütige Diavorträge, innige Liebesurlaube in Luxushotels und abgelegenen Refugien. Einer Hütte zum Beispiel. Aaaaah, sie hasste Albert dafür, dass er ihr Weihnachtsidyll zerstört hatte. Sie hätte ja sogar ein Silvester zusammen mit Paul in Kauf genommen … Aber so war er eben: einer, der nicht lange fackelte. Eigentlich hatte sie genau das immer an ihm gemocht. Ihren Heiratsantrag hatte sie auch überraschend schnell bekommen. Da hatte sie seine stoische Sicherheit toll gefunden, die unverrückbare Gewissheit, dass sie beide zusammengehörten – komme, was wolle. Doch jetzt hätte sie sich gewünscht, dass er nicht so entschlossen wäre und schleunigst wieder zur Vernunft käme. Denn das war doch verdammt noch mal *sein* Part in ihrer

Beziehung – der Vernünftige. Ihrer war, sich ständig was Neues einfallen zu lassen.

Zwei Nachrichten hinterließ sie, eine schließlich doch bei ihrer Mutter und eine bei ihrer ehemaligen Arbeitskollegin Annette, mit der sie bei der Foodagentur gerne ihre Pausen verbracht hatte. Und dann nervte sie ihre weinerliche Stimme selbst schon derart, dass sie nur noch fluchte, wenn mal wieder keiner ranging. Schnell war sie bei *Z* angelangt. Fast nur Geschäftskontakte oder Paare, die Albert und sie gemeinsam kannten. Ja, in der Schule, da hatte es Susi gegeben, Monas richtig dicke Busenfreundin über Jahre, aber als sie beide verheiratet waren, war ihnen ihre enge Freundschaft irgendwie abhandengekommen. Nichts Ungewöhnliches bei Menschen in langen Beziehungen, deren Austauschbedarf von Intimitäten jeglicher Art ja durch den Partner und die Familie meist hinreichend gedeckt wurde. Mona war da keine Ausnahme. Mit Alexander, Albert, ihrem vielschichtigen Beruf und ab und an den Schwiegereltern war sie bisher gut ausgelastet gewesen.

Ein wütender Schluchzer erschütterte Monas schlanken Körper, und dann kullerten endlich große Tränen über ihre Wangen. Sie holte sich eine Schachtel Kleenex aus dem Bad. So viel Flüssigkeit, wie aus ihr rauslief, goss sie an Wein nach. *Der Grinch* im Fernsehen war keine Hilfe.

Stille Tage

Mona drehte den Schlüssel im Schloss um. Sie trat in die kühle Stille ihres Kochbuch-Ladencafés ein, und in diesem Moment hatte sie zum ersten Mal wieder das Gefühl, dass sich ihre Schultern entspannten.

Dies war ihre Kirche. Ein Ort des Friedens und der sich geradezu religiös stetig wiederholenden Rituale. Lichter anschalten, Heizung hochdrehen, Kassencomputer hochfahren, Kaffeemaschine aufheizen, Kühltheke aktivieren und mitgebrachte selbst gebackene Kuchen darin ansprechend platzieren, Spülmaschine ausräumen, Anrufbeantworter abhören, Post sichten, bestellte Bücher auspacken und an ihren Plätzen in den Regalen einsortieren, Verlagskataloge mit den Neuerscheinungen durcharbeiten und Bestellungen aufgeben. Wie ferngesteuert verrichtete Mona heute all jene Aufgaben, die ihr bislang so viel Erfüllung gegeben hatten. Und sie war mehr als dankbar, dass sie nicht in diesem Zustand wie noch vor Kurzem fröhlich den lieben langen Tag Gute-Laune-PR für die Luxusfood-Agentur machen, Juhuartikel verfassen und Jippiehaktionen erfinden musste. Wahrscheinlich hätte sie sich krankschreiben lassen, damit niemand aufgrund ihrer rot geäderten Augen indiskrete Fragen stellte.

Ja, auch heute, am Tag drei nach Alberts Verschwinden, bereute sie nicht, vor einem halben Jahr den Schritt in die Selbstständigkeit gewagt zu haben. Was nicht hieß, dass sie sich das nicht anders vorgestellt hatte. Irgendwie war ihr Leben plötzlich wie eines dieser

Schiebepuzzle, wo gar nichts mehr passte, sobald man ein einziges Steinchen an die falsche Stelle schob. *Ihr* Bild war vollkommen gewesen: Bis zum Nachmittag führt sie ihr gemütliches Ladencafé, das wie eine private Bibliothek aussieht, alleine, bis Alexander aus der Schule oder von seinen anderen Aktivitäten zu ihr kommt. Sie trinken zusammen Kaffee, essen Kuchen, dann macht er seine Hausaufgaben. Wenn starker Kundenandrang ist, unterstützt er sie und lernt sich dabei in das Geschäft ein. Auf dem Nachhauseweg hilft er ihr beim Einkaufen. Sie bereitet das Abendessen zu, das sie gemeinsam mit Albert einnehmen. Das hatte Mona sich nie nehmen lassen, selbst wenn es noch so hoch hergegangen war. Beim Kochen konnte sie sich entspannen, ihrer ganzen Kreativität freien Lauf lassen und nebenbei die Menschen glücklich machen, die ihr am liebsten waren. Mona fror oft – eigentlich rund um die Uhr und so war das Kochen nicht nur ihre große Leidenschaft, sondern auch ein bisschen Überlebenstrieb. Küchen waren die einzigen Räume, in denen es immer warm war. Deshalb mussten es auch Kochbücher sein, die sie unter die Leute bringen wollte. Ihre private Sammlung war schon beachtlich, doch in ihrem Laden könnte sie einfach alles bestellen, was sie immer schon interessiert hatte.

Dagegen präsentierte sich der Istzustand wie ein Picasso-Gemälde aus seiner sehr abstrakten Phase. Aber wer hatte welches Steinchen wohin geschoben? Kaum hatte Mona ihren Laden eröffnet, hatte Alexander Fluchtgedanken geäußert. Hätte er nicht nach Frankreich (wenigstens kulinarisch interessant) oder meinetwegen sogar Finnland (durchaus neuseelandtauglich: Viel Wasser rundherum, dafür wenig Menschen, die wenig reden) gehen können? Kaum war er abgereist, da schien es Mona, als würden sich auch zwischen Albert und ihr Kontinente auftun. Wenn sie's recht bedachte, hatte ihr Mann neuerdings auch was von einem Finnen: Er redete wenig (und wenn, dann unverständlichen Arbeitskauderwelsch) und trank viel. In seinem Schlossgraben, den er um seine beredt schweigende Festung errichtet hatte, floss giftig brodelndes Wasser, seine Zugbrücke war meist hochgezogen. Auf jeden Fall war sie seit Heiligabend hermetisch abgeriegelt, denn seitdem hatte Mona kein Lebenszeichen mehr von ihm vernommen. Da sie sich die Schmach ersparen wollte, bei ihm anzurufen und festzustellen, dass sein Handy ausgeschaltet war, hatte sie es auch gar nicht erst versucht.

Bevor sie sich erneut – wie so ziemlich in jeder wachen Minute dieser mörderisch langen Weihnachtsfeiertage – bunt schillernd ausmalen konnte, was ihn alles Spannendes davon abhalten konnte, sich bei ihr zu melden, riss der melodische Klang der Ladentür sie aus ihrem quälenden Mantra. Showtime. Robotergleich setzte sie ein Lächeln auf und sagte freundlich: »Guten Tag.« Ihre Stimme klang flach. So lange mit keiner Menschenseele zu sprechen war sie nicht gewohnt. Bestimmt hatte sie Tausende von Hirnzellen eingebüßt. Das Experiment, das sie mal im Fernsehen gesehen hatte, würde sie nie mehr vergessen: Bei Probanden wurden Intelligenztests gemacht, und dann wurden sie von der Außenwelt isoliert. Nicht etwa in einer Zelle, sondern in einer geschmackvoll eingerichteten Wohnung – wie bei ihr. Sie durften nicht lesen, nicht fernsehen, nicht Radio oder Musik hören, nicht telefonieren, konnten weder auf die Straße schauen noch den Geräuschen ihrer Umgebung lauschen. Schon nach zwei Tagen Isolation fiel der Intelligenztest erheblich schlechter aus. Albert war schuld, wenn sie das Einmaleins vergaß.

Sie nahm einen tiefen Atemzug und widmete sich ihrem Kunden.

»Espresso?«

Es war dieser Anwalt aus der Kanzlei im Nachbarhaus, der täglich mindestens einmal bei ihr reinschneite und sich schnell einen doppelten Wachmacherespresso reinkippte, um zwischendurch mal vom Schreibtisch wegzukommen.

»Gerne.«

Sie sah ihn an. Sein verschmitztes Lächeln gefiel ihr. Mona hatte nicht den Eindruck, als würde er jemals laut lachen.

»Dass Sie auch arbeiten …«, sagte sie.

Routiniert mahlte sie eine Portion Kaffeebohnen, zapfte einen Träger voll Kaffeepulver aus der Mühle und spannte diesen in das chromglänzende italienische Ungetüm ein, von dem sie schon immer geträumt hatte. Sofort durchdrang feinherber Kaffeeduft den Buchladen.

»Was sind das denn für Fälle, die nicht bis nach Silvester warten können? Eheverträge? Oder Steuerhinterziehungen?«

Selbst wenn in einem Kochbuchladen selten Kunden Schlange standen, sie auszufragen war sonst nicht Monas Art. Meistens erzählte sie irgendwas Belangloses von sich, um eine Verbindung aufzubauen und anhand der Reaktionen einzuschätzen, welche Buchempfehlungen sie aussprechen sollte. Aber heute war es eine Wohltat, endlich wieder ihren Intelligenzquotienten steigern zu dürfen.

»Ehrlich gesagt, so fleißig bin ich heute gar nicht«, entgegnete er und sah Mona dabei zu, wie sie eine Untertasse auf ein ovales Silbertablett stellte und mit einer kleinen Silberzange eine selbst gebackene Walnussmakrone aus der Theke holte und an den Rand legte. Seine Kleidung jedenfalls verriet das nicht, die war von derselben lässigen Eleganz wie sonst auch: feinste Hosen, Hemden und Pullover oder allenfalls mal ein Polohemd unterm Sakko, die seine durchaus durchtrainierten, aber fast jungenhaft schmalen Konturen stets körpernah nachzeichneten. Während Albert die Statur einer Eiche hatte, könnte man ihn hier mit einer Birke vergleichen.

»Aber ich freu mich, dass *Sie* arbeiten.« Wieder dieses Lächeln. Das zeigte er ihr nicht oft, was ein Indiz dafür war, dass er nicht aus seiner Kanzlei kam, denn dann hatte er meist so einen vergeistigternsten Gesichtsausdruck, als wäre er immer noch mit seinen Schriftsätzen beschäftigt. Das alles wurde ihr jedoch erst jetzt bewusst, denn so genau hatte sie ihn bisher nie wahrgenommen. Mona musste schmunzeln, als sie ein Glas mit Leitungswasser füllte und es neben die Untertasse aufs Tablett stellte, während der Espresso durchlief.

»Wieso? Ist Ihnen der Kaffee ausgegangen?«

Sie nahm einen gläsernen Krug aus der französischen Anrichte aus weiß gekalktem Holz, in dem sie ihr Geschirr aufbewahrte, füllte ihn voll Wasser und stellte ihn vor den Anwalt auf die Theke. Das war so ein Souvenir aus Amerika. Mit Wasser darf man nicht geizen, fand sie. Wir alle müssten ein Grundrecht auf Wasser sowie darauf haben, überall die Toilette zu benutzen.

Er nahm einen Schluck und sagte: »Nein, ich benötige ein Buch.«

Behutsam platzierte sie die Espressotasse neben der Makrone und rückte eine Zuckerdose in seine Nähe.

»Wirklich? Hätte nicht gedacht, dass Sie kochen.« Seine feingliedrigen, sehnigen Hände sahen jedenfalls nicht danach aus. Lange Daumen, keine Narben.

»Ach nein, nicht ich, die Freundin kocht. Wir feiern zusammen Silvester, und für die ganze Mühe würde ich ihr gerne ein Buch schenken. Natürlich etwas, das thematisch passt. Haben Sie so was, mit festlichen Kleinigkeiten oder Salaten oder was man da sonst noch so isst?«

So so, eine Freundin. Ob sie zusammen wohnten? Verheiratet war er also nicht. Das konnte man ja heute nicht mehr so genau feststellen – kaum jemand trug seinen Ring, Solitäre waren kein Zeichen mehr für ein Eheversprechen, manche Ehepaare wohnten in getrennten Wohnungen oder Städten, und wem welche Kinder zuzuordnen waren, das stand noch auf einem ganz anderen Blatt. Mona war da inzwischen vorsichtig geworden. Sie hatte sich schon so einige Male geirrt und Väter zu Opas gemacht, Geliebte zu Müttern und Geschwister zu Paaren.

»Was gab's denn sonst bei Ihnen an Silvester zu essen?« Mona wurde nie müde, sich über Essen zu unterhalten. Kaum zu glauben, wenn man sie sich ansah. Sie war entschieden schlanker, als man sich eine Köchin vorstellte, und auch ihre stets lackierten Nägel ließen nicht darauf schließen. Einzig ihr Laden, der eher aussah wie eine gemütliche Küchenwohnstube in der Provence als ein Buchladen, verriet, wie gerne sie am Herd stand.

»Die Gulaschsuppe, die meine Mutter machte, durften wir erst nach dem Feuerwerk essen. Zum Abendbrot gab es Würstchen und Kartoffelsalat.« Abendbrot. Was für ein nettes ausgestorbenes Wort. Ein Abendbrot-Kochbuch wäre ja mal eine schöne Idee.

»Selbst gemachten?«

»Aber natürlich, wo denken Sie hin? Meine Mutter war Hausfrau.«

Er steckte sich die Makrone in den Mund. »Mmmh. Selbst gemacht?«

»Aber natürlich, wo denken Sie hin?«, antwortete Mona kokett. »Bei uns gibt's immer Raclette. Da ist dann so viel Zeug auf dem Tisch, dass man keinen Millimeter Holz mehr sieht.« Schon machte sie sich auf die Suche nach geeigneten Büchern.

»Haben Sie denn Schweizer Wurzeln?«, fragte der Anwalt interessiert, drehte sich auf dem Barhocker um und sah ihr zu, wie sie herumwanderte und auf einen Stapel großformatiger Bücher, den sie auf dem Arm balancierte, eins nach dem anderen draufpackte.

»Warten Sie, ich helfe Ihnen«, sagte er, nahm ihr den Bücherturm ab und legte ihn auf die Theke.

»Die hier sind alle höchstpersönlich erprobt«, bemerkte sie, nahm das oberste vom Stapel, blätterte es auf und reichte es ihm.

Herausfordernd stemmte sie ihre Hände in die Hüften.

»Finden Sie denn, da würde ich hinpassen? In die Schweiz?«

Er betrachtete sie, ließ versonnen ihre dunklen Locken, ihre schwarzen Augen, ihr buntes feminines Kleid auf sich wirken und schüttelte den Kopf. »Wo sind denn Ihre Wurzeln? Ich möchte Ihnen ja nicht zu nahe treten, aber so ganz passen Sie auch nicht *hier*her.«

»Ach ja?« Ein nachdenkliches Lächeln huschte über Monas Gesicht. »Tja, keine Ahnung. Kann sein.«

Frohes Neues!

Hätte Mona Tagebuch geschrieben, wäre dies ihr Eintrag für den 31.12. gewesen:

Halb zwölf, und ich bin allein. Lust aufs Feiern gründlich vergangen. Telefonstecker gezogen. Zu stolz, um Albert zu kontaktieren. Mit Alexander gestern zum letzten Mal geskyped. Gute Miene zum bösen Spiel, will ihn nicht beunruhigen. Horoskopausblicke in Frauenzeitschriften gelesen – wie tief bin ich gesunken? Das alles steht da nicht mal ansatzweise drin. Mein neues Jahr sollte glamourös beginnen …

Selbstmitleid, Scheiße. Das dämlich-fröhliche Fernsehprogramm reingezogen, saufend und schluchzend. Gott sei Dank jede Menge Champagner und Klopapier da. Was habe ich nur angestellt?

Feuerwerk kann mir gestohlen bleiben, gehe jetzt ins Bett.

Kopfschmerzen.

Tag eins eines jeden neuen Jahres hatte immer eine einzigartige Atmosphäre. Verkohlte Feuerwerkskörperfetzen und am Straßenrand zurückgelassene Sektflaschen-Startrampen ragten als Zeugnisse der allüberall begangenen ausgelassenen und glücklichen Begrüßungsfeier aus der Schneedecke hervor. All überall außer bei mir, dachte Mona. Ihr Kopf dröhnte immer noch, doch wenn sie sich nicht in fünf Schichten Kleidung gepackt und schleunigst an die klirrend-kalte klare Luft begeben hätte, wäre sie in ihren wohlig-warmen, aber viel zu stillen vier Wänden erstickt. Beschauliche Neujahrskonzerte als Versuch, Außenweltgeräusche in ihr Heim zu holen, hatten ihre Melancholie innerhalb von drei Minuten verdreifacht. Da war selbst das niedliche Eichhörnchen im Smoking (schwarzer Anzug, weißes Brustschild), das durch ihre Terrassentür gelugt hatte, kein anhaltender Trost gewesen, denn auch das hatte keckernd die Flucht ergriffen, sobald sie es begrüßt hatte.

Mona war die Einzige der sehr vereinzelten Menschenseelen, die ohne Hund unterwegs war – Gassigehen war wirklich der einzige plausible Grund, um zu dieser Zeit schon aus dem Haus zu gehen. Laut knirschend nahm sie dem Neujahrsschnee seine Unschuld, als sie mit gleichmäßigen schweren Schritten geradewegs in Richtung Laden voranstapfte.

Von Albert hatte sie um acht Uhr eine SMS bekommen, die eindeutig als unpersönliche Rundnachricht zu erkennen gewesen war: »Ein glückliches und gesundes Neues Jahr!«

Dass sich Albert nicht mehr einkriegte, war so gar nicht seine Art.

Was hätte sie anderes tun können, als an diesem unwürdigen Feiertag wenigstens ihrem Tempel ein Festtagsgewand anzulegen? Im bereits unangenehm müffelnden Schlafanzug zu Hause ihre Misere zu zelebrieren war jedenfalls keine Option. Getrieben von einem wütenden Elan, hatte Mona sich sofort darangemacht, ihren Laden umzudekorieren. Das Regal mit den Candle-Light-Dinnern, Verführungs- und Verwöhnrezepten für Verliebte hatte sie als Erstes leergefegt, die verführerisch gestalteten Bände auf dem leicht verstaubten Parkettboden unordentlich aufgetürmt. Nun waren die Schaufenster dran. All die hübsch aufgemachten Liebesgaben, die sie dort extra zu Weihnachten so ansprechend in Szene gesetzt hatte, waren ihr nun zuwider. Ein Buch nach dem anderen rupfte sie energisch aus ihrer stilvollen Dekoration.

Aphrodisierende Speisen – braucht kein Mensch! Und schon lagen sie auf dem Boden. Erotische Bände und Lesezeichen – nutzloser Quatsch! Rumms, knallte der ganze Stapel daneben. Die ältere Dame, die vor dem Fenster stehen blieb, um ihr zuzusehen, bemerkte Mona vor lauter Rage überhaupt nicht. Kulinarische Geschenkideen – Perlen vor die Säue! Alles, was auch nur ansatzweise mit Lust und Liebe zu tun hatte, wollte sie so weit wie möglich aus ihrem Blickfeld verbannen. Das musste alles weg, am besten ins Lager. Rückwärts kletterte sie aus dem Schaufenster und trat genau in den Berg von Büchern. Sie verlor das Gleichgewicht. Ihren Sturz konnte sie wie eine Slapstickszene aus einem Dick-und-Doof-Film in Zeitlupe von außen betrachten. Der Stapel fiel, Mona fiel, die alte Dame klopfte besorgt an die Scheibe. Eine Millisekunde, bevor Mona total verdreht auf dem Boden aufschlug, trafen sich ihre Blicke. Monas erstaunt, der der Dame entsetzt.

Bevor sie ihre Körperteile wieder richtig arrangieren konnte, um sich aufzurichten, hörte sie den Gong und das Öffnen und Schließen der Ladentür.

»Alles in Ordnung?«, rief eine mütterlich-warme Stimme wie durch einen Wattebausch.

Die tiefschwarz kajalumrandeten Augen, die Mona durch die Scheibe angestarrt hatten, schwebten nun über ihren. Besorgt reichte ihr die Dame eine kräftige, mit massiven Goldringen geschmückte Hand. Trotzdem eine Hand, der man jahrelange Arbeitsstunden ansah.

»Können Sie aufstehen?«

Dankbar hielt Mona sich an ihr fest und hievte sich nach oben. Wäre schön, wenn der Bienenschwarm in ihrem Kopf bald zur Ruhe käme.

»Vielen Dank«, stammelte sie, als sie wieder das Gefühl hatte, alles an ihr sei am richtigen Fleck. Sie sah die mindestens zwei Köpfe kleinere Dame an. Nicht nur ihr leichter Akzent, auch ihr markantes Profil verrieten eine orientalische Herkunft. Mit einem wohligen Gefühl spürte Mona ihre warme und weise Ausstrahlung, die sie auch an ihrer türkischen Gemüsehändlerin so gern mochte.

»Sie kamen ja wie gerufen – als wären Sie vom Himmel herabgeschwebt!«, sagte Mona.

So gemütlich rund wie ihr Körper, so freundlich rund war ihr Lächeln. Sie kramte in ihrer etwas abgenutzten Krokohandtasche, griff nach Monas Hand und legte ihr eine merkwürdig aussehende dunkelgrüne Kugel, eine Art Kräuterpille, in die Handfläche. Sie umschloss Monas Hand, drückte sie zu und sagte: »Trinken Sie das, ist gut für den Kreislauf.«

Mit ihrer freien Hand berührte Mona die Frau sanft am Ärmel ihres Wollmantels. Er war weich, fühlte sich teuer an, der Fellkragen war sicher echt.

»Haben Sie Zeit, einen Kaffee mit mir zu trinken? Ich würde mich freuen«, bat sie spontan der Fremden an. Ohne deren Reaktion abzuwarten, wies sie ihr einen der Barhocker vor der Theke zu und setzte die Kaffeemaschine in Gang.

Mit kritischem Blick musterte die Orientalin jede von Monas Bewegungen, ihre Handtasche dabei fest im Griff auf dem Schoß. Das taten alle alten Damen, wieso bloß? Mona hoffte inständig, dass sie sich als alte Frau nicht an ihre Tasche klammern würde.

»Legen Sie doch ab, sonst frieren Sie, wenn Sie wieder nach draußen gehen.« Ein Satz, den sie immer augenrollend von ihrer Mutter gehört hatte und trotzdem ebenfalls immer und immer wieder zu Alexander gesagt hatte. Der hatte genauso begeistert wie sie reagiert und sich, sooft er konnte, nicht daran gehalten. Ihr Gast zögerte einen Augenblick, bevor er Monas Vorschlag nachkam.

»Wieso räumen Sie eigentlich diese Bücher auf, anstatt für Ihre Familie Essen zu kochen?«, fragte die Dame mit einer für ihre kleine Statur überraschend großen Geste – eine Opernsängerin, die ihrem Publikum huldigt. Dann hielt sie wieder ihre Tasche fest.

»Ach …« Ein vielsagendes Schweigen reichte als Antwort.

»Machen Sie einen Mokka.« Die Aufforderung war so bestimmt, dass es Mona gar nicht in den Sinn kam zu widersprechen. »Sie sind traurig. Ich lese für Sie den Kaffeesatz.« Auch das duldete keine Widerrede.

»Und was machen *Sie* eigentlich so alleine auf der Straße?« Ein bisschen was wollte Mona schon über diese Person wissen, die direkt in ihre Seele zu schauen schien.

Die Dame senkte den Kopf, als sei es ihr peinlich. »Mein Mann ist gestorben.«

Einen kurzen Moment wünschte Mona, sie hätte das auch sagen können, weil es sich irgendwie tröstlicher angefühlt hätte als Alberts fieser Liebesentzug. Doch das konnte sie natürlich niemandem sagen, weshalb sie erwiderte: »Oh, das tut mir leid.«

Sie stellte einen Teller mit ihren Makronen und einen perfekten Cappuccino vor die Dame. »Aber Sie haben doch sicher Familie?«

Da strahlte sie. »Meine Töchter sind schon lange erwachsen.« Genussvoll verspeiste sie gleich mehrere Makronen. Die meisten deutschen Frauen hätten sich wahrscheinlich geziert, weil es der Anstand so wollte und weil man natürlich auf seine Linie zu achten hatte. Mona nervte das Diätgetue unendlich. Ihre Vermutung war, dass all jene, die sich in Lokalen zu jeder Tages- und Nachtzeit immer nur Salate oder »was Kleines« bestellten, zu Hause tonnenweise Nutella aus dem Glas löffelten.

»Mein Sohn auch schon fast. Das geht viel zu schnell …«, sinnierte Mona wehmütig. »Wie viele haben Sie denn?«

»Drei. Karima, meine älteste Tochter, ist erst im Oktober mit ihrem Mann weggezogen. Ins Ausland.« Nach einer Pause, in der sie sich noch eine Makrone einverleibte, fügte sie hinzu: »Nach Abu Dhabi.«

»Alexander ist gerade in Neuseeland. Ich vermisse ihn schrecklich«, gestand Mona. »Stammen Sie aus Abu Dhabi?«

Wieder diese ausladende Geste, als präsentiere sie Mona ihr ganzes Land. »Meine Heimat ist der Libanon. Aber wir sind schon sehr lange hier. Sie müssen die Tasse fast voll gießen.« Unter den aufmerksamen Blicken der Frau tat Mona, wie ihr geheißen. »Und jetzt?«

»Jetzt warten wir. Das muss sich setzen. Nehmen Sie eine Untertasse. Ich sage Ihnen, wann Sie trinken dürfen.« Mona stellte die Untertasse auf die Theke, setzte die Mokkatasse vorsichtig darauf, kam um die Theke herum und nahm auf dem Barhocker neben diesem geheimnisvollen Engel Platz, der ihren Tag gerettet hatte und sie völlig in ihren Bann zog. Vergessen waren die Bücherhaufen und – Gott sei Dank – endlich auch mal Albert. Unter anderen Umständen hätte sie das Ganze für eine zwielichtige Masche gehalten, wie die der Frauen, die einem auf der Straße aus der Hand lesen wollten, um einen dann zu beklauen. Um die machte Mona einen großen Bogen. Doch zu dieser Fremden spürte sie ein großes, unerklärliches Vertrauen, ein geteiltes Wissen, aber auch ein neugieriges Fragezeichen.

Mona beobachtete den Mokka, der Engel aß weiter Walnussmakronen.

»Und Ihre anderen Kinder?«

»Laila und Sie könnten Schwestern sein. Sie haben die gleichen Augen und die gleichen Lippen.« Mona lachte.

»Sie ist sehr unabhängig. Obwohl sie die Jüngste ist – sie dürfte Ihr Alter haben –, ist sie als Erste ausgezogen. Sie hat nie geheiratet. Sie wohnt nicht weit weg von mir, aber jetzt wollte sie unbedingt alleine in den Urlaub fahren. Jeden Tag mache ich mir Sorgen. Aber nur wenn jemand geht, kann er zu dir zurückkommen.«

Würde sie im Kaffeesatz sehen, dass Albert gegangen war?

»Wer bleibt, sieht dich manchmal nicht mehr.«

Was, wenn sie ihr sagte, dass er nicht zurückkam? Wollte sie das wirklich wissen?

»Ich musste loslassen.« Dazu war Mona ganz und gar nicht bereit. Ihre Anspannung wuchs.

Viele ihrer Freunde waren, sobald sie in Rente gingen, in ihre Heimat zurückgekehrt, erzählte die Frau weiter. So teilte diese lebenserfahrene Libanesin das Schicksal so vieler älterer Menschen in Großstädten, die nach dem Tod des Partners nur noch selten Gelegenheiten fanden, sich mit jemandem auszutauschen. Was für eine schreckliche Verschwendung von Lebenserfahrung, wenn sie nicht mit anderen geteilt wird, dachte Mona. Und es befiel sie eine tiefe Ahnung, dass es kein Zufall war, dass sie beide sich begegnet waren.

»Trinken Sie. Nur so viel, wie ich Ihnen sage.« Mona nahm vorsichtige kleine Schlucke, nach jedem zeigte sie den Inhalt der Tasse, bis die Frau ihr bedeutete, dass es jetzt genug war.

»Legen Sie die Untertasse auf die Tasse und drehen Sie das Ganze schnell um. Dann müssen wir wieder warten.« Sie lächelte geheimnisvoll.

Zwar fand Mona es überflüssig, dass ihre Mutter aus jedem Asienaufenthalt einen neuen Buddha mitbrachte, doch im Gegensatz zu Albert, der alles als Hokuspokus bezeichnete, was nicht mathematisch zu erklären war, war sie für alles Mögliche aufgeschlossen, solange es nicht wehtat. Plötzlich war sie sich aber gar nicht mehr so sicher, ob das hier nicht doch Schmerz verursachen könnte. Sie versuchte noch eine kleine Schonfrist herauszuschinden.

»Also Karima und Laila ... und wie heißt die Dritte?«

»Mona.«

Konnte das wahr sein? War es Monas Gesichtsausdruck, der ihren Namen verraten hatte, oder hatte diese Fremde hellseherische Fähigkeiten? Jedenfalls sagte sie: »Sie heißen auch Mona?«

Die Dame hob die Mokkatasse hoch und drehte sie hin und her, um Tasse und Unterteller einer eingehenden Prüfung zu unterziehen. Ihre Miene verriet gar nichts, Mona wurde fast verrückt vor Anspannung. Nach einer elend langen Ewigkeit sagte sie: »Da sind Pyramiden.«

Pyramiden? Mona traute sich nicht, etwas zu sagen.

»Sie machen eine Reise.« Na ja, das taten wir doch alle irgendwann. Also doch Humbug.

»Hier ist ein Mann. Ihr Mann. Und eine Frau.« Oh, Gott sei Dank, Albert und sie als Paar. Also war diese Trennung nur vorübergehend. Schon seltsam, dass Humbug einen so beruhigen konnte ...

»Da ist noch ein Mann, nein, da sind zwei Männer, und beide sind nicht bei Ihnen«, fuhr die Dame fort.

»Der eine könnte doch mein Sohn sein, oder?«, fragte Mona. »Oder nein, vielleicht sind das mein Mann Albert und sein Freund Paul? Die sind gerade zusammen auf Reisen.«

»Ja, Ihr Sohn wäre möglich, denn hier, sehen Sie, hier ist ein Herz.« Ja, Mona sah das Herz deutlich und nickte.

»Aber auch mit dem anderen Mann sind Sie sehr verbunden.« Sie versah Mona mit einem prüfenden Blick.

»Außerdem sind da noch Frauen. Hier steht eine in Ihrer Nähe, und da sitzen viele an einem Tisch.« Was bitte sollte sie mit dieser Information anfangen?

»Die Frau in Ihrer Nähe ist neidisch auf Sie.« Die einzige Frau, die sich in ihrer Nähe befand, war die Kaffeesatzleserin. Wer sollte denn damit gemeint sein? Monas Hirn fing an zu blubbern.

»Hier ist ein Schaf zu sehen.« Jetzt wurde es aber richtig bizarr. »Ein Mann mit einem Stock steht daneben.«

Mona beugte sich vor, um in die Tasse zu sehen. Tatsächlich, die Gestalt mit dem Stock war klar erkennbar. Es sah aus, als ob er in einen langen Mantel gehüllt war. Als die Frau ihr das Schaf daneben zeigte, platzte es aus Mona heraus: »Schäfer! Das ist ein Schäfer! So heiße ich.«

Die Frau sah Mona verwundert an. »*Sie* heißen Schäfer? Haben Sie eine Reise zu den Pyramiden gemacht?«

»Meinen Sie nach Ägypten? Nein, da war ich noch nie«, entgegnete Mona.

Die Frau ließ nicht locker. »Irgendein Schäfer – vielleicht also jemand aus Ihrer Familie – hat eine Reise nach Ägypten gemacht.« Merkwürdig, Gott und die Welt waren schon in Ägypten gewesen, aber Albert und sie konnten sich nie darüber einig werden, ob sie zum Tauchen ans Rote Meer (Albert) oder zu einer Nilkreuzfahrt nach Kairo (Mona) fahren sollten – und ließen es dann bleiben.

»In diesem Land ist noch ein Mann. Das Schaf oder der Schäfer und er sind miteinander verbunden.« All das formulierte sie so unumstößlich, als sei es ein Gesetz. »Ist Schäfer der Name Ihres Mannes?«, fragte sie Mona.

»Ja, aber auch der meiner Mutter, stellen Sie sich vor! Ich hatte richtig Glück. Wie heißen *Sie* eigentlich?«

»Ich bin Ezra.«

Als Mona ihren Laden zusperrte, war es wieder dunkel. Sie war ruhig und aufgewühlt zugleich. Lag das an dem Sud aus Ezras grüner Kugel, den sie nach der Kaffeesatzlesung trinken musste? Stundenlang hatten sie und die alte Dame noch gesessen und geredet. Erst hatten sie Monas gesamte Kuchenvorräte verspeist und dann was vom Thai kommen lassen. Wenn ihr morgens jemand gesagt hätte, dass ihr 1. Januar noch so erfüllend werden würde, sie hätte ihm einen Vogel gezeigt.

Nicht artgerecht

Irgendwas war anders. Albert hatte meistens einen sachlichen Ton, aber als er nach seiner Rückkehr von der Hütte aus dem Auto anrief, klang es für Mona nicht so, als wäre wieder alles in Butter zwischen ihnen. Er klang überhaupt nicht nach dem Albert, den sie einmal kannte – als hätte ein Körperfresser seinen Platz eingenommen. Mona wusste, dass dieser Blödmann Paul neben ihm saß und eine verschwörerische Grimasse schnitt. Warum brach er sich nicht mal was?

Die Funkstille entschuldigte Albert damit, in den Bergen keinen Empfang gehabt zu haben. Danach hatten sie und Albert mechanisch wie zwei Roboter Höflichkeiten ausgetauscht:

»Wie war dein Silvester?« Hoffentlich beschissen.

»Gut.« Ellenlanger Subtext.

»Meins auch.« Gelogen. »Hast du mit Alexander gesprochen?«

»Ja, heute. Es scheint ihm gut zu gehen.«

»Er macht sich toll, nicht wahr?«

»Ja.«

»Ich bin sehr stolz auf ihn.« Und vermisse ihn entsetzlich.

»Ja, ich auch.« Mehr als ich sagen möchte.

»Und, was machst du heute noch?« Dich vermisse ich auch.

»Nichts.« Nichts, was ich dir sagen möchte. »Und was machst du?«

»Auch nichts. Einen Gemütlichen zu Hause.« Am liebsten mit dir. »Wann kommst du zum Essen?« Ich wünschte, es wäre alles so wie früher.

»Ich muss mit Kunden zum Dinner, warte nicht auf mich.«

»Na gut, bis später.«

Schon beim Betreten der Wohnung spürte Mona, dass sie nicht mehr so war, wie sie sie verlassen hatte. Sie ließ ihre Tasche und ihre Einkäufe an der Wohnungstür fallen und lief im Daunenmantel durch die Zimmer. In der Küche war alles an seinem Platz. Erst jetzt atmete sie langsam wieder aus. Sie ließ einen Panoramablick durchs Wohnzimmer schweifen – alles normal. Auch in ihrer Bibliothek, die sie beide als Arbeitszimmer nutzten, schien alles okay, doch als sie zurück in den Flur ging, merkte sie, dass etwas fehlte. Sie sah noch mal nach. Alberts Laptop samt Tasche und Zubehör, überhaupt seine ganzen Kabel und Akkus und Ladegeräte waren weg. Ihr Herz klopfte bis zum Hals. Sie raste ins Schlafzimmer, sah sich panisch um. Das Bett war unberührt, keinerlei Spuren eines Einbruchs. Sie stürzte ins Bad, knipste alle Lichter an. Verdammt, sie konnte sich nicht erinnern, was Albert alles für die Hütte eingepackt hatte. Natürlich fehlten Zahnbürste und Rasierzeug, wenn er auf Reisen war. Aber war der Wäschekorb wirklich so leer gewesen? Als Mona die Schränke im Ankleidezimmer aufriss, präsentierte sich mit einem Mal die schmerzende Gewissheit: Die leeren Holzbügel klapperten gegeneinander. Die Schubladen brauchte sie gar nicht aufzuziehen, um zu wissen, dass nichts drin lag. Kraftlos schloss sie die Schranktür.

Was für ein verdammter Lügner, dieser Kaffeesatz!

Die nächsten Tage tigerte Mona wie eine Wildkatze im Käfig durch ihre unbemannte Raumkapsel namens Zuhause, die halt- und ziellos in einem finsteren Universum herumzuschweben schien. Sie stellte sämtliche Telefone aus und zog in Bademantel und Wollsocken und mit zerzausten Haaren heulend von Bett zu Sofa und von Sofa zu Bett, eine Hänsel-und-Gretel-Spur von verrotzten Tempos hinter sich herziehend.

Wenn die Schleusen erst mal geöffnet waren, löste jede noch so kleine Kleinigkeit Sturzbäche aus. Selbst die Werbeblöcke im Fernsehen, in denen glückliche Familien gemeinsam Tütensuppen aßen.

Grund zu weinen hatte sie in ihrer Ehe selten gehabt. Es war ja nicht das erste Mal, dass Albert rausgestürmt und abgetaucht war.

Aber es war das erste Mal, dass er nicht wieder einlenkte. In ihrer Schockstarre war sie nicht mal auf die Idee gekommen, das Türschloss auszuwechseln. Aber wieso sollte sie Albert auch den Zugang verwehren, wenn sie doch hoffte, dass er zurückkehrte? Und zwar bald.

»Dieser Anschluss ist vorübergehend nicht erreichbar.« Entnervt schmiss Mona ihr Telefon in die Sofakissen. Hilfesuchend sah sie aus dem Fenster. Das gleißend helle Sonnenlicht ließ den Schnee wie ein Meer aus Milliarden Kristallen glitzern. Deutlich hob sich die kleine, dunkle Silhouette ihres neuen Freundes dagegen ab.

»Weißt du was? Ich hasse diese Ansage!«, sagte Mona zu ihm. Dennoch ließ sie sie wieder und wieder über sich ergehen, wie ein Pawlow'scher Hund. Irgendwie schien sie die traurige Erkenntnis, dass Albert seine private Handynummer geändert und ihr nicht mitgeteilt hatte, nicht wahrhaben zu wollen. Jetzt konnte sie ihn nur noch über seine Geschäftsnummern anrufen. Ein völlig sinnloses Unterfangen, da Albert nie ranging, jedenfalls nicht, wenn sie anrief. Ihre eigenen Telefone lahmzulegen war also eher ein Akt des Selbstschutzes als der Abschottung gewesen. Allerdings mit einer schmerzlichen Nebenwirkung: Nun konnte Mona auch mit Alexander nur noch an Werktagen vom Laden aus sprechen, wo sie auch noch gezwungen war, ihre Servicemaske aufzusetzen und zu funktionieren.

Wahrscheinlich wäre es besser gewesen, irgendjemandem ihr Herz auszuschütten, wenn auch nur der Telefonseelsorge. Daran hatte sie in einer besonders stürmischen Nacht sogar mal kurz gedacht, doch als einziges Kind einer alleinerziehenden Mutter war sie es gewohnt, die Dinge mit sich selbst auszumachen. Später war Albert ein verlässlicher Adressat für ihre Sorgen und Nöte gewesen. Und ihre Freunde jetzt plötzlich mit ihren Eheproblemen zu behelligen war ihr irgendwie peinlich. Gott sei Dank gab es noch den kleinen Freund … Auf Zehenspitzen bewegte sie sich in Richtung Terrasse.

»Wie schön, dass Sie vorbeikommen, Herr Eichhorn«, sagte sie. Das kleine Pelztier erstarrte und sah in ihre Richtung, als hätte es sie gehört. »Wenigstens einer, der an mich denkt.« Dann sprang es von einer Pflanze zur anderen und kratzte mit seinen eichhörnchentypischen hektischen Stop-motion-Bewegungen in jedem Topf ein bisschen an der gefrorenen Erde. Egal, was vorher gewesen war, immer wenn sie ihm dabei zusah, musste Mona lachen. Seit seinem schicken Auftritt am Neujahrstag hatten sie sich Tag für Tag ein Stückchen mehr aneinander gewöhnt. Jeden Morgen fast zur selben Zeit stattete es ihr einen Besuch ab. Noch fraß es ihr nicht aus der Hand, aber es suchte nicht mehr das Weite, sobald sie die Tür öffnete und hinaustrat.

»Ja, ich weiß. Ich hab Sie zum Essen eingeladen, und jetzt ist nichts angerichtet.« Der Nager sah sie an, bewegungslos wie ein Stofftier.

»Entschuldigen Sie vielmals, ich war ein bisschen unpässlich.« Während sie sprach, drehte sich Mona um und ging mit langsamen, bedachten Schritten zur Kücheninsel. Dort schüttete sie aus verschiedenen Vorratsgläsern einen Mix aus Nüssen zusammen auf einen alten Souveniraschenbecher, den sie zu Herrn Eichhorns privatem Speisegeschirr erkoren hatte.

»Das passiert mir leider zurzeit öfter. Ich wünschte, es wäre anders, aber ich kann nichts dagegen machen.« Inzwischen stellte Mona den Napf direkt vor die Tür, damit sie ihn besser beim Fressen beobachten konnte. Bald würde sie ihn drinnen aufstellen, dann hätte sie irgendwann ein Haustier. In hektischen Zickzacklinien kam ihr kleiner Freund herangesprungen, nahm in einer anmutigen Pose Platz und griff sich eine Walnuss. Trotz der klirrenden Winterkälte lehnte sie sich mit verschränkten Armen an das Panoramafenster. Erstaunlich, wie schnell er eine Nuss verputzt hatte und sich die nächste griff. Sie hatte herausgefunden, dass das anspruchsvolle Kerlchen ein Gourmet wie sie war, Sonnenblumenkerne erst nach ein paar Tagen ausgrub und mit spitzen Zähnen verzehrte, wenn es wirklich gar nichts anderes gab, und lieber hungerte, als Kürbiskerne anzurühren. »Freut mich, dass es Ihnen schmeckt.« Mona wischte sich eine Träne von der Wange und lächelte gequält. »Ich würde Ihnen ja Gesellschaft leisten, aber ich kriege nichts runter.« Wie gerne hätte sie ihn gestreichelt, ihn auf dem Arm herumgetragen, ihm was vorgelesen, aneinandergekuschelt mit ihm ferngesehen. »Können Sie mir sagen, was an mir so furchtbar ist?«, jammerte sie, während das Eichhörnchen ungerührt die Nüsse verspeiste. »Sie kommen ja auch wieder, warum dann Albert nicht? Wissen Sie, was plötzlich in ihn gefahren ist?«

Der kulinarische Kochsalon

Ihrer Mutter in Thailand hatte Mona derart Angst gemacht, sie könne sich was antun, dass diese sofort einen Flug buchen wollte, um sie zu sich ins Kloster zu holen.

»Das wird dir guttun, glaub mir. Danach bist du ein anderer Mensch«, hatte sie immer wieder wie ein Mantra heruntergebetet. Erstens war Monas Auffassung von Wellness eine völlig andere als die ihrer Hippiemutter – unmenschliche Verrenkungen, Reis und Gemüse gehörten definitiv nicht dazu –, und zweitens wollte sie gar kein anderer Mensch sein. Wenn Albert nur wieder der Alte wäre, dann wäre alles wieder in bester Ordnung. Und selbst wenn sie wollte, allein den Flug hätte Mona niemals durchgestanden. Vielleicht mit einer Flasche Wodka intus. Ja, ihre alkoholischen Vorräte hatten sich gefährlich dezimiert, was ihr mittlerweile am allerpeinlichsten war. Aber sonst hätte sie so manche Nacht durchgewacht.

Ezra, die gute Seele, hatte sie immer wieder im Laden besucht. Vor allem schätzte Mona an ihr, dass sie so angenehm anders als Monas Mutter war. Deren mütterliche Sorge erschöpfte sich nämlich darin, Monas Anrufe anzunehmen. Weder erkundigte sie sich von selber nach Monas Befinden, noch hätte sie im Traum daran gedacht, ihren Urlaub abzubrechen, um ihrer Tochter das Händchen zu halten. In dem Moment, da Mona eine eigene Familie besaß, hatte sich ihre Mutter von der elterlichen Fürsorge freigesprochen und sich ganz und gar ihrer – wie sie behauptete – lange hintangestellten Selbstverwirklichung gewidmet. Ezra hingegen fand gar nichts Befremdliches dabei, sich um eine im Grunde fremde Frau wie Mona zu kümmern. Die ertappte sich neuerdings dabei, sich ein Leben mit Ezra als Mutter vorzustellen. Der Gedanke gefiel ihr.

Sie hatten Monas supercremigen Californian Cheesecake gegessen und über Gott und die Welt gequatscht. Und festgestellt, dass sich ihre Lagen gar nicht so sehr voneinander unterschieden: Beide hatten sie ihren Mann verloren, beide mussten sie ihre Kinder ihrem eigenen Leben überlassen, beide waren sie plötzlich irgendwie isoliert.

»Weißt du, was das Schlimmste daran ist, alleine zu sein?«, fragte Mona und leckte ungeniert ihren Kuchenteller ab.

»Mit niemandem zu sprechen«, sagte Ezra. Mona biss sich auf die Zunge, um ihr nicht von Herrn Eichhorn zu erzählen.

»Mein leerer Kühlschrank.«

Ezra nickte und pickte mit ihrer Gabel verunglückte Krümel des Kuchenbodens von der Platte.

»Zuerst habe ich noch eingekauft. Aber es macht einfach keinen Spaß, nur für mich zu kochen.«

Ezra konnte sich auch nicht daran gewöhnen, nur für eine Person zu kochen, und produzierte immer noch Mahlzeiten für eine ganze Kompanie. Davon hatte Mona schon einige Male profitiert, wenn Ezra ihr libanesische Köstlichkeiten in der Tupperdose in den Laden gebracht hatte.

»Mehr als Eier habe ich mir nicht gemacht. Spiegeleier, Rühreier, gekochte Eier, alles andere ist vergammelt. Ich habe haufenweise Essen weggeschmissen«, fuhr Mona fort, »und jetzt einfach nichts mehr gekauft.«

»Lad dir doch Gäste ein«, schlug Ezra vor.

»Wen denn? Ich kann mir ja schlecht alleine unsere Pärchenfreunde ins Haus holen.«

Ezra wusste genau, wovon sie sprach. Heute noch kam ihr das »Ich« schwerer über die Lippen als das »Wir«.

Abgesehen davon, dass man bei gemeinsamen Freunden ab jetzt immer aufpassen musste, was man sagte. Wer wirklich zu welchem »Lager« gehörte, war nur bei Paul eindeutig klar.

»Du kannst ja hier drin irgendwas veranstalten. Eine Weinprobe zum Beispiel?« Ezra trank keinen Alkohol, und Mona würde nichts machen wollen, wo Ezra nicht dabei wäre. Außerdem war eine Horde angesäuselter Weinkenner in ihrem Buchladen eine gruselige Vorstellung. Sie sah sie schon förmlich vor sich, die Glasränder, aufgequollenen Seiten und befleckten Buchrücken. Da könnte sie ihre Bücher gleich verschenken.

»Oder wie wär's mit einem Kochkurs für Männer? Als Chefin hättest du freie Auswahl«, meinte Ezra mit einem Augenzwinkern.

»Nur wenn du mitmachst.«

»Ach nein«, winkte Ezra ab. »Ich brauche keinen Mann mehr, aber du bist doch noch so jung. Du wirst noch mal ganz von vorne anfangen.« Der Gedanke war Mona ein Gräuel.

»Lieb gemeint, aber so weit bin ich noch nicht.«

Mona schien ihre Misere irgendwie zu gefallen, denn immer war ihr irgendein Gegenargument eingefallen, wenn es darum ging, etwas an ihrer Lage zu ändern. Zu aufregend, zu langweilig, zu früh, zu spät, zu teuer, zu poplig, zu viel Arbeit, zu wenig Spaß ... Stundenlang hatten sie noch so hin- und her phantasiert, dabei kannenweise Tee und Kaffee und einen Großteil des für den Verkauf bestimmten Kuchens konsumiert, bis *die* Idee schwarz auf bunt (Mona war einfach kein Schwarz-Weiß-Typ) auf Papier stand:

Einladung
zum
kulinarischen Salon

Dem exklusiven Kochklub für Frauen

Jeden Montag um 19.00 Uhr
bereiten wir gemeinsam
ein saisonales mehrgängiges Menü
in entspannter privater Atmosphäre zu.

Interessiert?
Dann kommen Sie doch herein und erfahren mehr darüber …
Ich freue mich auf Sie!
Ihre Mona

Bevor sie zusammen mit Ezra den Laden verlassen hatte, hatte Mona den Zettel an ihre Ladentür geklebt. »Glaubst du wirklich, da meldet sich jemand?«

»Wir werden sehen«, hatte Ezra gesagt und Mona zum Abschied fest in den Arm genommen. »Jetzt schlaf erst mal gut, meine Hübsche!«

Frauenversteher

Ohne ihre Lederjacke auszuziehen, kam Andrea in Monas Wohnküche gestürzt.

»Ich muss euch was erzählen!« Sie kramte in ihrer lächerlichen Miniatur von einer Umhängetasche, die sie eigentlich nur trug, um ihre lebensnotwendigen Utensilien – ihr Handy und ihre Zigaretten – immer bei sich zu haben. Ansonsten war sie der Meinung, wenn Frauen so was wie Brieftaschen bei sich tragen sollten, dann hätten ihre Jacken und Mäntel so viele Taschen wie die der Männer – bei der Damenoberbekleidung war die Emanzipation jedenfalls noch nicht angekommen –, darum lag ihre Kreditkarte im Handschuhfach ihres Autos, und das bisschen Bargeld, das sie bei sich trug, steckte zusammengeknüllt irgendwo in ihrer Kleidung, manchmal sogar im BH.

»Nun komm doch erst mal an«, sagte Mona. »Prosecco mit Granatapfelsirup? Den Sirup hat Ezra selber gemacht.«

»Unbedingt«, sagte Andrea, die Zigarette schon im Mund. Flüchtig streifte sie Monas und Lisas Wangen zur Begrüßung, gab der burschikosen Marina einen freundschaftlichen Klaps auf den Rücken und umarmte Ezra, die am Tisch vor einem Berg purpurfarbenen reifer Feigen saß. Alle Augen waren auf sie gerichtet, als sie die Terrassentür öffnete und in ihrem Etuikleid und ihren Designerpumps hinaus auf die makellose Schneedecke trat. Ein eisiger Luftzug ließ Mona in der Küche erschauern. Andrea zog die Tür ein wenig zu und zündete hektisch die Zigarette an.

»Wie schick du wieder bist«, bemerkte Marina. Sie selbst präsentierte sich auf angegrauten Tennissocken in ihrem obligatorischnachlässigen Schlabberjeans-Schlabbershirt-Look, in dem sie zu wohnen schien.

»Danke«, rief Andrea durch den Spalt. »Hört mal zu. Heute Morgen war im Radio ein Interview mit dieser Autorin, die über Wünsche ans Universum schreibt.«

»Ja ja. Bei der war ich letztes Jahr auf einem Vortrag. Die ist toll«, warf Lisa ein, ohne von ihrem Brett aufzusehen, auf dem sie dunkelhäutige Yamswurzeln mit einem großen, schweren Messer in kleine Würfel schnitt. In ihrem kulinarischen Salon konnte Mona nach Herzenslust endlich all die interessanten Lebensmittel zubereiten, die sie immer schon mal probieren wollte. Dazu gehörte zuallererst mal ein Spaziergang über den Markt. Hier bekam sie meist ihre besten Inspirationen. Die in unseren Breitengraden seltene süßkartoffelähnliche Wurzel, die sie heute gefunden hatte, wollte sie getrüffelt zu Rinderfilet an einem feinen Sößchen servieren.

»Das mit den bestellten Parkplätzen kennen wir ja inzwischen alle«, sagte Andrea.

Lisa lachte. »Also bei mir funktioniert's. Ich steh schon wieder direkt vor der Tür.«

Fröstelnd nahm Andrea atemlose kurze Züge an ihrer Zigarette. Mona reichte ihr ein Glas Prosecco nach draußen. »Mach schnell, wir erfrieren hier drin.«

»Ach, mir ist das gerade angenehm«, meinte Marina, die wegen ihrer Hitzewallungen sowieso schon im T-Shirt dastand. Verständnislos schüttelte Mona den Kopf. So verfroren, wie sie war, freute sie sich fast schon auf diesen Teil der Menopause. Ezra zeigte lachend auf die unansehnlichen Wurzeln: »Dieses Püree wird all deine Leiden lindern, Marina. Das solltest du jeden Tag essen.«

»Du bist ja lustig«, antwortete Marina. »Als ob sie so was in unserer Kantine servieren …«

Jetzt kam Ezra in Fahrt, ihrer Ansicht nach war die tolle Knolle nämlich *das* Frauengemüse schlechthin: »Die ist aber gut für euch alle.« Wie einen erhobenen Zeigefinger richtete sie ihr Obstmesser gegen Mona. »Dir erleichtert sie deine PMS und die Menstruation. Keine Beschwerden mehr. Sie hilft gegen Entzündungen, Depressionen, Knochenschwund. Andrea könnte sie zur Empfängnisverhütung nutzen und zum Schwangerwerden, wenn sie dann mal geheiratet hat.« In der Hinsicht war Ezra konservativ, Sex ohne Trauschein passte nicht in ihre Welt. Mit einem schelmischen Lachen wandte sie sich an Andrea: »Und damit das schneller geschieht, könntest du dir mit einer Yamswurzelcreme den Busen vergrößern. Auch dazu ist sie gut.«

»Wenn das wahr ist, dass dieses hässliche Ding antidepressiv wirkt, dann möchte ich das bitte jeden Montag essen«, meinte Lisa lachend und versetzte der letzten Knolle einen kräftigen Hieb.

Mona wandte sich der Salatsauce zu. Darin war sie eine Meisterin. Sie hatte ein instinktives Gespür, welches Öl und welche Säure welchem grünen Blatt schmeichelten. Dass in den meisten Lokalen gerade so etwas Aufwendiges wie ein Salat, für den so viele Zutaten und so viele Arbeitsschritte und so viel Fingerspitzengefühl nötig waren, damit er nicht nur ein Geschmacks-, sondern auch ein Bisserlebnis bescherte, unter einem Flaschendressing erstickt werden konnte, war ihr ein immerwährendes Rätsel. Wer alles zusammenpanschen wollte, sollte doch eine Suppe kochen. Mona fand, die Bitterkeit eines kraftvollen Radicchioblattes bedurfte dringend der reifen Süße eines Obstes. Quittengelee und milder weißer Birnenbalsamico, Meersalz, schwarzer Pfeffer und ein Klecks mittelscharfer Senf vereinten sich mit ein paar Esslöffeln klarem Walnussöl zu einer weichen Creme.

Mit einem Schluck hatte Andrea das halbe Glas Prosecco geleert. »Na ja. Jedenfalls erzählte diese Autorin auch, wie sie ihren Mann bestellt und postwendend bekommen hat. Ich dachte mir, schaden kann's ja nicht, und hab auch gleich einen Wunsch losgeschickt«, fuhr sie fort.

»Einen Mann«, fragte Marina ein wenig spöttisch und unterbrach ihr geräuschvolles Gehacke der unschuldigen Walnüsse, damit sie nichts von Andreas Geschichte verpasste.

»Klar. Was denn sonst? Alles andere hab ich doch schon.« Andrea leerte das Glas. Die Kälte schien ihr nichts auszumachen. Die Glut ihrer Zigarette schwebte wie ein Glühwürmchen durch die Dunkelheit, sie selbst war nur eine Geisterstimme. »Stellt euch vor: Ich geh auf die Straße, um mir beim Bäcker für die Arbeit was zu essen zu holen. Ich war keine fünf Meter unterwegs, da spricht mich ein Mann an.«

»Und fragt dich nach dem Weg«, witzelte Marina.

»Nein. Eben nicht.« Energisch trat Andrea die Zigarette im Schnee aus und kam in die Küche. Als sie die Terrassentür schloss, wurden die anderen sichtlich entspannter. Schnell hackte Marina die Nüsse fertig, um sie in einer Pfanne unter konzentriertem Rühren anzurösten.

»Er sagte, er fände mich sehr attraktiv, und ging dann einfach mit mir zum Bäcker.« Andrea errötete wie ein schüchterner Teenager. »Wisst ihr, wie lang das her ist, dass mich jemand spontan angesprochen hat? Jahrzehnte!«

»Und dann?« Mona nahm Andrea das Glas ab und füllte es erneut. Dann wusch sie ihre Hände, um Radicchio und Salatsauce in einer zweckentfremdeten Waschschüssel miteinander zu vermengen, bis jedes Blatt gleichmäßig von einem Saucenfilm überzogen war. Das klappte nun mal am besten mit den Fingern.

»Er stellte sich vor, fragte nach meinem Namen und fing an zu erzählen, was er macht und wo er herkommt und so weiter. Beim Bäcker in der Schlange.« Sie schüttelte den Kopf.

»War er denn dein Typ?«, fragte Mona. Nicht, dass sie große Erwartungen an die Antwort hatte, denn Andrea hatte bisher bei jedem ihrer Dates ein K. o.-Kriterium gefunden: zu kurze Daumen, zu viel Haare auf den Armen, zu wenig auf dem Kopf, Schnauzbart, falsche Augenfarbe, unerotischer Dialekt, Tchibo-Jacke, kein iPhone, ungeputzte Schuhe, falsche Wohngegend – die Liste war endlos.

Sie stellte fünf Teller auf die Theke und begann, sorgfältig den Salat darauf anzurichten: Radicchioblätter-Nester, alle gleich groß, darauf die wollüstig-roten Feigenviertel gerecht verteilt, darüber schwungvoll eine Handvoll geröstete Walnüsse gestreut.

»Das ist ja das Irre«, antwortete Andrea, die ständig ausweichen musste, weil sie irgendeiner der anderen Frauen im Weg stand. »Ich hatte in meinem Wunsch geschrieben: ›Ein Mann, der mir gefällt‹, aber ohne Details wie Größe oder so, wie sonst in meinen Online-

Profilen. Diese Autorin meinte, man dürfe bei so was nicht zu präzise sein. Und er gefiel mir. Ich glaube, ich habe ihm die ganze Zeit in seine wahnsinnig intensiven meerblauen Augen gestarrt.« Sie strahlte.

»Aber ...«, fragte Marina, die schon an Andreas Formulierung erkannt hatte, dass es da einen Haken gab. Mona grinste ihr zu.

»Tja, der Teufel steckt eben doch im Detail.« Andrea lachte, nahm sich ein Messer aus dem Messerblock und begann, ein luftiges Walnussbaguette in schräge Scheiben zu schneiden, die sie sorgfältig in eine längliche Porzellanschale schichtete. »Ich war so überwältigt, dass ich diese ganze Begegnung erst dann mit meinem Wunsch in Verbindung brachte, als er weg war. Es ist unglaublich: Alles, was ich bestellt hatte, war geliefert worden. Nicht mehr und nicht weniger.«

»Na siehst du!«, rief Lisa begeistert aus. »Wann seht ihr euch wieder?«

»Ich hätte nur ein bisschen präziser sein müssen«, fuhr Andrea fort, »denn er ist zwar frei, wohnt aber bei seiner Mutter.«

»Ach du Sch...«, entfuhr es Mona. Sie hobelte ein paar Späne reifen Pecorino über jeden Salatteller.

»Er ist fleißig – das hatte ich auch aufgeschrieben –, aber als Automechaniker bleibt ihm auch gar nichts anderes übrig. Er muss ja auch noch für seine vierjährige Tochter sorgen.«

»Ach, das ist aber süß«, meinte Marina, deren großes Herz für Kinder in frappierendem Gegensatz zu ihrer egozentrischen Lebensweise stand.

»Ja, mag schon sein.« Für fremde Kinder hatte Andrea relativ wenig übrig. Die meisten hielt sie für Arschlochkinder. Ihre eigenen würden natürlich ganz anders werden. »Aber anstatt zu schreiben, dass er Geld haben soll, dachte ich, es reicht, dass er großzügig ist und mich gerne verwöhnt. Männer mit Vermögen, die so geizig sind, dass sie mich nicht mal auf 'nen Kaffee einladen, habe ich ja schließlich schon genügend kennengelernt.«

Gott, wie war sie nur hier rein geraten, in diese desperate Midlife-Crisis-Dating-Welt? Jedes Mal, wenn Mona Andrea so zuhörte, hatte sie zunehmend das Gefühl, vor Jahrzehnten in einer Cryo-

Bank eingefroren und zum falschen Termin aufgetaut worden zu sein. Gestern war sie noch eine aufgeräumte verheiratete Frau gewesen, heute sollte sie sich mit ihren liebeshungrigen Salondamen um die letzten Einhörner – Singlemänner in ihrem Alter ohne Ballast und Psychosen – prügeln? Das hatte sie nicht gelernt und schon gar nicht geplant. Sie musste erst mal zu sich kommen, herausfinden, was sie eigentlich wollte. Auf jeden Fall mal keinen Mann.

»Kannst du dich bitte um die Getränke kümmern?«, bat Mona. Sogleich entkorkte Andrea eine Flasche Rotwein, goss den Inhalt in einen Dekanter, den sie auf den Esstisch stellte. Während sie eine Karaffe mit Wasser füllte, sagte sie: »Er wollte mich ja auch gleich einladen, aber bei ihm wird sich die Großzügigkeit wahrscheinlich eher in einer Fußmassage und einer Autoreparatur als in einem Ring von Tiffany ausdrücken.«

»Heißt das, du wirst ihn nicht wiedersehen?«, fragte Marina und sah mit tränenüberströmtem Gesicht von ihrem Brett mit Zwiebelwürfeln auf.

»Natürlich nicht! Was soll ich denn mit dem?«

Auch wenn sie gerade hauptsächlich wegen der Zwiebeln heulte, Marinas Glaube an die große Liebe war ungebrochen, und sie war immer enttäuscht, wenn sie nicht zustande kam.

»Aber begreift ihr denn nicht, was das heißt?«

Mona runzelte die Stirn. »Dass du nun einen mehr abhaken kannst?«

Andrea verzog das Gesicht. »Diese Autorin hat recht: Man kann sich seinen Mann beim Universum wünschen! Wenn ich mir überlege, wie viel Geld ich allein in dieses Online-Dating gesteckt habe! Völlig umsonst.«

»Und wie viel Herzblut«, fügte Marina an und schnäuzte sich geräuschvoll in ein Küchenkrepptuch.

»Und wie viel Zeit«, ergänzte Lisa.

»Na ja, mit deiner Zeit haushaltest du ja auch nicht gerade, meine Liebe«, entgegnete Andrea spitz. »Allein die Gurkerei quer durch die Bundesrepublik … nur für so ein paar Stündchen Selbsterfahrung. Da sitz ich doch dreimal lieber in irgendwelchen Restaurants und Cafés, selbst mit 'nem Langweiler.«

Marina lenkte ein: »So darfst du das nicht sehen. Jedes deiner Dates hat dich um eine Erfahrung reicher gemacht. Die kann dir keiner mehr nehmen.«

»Da hätte ich auf einige Erfahrungen gerne verzichtet, sag ich dir.«

Diese Auffassung konnte Marina gar nicht teilen, weshalb sich die beiden regelmäßig in die Haare kriegten. Lieber heute als morgen wäre Marina mit allen Langweilern der Stadt ausgegangen, doch irgendwie kriegte sie es nicht hin, sich auch nur mit *einem* Mann zu verabreden.

»Was macht eigentlich Albert?«, fragte Lisa. Nur weil sie auch eine lange Beziehung hinter sich hatte, aus der sie unfreiwillig getrennt worden war, empfand sie Mona als ihre ganz persönliche Leidensgenossin.

Mona blickte in die Frauenrunde und wurde plötzlich von einer tiefen Dankbarkeit erfüllt. Sie hatte keinen blassen Schimmer, was Albert so trieb. Und wenn sich ihr Leben in den vergangenen Wochen nicht einmal um die eigene Achse gedreht und Purzelbäume geschlagen hätte, dann hätte ihr dieser Umstand ganz schön zu schaffen gemacht. Sie hätte Heulkrämpfe bekommen, als Albert wie ein lichtscheues Tier einen schleichenden Auszug aus ihrer Wohnung praktizierte, während sie ihren Laden hüten musste. Sie hätte Tobsuchtsanfälle bekommen und Sachen an die Wand geworfen, als sie bemerkte, dass Albert sich offensichtlich eine neue Handynummer zugelegt hatte. Sie hätte Einsamkeitsschübe mit unkontrolliertem Schokoladenkonsum bekommen, als ihr auffiel, wie leer und still ihre Wohnung auf einmal war. Sie hätte Depressionen bekommen, als ihr in den Sinn kam, dass sie jetzt vielleicht für immer alleine bleiben könnte – ohne Mann und ohne Kind.

Stattdessen war sie hier im Kreise lauter toller Frauen, die vor Kurzem noch Fremde gewesen waren.

Rituale

»Welche Augenweide ...«

Ein Lächeln huschte über Monas ernstes Gesicht. Vor Alberts Verschwinden (sie weigerte sich immer noch strikt, es Auszug oder gar Trennung zu nennen) war ihr gar nicht aufgefallen, wie gut ihr der tägliche Besuch von Herrn Clemens Weißberg tat. Vor zwei Wochen hatte der Anwalt sich ihr endlich mal vorgestellt.

Ihr paisleygemustertes Jerseykleid schwang bei jedem Schritt rhythmisch mit, als sie vor ihm her zur Kaffeetheke ging.

»Mona, Mona, Mona ...« Eigentlich hatte Mona ihm das »Du« nicht angeboten. Sie fand es zu vertraulich. Allein schon, wie er ihren Vornamen aussprach. Irgendwie kokett. Ob er sie auch so anträllern würde, wenn seine Freundin dabei war? »Wie Sie es schaffen, so viel Farbe in einen derart trüben Tag zu bringen, ist mir ein Rätsel.«

Ihr auch. Sie sah nach draußen. Es war noch mitten am Tag und nahezu wieder dunkel, und wenn Mona nicht in eine neue Lieferung farbenfroher Bücherwelten aus Indien, Australien und Südamerika hätte abtauchen können, hätte sie sich sicher vom trostlosen Grau anstecken lassen. Farben waren Seelenbalsam für sie. Leuchtendes Pink oder warmes Rot, strahlendes Blau oder grelles Grün anzuziehen, wenn es ihr schlecht ging, war wie ein Selbstschutzreflex.

»Ich schätze, ich habe eine bunte Natur.«

Sie machte ihm seinen Espresso. Komisch, bevor er seine Freundin erwähnt hatte, hatte er nie so viel mit ihr gesprochen. Gedankenverloren hatte er seinen *doppio* bestellt, während der Zubereitung mit dem Rücken zu ihr schweigend aus dem Schaufenster gestarrt, das großzügig bemessene Geld dafür schon auf dem Tresen bereitgelegt, bevor er den Kaffee hastig heruntergestürzt hatte und wieder in seine Kanzlei verschwunden war.

»Aha, ein Paradiesvogel.«

Wollte er sie provozieren?

»Würd ich nicht sagen. Klingt irgendwie chaotisch, finden Sie nicht?«

»In erster Linie sind bunte Vögel wunderschöne exotische Geschöpfe.« Er strahlte sie unschuldig an. Mona errötete und wickelte sich eine Locke um den Zeigefinger. »Und wenn Sie sich ob ihrer Einzigartigkeit manchmal herausnehmen, ein bisschen kapriziös zu sein, dann sei Ihnen das vergönnt.« Er nahm einen großen Schluck heißen Kaffee, grinste und sagte: »Schräge Vögel sind allerdings eine andere Sache.«

Sie konnte er damit ja wohl unmöglich meinen. Aber bevor sie antworten konnte, wandte er sich um und sagte: »Tja, jetzt muss ich leider wieder. Einen wunderschönen Tag noch, liebe buntgefiederte Mona.« Und schon war er zur Tür raus.

Was für ein Schwerenöter, dachte Mona, als sie Clemens durchs Schaufenster weggehen sah. Doch nach jeder Begegnung mit ihm verspürte sie erst mal für eine Weile keinen Drang mehr, Alberts Nummer zu wählen.

Selbsterfahrung

»Ich bin so froh, dass ich endlich Bescheid weiß.«

Die unscheinbare Buchhalterin Lisa sprudelte über vor Euphorie. Das passte gar nicht zu ihrem farblosen, durchschnittlichen Äußeren, doch aus jeder Pore atmete Lisa reine Energie. Hätte man ihr eine Glühbirne in die Hand gesteckt, hätte die wahrscheinlich geleuchtet. Dieses Mal war es eine Familienaufstellung, die sie in himmelhochjauchzende Stimmung versetzte.

Es klingelte. Marina ging, um Andrea die Tür zu öffnen. Mona sah auf die Uhr. Fünfundzwanzig Minuten. Sie fragte sich, wie die eigentlich in ihrem hochdotierten Job aufgestiegen war, wo sie doch immer zu spät kam.

Mona machte drei Kreuze, dass der Salon nicht donnerstags stattfand. Denn dann hätten sie Lisa wohl nicht ganz so fröhlich erlebt – Lisa war ein Seminarjunkie und zumindest montags immer noch vollkommen aufgedreht von ihren neuesten Erkenntnissen.

Abgesehen davon war Lisa ein grundsolider Mensch, und so sah sie auch aus. »Feldmaus« war Monas erste Assoziation gewesen, als Lisa sie auf den Aushang an ihrer Ladentür angesprochen hatte. Mausbraun ihre Haare, sogar der Schnitt mauskurz und androgyn, und auch ihre Kleidung in geschlechtslosen Erdtönen. In dem Moment hatte Mona bezweifelt, ob sie beide wirklich auf einer Wellenlänge wären, aber von wem konnte sie das überhaupt sagen? An Werktagen bearbeitete Lisa brav Zahlenkolonnen in einem großen Konzern und ging früh zu Bett. Nicht wie Monas Mutter, der man sofort ansah, dass sie so ein Esoterikfreak war. Lisa wohnte erst seit Kurzem hier, war aus einer Kleinstadt am anderen Ende der Republik zugezogen und wollte beim Kochen neue Kontakte knüpfen. Aber anstatt sich mit der Stadt vertraut zu machen, die jetzt ihr neues, wirklich hübsches Zuhause war, pilgerte sie fast jedes Wochenende quer durch den deutschsprachigen Raum zu irgendeinem Seminar oder Workshop. Im kulinarischen Salon schien sie sich mehr zu Hause zu fühlen als in ihrer eigenen Wohnung. Mona fragte sich, wovor Lisa eigentlich davonrannte.

Unpünktlich zu sein war in Monas Augen einfach nur respektlos, darum zeigte sie Andrea erst mal ein bisschen die kalte Schulter. Der wiederum schien das so egal zu sein, dass sie sich kurzerhand selbst mit dem Rosé-Champagner bediente. Klar, mit dieser »Hoppla-jetzt-komm-ich«-Attitüde kam man durchaus nach oben.

Keine von ihnen fragte mehr nach Lisas Wochenendbeschäftigung, dennoch erfuhren sie jedes kleine Detail, ob sie wollten oder nicht. Schade, dass ein echter Dialog dabei so gut wie unmöglich war. Jetzt musste man Lisa erst mal aussprudeln lassen, bevor sie sich mit dem Essen befassen konnten. Dabei hatte sich Mona von der lieben Gemüsefrau, von der sie sich kaum loseisen konnte, weil sie sich ihr unaufhörlich schwatzend in den Weg gestellt hatte, den ersten Spargel aufdrängen lassen. Der grüne eignete sich hervorragend zum Braten, kochen wollte sie erst den späteren, der mehr Substanz hatte. Mona liebte die spritzig-frische Farbkomposition ihres heutigen Vorspeisensalats: hellgrüne Spargelrauten zwischen pinkfarbenen Pfefferbeerenpünktchen auf roséfarbenem Grapefruitcarpaccio-Grund.

Das Rezept für eines der hübschesten Frühlingsgerichte:
Grapefruitcarpaccio mit grünem Spargel

Für 4 Personen

- 6 Grapefruits
- 4 EL Honig
- 4 EL Orangensaft
- 500 g grüner Spargel

- 3 EL Olivenöl
- Salz
- 1 TL rosa Pfeffer
- 24 Blatt Zitronenmelisse, in Streifen geschnitten

Grapefruits gründlich schälen und filetieren. Falls nötig, die Filets noch einmal in dünne Scheiben teilen und das Carpaccio fächerartig auf vier Tellern anrichten.

Spargel waschen, die holzigen Enden abbrechen und die Stangen schräg in schmale Scheiben schneiden.
Spargel in heißem Olivenöl unter Rühren bissfest anbraten.
Gut salzen und in der Mitte jedes Tellers einen kleinen Haufen anrichten. Rosa Pfeffer drüberstreuen.

Honig und Orangensaft verrühren, gegebenfalls mit Balsamico Bianco nachsäuern, auf den Salat träufeln und alles mit Melisse garnieren.

Nein, ganz so schlimm war es ja gar nicht. Mona fand Lisas Geschichten durchaus interessant. Aber dass die nach jedem ihrer Selbsterfahrungstrips so seltsame neue Wortschöpfungen verwendete, strengte sie ganz schön an. »Avatar« kannte sie als Film, für Lisa war es neuerdings ein Stellvertreter für ein Familienmitglied. Jemand völlig Fremdes, der wie in einem Schauspiel die Rolle einer von Lisa bestimmten Person aus deren Familie oder Umfeld einnahm und entsprechende Empfindungen dieser Person tatsächlich verspürte und ausdrückte. Verrückt, oder? Und der Filmtitel »Matrix« bedeutete für Lisa ab sofort die Summe der in der Kindheit gemachten Erfahrungen. Wenn Lisa nicht aufpasste, würde sie bald wie ein L.-Ron-Hubbard-Buch klingen.

Die Vorspeise war ein Gedicht. Für jeden Bissen packte Mona, die bei den Salons immer am Kopfende saß, um den Überblick zu bewahren, sorgfältig etwas von jeder Komponente auf ihre Gabel. Lisa sah sie an.

»Eigentlich ist es ungewöhnlich, eine so lange Beziehung zu

führen wie du, wenn du ohne Vater aufgewachsen bist, hat unser systemischer Therapeut gesagt.«

»Diese Theorie kenne ich, aber ich verwehre mich entschieden dagegen, dass jeder mit einer schwierigen Kindheit auch zwangsläufig schwierige Beziehungen haben muss«, entgegnete Mona energisch. »In jeder Familie gibt es doch irgendwelche Dramen. Es ist ja auch nicht jeder, der als Kind geschlagen wurde, automatisch ein Serienmörder.« Sie biss krachend von ihrem Oliven-Rucola-Crostini ab.

Jetzt brauste Andrea auf: »Ja, und was sagt dein Therapeut dazu: Meine Eltern sind seit Jahr und Tag glücklich verheiratet. Meiner Matrix zufolge müsste ich doch dann die mit der langen Beziehung sein, oder?«

»Ich sag doch, im Grunde sollte jeder von uns eine Aufstellung machen, um rauszufinden, wessen Schicksal wir da leben. Wer weiß, vielleicht hatte irgendeine Großmutter oder Tante von dir ihr Urvertrauen verloren«, antwortete Lisa ihr mit einem Schulterzucken.

Andrea schüttelte den Kopf und deutete mit ihrem Champagnerglas auf sie. »Woher will dein Therapeut das mit der Großmutter denn wissen?«

»Ihr könnt euch nicht vorstellen, was da alles passiert.« Lisas Augen strahlten beseelt. »Da werden Tote zum Leben erweckt, Suizide ins Grab geschickt, Krankheiten erklärt, Spinnefeinde im Nu versöhnt …«

Während sie allen die Gläser auffüllte, war Marinas süffisantem Lächeln deutlich anzusehen, dass sie gerade Lisas Intelligenz anzweifelte, wohingegen Ezras Nicken verriet, dass ihr das alles gar nicht so fremd war.

»Da war zum Beispiel eine dabei, die war in einem sehr aufgeklärten Haushalt aufgewachsen, liebevolle Eltern, zärtlicher, offener Umgang. Aber sie hatte immer totale Probleme mit ihrer Sexualität, wollte sich nicht anfassen lassen.«

»Kann ich mal bitte die Brötchen haben?«, fragte Marina, der das Thema Sex eher unangenehm war. Ihre vierundfünfzig Jahre hatte die Studienrätin dazu genutzt, Bücher und Länder zu erforschen, die Liebe hatte sich ihr dabei nicht erschlossen. Marinas erotischer Erfahrungsschatz glich der einer Novizin.

Lisa reichte ihr die Platte mit den restlichen Crostini und fuhr unbeirrt fort: »Und dann kommt bei ihrer Aufstellung raus, dass die Großmutter von den Russen vergewaltigt und ermordet worden war.« Erwartungsvoll sah sie in die Runde. Die sah erwartungsvoll zurück. »Ihr Avatar hat ihr großes Leid total gespürt. Die hat geschrien, das glaubt ihr nicht! Wirklich, als würden sie sie abschlachten. Die war Steuerberaterin. Die macht so was sonst nicht.« Zufrieden schob sie sich ein Stück Spargel in den Mund. »Alexandra, so hieß die Teilnehmerin, hatte die ganze Zeit unbewusst das Trauma der Großmutter verinnerlicht.«

Sprachloses Kauen und Knuspern.

»Da gibt es dann bestimmte Rituale, in denen man die Verantwortung oder die Bürde an die zurückgibt, denen sie zusteht. Das ist so bewegend zu erleben! Alexandra hat einen riesigen schweren Stein in die Hände dieser Steuerberaterin gelegt, und für die fühlte der sich an wie ein Kiesel.« In Lisas Augen hatten sich Tränen gesammelt. »Wenn ich es nicht erlebt hätte, würde ich es auch nicht glauben. Die kann mit achtunddreißig jetzt endlich befreit ihr eigenes Leben leben. Wir haben Telefonnummern ausgetauscht.«

Manchmal konnte Mona sich kaum ein herablassendes Grinsen verkneifen, wenn Lisa nach jedem Wochenende neue Freunde hatte. Alexandra also. Und der Typ, der so »wahnsinnig sensitiv« ihren Urgroßvater verkörpert hatte. Die Namen merkte sich Mona schon nicht mehr, denn nächste Woche würde es jemand anderes sein. Er hatte Lisa die Augen geöffnet. Amen.

»Und worüber weißt du jetzt genau Bescheid?«, fragte Mona und nahm einen Schluck Champagner. Ihr Teller war bereits leer, der von Lisa noch fast voll. Lisa setzte sich aufrechter hin. »Haltet euch fest: Mein Urgroßvater ...«

Marina und Andrea warfen sich einen belustigten Blick zu. »... ist im Krieg verwundet worden. Der Kehlkopf und die Stimmbänder, jedenfalls verlor er seine Stimme. Natürlich hat ihn meine Urgroßmutter deswegen nicht verlassen, so was kam ja gar nicht infrage, aber im Prinzip hat er Jahrzehnte nicht mehr mit ihr gesprochen.«

»Wie hat der Stellvertreter das denn bitte dargestellt?«

Lisa ging über Andreas provokante Frage hinweg. »*Mein* Peter hat auch all die Jahre so gut wie nicht mit mir gesprochen, und er würde mich wohl heute noch anschweigen, wenn er nicht selbst gegangen wäre. Eigentlich kann ich meine Nachfolgerin nur bedauern.« Sie steckte sich eine Gabel voll Salat in den Mund und fragte kauend: »Apropos: Was macht eigentlich Albert?« Sie konnte es einfach nicht lassen.

»Ich schätze, er genießt seine Freiheit.« Mona gab sich betont gleichgültig.

»Du solltest unbedingt auch eine Aufstellung machen, meine Liebe. Die nächste ist in zwei Wochen hier in der Nähe. Da stellt sich bestimmt ganz schnell raus, woran es liegt, dass es so ist, wie es ist.«

»Was soll sich da schon rausstellen?«, meinte Andrea. »Albert ist wie alt? Fünfundvierzig?«

»Vierundvierzig«, antwortete Mona und feuchtete ihren Zeigefinger an, um zwei rosa Beeren von ihrem Teller zu picken. Sie verzog das Gesicht. Ohne den Rest waren sie eher nicht so lecker.

»Der hat 'ne Midlife-Crisis. Da ist er ja sowieso noch von der harmlosen Sorte. Normalerweise müsste er sich 'nen Porsche und 'ne Geliebte zulegen, die halb so alt ist wie du.«

»Das klingt so, als würde das Alter sie nicht weiser, sondern dümmer machen. In meiner Kultur ist das nicht so«, schaltete Ezra sich ein.

»Echt? Dann brauche ich einen Libanesen. Sofort!«, entgegnete Andrea. Die Frauen lachten. »Nein, ehrlich, ich wär ja froh, wenn's nicht so wär, aber meine Erfahrungen sind nun mal leider anders. Ich kann gar nicht mehr zählen, wie oft ich Typen in unserem Alter gedated hab, von denen ich dachte, sie seien bindungsfähig, weil sie mal verheiratet waren oder lange Beziehungen hatten. Pustekuchen! Der letzten Donnerstag war auch so einer.«

»Du hattest schon wieder ein Date?«, fragte Marina ungläubig. Sich mit der Serviette Wind zufächelnd, ging sie zur Terrassentür. »Sagt mal, ist euch auch so heiß?«

»Wechsel«, antwortete Lisa lakonisch. »Nicht aufmachen. Bitte. Die einzige, die schwitzt, bist du.«

»Scheidung, Kinder aus dem Haus, und jetzt heißt es: Jugend nachholen. Nur *ja* keine Verpflichtungen, keine Rechenschaften … und schon gar keine neue Familie. Hauptsache, alles easy«, erzählte Andrea, wild mit ihrem Glas gestikulierend, weiter.

»Aber warum sucht so einer dann eine Frau übers Internet?« Für Lisa war das eine fremde Welt. Bei jedem Workshop kriegte sie Fünf Flyer für afrikanische Trommelkurse im Bauernhof, Schweigewochen im buddhistischen Kloster, Ayurveda-Kochkurse im fünf-Sterne-Hotel, Freitänzer-Workshops an der Küste und Baumumarmerfahrungen im Wald, und wenn sie sich auch nur bei einem davon blicken ließ, hatte sie postwendend eine Handvoll neue Freunde.

»Na ja, die hoffen einfach, dass irgendeine das mitmacht. Klappt ja auch. Ich hab ja am Anfang auch monatelange Affären gehabt, von denen ich dachte, sie seien Beziehungen. Inzwischen durchschau ich so 'ne Sackgasse viel schneller.« Wegen ihrer Botox-Flatrate konnte sie ihre Stirn nicht runzeln, doch ihre Zornesfalte widersetzte sich dem Nervengift.

»Ja, aber es gibt doch andersrum auch Karrierefrauen, die sich lieber einen Toyboy halten, bei dem *sie* das Sagen haben, als sich von einem Mann bestimmen zu lassen«, warf Marina ein. »Scheint also ein gleichberechtigter Trend zu sein.«

»Meine Mutter hat schon ihr ganzes Leben On-off-Geschichten«, fügte Mona an.

»Ich finde das alles ziemlich degeneriert«, bemerkte Ezra. »Wir alle brauchen jemanden, für den wir sorgen können. Immerhin stammen wir von den Affen ab. Das sind soziale Gruppentiere, keine Einzelgänger wie die Bären, die ihre Nachkommen auffressen.«

Lisa lachte auf. Mona stimmte zu. »Wenn du so eine Meinung von den Männern hast, kann daraus ja nie was Festes werden.« Andreas Augen blitzten feindselig. Da hatte sie Andreas wunden Punkt getroffen. Mona erhob sich, sammelte die Vorspeisenteller ein und stapelte sie aufeinander. »Was uns betrifft, irrst du dich. Albert braucht einfach eine Weile, um mit den ganzen Veränderungen klarzukommen.« Sie trug die Teller in die Küche. »Und diese Zeit will ich ihm gerne geben.« Keine außer ihr vernahm den falschen Unterton.

»Wäre schön, wenn auch du diese Zeit genießen würdest, meine Liebe«, sagte Ezra und folgte ihr.

Mona lachte. »Mach ich doch. Darum seid ihr ja da.« Sie ließ die Teller auf der Spülmaschine stehen. Ezra nahm den obersten, öffnete die Maschine und wollte ihn reinstellen. Mona nahm ihn ihr ab und sagte: »Lass. Das machen wir alles später. Jetzt kommt der zweite Gang.« Auch die anderen waren wieder zum Schnippeln und Rühren angetreten. »Schau: Solange Alexander noch hier war, hätte ich das immer gleich aufräumen müssen. Diese Freiheit kann ich jetzt noch sieben lange Monate genießen.«

Warum waren dann die einzigen Stunden, in denen Mona ihren Sohn mal nicht vermisste, die mit den Frauen?

Mona schloss die Wohnungstür hinter Andrea, die sich noch als Letzte festgequatscht hatte, und sah auf die Uhr. Sie fuhr ihren Laptop hoch, schaltete die Spülmaschine an und öffnete die Terrassentür. Obwohl es so klirrend kalt war, dass ihr Atem Nebelwolken fabrizierte und sie instinktiv die Arme verschränkte, um nicht zu bibbern, trat sie auf die knirschende Schneedecke hinaus und sah versonnen in den sternenklaren Himmel. Mit tiefen Atemzügen sog sie die klare Nachtluft ein. Ringsum in den Büschen raschelte und knackte es. Natur war niemals mucksmäuschenstill, Mona gab das ein Gefühl von Behaglichkeit. Ein kleiner schwarzer Schatten hüpfte flink vom Busch neben ihr in einen Baum und verschmolz mit der Dunkelheit. Ha, auch noch wach, der liebe Herr Eichhorn. Schmunzelnd wünschte Mona ihm eine Gute Nacht und rettete sich schnell in ihr warmes Wohnzimmer, bevor sie anfangen würde, mit den Zähnen zu klappern. In Neuseeland war jetzt nicht nur Tag, sondern auch Sommer. Sie machte es sich auf der Ledercouch gemütlich, nahm den Laptop auf die Knie und wählte.

»Hi, Mum.« (Wie kosmopolitisch Alexander sich neuerdings gab – als er abgereist war, hatte er sie noch »Mama« genannt.)

»Na, was machst du, mein Schatz?«

»Hab gerade Mittag gegessen.« Dass jemand anderes jetzt für ihn kochte, gab ihr einen Stich ins Herz, doch sie ließ sich nichts anmerken.

»Und sonst?«

»Wir waren das ganze Wochenende am Strand, beim Surfen. Die Wellen hier sind der Hammer.« Und schon sah sie ihn inmitten einer Riesenwelle, durchgewalkt wie Kleidung im Schleudergang der Waschmaschine, sah ihn von einem Hai zerfleischt werden, in den Weiten des Ozeans vom Surfbrett fallen und bewusstlos auf den Meeresgrund sinken – Mutter zu sein war manchmal echt ätzend. Die Sorge um dein Kind hört niemals auf, nicht mal, wenn es schon siebzig und selbst Urgroßvater ist.

»Wie schön.« Sein Haar war hell und lang geworden, sein Gesicht ganz schmal. »Es ist so schön, dich zu sehen, mein Schatz.« Wasser schoss ihr in die Augen. Eigentlich wären sie ja gar nicht so lange voneinander getrennt gewesen. In Gedanken verfluchte sie Albert dafür, dass er ihren Plan durchkreuzt hatte, zusammen ihren Sohn dort zu besuchen und sich gemeinsam mit ihm den Rest von Neuseeland anzusehen. Jedes Mal, wenn sie so sentimental wurde, wurde Alexander ganz hölzern. »Ich habe jetzt ein Haustier«, sagte sie schnell, um ihn aufzulockern. Endlich war sie wieder in der Lage, mit ihm zu plaudern, ohne Gefahr zu laufen, in Tränen auszubrechen.

»Was denn? Etwa einen Hund?« Er hatte sich immer einen gewünscht und nie einen gekriegt, weil Albert fand, dass Tiere ausnahmslos in die Natur gehörten, wo sie auch herkamen, also auch nicht in Zoos. Mona war da seiner Meinung, hätte es aber alleine nie übers Herz gebracht, ihrem Augenstern einen so sehnlichen Wunsch zu verwehren, außer er hätte sich so was Sinnloses wie einen Hamster oder ein Meerschweinchen gewünscht. Sie erzählte ihrem Sohn von Herrn Eichhorn, ihren Kochschwestern, ihrem Laden, er ihr von den Pinguinen und Walen, seiner Austauschfamilie und der Schule, bis sie müde genug war, selig einzuschlafen, anstatt sich wie so manches Mal bis zum Morgengrauen sorgenvoll hin und her zu wälzen.

Tee mit Ezra

Erstaunlich, wie vertraut Mona Ezras Gesicht schon war. Inzwischen fand sie deren prüfenden Blick nicht mehr so irritierend, sondern genoss die ungewohnte Aufmerksamkeit der alten Dame und gab artig Auskunft über ihr Befinden, als diese nach einem Spaziergang in Monas Laden auftauchte.

»Ehrlich gesagt, Samstage sind immer noch schwierig. Die Aussicht auf ein langes Wochenende alleine …«

Für sie war Alberts Rehaphase abgelaufen. Obwohl sie nach dem ersten Schreck durchaus ein gewisses Verständnis für seinen Wunsch nach Abstand entwickelt hatte. Ohne den hätte sie den Kochsalon wahrscheinlich niemals ins Leben gerufen. Wenn sie beide schon viel früher mal jeder was nur für sich getan hätten, wäre es vielleicht erst gar nicht so weit gekommen. Es tat ihr weh, dass sie ihn nicht mehr sehen oder gar spüren durfte. Wäre er wie Alexander am anderen Ende der Welt, hätte das Mona weniger verletzt. Sie vermisste die Gewissheit, irgendwann seinen Schlüssel im Schloss zu hören, auch wenn er oft auf Geschäftsreisen war, und zu Hause nicht dauerhaft allein zu sein. Sich nachts an ihn schmiegen zu können, wenn sie aus einem Albtraum erwachte, die Wochenenden mit ihm planen zu können. Mit Albert hatte sie oft Ausflüge gemacht, Freunde besucht oder eingeladen, war mal mit zum Golfplatz gekommen, um ein Schwätzchen mit den anderen Golferfrauen zu halten. Nun schien sie eine ansteckende Krankheit zu haben, denn seit Albert weg war, waren auch die Einladungen ausgeblieben. Pärchen hatten ja sich – wozu sollten sie Monas Gesellschaft brauchen? Selbst Nichtstun war zu zweit erfüllender.

»Warum kommst du nicht zu mir, wenn du hier fertig bist?«, schlug Ezra vor.

»Ich hatte vor, die Buchhaltung zu machen«, sagte Mona lahm.

»Dazu ist morgen noch genug Zeit.«

»Aber …«

»Schreib dir meine Adresse auf.« Ezra riss ein Blatt von einem Bestellblock und schob es Mona hin. Sie sah auf ihre goldene Uhr. »Ich erwarte dich in zwei Stunden.«

Mona hatte sich schon ein paarmal ausgemalt, wie es bei Ezra aussehen könnte – dass die Realität ihre Pantasie noch übertraf, hätte Mona nie gedacht. Ihr Besuch bei Ezra war ein Ausflug in Tausendundeine Nacht. Allein schon, dass sie an der Tür ihre Schuhe ausziehen und in hübsche ornamental bestickte Lederschläppchen schlüpfen musste. Sie dachte an eine ihrer Lieblingsgeschichten – *Isnogud*, der Großwesir, der Kalif sein wollte anstelle des Kalifen – und musste lächeln. Sie hatte diese farbenfrohe, geschmückte Welt schon immer extrem anziehend gefunden und erinnerte sich auf einmal, dass sie als Kindergartenkind sogar mal ein Haremsdamenkostüm zu Karneval getragen hatte. Hatte sie solche Schläppchen nicht schon mal besessen? Ihre Schritte wurden von dicken Teppichen gedämpft. Ezra, selber barfuß, führte sie gleich in den Wohnraum. Auf der kaum noch sichtbaren hochflorigen Auslegeware und an den Wänden wie Gemälde aufgehängt, kleideten Teppiche aus den unterschiedlichsten Regionen die große, aber vollgestopfte Wohnung fast gänzlich aus. So was kannte sie nur aus Interior-Design-Büchern und Reisedokumentationen im Fernsehen: Eine breite gemauerte Bank zog sich die Wände entlang, darauf unzählige prall gefüllte, farbenfroh gemusterte Polster, davor riesige Sitzkissen und lederne Poufs mit goldenem Ornamentmuster. Dazwischen standen mehrere niedrige Tischchen aus fein ziselierten Silbertabletts, auf einem hatte Ezra bereits lauter himmlische orientalische Schweinereien auf kleinen Platten für sie angerichtet. Das kannte Mona bereits von ihr – es gab nie etwas zu trinken, ohne was zu essen. Sie konnte nicht widerstehen und stibitzte sich gleich einen köstlichen rosigen Lokumwürfel. Viele fanden die klebrige

Konsistenz der Süßspeise gewöhnungsbedürftig, doch hierfür würde sie jede Tüte Gummibärchen eintauschen. Dass Ezra sich das gemerkt hatte, rührte sie. Mit Geleefrüchten war es das Gleiche, die mochte so gut wie niemand außer ihr. Und der gesamten orientalischen Welt. Was sie live feststellen konnte, als sie den Ansturm einer Horde Scheichs und ihrer Entourage von verschleierten Frauen auf einen Laden am Mailänder Dom, der nichts anderes anbot als ebenjene Süßigkeit, miterlebt hatte.

Auf der Marmorplatte einer dunklen Holzkommode dampfte ein Ungetüm von einem silbernen Samowar wie ein lungenkranker Drache vor sich hin. Ezra gab frische Minzblätter in zwei goldverzierte Gläser. Aus einer Kanne, die sie vom oberen Teil des Samowars nahm, goss sie in einem langen Strahl zielsicher einen duftenden dunklen Teesud drauf und füllte das Ganze mit kochendem Wasser aus dem Samowar auf.

Mona wurde bewusst, dass Ezra ohne Familie wie amputiert war. Bei ihr war alles in ihrer Wohnung auf eine Menschenmenge ausgerichtet, nicht wie sonst in den winzigen praktischen Schuhschachtelapartments, in denen Senioren hier – nur noch vom Nötigsten umgeben – bequem, aber allein, ihren Lebensabend fristen sollten.

Ezra wies auf das Sofa. »Mach es dir bitte bequem.« Aber Mona war viel zu neugierig, um sich gleich in die einladenden Polster fallen zu lassen. Sie wollte diese ganze märchenhafte Atmosphäre in sich einsaugen. Ein Kamin, auf dessen Sims dicht an dicht Familienbilder in silbernen Rahmen aufgereiht waren, zog ihre Blicke auf sich.

»Danke, dass ich hier sein darf.«

Sie nahm ein Foto in die Hand, auf dem Ezras drei Töchter in hübschen, adretten Kleidern zu sehen waren. Ein typisches gekünsteltes Fotogeschäftbild, wie es Eltern liebten und Kinder hassten. Sowohl von ihr als auch von Alexander gab es ein *Pixy*-Babyfoto auf dem Eisbärfell und ein solches Schultütenfoto.

»Die in der Mitte ist Laila, oder?«

Ezra nickte. Ja, sie ähnelte Mona wirklich.

Ein anderes Bild zeigte eine Menge fremd aussehender Leute:

finster dreinblickende Männer mit dunklen Bärten und elegante Frauen in Kleidern und Kostümen, über und über mit Schmuck behängt – offensichtlich Ezras Familienmitglieder im Libanon –, in einem riesigen prunkvoll eingerichteten, palastartigen Raum. Mona ergriff eine unbestimmte Sehnsucht danach, ein Teil dieser Menschen zu sein.

»Ach, ich bin gar nicht mehr gern bei mir zu Hause. Wenn Herr Eichhorn nicht wäre ...«, sagte sie.

Ezras Augen blitzten erfreut. »Hast du jemanden kennengelernt?«

»Nein-nein. Das ist das Eichhörnchen auf meiner Terrasse. Wir haben uns angefreundet. Alexander hätte ihn wahrscheinlich schon längst in einem Käfig in seinem Kinderzimmer untergebracht. Der konnte immer so gut mit Tieren.«

Ezra schaute skeptisch. Auf gewisse Weise hatten Orientalen eine ursprünglichere Einstellung zu Tieren als Europäer, denn die meisten hielten sich nur welche, um sie zu verzehren oder mit ihnen Geld zu verdienen.

»Du solltest ihn mal sehen, er ist so putzig.« Strahlend schob sich Mona ein Stück honiggetränktes Baklava in den Mund. »Wir frühstücken jeden Morgen zusammen.« Sie leckte ihre Finger ab.

Ezras Mundwinkel verzogen sich zu einem etwas angewiderten Lächeln.

»Du hast dem wilden Tier einen Namen gegeben?« Kopfschüttelnd platzierte sie die Teegläser auf einem der Tabletttische und löffelte eine ungesunde Menge Zucker hinein. »Das ist nicht gut, das ist gar nicht gut.«

»Was soll ich denn machen?«, verteidigte sich Mona. »Albert geht ja nicht ans Telefon. Ich hab schon versucht, seine neue Handynummer rauszukriegen. Aber die in seiner Firma mauern alle.« Im Schneidersitz machte sie es sich auf der Bank gemütlich. Ezra reichte ihr den Tee, setzte sich zu ihr und sah sie ernst an.

»Meine Liebe, es gibt Regeln zwischen Mann und Frau«, meinte sie nach einer Pause, »die jahrhunderte-, wenn nicht jahrtausendelang funktioniert haben. Und da, wo ich herkomme, tun sie das immer noch.«

»Was meinst du damit? Tür aufhalten, in den Mantel helfen und so was? Also, das fand ich immer schon toll.«

Mona nippte vorsichtig an dem wunderbar aromatischen Tee. Ezra hielt ihr eine Platte mit perfekt geformten Fleischklößchen in Pralinengröße hin, und Mona, die auch bei Büfetten mit großer Begeisterung süß und salzig durcheinander aß, langte zu.

Ezra schüttelte den Kopf. »Nicht ganz. Männer sind Jäger. Das waren sie am Anfang der Menschheit, und das steckt noch immer in ihren Genen.« Sie trank einen Schluck Tee. »Weißt du, was ich meine?«

Mona nickte und lachte. »Wenn Albert einen neuen Kunden ins Visier genommen hatte, dann habe ich ihn immer Bärentöter genannt. Der vergisst dann alles um sich herum, so fokussiert ist er.«

»Siehst du. Jetzt übertrag mal das Geschäftliche auf das Private.«

»Also wäre ich der Kunde?«, fragte Mona unsicher.

»Ja, auch wir sind für sie wie kapitale Hirsche, die sie jagen und erlegen und mit denen sie sich brüsten wollen.«

»Stimmt, am Anfang war das so.«

»Wenn du den Spieß umdrehst und ihn jagst, dann machst du ihn zur Beute und erstickst bei ihm jeglichen Ansporn, dich zu erobern.«

»Also ich weiß nicht. Albert hatte mich doch schon. Der muss mich doch nicht mehr erobern.«

»Das versuche ich dir ja zu sagen, meine Liebe.« Ezras Ton war der einer wohlmeinenden Kindergartentante, die einer Dreijährigen etwas beibringen wollte. »Genau das ist es, was er empfindet und warum er sich von dir entfernt hat. Das Jagen sollte nie aufhören, auch wenn man lange zusammen ist. Dann kannst du dir des wachen Interesses eines Mannes immer gewiss sein.«

»Hast du das etwa in deiner Ehe so gemacht?«

Ezra nickte.

»Wie denn genau?«

»Wir werden dazu erzogen, uns lieben zu *lassen*.« Ihr Blick verklärte sich, als sie sich erinnerte: »Meinem Mann hat es große Freude gemacht, sich meine Aufmerksamkeit immer aufs Neue zu verdienen. Und mir hat sein Werben gutgetan.«

Mona sah sie nachdenklich an. Das ging über ihre Vorstellungskraft. Sie dachte an ihre »Männer und Frauen sind gleich«-predigende Mutter. Die hatte Mona nur beglückwünscht, dass sie diesen Pascha endlich los war.

»Was soll ich deiner Meinung nach also tun?«

»Nichts.« Eine klare Ansage.

Nur nicht für Mona, die sich noch eine Fleischpraline in den Mund schob. Nicht vergleichbar mit unseren Buletten, dachte sie, als sie die wunderbare Kombination von Kreuzkümmel, Knoblauch und einer Prise Zimt herausschmeckte. »Wie ›nichts‹?«

»Ruf ihn nicht an, spioniere ihm nicht nach, denk nicht an ihn, rede nicht über ihn, lass ihn nicht mehr in die Wohnung. Gib ihm Gelegenheit, *dich* zu jagen. In seinem Tempo.«

»Das ist aber ganz schön passiv«, maulte Mona. »Ich bin nicht so ein Weibchen.«

»Mit Weibchen hat das überhaupt nichts zu tun. Bin ich etwa so ein Weibchen für dich?«, fragte Ezra forsch.

»Nein, ganz und gar nicht«, beeilte sich Mona zu sagen. Die gute Ezra zu brüskieren war wirklich nicht ihr Ansinnen.

»Kümmere dich einfach um dich. Sei unabhängig und unerreichbar. Das wirkt viel stärker als alles, was du tust. Oder hast du mit deinen Anrufen irgendetwas erreicht?«

Mona musste zugeben, dass Ezra in dem Punkt nicht so ganz unrecht hatte. Obwohl sie ständig etwas unternahm, fühlte sie sich völlig machtlos. Man konnte es ja mal ausprobieren. Immer wenn sie in Versuchung war, Alberts Nummern zu wählen, rief sie jetzt stattdessen Ezra an. Das hatten sie so abgemacht.

Zwei Stunden, nachdem sie wieder zu Hause war, schlug der Pawlow'sche Köter an. Mona wählte Ezras Nummer.

Paul schon wieder

Andrea, wie immer die Letzte, nahm den Blutorangen-Prosecco von Ezra in Empfang und sah sich um.

»Renovierst du?«

Lisa, die hinter Mona stand, warf Andrea einen ermahnenden Blick zu und zischte leise: »Nicht!« Doch die war so gewohnt, den Ton anzugeben, dass sie sich ungern ausbremsen ließ. Schon gar nicht von Lisa.

»Wo ist denn dein Sofa? Das sah doch völlig in Ordnung aus.«

Alle Augen waren auf Mona gerichtet.

»Das hat Albert«, sagte sie monoton.

Erschrocken hielt sich Andrea den Mund zu. »O nein.«

Lisa legte den Arm um Mona und drückte sie fest. »Dieser Schuft ist einfach ausgezogen. Ohne Mona Bescheid zu sagen«, sagte sie und kippte ihren Prosecco in einem Zug runter.

Gut, dass Ezra eine große Schüssel Babaganoush, eine orientalische Auberginenpaste, mitgebracht hatte, denn nach Kochen war erst mal niemandem zumute. Die Zutaten für das heutige Menü stapelten sich unangetastet auf der Arbeitsplatte. Sonst hatte Mona immer Schneidbretter und Messer für alle zurechtgelegt. Marina brach ein Stück von dem Baguette ab, das noch im Papier auf der Kochinsel lag, und tunkte es in die würzige Paste. Gierig biss sie in das Brot. Beziehungsthemen regten ihren Appetit an, das konnte man ihr ansehen, gerade weil sie versuchte, ihre Speckröllchen unter sportlichen Oversize-Sweatshirts und Boyfriend-Jeans zu verbergen. Außer der Fahrradfahrt zur Arbeit – wegen der Umwelt fuhr sie aus Prinzip nicht Auto – hatte sie mit Sport sonst nichts am Hut.

»Ist da Knoblauch drin? Ich hab morgen ein Date«, fragte Andrea.

»Allerdings. Wo du diese ganzen Männer nur immer herkriegst«, meinte Marina ein bisschen neidisch.

»Das Internet ist voll davon, und jeden Tag kommen neue dazu.«

Ezra nahm das Brot, schnitt es in dünne Scheiben und stellte die Schüssel damit neben ihr Auberginenmus.

»Ich hab mich schon gewundert. Im Flur fehlen die Bilder, oder?«, fragte Andrea. Nun bemerkte sie auch die verfärbten Ränder an den Wohnzimmerwänden, überall da, wo mal ein Bild gehangen hatte.

»Ja, die Gemälde waren *sein* Ding, seine Geldanlage«, antwortete Mona. »Die hat er als Erstes sichergestellt.«

»Woher weißt du das?«

»Ich habe ihm wohl einen Strich durch die Rechnung gemacht.« Häme war da nicht zu hören, Mona war einfach nur getroffen von einem Erlebnis, das sie lieber nicht gehabt hätte.

Der Couchtisch war auch weg und die schwarze Hightech-Kaffeemaschine, die sowieso nie *ihr* Ding gewesen war. Sie mochte das Handwerkliche an jeder Zubereitung, Kaffee auf Knopfdruck passte da gar nicht. Würde sie eben wieder ihre alte Caffettiera auf den Herd stellen.

Nun erzählte Mona den Frauen, die sich dazu um die Kochinsel versammelten, noch mal von Anfang an, wie ihr Ehemann in einer Nacht-und-Nebel-Aktion – allerdings am helllichten Tag – heimlich hatte ausziehen wollen.

»Ich hatte einen Arzttermin, darum musste ich meinen Laden heute ab Mittag schließen.«

»Was Schlimmes?«, fragte Lisa besorgt.

»Routine.«

»Warum hast du denn nicht Bescheid gesagt? Ich hätte doch einspringen können!«, sagte Ezra ein bisschen vorwurfsvoll.

»Ehrlich?« Mona war gerührt. »Dafür wollte ich eigentlich Alexander anlernen. Tja, der unterstützt jetzt irgendeine andere Mutter am anderen Ende der Welt.« Ach, sie wollte gar nicht darüber nachdenken, das machte sie nur wieder wehmütig. »Okay, das nächste Mal«, versprach sie Ezra. »Aber die Einkäufe für den Salon hatte ich ja ohnehin zu erledigen …«

»Ich wundere mich sowieso, wie du das alles hinkriegst«, warf Lisa ein, doch für dieses Kompliment war Mona jetzt gar nicht aufnahmefähig.

»… also kam ich früher als sonst nach Hause.«

»O nein«, stöhnte Andrea, als wüsste sie schon, was jetzt kommen würde.

»O doch.« Mona machte eine Pause, als müsste sie das Folgende erst zurückspulen, um es erneut betrachten zu können.

Geräuschvoll mampften jetzt auch Ezra und Lisa von dem Mus, während Andrea zugunsten ihres bevorstehenden Dates darauf verzichtete und sich stattdessen etwas Meersalz auf eine trockene Brotscheibe streute. Was, wenn der morgen ihr Mann fürs Leben wäre? Das Risiko, dass er sie wegen ihres Knoblauchatems abstoßend fand, konnte sie unmöglich eingehen.

»Vor dem Hauseingang stand ein Laster«, fuhr Mona fort. »Ich sah den und hatte sofort ein ganz mulmiges Gefühl in meinen Eingeweiden.«

»Intuition«, meinte Ezra. »Unser besseres Gehirn sitzt im Bauch, nur hören wir leider zu selten darauf.«

Mona nickte. »Stimmt. Mein Magen, der wusste sofort Bescheid, aber mein argloser Kopf hat trotzdem nicht realisiert, dass das was mit mir zu tun hatte.«

»Spann uns doch nicht so auf die Folter, das ist ja nicht auszuhalten!« Vor lauter Nervosität zupfte Andrea in einer Tour Knötchen von ihrem pinkfarbenen Kaschmirpullover, die sie auf der Theke sammelte und zu Wollbällchen zusammenrollte.

»Ich muss das auch alles erst mal realisieren.« Mona benutzte mal wieder geistesabwesend ihren Zeigefinger als Lockenwickler. Sanft griff Lisa nach ihrer Hand und hielt sie fest. Mona seufzte und erzählte weiter: »Meine Wohnungstür stand offen, ich bin rein und stand … vor Paul. Wir haben, glaube ich, beide gleich blöd geguckt. Er hat nur ein erstauntes ›Hallo‹ von sich gegeben und ist mit gesenktem Kopf eiligst nach draußen verschwunden. Mit einer Umzugskiste mit *meinem* Zeug!«

»Hat was von einem Bandwurm, dieser Paul«, bemerkte Andrea spitz, »immer anwesend, selten zu sehen und schon gar nicht loszuwerden.«

Lisa lachte auf.

»Sehr treffend«, fand Mona. Andreas ungeschminkte Direktheit hatte sie schon bei ihrer ersten Begegnung fasziniert. Zwei Minuten vor Ladenschluss war sie damals in Monas Buchladen gerauscht, mit wehendem Mantel und wilder Entschlossenheit, und hatte sich einfach in ein anderes Kundengespräch eingeschaltet. So charmant, dass sie weitergequatscht hatten, als der Kunde weg war. Das Buch, das Andrea suchte, hatte Mona zwar nicht da gehabt, aber als diese elegante Societylady völlig überraschend und ungeniert intimste Dinge ausgeplaudert hatte, hatte sie Mona derart zum Lachen gebracht, dass sie sie sofort zum Kochsalon eingeladen hatte.

»Paul blieb nämlich tatsächlich draußen und rauchte. Er hatte nicht mal den Anstand, meine Einkaufstüten aus dem Treppenhaus reinzutragen. Wahrscheinlich hoffte er, damit möglichen Auseinandersetzungen aus dem Weg zu gehen. Und mir war plötzlich ganz übel. So, als hätte mir Alberts Verrat fiese Schläge in die Magengrube geboxt.«

»O Mann, ich kenn das«, sagte Lisa und strich Mona die widerspenstige Locke aus der Stirn. »Ihr wisst ja, dass mein Peter (dass sie ihn immer noch *mein Peter* nannte …) nicht der Gesprächigste war. Als der dann sagte: ›Wir müssen reden‹, wurde mir sofort schlecht. Ich wusste genau, dass das nichts Gutes heißt.«

»Glaub mir, ich hatte auch Knetgummiknie.« Bange war Mona den Flur entlanggegangen. »Ich hatte ihn doch schon so lange nicht mehr gesehen. Und dann steht er plötzlich einfach vor mir!«

»Und dann?«, fragte Marina ungeduldig und wischte sich einen Auberginenklecks vom Mundwinkel.

»Na, er war wohl genauso erschrocken wie ich. Er stand einfach da, mit einem Akkuschrauber in der Hand, auf mich gerichtet wie eine Pistole.«

»Und? Hat er denn nichts gesagt?« Andrea zappelte schon eine Weile herum wie ein ADHS-Kind. »Schnell! Ich muss ganz dringend.«

Marina knuffte sie in die Seite und zog sie auf: »Inkontinenz? Nicht schön.«

»Er sagte ›hi‹. Wie zu einer Bekannten auf der Straße. Ist das zu fassen?« Mona schüttelte fassungslos den Kopf. »Zwanzig Jahre Beziehung und dann ein ›hi‹?«

Andrea schnitt eine Grimasse, als hätte sie in eine Zitrone gebissen, und rief: »Wehe, ihr macht ohne mich weiter!« So schnell sie konnte, stöckelte sie in Richtung Toilette. Marina hakte trotzdem nach: »Das war alles?«

Mona senkte den Blick und schüttelte den Kopf. »Kommt, lasst uns was trinken.« Sie zeigte auf den Kühlschrank. »Lisa, holst du bitte mal den Champagner da raus. Den hat er vergessen, im Eifer des Gefechts.«

Ezra spülte kurz die Blutorangenreste aus den Gläsern und stellte sie auf die Kochinsel, während Lisa eine Flasche des kostspieligsten Champagners entkorkte, den es derzeit so zu kaufen gab. Mit der Handkante fegte Mona die Baguettebrösel von der Theke. Ihr Magen war wie zugeschnürt, sie hatte das Gefühl, nie wieder etwas essen zu können. Aber trinken, viel trinken, das war jetzt genau das Richtige. Bis Andrea wieder erschien, hatten sie geschwiegen, jede in ihre eigenen Gedanken versunken. Verluste hatten sie alle schon erlitten, aber wie unterschiedlich doch der Schmerz war, je nachdem, ob man sich selbst getrennt hatte, die Verlassene war oder ein Partner unfreiwillig gegangen war, wie in Ezras Fall. Sie waren sich einig, dass es immer das Einfachste war, selber zu gehen. Selbst der Tod war für die Sterbenden manchmal eine Erlösung, aber für die Zurückgelassenen immer schrecklich. Auch wenn Mona die gewesen war, die Albert vor die Tür gesetzt hatte, empfand sie sich heute auf einmal als die verlassene Ehefrau. In ihren wenigen belanglosen Geplänkeltelefonaten hatten ihr Mann und sie die Worte Trennung oder gar Scheidung geflissentlich vermieden. Natürlich, wenn sie eins und eins zusammengezählt hätte, hätte sie sich denken können, worauf alles hinauslief: Alberts Ausreden, er habe so viel Arbeit und er konzentriere sich momentan nur auf seine Karriere und nichts anderes, und Alexander, der jedes Mal, wenn sie skypten, um das Thema Papa weiträumig herumnavigierte wie ein erfahrener Kapitän um ein gefährliches Riff. Mona bedauerte und bewunderte ihn gleichermaßen dafür. Dass es keine Pause, sondern das Ende ihrer Ehe war, hatte Mona erst dann wie ein Keulenschlag getroffen, als Albert vorhin vor ihr gestanden und sie nicht mal in den Arm genommen, geschweige denn geküsst hatte. »Siehst gut aus«, hatte er gespielt lässig zu ihr gesagt.

»Ich konnte das nicht erwidern. Ich musste ungelogen zweimal hinschauen, bevor ich ihn zuordnen konnte.«

»Hat er etwa auch abgenommen?« Lisa nahm das sichtlich mit, so als durchlebte sie gerade noch einmal ihre eigene Trennung. »Bei meinem Peter war das so.«

»Nein, das nicht, aber was er da anhatte, das kannte ich so gar nicht von ihm: Baggy Jeans!« Mona schüttelte sich angewidert. »Und ein ziemlich körpernahes Hemd – für seine Verhältnisse – in ungewöhnlich bunten Farben drüber.«

»Neues Hemd, neue Frau«, zischte Andrea leise vor sich hin.

»Drüber, nicht reingesteckt«, betonte Mona. »Das fand er doch selber immer so schlampig …«

Andrea rollte mit den Augen und setzte ihr Champagnerglas an.

»Und er konnte mir nicht mal in die Augen sehen. Der hat das doch nur so dahingesagt, um sich aus der Situation zu retten.«

»Du siehst aber wirklich gut aus«, warf Marina ein. Das stimmte. Monas Teint war frisch und rosig, vielleicht belebt durch ihre inneren Turbulenzen, aber sie leuchtete. Das Zusammensein mit den Frauen schien eine magische Wirkung auf sie zu haben. Oder lag es am Essen? An Ezras Zutaten?

»Und dieser Arsch Paul hat gedrängelt, weil er den Lastwagen noch heute zurückgeben musste«, fuhr Mona fort. »Und Albert kam's, glaub ich, ganz gelegen, dass wir dadurch keine Zeit mehr hatten, uns zu unterhalten.«

»Du Arme. Hat er überhaupt noch was gesagt?«, fragte Marina.

»Eigentlich haben wir nur über die Sachen geredet. Was er mitnimmt und was dableibt …«, meinte Mona, der das jetzt erst richtig bewusst wurde. »Und sie haben einfach alles rausgetragen, als wären sie irgendwelche fremden Möbelpacker.«

»Damit hat er sich gekonnt um die wirklich wichtigen Themen

manövriert«, stellte Andrea gereizt fest. »Zum Beispiel, *warum* er auszieht. Euer Heiligabendstreit kann ja wohl kaum der Grund sein. Siebzig Prozent der Familien streiten an Weihnachten.«

»Wisst ihr, was richtig scheiße war? Ich war so überrumpelt, dass ich nicht mal wegen der Sachen rumdiskutiert habe. Trotzdem bin ich froh, dass ich ihn erwischt habe. Ich will gar nicht drüber nachdenken, was gewesen wäre, wenn ich abends die leere Wohnung vorgefunden hätte.«

»Wir sind ja da«, sagte Lisa liebevoll und umschlang Mona mit ihren Armen. Ihr Streichelseminar von letzter Woche zeigte Wirkung. Sie hörte nicht auf, Mona besänftigend über den Rücken zu streichen. Es war schön, dass sie zunehmend ihre weibliche Seite entdeckte. Ab und zu wagte sie sogar mal, ihrem Grau-in-Grau-Look einen Farbfleck zu verleihen, wenn auch etwas ungeschickt: ein Hippieschal in blass machenden Lilatönen oder ein knallbunt bestickter Flechtgürtel aus den Anden oder eine kindliche Filzbrosche vom Dritte-Welt-Basar. Man sagte ja, bei Schwangerschaften würden die Bäuche der Männer mitwachsen, aber Mona war aufgefallen, dass sich eher die Frauen äußerlich an ihre Männer anpassten, obwohl sie meistens auch deren Garderobe auswählten, weil es den meisten Männern egal war, was sie anzogen. Ohne es zu merken, schienen Frauen in einer langen Partnerschaft von Jahrestag zu Jahrestag ihre geschlechtliche Identität zu verlieren. Wenn sie nicht sogar im Partnerlook unterwegs waren (Mona schüttelte es immer, wenn sie so was sah), wurde ihre Kleidung immer sportlicher, während sich ihr Körper immer unsportlicher verformte. Mona machte sich in ihrem Laden oft einen Spaß daraus, anhand der Frisur und des Outfits der Frau zu erraten, wie lange sie schon mit ihrem Mann zusammen war. Ob man ihr jetzt auch ansehen würde, dass sie keine Ehefrau mehr war? Jedenfalls war ihr in letzter Zeit aufgefallen, dass so einige Männer Sternchenaugen bei ihrem Anblick bekamen, selbst die alten, verheirateten Händler vom Wochenmarkt.

Sie trank so ungestüm, dass Champagner aus dem Glas auf ihren Pulli schwappte, wischte mit dem Ärmel drüber und sagte: »Ich habe mich echt gewundert, was er alles dringend haben musste … aber von den Fotoalben hat er nicht eines mitgenommen.«

Andrea warf Lisa einen bedeutungsvollen Blick zu. Die drückte Mona an sich und sagte: »O bitte, dürfen wir die sehen? Ich wüsste zu gerne, wie Alexander als Baby aussah.«

»Das ist jetzt, glaube ich, nicht der richtige Zeitpunkt«, mischte sich Ezra ein.

Aber Mona widersprach: »Lass nur, Ezra. Das ist gar keine schlechte Idee.«

Kurze Zeit später kam sie mit einem Stapel Fotoalben auf den Armen aus Alberts Arbeitszimmer zurück. »Besser, wenn ich mich an die guten Zeiten erinnere als an den Albert von heute. Eine partielle Amnesie wäre jetzt nicht schlecht, den würde ich nämlich zu gerne ganz schnell vergessen.«

Sofa und Couchtisch gab es ja nicht mehr, also räumte sie ein paar der unbenutzten Gedecke zur Seite, legte die Alben auf den Esstisch und setzte sich. »Bedient euch.«

Die Frauen gesellten sich mit ihren Gläsern zu ihr, warteten aber ab, bis Mona eines der Alben aufschlug und anfing, die Fotos darin zu kommentieren.

»Ach Gott, das war auf den Malediven.«

»Das ist Albert?« Andreas Frage klang ein wenig pikiert. »Also, mein Typ wäre der nicht.«

»Also, ich find ihn attraktiv. Wie muss er denn sein, dein Typ?«, wollte Marina von Andrea wissen. »Bestimmt gut aussehend.«

»Hast du 'ne Ahnung … geh mir bloß weg mit den Schönlingen.« Sie wandte sich an Mona. »Sei mir nicht böse, aber dein Albert hier ist mir viel zu glatt.«

»Ja, find ich auch. Männer müssen behaart sein, nicht so ganzkörpergewachste *Ken*-Klone«, meinte Lisa.

»Das mein ich doch gar nicht«, erwiderte Andrea lachend. »Nein, ich mag lieber markante Typen. Hakennase, Glatze, O-Beine, so was macht mich an.«

Lisa rümpfte die Nase. »Nee, das ist gar nicht meins. Für mich muss ein Mann knuddelig, irgendwie gemütlich sein. Gerne was zum Anfassen.«

»Also Finger weg vom Weihnachtsmann«, witzelte Marina, »der ist für Lisa reserviert.«

»Dann hätte dir mein Mann gut gefallen«, sagte Ezra lachend.

»So einen bestimmten Typ hatte ich eigentlich nie«, sagte Mona. »Soll ich euch was sagen? Keine Ahnung, ob ich mich heute noch in meinen Mann verlieben würde.«

»Ach komm, das gibt es nicht. Welcher Filmstar würde dir denn gefallen?«, wollte Andrea sie unbedingt festnageln.

Nach einigem Zögern gab Mona zu: »Am ehesten noch Ralph Fiennes.«

»Echt? *Das* leere Hemd?«, entfuhr es Lisa. »Hätt ich ja nie gedacht. Bei dir hatte ich immer so ein Bild von so einem rassigen Latin Lover. Antonio Banderas oder so.«

Mona schüttelte vehement den Kopf. »Kann ich gar nichts mit anfangen. Außerdem: So sehe ich doch selber schon aus, das wäre ja wie Inzest.«

Ezra nickte. »Das stimmt. Evolutionär gesehen sollte man sich für einen gesunden Fortbestand der Linie einen Partner wählen, der den Genpool frisch hält. Deshalb sagt man doch, dass Gegensätze sich anziehen.« Und Mona kam Clemens in den Sinn.

Zwei weitere Flaschen Champagner lang blätterten sie in den abgeschlossenen Kapiteln von Monas Lebensgeschichte – nun galt es, gemeinsam neue hinzuzufügen.

»Was glaubst du, wo Albert jetzt wohnt?«, fragte Andrea, als Mona das letzte Album zuklappte.

»Bei Paul. Wo sollte er denn sonst hin?«, antwortete Mona und stand auf.

Stille Post

Mona betrachtete Herrn Eichhorn, der auf ihrer Terrasse ein Nickerchen machte. Reglos, sein flauschiges Hinterteil ihr zugewandt. Keine Spur von Angst. Da konnte Mona noch so griesgrämig sein, dieser kleine Kerl war ein Garant für gute Laune. Und dann kam irgend so ein Bericht über ein wahnsinnig glückliches Adelspaar, das sein fünftes Kind der Liebe bekam, und schon bekam Mona wieder die Krise.

Dass es in Strömen goss, passte ja dazu. Marina stieg von ihrem Mountainbike und stellte es vor dem Schaufenster von Monas Laden ab. Mona winkte ihr zu und kam zur Tür, während Marina das Rad abschloss.

»Hey, was machst du denn hier?« Ganz schön tough, die Gute, fand sie. Ihr selbst war an diesem Morgen so kalt gewesen, dass sie eine aufgewärmte Gemüsesuppe vom Vortag zum Frühstück gegessen hatte. Ohne Herrn Eichhorn, der ihr dabei immer zuverlässig Gesellschaft leistete, wäre sie sicherlich auch einer dieser Coffee-to-go-Jünger geworden.

Marina las praktisch alles, außer Kochbücher. Hätte sie bei Mona nicht diesen wunderbaren englischen kulinarischen Reiseband *Mystical Places and Marvelous Meals* gesucht und gefunden, wäre sie wahrscheinlich nie Teil des kulinarischen Salons geworden. Aber seit Mona Ezra kannte, glaubte sie nicht mehr an Zufälle. Irgendeinen Grund musste es geben, dass sie genau in dieser Konstellation zusammengekommen waren.

»Ich dachte, ich erzähl es dir besser sofort.« Marina schob ihre Kapuze vom Kopf und ließ ihren triefenden Rucksack auf den

Boden vor dem Kassentisch fallen. Sie streifte ihre durchtränkte Daunenjacke ab und warf sie daneben, wo sie sofort eine Pfütze bildete. »Bevor du irgendwann davon überrascht wirst.«

»Kaffee? Tee?«, fragte Mona. Sie wusste nicht, ob sie noch mehr Überraschungen brauchte.

»Ach ja. Einen Chai bitte.« Sie rieb sich die Hände und folgte Mona auf Schritt und Tritt, während die den Tee bereitete. Ihre Nervosität war spürbar.

»Na, schieß schon los.« Mona stellte ihr den duftenden Tee hin.

»Ich hab Albert gesehen«, platzte Marina raus. »Mit einer Frau.«

Monas Kopfhaut zog sich zusammen. Ruhig bleiben. Erst die Fakten klären. Sie setzte sich zu ihr.

»Wo denn?«, fragte sie, ohne große Emotion zu zeigen.

»Im Café Julian. In der Mittagspause. Als ich mir einen Salat geholt habe.«

Scheiße, das lag genau gegenüber von Alberts Büro. Dennoch wiegelte Mona ab: »Das sagt doch gar nichts. Er hat ständig Kundentermine. Natürlich sind da auch Frauen dabei.«

»Ja schon, aber die beiden waren beim Frühstücken. Mittags.« Marina rührte klirrend in ihrer Tasse herum.

»Na und? Vielleicht ist es gestern spät geworden. Paul ist Junggeselle, der hat sicher nicht immer Essen im Haus.«

»Füttert dein Mann seine Kunden normalerweise?«

Da war sie wieder, diese Ameisenkolonie unter ihrer Kopfhaut. Verdammt.

»Bist du sicher, dass er das war? Du kennst ihn ja nur von Fotos.«

»Ich habe ein fotografisches Gedächtnis. Und er hatte so ein buntes Hemd an, wie du es beschrieben hast. Scheint nicht nur eins davon zu besitzen.« Fast wirkte es so, als würde Marina das Ganze genießen.

Wieso kam Mona jetzt der Kaffeesatz in den Sinn? Was hatte Ezra noch mal gesagt? Mona sprang vom Barhocker.

»Ezra hat das im Kaffeesatz gesehen!«, brach es aus ihr heraus.

»Du glaubst doch nicht wirklich an diesen Quatsch?« Sie sah Mona besorgt an, die jetzt im Laden hin und her lief.

»Wieso? Euch hat sie ja auch gesehen: viele Frauen, die an einem

Tisch sitzen. Da hatte ich keinerlei Ahnung, dass ich jemals diesen Salon haben würde.«

Kopfschüttelnd nahm Marina einen Schluck Tee. »Das kann doch alles bedeuten.«

»Warte mal: Ein Mann und eine Frau. Das hat sie gesagt.« Mona erschrak. »Ich dachte damals, das seien Albert und ich.«

»Also Mona, lass dich bloß nicht von so einem Hokuspokus kirre machen. Das alles – Kaffeesatz, Handlesen –, das ist doch für so Leute ein Zeitvertreib wie für uns Monopoly.«

Mona ließ sich nicht abbringen. »Ich konnte mir nur keinen Reim darauf machen.«

»Ezra ist ja wirklich eine Nette. Aber was die manchmal redet ...«

»Findest du? Sind deine Hitzewallungen etwa nicht viel seltener geworden?«

»Ja, schon«, gab Marina zu, »aber das ist doch was anderes. So was ist wissenschaftlich belegt.«

Mona sah sie erstaunt an. »Marina, du weißt schon, dass es außer Wissenschaft noch was anderes zwischen Himmel und Erde gibt, oder?«

»Also ich glaube jedenfalls nicht, dass eine Madame Selena, oder wie die sich alle nennen, meine Zukunft kennt.« Sie stand auf und ging auf Mona zu. »Komm schon, Mona, ich will mich nicht mit dir streiten, ich meine doch nur, dass du nicht alles von ihr so wörtlich nehmen solltest.«

Mona wurde laut: »Aber von dir schon, oder was? Albert und 'ne andere? *Das* glaube ich erst, wenn ich es selber sehe!«

Vor lauter Ärger hatte Mona gar nicht bemerkt, dass Clemens vor dem Schaufenster unter der rot-weiß gestreiften Markise gestanden und alles mit angesehen hatte. Mit dem Handy am Ohr, wie meistens. Erst als Marina wieder auf ihr Rad stieg, kam er herein. Er trug nie einen Mantel, Monas Laden war für ihn so was wie die Teeküche-Schrägstrich-Zweitfiliale seiner Kanzlei geworden.

»Brrrr.« Er schüttelte sich wie ein Hund und lächelte sie an, was auf Mona oft ein bisschen so wirkte, als würde er sich über sie lustig machen. Eigentlich kam er gerade wie gerufen. Sonst hätte sie nämlich auf der Stelle Ezra angerufen und mal wieder nur »Albert dies und Albert das« zum Thema gehabt. Zumindest hatte sie sich an Ezras Rat gehalten und nie wieder Alberts Nummer gewählt. SMS an ihn hatte sie als Entwürfe gespeichert, anstatt sie abzuschicken, und irgendwann wieder gelöscht. Sie hätte es nie für möglich gehalten, aber von Woche zu Woche fiel ihr das leichter, erst recht, weil ihr dadurch erst so richtig bewusst wurde, was Ezra gemeint hatte. Nichtstun schaffte Klarheit: Albert wollte anscheinend gerade weder Jäger noch Beute sein.

»Unangenehme Kundschaft?« Clemens drehte den Kopf in Richtung Marina, die gerade davonfuhr.

»Ach nein, das ist eine meiner Salondamen.«

Gemeinsam gingen sie zur Theke, sie auf die eine, er auf die andere Seite – seine Espressopausen folgten inzwischen einem eingespielten Ritual: Er setzte sich, nahm den einen oder anderen Anruf entgegen, verschwand, wenn es länger dauerte, höflich nach draußen, kam wieder rein, beantwortete wichtige Mails, flink auf seinem iPhone herumtippend, mal eben zwischendurch an ihrem Tresen. Seine Sekretärin, eine patente Mittfünfzigerin, die sich auch schon ab und zu mit Mona übers Kochen ausgetauscht hatte, wusste bestimmt, wo er war. Und solange das andauerte, machte sie Clemens einen Espresso nach dem anderen, bis er abwinkte.

»Interessant. Danach wollte ich Sie schon lange fragen.«

»Wieso?«

»Weil Sie mich ja offensichtlich nicht dabeihaben wollen.«

Sie lachte.

»Warum eigentlich nicht? Sie haben doch nichts gegen Männer?« Er legte den Kopf schräg wie ein Welpe, der sich einzuschmeicheln versucht.

»Natürlich nicht. Aber soll ich Ihnen was verraten? Frauen sind netter miteinander, wenn keine Männer in der Nähe sind.«

»Wirklich? Das kann ich mir nicht vorstellen.«

»Wie denn auch, das werden Sie ja nie erleben. Als Mann.« Sie lächelte. Vorhin war ihr der Appetit vergangen, aber jetzt biss sie herzhaft in einen Minibrownie, den sie extra für Kalorienzähler kreiert hatte. Mmmmmh, der Schuss Brandy darin machte den Unterschied. Sie legte einen zweiten auf einen hübsch geschwungenen kleinen Steingutteller und stellte ihn dem Anwalt hin. Sein Trinkgeld war immer so großzügig, dass da noch einige Brownies drin waren.

»O danke.« Er schmunzelte. »Ihre Salondamen sind bestimmt alle Singles, oder?« Mit einem Haps hatte er den halben Brownie verspeist und den Espresso hinterhergekippt.

»Nein, wie kommen Sie denn darauf?« Mona betrachtete sich selbst keineswegs als Single, genauso wenig wie Ezra.

»Wie viele sind es denn?« Was der alles wissen wollte.

»Wir sind zu fünft.«

»Und die sind alle aufgrund Ihres Aushangs hier dabei?«

Mona nickte stolz.

»War die Dame, die eben da war, verheiratet?«

Mona lachte. »Na, Sie sind ja neugierig. Interessieren Sie sich für sie?«

»Nicht im Geringsten, nicht ganz mein Typ.« Ganz schön eingebildet. Na ja, er war wohl um einiges jünger als Marina.

Clemens ließ nicht locker. »War sie?«

»Nein.« Auch wenn sie ihn ganz schön dreist fand, gab Mona Auskunft, denn die Unterhaltungen mit Clemens bereiteten ihr mehr Freude, als sie bereit war sich einzugestehen.

»Und die anderen? Wie sind die anderen so?« Wie frech – dass er überhaupt andere Frauen abcheckte, während er eine Partnerin hatte ... Irgendwo hatte Andrea mit ihrer Meinung gar nicht so unrecht – allesamt hoffnungslose Womanizer.

»Ganz unterschiedlich, würde ich sagen. Soll ich sie Ihnen mal vorstellen, oder warum wollen Sie das alles wissen?«, fragte sie herausfordernd.

»Mona, Mona, Mona ...« Es brachte sie ganz durcheinander, wenn er ihren Namen so aussprach, in diesem einen Wort ein ganzer Roman von Subtext. »Darf ich ehrlich sein?«

»Ich bitte darum«, entgegnete sie gefasst. Was konnte das schon für eine Offenbarung werden? Nach der ganzen Fragerei traute sie ihm noch weniger über den Weg.

»Ich bin schlicht und ergreifend neidisch.« Sein Lächeln schien sie wieder auf den Arm zu nehmen. »Mich interessiert einfach alles von Ihnen. Zu gerne würde ich mal so einen Salon mit Ihnen zelebrieren, gemeinsam drei Gänge kochen …«

Die Ladentür öffnete sich, und ein Kunde trat ein.

»Tja, ohne Geschlechtsumwandlung haben Sie da schlechte Karten, lieber Herr Weißberg.« Sie ging dem Kunden entgegen und begrüßte ihn.

Neuorientierung

Es roch ein wenig nach frischer Farbe. Grün lackierte Wände. Eine Sitz- und Liegelandschaft aus weißen Polstern in Matratzengröße, einladend nebeneinander arrangiert und aufeinandergestapelt im Raum verteilt, darauf Kissen über Kissen, in allen Materialien, Formen und Größen: quadratisch perlenbestickt, gestrickt und aus verschiedenen Tierfellen, rund mit Seidenplissee und Quasten, rechteckig aus Samt und Brokat, Nackenrollen aus Satin – einige davon stilvoll die kühne Wandfarbe aufgreifend. Fast willkürlich aufs Parkett geworfene Kuhfelle neben farbenfrohen Kelims gaben dem loftartigen Raum eine behagliche Note. Bunte marokkanische Keramikschalen zierten mehrere beschlagene Silbertabletts in verschiedenen Größen, die auf braunen und weißen Lederpoufs als Couchtische dienten.

Edle gemusterte Seidensaris flankierten die breite, bodenlange Fensterfront zur Terrasse. Der Plasmabildschirm an der Stirnseite der Wand war einem puristischen offenen Glaskamin gewichen, dessen züngelnde Flamme wohlige Wärme ausstrahlte. Einen spannenden Kontrast dazu bildete darunter das antike holzgeschnitzte Bord, in dem die technischen Geräte versteckt waren.

Größere und kleinere Lichtquellen setzten die vielen interessanten Details gekonnt in Szene. Heimelige Teelichtgläser jeder Art und überall, neben den Couchpolstern standen marokkanische Ampeln aus Silber und buntem Glas. Eine indirekt beleuchtete hölzerne Skulptur warf lebendige Schatten an die Wand. Die futuristischen weißen Kunststoffstühle harmonierten hervorragend mit dem neuen urigen Esstisch aus Treibholz, und die zarten

Papiergebilde darüber schienen einfach von der Decke herabzuschweben.

Mit wenigen Elementen hatte Mona ihre Scheidungswaise von einer Wohnung in ein modern interpretiertes orientalisches Serail verwandelt.

»Wow! Einfach wow!«, rief Lisa begeistert aus.

Marina warf sich lässig in die Polster. »Wie bist du bloß darauf gekommen?«

»Na ja, irgendwas musste ich ja tun. Bisher war es ja *unser* Heim gewesen, jetzt wollte ich es endlich ganz zu *meinem* Reich machen.« Ihre tiefschwarz umrandeten Augen blitzten im Schein der Kerzen.

Ezra lächelte vielsagend. Mona hätte jede Art Stil wählen können – interessante Wahl …

»Für mich bitte ohne Pilze«, sagte Lisa.

»Isst du nur keine Champignons oder überhaupt keine Pilze?«, fragte Mona, während sie taufrische Egerlinge in hauchdünne gleichmäßige Scheiben schnitt.

»Ich kann sie noch nicht mal riechen.«

»Dann geh so lange auf die Terrasse«, schlug Mona vor. Sie liebte den würzigen Duft nach Wald und Moos, den selbst Zuchtpilze verbreiteten.

»Nein, nein, das geht schon. Ich setz mich einfach da rüber.« Sie nahm ihr Messer, ihr Schneidbrett und eine Tüte Kartoffeln mit und setzte sich an den Esstisch. »Soll ich sie vierteln?«

»Ja, zu den Königsberger Klopsen passen am besten Salzkartoffeln.«

»Oh, wie lecker«, rief Marina aus, »die hab ich das letzte Mal bei meiner Oma gegessen.« So ein behagliches Kleinmädchengefühl bekam Mona auch jedes Mal, wenn sie dieses – zu Unrecht fast vergessene Gericht – aß.

Andrea sah sogar mit orangefarbenen Gummihandschuhen stylish aus, wie sie in ihrem weißen Kaschmirstrickkleid, mit goldenen Klunkern behängt, in der Spüle Salat wusch. »Sind da nicht Kapern drin?«

»Die kommen erst am Schluss in die Soße, Andrea. Fisch sie nachher einfach raus und gib sie mir. Ich liebe sie.« Mona seufzte. Das Projekt Lieblingsessenmenü schien gescheitert.

Woran lag das bloß? Dass eine Frau mal das aß, was man ihr vorsetzte, war die absolute Ausnahme. Hatten sie die Wahl, wollten sie immer irgendwas, was nicht auf der Karte stand, oder das mit was anderem und das ohne dies und ein bisschen was davon, aber bitte auf einem Extrateller. Und wenn eine mal anfing …

Für Ezra, die Muslimin war, musste Mona sowieso den ausgelassenen Speck weglassen, was noch eine ihrer leichtesten Übungen war, da er ja nicht unter den Salat gemischt, sondern nur in kross gebratenen Streifen obendrauf drapiert wurde. Es verstand sich von selbst, dass sie für das Brät kein Schweinefleisch, sondern nur zartes, doppelt durch den Fleischwolf gedrehtes Kalbshack verwendete. Trotzdem erkundigte sich Ezra noch zweimal nach dem Fleisch.

Aaaaaah, Frauen … Hier waren nur vier davon, und Mona machte drei Kreuze, dass sie ihrem Wunsch nie nachgegeben und ein Lokal aufgemacht hatte. Wahrscheinlich hätte sie es irgendwann eigenhändig abgefackelt. Heute wäre so ein Tag. Dabei war sie selber als Gast auch nicht besser.

»Noch irgendjemand, der irgendwas nicht mag? Sardellen zum Beispiel?«, fragte Mona mit gespieltem Gleichmut in die Runde. Lisa und Andrea hoben die Hände. Um ein Haar wäre Mona die Lust vergangen, ihren Silvesterklassiker zu servieren: zarte Feldsalatbüschelchen und erdige rohe Pilzblätter, besprenkelt mit knackig gerösteten, gesalzenen Sonnenblumenkernen und dunkler Vinaigrette, gekrönt von knusprigem Speck. Doch sie freute sich selbst so auf die Kindheitserinnerungsklopse, dass es ihr egal war, ob die anderen sie mochten oder nicht. Blieb eben mehr für sie übrig. Die schmeckten schließlich auch noch morgen.

»Wie viel einfacher so ein Salon nur mit einer Horde Männer wäre«, dachte Mona, während sie energisch die Vinaigrette mit dem Schneebesen aufschlug. Daumendicke Steaks und ein Blech Rosmarinkartoffeln jeden Montag, und alle wären glücklich. »Ihr habt ja keine Ahnung, wie privilegiert ihr seid«, sagte sie. »Am Samstag war ein Kunde im Laden, ganz hübscher Kerl, Anfang dreißig vielleicht, der wollte unbedingt zum Salon kommen.«

»Ja, und wo ist er jetzt? Wahrscheinlich hat sie schon ein kleines rotes Büchlein mit Telefonnummern ... Falls sie mal genug von uns hat. Dann macht sie einen Männersalon«, witzelte Lisa.

»Wenn ihr weiter so an meinen Klopsen rummäkelt, denke ich ernsthaft darüber nach«, antwortete Mona mit einem Augenzwinkern. »Der hat sogar angeboten, uns allen die Füße zu massieren. Nur um dabei sein zu können.«

»Schade, den hätte ich heute gebrauchen können«, lachte Andrea, die auf scharfen hochhackigen Stiefeln am Herd stand und die Sonnenblumenkerne röstete.

»Ich kann mir nicht vorstellen, dass du dafür keinen in deinem riesigen Fundus hast. Wie war eigentlich dein Geburtstag?«, fragte Mona.

»Unspektakulär. Kein Grund zum Feiern, dass man fünfundvierzig wird. Danke noch mal für eure Glückwünsche.« Sie hatten das alle über Facebook erledigt. Die Woche über sprachen sie selten miteinander, doch übers Internet hielten sie sich trotzdem einigermaßen auf dem Laufenden.

»Für mein Datingportal bin ich jetzt auch ein Ladenhüter. Ich hab mich so geärgert, ich hab schon jede Menge Beschwerdemails geschrieben.«

»Wieso denn?«, fragte Marina.

»Ab fünfundvierzig müssen Frauen eine monatliche Gebühr zahlen. Wir werden also noch zusätzlich dafür bestraft, dass wir Runzeln und Cellulitis und Osteoporose kriegen!«

Man konnte zusehen, wie ihr Puls anstieg.

»Dafür werden Männer, die sich erbarmen, uns alte Schachteln zu kontaktieren, mit der Befreiung vom Mitgliedsbeitrag belohnt. Stellt euch das mal vor!«

Vielleicht lag es am Botox, aber wenn sie Andrea so ansah, wirkte die keinen Tag älter als fünfunddreißig. Überhaupt war es heute extrem schwierig, das wahre Alter eines Menschen zu bestimmen, fand sie. Auch Ezra hätte sie keineswegs auf über siebzig geschätzt, schon gar nicht, seit sie erfahren hatte, dass deren dunkelbraunes

Haar noch Natur und nicht gefärbt war, was bestimmt auch an ihren magischen Fähigkeiten lag. Von ihrer Mutter, die seit Jahrzehnten Yoga machte, ganz zu schweigen – die hatte einen drahtigen Körper, wie ihn sich viele Dreißigjährige wünschen würden. Und Marina hatte ihren Stil wahrscheinlich seit ihrer Teenagerzeit nicht mehr verändert. So eine Einteilung nach Geburtsalter war also völlig überholt und obendrein ganz schön ungerecht.

»Meine Mutter wird bald fünfundsiebzig, was soll die erst sagen?«, meinte Mona. »Wisst ihr, was ich schon als Kind ständig von ihr gehört habe? Dass eine Frau ab vierzig nackt mit Christbaumkugeln behängt über den Rathausplatz laufen könnte, und nicht mal dann würde ihr jemand hinterherschauen!«

»Ach, ich glaube nicht, dass das eine Jahr bei mir so einen Unterschied machen wird.« So naiv, wie Lisa manchmal war, hätte sie auch neunundzwanzig sein können.

»Zahlst du die Gebühr?«, hakte Marina bei Andrea nach.

»Muss ich ja, sonst kann ich ja niemanden mehr kontaktieren.«

Über Monas Gesicht huschte ein Lächeln. Erwartungsvoll sah sie zu ihrer weisen Freundin rüber, die gerade gleichförmige Klopse aus der gewürzten Fleischmischung formte. »Ich glaube, ich sollte Andrea mal *The Rules* geben, was meinst du, Ezra?«

»Unbedingt! Das kann man ja nicht mehr mit anhören.«

Mona verschwand, um das Buch zu holen.

Währenddessen wandte sich die alte Dame an Andrea: »Du solltest sowieso nie den ersten Schritt machen. Lass sie auf dich zukommen. Du bist so eine starke Frau. Diese starke Position solltest du genauso den Männern gegenüber einnehmen.«

Andrea protestierte: »Aber das tue ich doch, wenn *ich* die Auswahl treffe!«

Ezra lächelte milde. Dieses Gespräch hatte sie schon Dutzende Male geführt.

»So ist es eben nicht. Wenn du selbst ständig die Initiative ergreifst, erfährst du nie, wie interessiert ein Mann wirklich an dir ist. So bist du nichts Besonderes, nicht besser als irgendein anderer Zeitvertreib. Du solltest nicht eine Minute für jemanden verschwenden, der dich gar nicht will.«

»Bei allem Respekt, liebe Ezra, so was ist doch nicht mehr zeitgemäß. Heutzutage macht es keinen Unterschied, ob der Mann oder die Frau den ersten Schritt tut.«

»Ja, aber willst du einen festen Partner, oder willst du weiter diese Dates haben?«

»Natürlich will ich eine Beziehung. So wie meine Freundin Sarah. Haus, Mann, Kinder. Dafür mach ich das ja alles«, sagte Andrea fast beleidigt.

»Hier, lies das, da steht alles drin.« Mona drückte Andrea ein Taschenbuch in die Hand. »Ezra hat recht, ich glaube, du musst mal deine Strategien ändern.«

Andrea überflog den Text auf der Rückseite. »Das klingt aber ganz schön manipulativ.« Sie hielt Mona das Buch hin. »Das kann ich nicht. Ich möchte keine Spielchen nach irgendwelchen Regeln spielen. Ich will authentisch sein und so geliebt werden, wie ich bin.«

»Genau darum geht's da drin«, sagte Mona und schob das Buch sanft zurück.

»Wenn eure emanzipierten Methoden so gut wären, wärt ihr doch glücklich als Singles oder hättet längst Familien. Und ihr seid ja nur einige von ganz ganz vielen, in meiner Heimat gibt es auch schon Tendenzen in dieser Richtung. Alleinstehende werden stigmatisiert und Menschen mit Kindern auch, die Scheidungsrate in Großstädten wie dieser beträgt inzwischen fünfzig Prozent, oft geschieht das schon innerhalb der ersten vier Jahre«, schloss Ezra und wandte sich wieder den Klopsen zu. Betreten sahen Marina, Andrea und Lisa einander an.

Ezra hatte nicht nur für Diskussionsstoff gesorgt, sie hatte auch die Nachspeise beigesteuert. Libanesischer süßer Käse für eine arabische Großfamilie häufte sich auf einer silbernen Platte auf der Kücheninsel. Sie hatte sich mal wieder furchtbar viel Arbeit gemacht, womit würde sie sich wohl beschäftigen, wenn es den Salon nicht gäbe?

»Sieht interessant aus.« (»Interessant« war für Köche die höfliche Umschreibung für alles, was nicht schmeckt.) Marina sezierte die

Speise mit ihrem Blick wie ein Käferforscher sein Objekt. »Wie orientalischer Kaiserschmarrn. Was ist da drin?«

Mona grinste in sich hinein. Ausgleichende Gerechtigkeit.

Ezra zählte auf: »Mozzarella, Grieß, Milch, Zuckersirup und ein Spritzer Zitronensaft.«

Mona kam mit einer Handvoll Gabeln dazu, spießte ein Stückchen davon auf und steckte es in den Mund. »Mmmh, fein. Und Rosenwasser, oder?«

Ezra nickte voller Stolz, während Mona die Gabeln an die skeptisch dreinblickenden Frauen austeilte.

»Das obendrauf sind Pistazien.« Genüsslich schob sie sich noch eine Gabel voll zuckersüßem Käsedessert in den Mund. »Na los, bedient euch. Käse macht glücklich, Rosenwasser schön, und Nüsse machen faltenfrei – was will frau mehr? Einen Mokka dazu?«

Alles vergeben(s)

Mona war richtig stolz auf sich.

Nicht vor der Arbeit, vor ihren Emotionen hatte sie sich gefürchtet. Doch jetzt, wo alles verpackt war, verspürte sie nichts als Erleichterung. Sie hatte Tage dafür gebraucht, gedankenversunken lehnte sie nun am Türrahmen von Alexanders leerem Jugendzimmer. *Ehemaligem* Jugendzimmer. Kurz entschlossen hatte sie gehandelt, nachdem er ihr eröffnet hatte, dass er nicht nach Hause zurückkehren werde, wenn sein Auslandsjahr vorbei wäre. Eine WG wollte er gründen, mit zwei Freunden. Zugegeben, zunächst hatte ihr das einen ziemlichen Stich versetzt, aber beileibe nicht so lang wie erwartet. Sie schien sich an Abschiede zu gewöhnen.

Auch von der Droge Albert fühlte sie sich tatsächlich geheilt, seit Wochen hatte sie keine Sehnsucht mehr verspürt, von ihm zu hören. Aber wie nach jedem kalten Entzug war da diese Leere. Ja, sie war durchaus in der Lage, ihre Tage mehr oder weniger sinnvoll anzufüllen, doch alleine ihr Dasein zu fristen war nie ihr Lebensmodell gewesen. Nicht die Person Albert fehlte ihr (schon gar nicht der Albert, den sie zuletzt kennengelernt hatte), nein, ihr fehlte das Gefühl, ein Teil eines Ganzen zu sein. Sie kam sich vor wie ein in zwei Hälften gesägter Tisch.

Aah, da war er ja. Mona strahlte, als sie ihn vor ihrem Schaufenster erblickte, wieder mal mit dem Handy am Ohr vor der Tür auf und ab wandernd. Die zwei Wochen ohne Clemens Weißbergs Besuche waren deutlich farbloser gewesen, und das, obwohl die Stadt inzwischen ihr farbenprächtiges Frühlingsgewand angelegt hatte. Lila-, orangefarbene, weiße Inseln aus Krokussen sprossen aus dem Grünstreifen gegenüber, und auch sie hatte die beiden verwitterten Holztröge vor ihrem Eingang mit Tulpen und Narzissen bestückt und ihre wilde Mähne mit einer großen pinkfarbenen Seidenblume gebändigt.

Die gleichmäßige tiefe Bräune hob das breite Grinsen hervor, das der Anwalt in ihren Laden hereintrug. Sein Haar hatte auch ein paar helle Strähnen bekommen. Stand ihm ausgezeichnet.

»Mona, wie schön, Sie wiederzusehen! Sie werden täglich jünger.« Verlegen drehte Mona sich um und ging hinter ihrer Theke auf Sicherheitsabstand. Doch es stimmte, obwohl sie nach wie vor dieselben Cremes benutzte, sah sie von Woche zu Woche glatter aus. Lässig setzte sich Clemens auf einen Barhocker und schob ein kleines zerknülltes Etwas auf dem Tresen zu ihr hin. Dabei hörte er nicht auf zu grinsen. »Das ist für Sie.«

Huiuiui. Kurz dankte Mona Gott für ihren niedrigen Blutdruck, denn eine aufregende Hitze stieg unaufhaltsam von ihrem Herzen in Richtung Scheitel auf, doch dank ihrer anämischen Natur wusste sie, dass sie dennoch nicht rot wurde. Sie starrte auf das Päckchen, das zwischen ihnen lag.

»Machen Sie es auf.«

Jetzt erst nahm sie es und rupfte das handbedruckte, kartonartige Papier von seinem Inhalt, einem bauchigen tönernen Gefäß mit einem Korken als Verschluss. Fragend sah sie ihn an, gespannt erwiderte er ihren Blick. »Es war gar nicht so einfach, etwas zu finden, das Sie nicht schon kennen könnten.«

Mona zog den Korken ab und zupfte die Plastikfolie, die den Inhalt noch einmal sicherte, aus der Öffnung. Ihr erster Instinkt war immer, erst einmal an allem zu riechen. Ihre feine Nase hatte sie noch nie betrogen. Würzig. Vielschichtig. Vorsichtig kippte sie sich eine kleine Prise des groben Pulvers in ihre Handfläche. Es sah aus wie etwas, was man sich nach einem Waldspaziergang aus dem Sohlenprofil kratzt, aber es duftete einfach himmlisch. Zimt, Ingwer und Muskat konnte sie herausfiltern, doch da war noch so viel mehr.

»Ich fand den Namen ausgesprochen passend: *Ras el Hanout* – Chef des Ladens. Das sind Sie ohne Zweifel.«

Mona lachte auf. »Dass Sie an mich gedacht haben …« Wie er das wohl angestellt hatte? Er war ja bestimmt nicht ohne Freundin verreist.

»Wie könnte ich denn nicht? Auf jedem Souk sind Sie mir, Sie und Ihre Bücher, in den Sinn gekommen. Alles war so bunt dort, so bunt wie Sie.« Nicht, was er sagte, berührte sie tief, aber die Art, wie er es sagte.

»Vielen Dank. Da werde ich gleich ein Rezept dazu heraussuchen. Marokkanische Kochbücher habe ich ja.« Sie drehte sich um, um ihm seinen Espresso zu bereiten, aber auch, um ihm nicht zu deutlich zu zeigen, wie gerührt sie war. Aber dann platzte es aus ihr heraus: »Was halten Sie davon, wenn wir uns duzen?«

Clemens grinste sie breit an und sagte: »Gerne. Clemens.«

Huch! »Mona.« Jetzt einfach ein bisschen Konversation machen … »Und … War dein Urlaub schön?« Immer unverfänglich.

»Ja, sehr. Ich habe ein abwechslungsreiches Programm absolviert, vom Atlantik ins Atlasgebirge, in die Wüste … Eigentlich war ich ständig auf Tour.«

Komisch, dass er seine Freundin nicht erwähnte. Solange Mona die bessere Hälfte eines intakten Tisches gewesen war, hatte sie diese Art Berichte immer in der »Wir«-Form abgegeben. »Ach, das finde ich auch die schönste Art des Reisens«, schwärmte sie und stellte ihm seinen Kaffee hin, mit einer selbst gemachten Nougatpraline auf dem Unterteller. Dass ihre Herzform von ihm missverstanden werden könnte, wurde ihr zu spät bewusst. Einfach darüber hinweggehen. »Ich träume zum Beispiel schon lange davon, mal den gesamten Stiefel im Auto hinunterzufahren«, sagte sie im Plauderton und schob sich zeitgleich mit ihm auch ein Nougatherz in den Mund. Warum hatte das was Anzügliches, wie sie da so beide an der süßen, samtigen Creme lutschten?

Hastig fuhr sie fort: »Ich glaube, die beste Zeit dafür ist September, Oktober. Da wächst so viel Köstliches am Wegesrand: Maroni, Feigen und Pilze … Äpfel und Nüsse, die Oliven sind reif, und die Weinlese beginnt …« Den Kopf entspannt auf seinen Ellbogen gestützt, schien er ihr Gesicht auswendig zu lernen, während sie sprach. »Solange mein Sohn noch da war, sahen unsere Urlaube völlig anders aus, und jetzt, wo ich den Laden habe, kann ich erst recht nicht einfach so zwei, drei Wochen verschwinden.« Ihr Blick schweifte in die Ferne, in ihrer Phantasie hatte sie sich schon viele Male auf diese Reise begeben. Sie sah kilometerlange Steinmauern vor sich, die die gewundene Landstraße von den geometrisch angelegten Weinbergen und Obstplantagen trennten, windschiefe Pinien auf sanften Hügeln, stattliche Zypressen, die herrschaftliche Einfahrten säumten und Feldwege durch karge Landschaften in den Horizont geleiteten. Sie fuhr durch verwitterte wohlklingende Orte, deren schmale Gassen sämtlich zur obligatorischen verschlafenen Piazza führten, die Herz und Hirn eines jeden italienischen Dorfes war, die einzige Bar am Platz täglicher Treffpunkt weinseliger alter Männer, die müßig darauf warteten, dass etwas geschah. »Aber für so was muss man sich Zeit nehmen, sich von den Ereignissen treiben lassen – mal hier haltmachen, mal da verweilen, in einem *agriturismo* übernachten, mal dort eine *festa* mitfeiern …«

»Also, da wär ich sofort dabei«, sagte Clemens begeistert. »Leider habe ich jetzt erst mal Urlaubssperre. Aber das sollte uns nicht daran hindern, uns auf diese Reise einzustimmen. Was sagst du? Ich kenne einen wunderbaren kleinen Italiener.«

»Ach, nein. Danke. Das ist nett«, stammelte sie perplex. Wieso bezog er das eigentlich auf sich? »Ich hab leider viel zu viel zu tun.« (Wenn das wirklich wahr wäre … Mona hatte sich immer gut zu beschäftigen gewusst, aber noch immer fühlte es sich merkwürdig an, ganze Abende mit sich alleine in ihrer Wohnung zu verbringen, ohne dass irgendwann jemand nach Hause kam, ihr Essen mit ihr teilte, ihre Fragen beantwortete, anrief, von seinen Heldentaten berichtete, die Zahnpastatube offen ließ, den Müll nicht rausbrachte …)

Gut, dass Ezras Regeln ihr so in Leib und Seele übergegangen waren. Ohne die (Regel Nr. 23: Hände weg von gebundenen Männern) hätte sie jetzt vielleicht zugesagt, nur, weil sie sich wegen seines Geschenks verpflichtet gefühlt hätte. Zum Teufel mit der Höflichkeit – altes Gefühlskuddelmuddel gegen neues einzutauschen machte ja so gar keinen Sinn.

Ver-Albert

»Was macht eigentlich Albert?« Diesmal kam die Frage von Marina. Mona tat so, als hätte sie nichts gehört.

»Ja, habt ihr euch jetzt mal gesehen?« Leider war auch Lisas Interesse daran ungebrochen.

Manchmal kam sich Mona vor wie einer von diesen »Früher war alles besser«-Kriegsveteranen, aber in gewisser Weise empfand sie die Erfindung von Handy und Internet so einschneidend wie ein Krieg, ein Erdbeben, eine wütende Pestilenz, was den Einfluss auf persönliche Beziehungen betraf. Dass es Albert trotz (oder wegen?) all dieser Kommunikationsmittel gelungen war, jegliche persönliche Treffen mit ihr zu umgehen, war für Mona umso verletzender, dass sie nicht wochenlang auf Briefe von Alexander warten musste, war wiederum ein Segen. Eins zu eins bekam sie jede kleine Veränderung an ihm mit, sah, wie seine Haare und neuerdings sein Bärtchen wuchsen (hoffentlich war das nur eine Phase, es sah furchtbar aus), hörte seine rasante Entwicklung in Stimme und Sprache (eine Art Denglish), erlebte seinen Gemütszustand jenseits der Ozeane live durch Haltung und Ausdruck mit, selbst wenn er schwieg. Doch daran, dass auf einmal keine Höflichkeitsform oder Abstufung nach Intimitätsgrad mehr Gültigkeit zu haben schien, konnte und wollte sich Mona einfach nicht gewöhnen. Sie ärgerte sich über jede SMS und E-Mail ohne Anrede oder Grußwort, besonders über die neuerdings so locker-flockigen von Albert.

»Tja, Marina, ich muss mich wohl bei dir entschuldigen«, sagte Mona zerknirscht. Erwartungsvoll, aber keineswegs überrascht, blickten Andrea und Lisa zu Marina. Aha, die Acht-Uhr-Nachrichten hatten es wohl schon gemeldet.

»Er hat 'ne andere.« Andreas Ansage klang fast triumphierend, und Mona wurmte es, dass sie recht behalten hatte. Was für ein Schaf sie doch manchmal war … Natürlich hatte Albert jemanden – man trennt sich ja nicht, weil das Alleinsein so viel schöner ist.

Bis zu diesem Moment hatten sie es ganz gut hingekriegt, das Thema Albert so möglichst zu umgehen. Immer wenn jemand angesetzt hatte, sie nach den neuesten Entwicklungen zu fragen, hatte sie schnell das Thema gewechselt. Sie hatte ihnen neue Kochbücher empfohlen, ausgiebig von ihrem tollen Menü geschwärmt, die anderen über ihre Arbeit ausgefragt (was sie bisher noch nie gemacht hatte), sich mal ausnahmsweise für Lisas letztes Seminar interessiert, Vorschläge für gemeinsame Ausstellungsbesuche und Kinoabende gemacht … und dann, kurz vor 23 Uhr, als die eine oder andere schon gähnte, die letzte Rotweinflasche geleert war und sie sich in Sicherheit wähnte, kam doch noch die Frage aller Fragen um die Ecke.

Sie seufzte.

»Darf ich noch einen Wein aufmachen?« Ohne die Antwort abzuwarten, stand Andrea auf und ging zum Kühlschrank.

Mona nickte resigniert. »Ich hab nur noch weißen.«

»Ja oder ja?«, bohrte Andrea, während sie in der Weinflasche herumbohrte.

»Ja!«, gab Mona genervt zu.

»Und woher weißt du es?«

Meine Freundin Petra hat es mir erzählt, die Frau von seinem Arbeitskollegen. Sie kam am Samstag zu mir in den Laden. Sie hat sie gesehen, und sie sagt, sie sei blond und verdammt jung.« Es war schön, dass ihre Freundinnen kollektiv die Nase rümpften.

»Was hab ich gesagt?« Gerade dass Andrea nicht gleich die Flasche ansetzte, denn als ginge es um sie, kippte sie wütend ein ganzes Glas Wein auf einmal hinunter und goss sich gleich noch mal nach.

»Gib mir bitte auch was«, meinte Mona und hielt ihr ihr Glas hin.

»Ja, das ist sie.« Etwas widerlich, wie sich Marina selbstgefällig zurücklehnte und die Arme verschränkte. So konnte sie sich Mona im Unterricht vorstellen – ein bisschen überheblich, weil sie mehr wusste als ihre Schüler. »Blond und ziemlich jung. Typ Jeans und Pumps. Sexy Naturschönheit.«

Lisa verzog angewidert das Gesicht. »Weißt du, wie lange das schon geht?«

»Na, ratet mal.« Mona schenkte sich noch mal nach.

Die ganze Zeit über hatte Ezra mit gleichmütig weiser Miene wie ein Buddha dagesessen, nun kramte sie in ihrer Tasche und steckte Mona drei braune Kügelchen zu, die aussahen wie gepresster Kaffeesatz. »Nimm das.«

»Wegen ihr ist er ausgezogen?« Gott, Marina war wirklich manchmal ganz schön langsam.

Mona schüttelte den Kopf und spülte die braunen Kugeln mit Weißwein runter. Sie vertraute Ezra blind.

Marinas Appetit regte sich wieder. Sie stand auf und holte die Reine mit den Resten aus dem Ofen. Ein halbes Huhn und einiges von dem wunderbar durchgezogenen, speckig glänzenden Ofengemüse war noch da. Mit den Fingern rupfte sie das lauwarme Fleisch von den Knochen und schob es sich lustvoll in den Mund. Ein Duft von Rosmarin, Thymian und Knoblauch entfaltete sich. Da konnte Lisa auch nicht widerstehen und griff sich eine Kartoffelspalte. Kauend behauptete sie: »Er hat sie an Silvester kennengelernt.«

»Nein.«

»Ach, Lisa, träum weiter«, lallte Andrea verächtlich. »Das ganze Theater an Weihnachten hat der wegen *ihr* veranstaltet. Wahrscheinlich hat sie ihm wegen Silvester die Pistole auf die Brust gesetzt. Das geht schon viel länger, stimmt's?«

»Sagt jedenfalls Petra«, bestätigte Mona und erinnerte sich plötzlich an ihre eigenen Worte: *Nur wer zusammen Silvester verbringt, ist im neuen Jahr ein Paar*. Sie berichtete weiter: »Die hat sie nämlich zum ersten Mal auf seiner Firmenweihnachtsfeier gesehen. Da kam sie ihn abholen, und er hat irgendwas von Geschäftspartnerin gefaselt. Und seitdem hat er sie überall mitgenommen, und alle kennen sie, und alle haben dichtgehalten. Ich komme mir vor wie ein Idiot.«

Lisa rückte mit ihrem Stuhl heran und legte den Arm um Mona. »Du musst dir Gewissheit verschaffen, Süße. So ein Phantom ist wie ein Dämon, der ausgetrieben werden muss. Solange du es nicht mit eigenen Augen gesehen hast, wird dich das nie loslassen. Ich weiß, wovon ich spreche.« Durch ihre Seminare (Tantra war eines davon) hatte sie ihre Berührungsängste vollkommen abgelegt und ging nun mit allem und jedem beherzt auf Tuchfühlung. Die unterschiedlichen Reaktionen darauf waren lustig zu beobachten. Mona jedenfalls ließ es dankbar geschehen, waren das doch die einzigen Streicheleinheiten, die ihr seit Heiligabend widerfuhren. Auf einmal überkam sie eine friedliche Ruhe. Sie hätte Lust gehabt, wie ein Kätzchen zu schnurren.

»Lisa hat recht, du solltest ihn beschatten«, meinte Andrea.

So weit war Lisa zwar nicht gegangen, doch das war auch nicht nötig gewesen, denn ihr Ex hatte seine Neue beim Auszug einfach gleich mit in die Wohnung gebracht und sie die Einrichtung für das neue gemeinsame Liebesnest selbst aussuchen lassen. Dass Lisa so einige Therapien brauchte, um das zu verarbeiten, war verständlich.

»Wir können uns ja aufteilen, sozusagen im Schichtdienst. Marina, du weißt ja inzwischen, wo er ab Mittag unterwegs ist, und ich könnte die Samstage übernehmen, zum Beispiel im Golfklub. Mich kennt er ja nicht.«

Mona lachte auf, aber Andrea insistierte: »Ich kann so was. Was meinst du denn, was ich mache, wenn ich mir wegen eines Mannes nicht ganz sicher bin?« Was Andrea dann erzählte, war einfach ungeheuerlich: Wenn der Mann am Telefon einen komischen Akzent gehabt oder sich merkwürdig verhalten hatte, dann hatte sie sich erst mal verkleidet am verabredeten Ort auf die Lauer gelegt, zur perfekten Tarnung manchmal sogar zusammen mit einer Freundin am Nachbartisch gesessen. Dafür hatte sie sich sogar ein paar Perücken angeschafft. Wenn der Mann nicht ihren Vorstellungen entsprochen hatte, war sie einfach auf Nimmerwiedersehen verschwunden. Hatte er ihr optisch zugesagt, hatte sie sich im Auto ihrer Sonnenbrille oder Kassenbrille mit Fensterglas, Flohmarktjacke, Mütze und Fremdhaare entledigt und war mit suchendem Blick ins Lokal spaziert. Doch selbst wenn sie sich auf so ein »sicheres« Date eingelassen hatte, war es meist bei einem Treffen geblieben. Mona fragte sich, ob das ganze Blind Dating lediglich ein Hobby war, das der Karrierefrau die einsame Zeit zwischen Feierabend und Zubettgehen vertrieb. Ihr jedenfalls verschafften Andreas Berichte aus der Dating-Schattenwelt regelmäßig Albträume.

Gerade weil sie als Vierzehnjährige eineinhalb Jahre lang furchtbar für ihren Brieffreund in Luxemburg geschwärmt hatte, den sie aber nur von Fotos kannte und nie persönlich treffen durfte, wollte sie niemals mit einem Mann monatelangen, zunehmend intimer werdenden Mailverkehr haben, ohne jemals seine Stimme gehört oder ihm in die Augen gesehen zu haben. Auch Andreas mitternächtliche Spontanchats, in denen wildfremde Männer sozusagen gleich mit der Tür in ihr Bett gefallen waren, stellten für Mona kein prickelndes Abenteuer, sondern lediglich ein inakzeptables Sicherheitsrisiko dar. Ihr grauste es beim Gedanken an die SMS-Nabelschau von irgendeinem anonymen Phantom, der zwar schriftlich verdammt schnell die Hosen runterließ, aber angezogen noch nicht mal zu einem gemeinsamen Kaffee fähig war – die Gründe dafür fand sie allesamt abstoßend: Zu schüchterne, zu unansehnliche Stubenhocker, die sich nicht trauten, auch in natura ein ganzer Mann zu sein? Trophäensammler, die sich lieber Informationen über Frauen zusammengoogleten und Gemeinsamkeiten zusammenphantasierten als sich selbst ein Bild zu machen? Verheiratete, die virtuell ganz risikofrei den Freuden des Singledaseins frönen wollten? Bindungsunwillige Singles, die eine Partnerschaft vortäuschten, um sich für immer unbehelligt die Rosinen aus dem Liebeskuchen picken zu können? Also, ihr Hobby würde das definitiv nie werden …

Stattdessen hatte sie sich jetzt bei einem Bauchtanzkurs angemeldet – wieder ein Abend in der Woche weniger alleine zu Hause.

Noch vor einer Viertelstunde war Mona so enttäuscht gewesen, dass sie Albert einfach nur eine schwere Krankheit, irgendwas Entstellendes, an den Hals wünschte, doch nun sagte ihr ihr Verstand, dass ihre verrückten Freundinnen recht hatten: Es wurde Zeit, dass sie in das Auge des Hurrikans starrte. Außerdem hatte sie plötzlich Hummeln im Hintern. Sie sprang von ihrem Stuhl. »Wer hat Lust zu tanzen? Ich war eeewig nicht mehr tanzen«, rief sie aus und machte Musik an. Zu Aretha Franklins »Respect« hüpfte sie durch den Raum wie ein Flummy.

»Bist du denn kein bisschen müde?«, fragte Marina lachend.

Mona schüttelte den Kopf so heftig, dass ihre Haare hin und her flogen, und sang lauthals mit: »R-E-S-P-E-C-T!« Ab heute ihre Hymne.

»Das sind die magischen Pillen«, meinte Ezra lächelnd und holte weitere davon aus ihrer Tasche. »Wollt ihr auch welche?«

Lisa nahm eine, Marina wandte sich ab. Sie kämpfte schon wieder mit ihren Hitzewallungen. Andrea hielt die leere Weinflasche gegen das Licht. »Danke, nein, aber was zu trinken wär nicht schlecht.« Sie war sofort mit von der Partie; bei Lisa und Marina, die beide losmaulten, dass sie morgen früh raus müssten, bedurfte es noch ein wenig Überredungskunst. Aber schließlich ließ sich selbst Ezra breitschlagen loszuziehen.

Tatsächlich war Mona so lange nicht mehr auf der Piste gewesen, dass sie nicht einmal mitgekriegt hatte, dass montags nicht *ein* Tanzklub mehr geöffnet hatte. Nur Andrea war durch ihre vielen Blind Dates ziemlich im Nachtleben herumgekommen. Die schicke Hotelbar mit Livemusik, die dank der geschäftsreisenden Spesenritter auch an Arbeitstagen gut besucht war, kannte außer ihr keine von ihnen. Was war das denn? Alle anwesenden Männer verdrehten ihre Köpfe, als Mona und die anderen dort einliefen. In ihrer Alltagskleidung! Dabei lauerten, wie in solchen Etablissements überall auf der Welt, auch hier aufgedonnerte Glücksritterinnen auf den *Richard Gere*, der sie aus ihrem Elend rausholte. Deren Mienen verfinsterten sich, während sich fast wie in einem alten Revuefilm eine von Bewunderern gesäumte Schneise bildete, als die fünf Kochschwestern die Bar ansteuerten. Ihre magische Anziehungskraft war so offensichtlich, dass es selbst der unerfahrenen Marina auffiel. »Habt ihr das gesehen?«, raunte sie hinter vorgehaltener Hand.

»Wir haben Fans – ist doch super!«, lachte Mona und saugte die anerkennenden Blicke dankbar in sich ein.

Kaum hatten sie die lange Bar erreicht, sprangen einige Männer auf und boten ihnen ihre Plätze an. Jetzt wurden sie auch von den hübsch herausgeputzten Gesellschafterinnen unverhohlen angestarrt.

»Das habe ich ja noch nie erlebt.« Lisa errötete und kletterte mit verschämt gesenktem Blick auf einen Barhocker. Schnell versenkte sie ihre Nase in die Cocktailkarte.

»Frag mich mal«, meinte Marina. »Irr ich mich, oder hat mich der da drüben auf dem Kieker, der im blauen Hemd?« Lisa riskierte einen kurzen Blick. »Der da drüben« prostete ihnen freundlich zu. »Hat er.« Sofort vertiefte sie sich wieder in die Karte. Da tippte Mona sie an und meinte: »Und der süße Typ hier neben mir strahlt *dich* ganz begeistert an. Na los, schenk ihm doch mal ein Lächeln.«

Weil Lisa demonstrativ in die entgegengesetzte Richtung sah, stand der Mann auf und stellte sich direkt vor sie. »Entschuldigen Sie, ich würde Sie gerne auf ein Getränk einladen.« Lisa wusste gar nicht, wo sie hinschauen sollte, schüchtern nickte sie gen Fußboden. Auch wenn man es ihr nicht so deutlich ansah, Mona war das Ganze auch nicht so geheuer – das mit dem Flirten mussten sie wohl beide wieder üben.

Ganz anders Andrea, die lehnte sich geschmeidig an die Bar und ließ ihren Blick wie eine gespannte Raubkatze auf der Jagd durch den Raum schweifen. »Wenn das immer so laufen würde, bräuchte ich nie mehr online zu daten … Einen Cosmo bitte!« Der Augenaufschlag, mit dem sie den jungen Barkeeper bedachte, war einer Filmdiva würdig. Beglückt stellte er ihr eine Schale mit Salzbrezeln hin. Ihr Drink wurde von einem grau melierten Herrn bezahlt, der sie gleich in ein Gespräch verwickelte.

In ihrer Mitte thronte Ezra – würdevoll wie eine Kaiserin – mit ihrer Tasche auf dem Schoß und knabberte, weise vor sich hin lächelnd, an einer Brezel. Als sie ihr Glas Champagner bekam, erhob sie es und sagte: »Ich trinke mit euch auf die Magie. Die Magie der Weiblichkeit. Wie ihr seht, nimmt sie jeden gefangen, niemand kann sich ihr entziehen. Denkt immer daran, denn damit besitzt ihr eine große Macht.«

Ja, wirklich. Seit sie da waren, schien die ganze Bar in Aufruhr: die Musik rhythmischer, die Beleuchtung romantischer, die Atmosphäre elektrisierter, die Anwesenden lebendiger.

Marina, Marina, Marina …

Den Unisexlook ihrer Kochgenossin – offenes Karohemd überm T-Shirt und zu lange Jeans, die auf den lammfellgefütterten Chucks in unförmigen Wülsten endeten – fand Mona wie immer nicht besonders prickelnd, dennoch musste sie sich Marina genauer ansehen.

»Hast du dir freigenommen? Du siehst so erholt aus.«

Schwungvoll war das richtige Wort, das ihr im Zusammenhang mit der behäbigen Marina selten in den Sinn gekommen wäre.

»Witzig, dasselbe hat gestern ein Kollege zu mir gesagt«, antwortete die, ziellos im Laden umherstreichend und Bücher begutachtend. »Dabei ist es ganz schön stressig zurzeit.« War es ihr Haar, das mal nicht als unordentlicher Knoten von ihrem Hinterkopf wegstand, sondern elastisch und glänzend bei jedem Schritt mitschwang?

»Schön, die offenen Haare«, meinte Mona, »… solltest du öfter tragen.« Sie folgte Marina, dabei ließ sie den Kunden, der sich die Neuerscheinungen ansah, nicht aus den Augen. Er war schon eine ganze Weile da und suchte immer wieder ihren Blick, ohne jedoch irgendeine Frage zu stellen. Verdächtig.

Marina lächelte erfreut. »Danke. Bisher ging das nie, weil sie so dünn waren, aber stell dir vor, ich habe auf einmal haufenweise neue Haare bekommen.« Sie neigte ihren Kopf zu Mona. »Fühl mal, viel dichter und kräftiger.«

»Jetzt, wo du's sagst – habe ich bei mir auch festgestellt.«

Gerade wollte Mona in Marinas Schopf hineingreifen, da stand der andere Kunde auf einmal vor ihnen. Grinsend fragte er: «Entschuldigung, wie kann ich Mitglied in Ihrem Kochzirkel werden?

Klingt äußerst verlockend.« Er zeigte auf die Tür, an der immer noch die Einladung hing.

»Keine Chance. Nur für Frauen«, entgegnete ihm Marina vorlaut.

»Und Sie sind dabei?«

»Klar.« Sie stemmte ihre Arme in die Taille. »Was dagegen?«

Mona war so erstaunt über Marinas uncharmantes Verhalten, dass sie ganz vergaß, sich einzuschalten.

»Im Gegenteil.« Der Mann ließ sich nicht beirren. »Jetzt bin ich erst recht neugierig. Ach bitte«, bettelte er. »Ich sehe gut aus in Frauenkleidern. Ich gehe mir gleich ein Kleid und ein Paar Pumps besorgen, und nächsten Montag bin ich dabei. Ihres würde mir gefallen. Vielleicht gibt's das auch noch in meiner Größe.«

So viel Frechheit brachte Mona zum Lachen, aber Marina setzte eine mürrische Miene auf und wandte sich ab. Das schien ihn nur mehr zu reizen. »Ich wasche auch ab.« Er rückte ihr ziemlich auf die Pelle. »Oder wie wär's, wenn ich Sie alle bediene? Das wäre mir ein großes Vergnügen.«

Marina schüttelte nur den Kopf und sah sich weiter Bücher an, als wäre er nicht da.

»Wie Gott mich schuf, in der Schürze.« Mit einem verschwörerischen Zwinkern fügte er hinzu: »Und Sie können alles mit mir machen, was Sie wollen.«

Verächtlich ließ Marina ihren Blick von oben bis unten an ihm herabwandern und sagte: »Wie kommen Sie darauf, dass uns das interessieren könnte?«

Wie man sich täuschen konnte ... Der sah gar nicht aus wie einer, der auf Knien rutschend Klos mit einer Zahnbürste reinigte, wenn ihm eine Frau in Stiefeln bis zum Hals dabei zusah. Hatte er die strenge Lehrerin in Marina erkannt? Bevor die beiden handgreiflich wurden, griff Mona doch noch ein. »Tut mir leid, es ist kein Platz mehr frei.« Sie schob sich zwischen Marina und den aufdringlichen Kunden und gab ihm einen Flyer. »Aber wenn Sie am Freitag zur Lesung kommen wollen, da gibt es noch Plätze. Für welches Buch haben Sie sich denn entschieden?«

Als hätte man ihn gerade aus einem Traum geweckt, murmelte

er: »Ich weiß es noch nicht, ich komme noch mal vorbei«, und suchte rasch das Weite.

»Auf Wiedersehen« war hier die falsche Verabschiedung, denn darauf legte Mona gar keinen Wert, darum sagte sie gar nichts.

»Was war denn das?«, wandte sie sich an Marina, sobald die Tür ins Schloss gefallen war.

»Unglaublich, oder?«, meinte diese kopfschüttelnd und riss die Tür wieder auf. »Mann, diese Hitze bringt mich noch um.«

Mona verschränkte fröstelnd ihre Arme. »Nein, ich meine dich. Ist das dein üblicher Umgangston mit Männern?«

Marina runzelte die Stirn. »Versteh ich jetzt nicht – der war ja wohl ganz schön unverschämt!«

»Na, aber doch erst als Reaktion auf deinen sprühenden Charme.« Mona brauchte jetzt einen Kaffee. Außerdem lenkte sie diese Beschäftigung von ihrer innerlichen Empörung über Marinas merkwürdiges Verhalten ab. So hatte Mona sie noch nie erlebt: feindselig, rüde, maskulin, aggressiv.

»War ich unfreundlich?«, fragte Marina anscheinend völlig arglos, ließ endlich die Tür zufallen, folgte ihr und ließ sich auf einen der Barhocker sinken.

»Sagen wir's mal so: Wenn das deine natürliche Umgangsform mit Männern ist, ist es kein Wunder, dass du noch nie eine Beziehung hattest. Du hast noch nicht mal gemerkt, dass der mit dir flirtet, oder?«

Marina sah sie ungläubig an.

»Und der hätte so gut zu dir gepasst.« Optisch wären die beiden wirklich ein Traumpaar gewesen, doch Mona fiel ein, dass Marinas Traummann George Clooney war und sie von dessen Traumfrau so weit entfernt war wie die Erde zum Mond. Darüber ging die burschikose Studienrätin einfach hinweg. »Wer kommt denn schon auf die Idee, in einem Buchladen auf die Pirsch zu gehen?«

»Egal wo! Wenn du wirklich eine Beziehung willst, musst du was dafür tun. Dann musst du alle Gelegenheiten beim Schopf packen, die sich dir bieten. Du gehst ja nicht aus, du machst keinen Sport ...«

»Doch, ich habe angefangen, für den Marathon zu trainieren«, unterbrach sie Marina. Aha, darum wirkte sie so viel dynamischer.

»Na, dann leg dich mal ins Zeug, denn bei dir klingeln wird er bestimmt nicht!«

Marina lachte und rieb sich die Hände. »Das wäre aber toll.«

Mona sah sie verständnislos an. »Irgendwie habe ich das Gefühl, du willst gar keinen Mann.« Marina antwortete nicht.

Mona grinste und gab Marina ein Zeichen. Dieser aufdringliche Sklave war tatsächlich erschienen. Und noch viele andere, mit denen sie nie gerechnet hätte, drängten sich auf den Bierbänken, die Mona für die Lesung in Reihen aufgestellt hatte. Dass es ihr gelungen war, diesen berühmten Autor in ihren bescheidenen kleinen Laden gelockt zu haben – wenn auch mit viel Charme und Überredungskunst –, darauf war sie richtig stolz. Da dies für sie eine Premiere war, hatte sie sich in eine dunkle Ecke hinter den Autor gesetzt, um unauffällig die Reaktionen der Gäste zu beobachten und das eine oder andere Foto schießen zu können, während der Autor aus seinem vielbesprochenen kulinarischen Krimi las.

Jedes Mal, wenn ihr Blick auf Clemens fiel, erwiderte er ihn mit einem kleinen Lächeln, als hätte er irgendeinen eingebauten Mona-Radar, und jedes Mal durchfuhr sie ein heißer Schauer. Gott sei Dank konnte man ihr das in der Dunkelheit nicht ansehen. Am meisten aber rührte sie, dass all ihre Kochschwestern da waren. Sie hatte auch nicht erwartet, dass sich Clemens Zeit für so was wie eine Lesung nehmen würde, aber vielleicht war er ja gar nicht wegen ihr da, vielleicht wollte er ja nur endlich mal die geheimnisvollen Salonfrauen inspizieren. Jedenfalls hatte er auch da ziemlich gute Antennen – ohne, dass sie sie ihm vorgestellt hatte, lokalisierte er Andrea, Lisa, Sarah, Marina und Ezra in der Menge und riskierte immer mal wieder einen Blick. So ein Schwerenöter. Da schien er nicht der Einzige zu sein. Während die Frauen nämlich andächtig den Worten des Autors lauschten, nahm Mona im Rest des Publikums eine ziemliche Unruhe wahr. Immer wieder wandte sich einer der Männer um, beugte sich vor, reckte den Hals, um eine ihrer Kochgenossinnen (und nicht etwa eine der anderen Frauen aus dem Publikum) ungeniert anzustarren, ihren Blick zu suchen und sie anzulächeln. Nicht zu fassen …

Zuwachs

Verdammt! Hätte sie sich bloß nicht für das Rad entschieden! Mona hatte zwar immer einen Taschenschirm dabei, aber so bepackt, wie sie war, würde sie auch nicht trocken bis nach Hause kommen, wenn sie es irgendwo stehen ließe. Es war Salontag, ihre Optionen waren: Schirm oder Einkaufstüten. In der Früh war der Himmel noch klar gewesen, darum hatte sie vor der Öffnung ihres Ladens noch schnell einen Abstecher auf den Wochenmarkt gemacht, wo montags alles garantiert frisch geerntet war. Den Marktspaziergang in der gleißend hellen Frühlingssonne hatte sie so genossen, dass sie mit wehenden Rockschößen und einem breiten Lächeln auf den Lippen zurückgeradelt war. Dass es aber auch immer gleich so kalt und ungemütlich werden musste. Ein paar Regentropfen durchdrangen ihre Wolljacke und ihr dünnes Seidenkleid, und schon fing Mona an zu frösteln. Und weit und breit kein schützender Balkon, unter den sie ihr vollgepacktes Fahrrad hätte schieben können. Also kämpfte sie sich mit verzerrtem Gesicht weiter durch den von Meter zu Meter heftiger niederprasselnden Regen, ihre Lust auf den Salon schwand mit jeder Sekunde. Neben ihr hupte ein Wagen. Sie wollte schon losschimpfen, als er anhielt und das Beifahrerfenster herunterfuhr.

»Schnell, stell dein Rad ab. Ich nehme dich mit«, rief Clemens ihr zu und fuhr ein Stückchen vor, um sein Auto zu parken. Sobald Mona abgestiegen war, öffnete sie einfach ihren Schirm und blieb stehen, wo sie war. Sie triefte ja jetzt schon. Da eilte Clemens ihr auch schon zu Hilfe, hielt ihr den Schirm, während sie ihr Rad an eine Mauer lehnte und abschloss, hievte die Tüten herunter und verstaute sie und Mona sicher in seinem BMW. Wie er den Zipfel ihres Kleides ins Auto verfrachtete, bevor er die Beifahrertür zuschlug, rührte sie zutiefst.

»Wo soll's denn hingehen?« Er ließ den Wagen an.

Sie nannte ihm ihre Adresse. So unerwartet mit einem Mann, der nicht ihr Ehemann war, auf so engem Raum alleine zu sein machte Mona ganz nervös.

Sein Blick strich über ihr Gesicht, während sie merkwürdig verlegen mit ihren Locken spielte, die sich bei Feuchtigkeit sofort wie Fusillinudeln kringelten. Seine Hand für eine Sekunde auf der klammen Seide oberhalb ihres Knies bescherte ihr einen fröstelnden Schauer. Rotkäppchen und der Wolf kamen ihr in den Sinn. Der von ihr aufsteigende Wasserdampf hatte die Scheiben beschlagen und das Innere des Wagens für einen Moment in ein intimes Separee verwandelt, es blitzte und donnerte zwar nicht so wie draußen, doch die elektrische Spannung hier drin war mindestens genauso groß.

»Nicht zu fassen: Jede Laborratte ist schlauer als so mancher Mann«, dachte Mona, als sie aus dem Wagen stieg. Schon wieder hatte Clemens sie um ein Rendezvous gebeten. Wenn man einer Ratte eine Lernaufgabe gab, wo sie hier einen Stromschlag und dort Käse bekam, dann brauchte sie vielleicht zwei Versuche, bis sie sich merkte, wo die Belohnung auf sie wartete. Clemens aber holte sich wieder und wieder den Stromschlag ab! Wenigstens hatte Mona ein richtig schlechtes Gewissen dabei, erneut seine Einladung zu einem Abendessen abzulehnen. Zur Strafe für ihre Unhöflichkeit verabschiedete sie sich am Auto und schleppte ihre Einkäufe selber in die Wohnung, gleichzeitig genervt davon, dass sie überhaupt so empfand. Mit Albert war all das viel einfacher gewesen, das Flirten hatte sie wohl auch über die langen Jahre ihrer Ehe verlernt.

»Na, wirst wohl auch nicht gerne nass.« Sie öffnete die Terrassentür. Inzwischen besuchte sie ihr Eichhörnchenfreund nicht nur morgens. Sein frisch geduschter Anblick war so erbärmlich, dass Mona kichern musste. Vorsichtig näherte er sich bis zur Türschwelle, blieb dort stehen und sah sich neugierig um.

»Ach Süßer, schade, dass du kein Mann bist ...«, plauderte sie, während sie ihre Einkäufe verstaute. »Du wärst genau mein Typ: zuverlässig, anhänglich, schick …«

Mit schiefem Kopf hörte ihr das Tier gespannt zu. »Dieser Anwalt eben, der ist schon auch ein toller Typ. Aber wo führt das hin?« Sie legte eine Spur aus Nüssen vor ihm auf dem Boden aus bis zu dem alten Aschenbecher neben dem Küchenblock, in dem eine Handvoll ganz Walnüsse lagen, Überbleibsel von ihrem misslungenen Weihnachtsfest. »Nirgendwo hin.«

Sie ließ die Spüle voll Wasser laufen, kippte einen Riesenberg Babyspinat hinein und wirbelte ihn behutsam mit den Händen durcheinander, damit die zarten Blättchen keine Knicke bekamen. Auch wenn davon erwärmt nachher nur noch ein klägliches Häufchen übrig bleiben würde, legte Mona Wert darauf, alles so hübsch zu arrangieren, dass sämtliche Sinne angeregt wurden, einem beim bloßen Anblick der Menüzutaten schon das Wasser im Mund zusammenlief. Das Auge isst ja schließlich mit. Ja, das gemeinsame Kochen war ein wichtiger Teil ihres kulinarischen Salons, doch alle Arbeiten, die später zu viel Zeit in Anspruch nehmen würden, erledigte Mona gerne vorher.

»Der will einfach nur spielen«, erzählte sie ihrem flauschigen Freund. »Seinen Marktwert testen. Ein grausames Spielchen, wenn du mich fragst. Mir den Mund wässrig zu machen und dann nach Hause in die Arme einer anderen zu eilen. *Er* hat ja jemanden. Ich, ich hab nur dich.« Von wegen. Den Deal Nüsse gegen Gesellschaft hielt der Nager nur so lange ein, bis er satt war. Mit der letzten Nuss verschwand er in den sturmgepeitschten Garten.

Gedankenverloren baute Mona die Zutaten für das heutige Menü auf der Arbeitsplatte auf. »Schade, das mit Clemens, wirklich schade«, dachte sie, als sie den Spinat zum Abtropfen in einen Emailledurchschlag füllte. Der Berg mehlige Kartoffeln im flachen Weidenkorb daneben ließ erahnen, was es zu essen gab: handgemachte Spinat-*malfatti*, eine Art *gnocchi* aus dem Ofen, mit Käse gratiniert – ein Haufen Arbeit, aber zum Niederknien köstlich. Mona fand den Begriff *malfatti* – Missratene – lustig, denn natürlich würde sie – wie wahrscheinlich jede italienische Hausfrau – darauf achten, dass sie auch optisch perfekt gelangen. Kleine aromatische Datteltomaten, Pinienkerne und tiefschwarz glänzende Oliven in rustikalen Schalen bildeten ein hübsches Ensemble mit dem Basilikumstrauch im glasierten Tontopf, das für den lauwarmen Tomatensalat vorgesehen war, der dem Pastagericht Frische und Farbe verleihen sollte. Immer wieder wanderten ihre Gedanken zu Clemens: »Er könnte mir schon gefallen. Und er macht ja auch keinen Hehl daraus, dass das auf Gegenseitigkeit beruht. Echt schade …«

So, das war also Sarah, Andreas beste Freundin. Nachvollziehbar, was das Aussehen betraf, denn sie schien wohl auch so ein markenhöriger Modejünger wie die immer gemäß der *InStyle* aus dem Ei gepellte Andrea zu sein. Sarahs Statushandtasche, die Designerpumps – die rot lackierte Schuhsohle war unverkennbar – und das Chanel-Lederjäckchen, das bestimmt keine Asiakopie war, bestätigten alles, was Andrea so über sie erzählt hatte: Dass sie zweifache Mutter war, traute man ihr fast nicht zu, was nicht nur daran lag, dass die Zweiunddreißigjährige klein und zierlich war, sie hatte sich auch eine gewisse mädchenhafte Naivität bewahrt – für sie kein Handicap, denn sie war reich verheiratet und musste sich in ihrem großen Haus mit Putzfrau und Au-pair-Mädchen sicher um wenig sorgen. Mona war nicht so ganz klar, warum Andrea sie unbedingt mitbringen wollte. Neuankömmlinge hatten in einer eingeschworenen Gemeinschaft immer Startschwierigkeiten, doch Sarah machte auch nicht den Eindruck, als wolle sie wirklich dazugehören. Während alle anderen mit hochgekrempelten Ärmeln in der spinatgrünen Kartoffelpampe wühlten, die sich auf der Arbeitsplatte türmte, und im Akkord wohlgeformte kleine *malfatti*-Klößchen produzierten, genau wie es Mona ihnen beigebracht hatte, ging sie auf Sicherheitsabstand. An den schicken künstlichen Designernägeln mit Pfauen drauf konnte es eigentlich nicht liegen, Mona hatte ihr sogar Einweghandschuhe angeboten. Doch spätestens nachdem Sarah mit einer unbeholfenen Frage nach der anderen auswich, war ihr die Lust vergangen, die Neue einzubinden. So was kannte sie nur zu gut von ihrem Sohn – es war ungefähr gleichbedeutend mit »null Bock«:

»Mama, wo ist die Butter?«

»Im Kühlschrank.«

»Wo denn?«
»In der Tür.«
»Wo? Ich find sie nicht.«
»Neben den Eiern.«
»Ich seh sie nicht.«

Nur um die Stimmung nicht zu verderben, sah sie davon ab, Sarah über den eigentlichen Ablauf des kulinarischen Salons aufzuklären. Sie waren ja schließlich keine Küchenbrigade, die einen VIP-Gast verwöhnte. Vielleicht war sie ja so gelangweilt, weil sie Andreas (nicht vorhandenes) Liebesleben, das mal wieder den Abend bestimmte, schon in- und auswendig kannte?

»Als ich kam, hatte er schon zwei Cocktails intus. Klar wurde mir das aber erst, als ich sah, was alles auf der Rechnung stand.« Erstaunlich, mit welch zärtlicher Behutsamkeit Andrea in der riesigen Paellapfanne Schmortomaten, Schalotten, Oliven, Pinienkerne und Basilikum wenden und gleichzeitig ihre neueste Männergeschichte zum Besten geben konnte. »Wir haben uns ziemlich gut verstanden, jedenfalls sind keine peinlichen Gesprächslücken entstanden.«

Schon so manches Mal hatte Mona vermutet, dass Andrea ständig irgendwas erzählte – manchmal total aus dem Zusammenhang –, nur weil sie Stille schlecht ertragen konnte. »Wie machst du das dann, wenn du mit jemandem zusammen bist? Da könnt ihr doch auch nicht ununterbrochen miteinander quatschen, da muss man ja auch mal schweigen können. Vor allem im Guten.«

Ezra nickte versonnen, während sie mit mechanischer Präzision dünne Würste aus Kartoffelteigbatzen rollte und sie in gleichmäßige Stücke teilte. Sicher dachte sie jetzt auch an ihren Mann. »Ich weiß, das fällt dir schwer, aber es ist besser, wenn du ihn öfter zu Wort kommen lässt, vielleicht mal interessierte Fragen stellst und genau hinhörst, was er sagt. So kannst du dir ein viel besseres Bild von ihm machen, als wenn du dich selber präsentierst wie ein Bestellkatalog.«

Andrea schüttelte störrisch den Kopf. »Und ich soll einfach schweigen, wenn ich was weiß?« Solche Gespräche stressten sie so, dass sie sie nur mit Zigarette ertragen konnte. Sie ging auf die Terrasse und zündete sich eine an.

Ezra bedachte sie mit einem aufmunternden Blick und nickte. »Wenn du mit diesem Mann zusammenkommst, wird es noch genug Gelegenheiten geben, an denen du dein Wissen unter Beweis stellen kannst. Wenn nicht, ist es doch wirklich vergebliche Liebesmüh, so unterhaltsam zu sein. Findest du nicht auch?«

Auf die Idee, dass eine Frau für einen Mann auch einen Entertainment-Wert haben könnte, war Mona bisher gar nicht gekommen. Aber wenn sie so drüber nachdachte, fielen ihr eine ganze Menge Männer ein, deren Leben ohne ihre Partnerin ziemlich eremitenhaft und neandertalermäßig wäre: Essen als Nahrungsaufnahme statt als geselliger Genuss, Schlaf und Sport als ihre einzige Freizeitgestaltung, Bildung als Beschäftigung und nicht, um sie mit anderen zu teilen. Kam wohl nicht von ungefähr, dass viele ihre Ehefrauen »meine bessere Hälfte« nannten.

»Na ja, in dem Fall muss ich dir sogar recht geben«, gab Andrea erstaunlicherweise klein bei. Sie nahm einen tiefen Zug von ihrer Zigarette. »Wir haben was gegessen, er trank noch mal zwei Mojitos, und stellt euch vor: Nach einer Stunde wollte er mich schon küssen! Der hat sich mich glaube ich mal ganz gepflegt schön gesoffen.«

Alle lachten.

»Küsst er gut?« Marina konnte von pikanten Details nie genug kriegen.

»Wir sprachen gerade über das Universum und schwarze Löcher. Da bestand nicht der geringste Zusammenhang.«

Jetzt kringelte sich Marina vor Lachen. »Findest du?« Die anderen stimmten ein.

»So schnell konnte ich gar nicht gucken, da saß der neben mir.«

»Und hat dein schwarzes Loch gesucht?«

Ezra verzog angewidert den Mund, aber den anderen liefen schon die Tränen herunter.

»Ein Oktopus ist nichts dagegen.« Sie trat die Zigarette aus, hob sie mit spitzen Fingern auf und warf sie in der Küche in den Abfall.

Mona seufzte. »Wieso hast du eigentlich die Rechnung gesehen? Hat er dich denn nicht eingeladen?«

»Viel besser: Er fand sein Portemonnaie nicht.«

»Wie bitte?«, fragte Lisa entsetzt. »Du hast doch wohl nicht für ihn bezahlt?«

»Wieso nicht? Ich verdiene doch genug.«

Zurzeit war Andrea anscheinend total hormongesteuert. Sarah schaltete sich auf einmal ein: »Dann erzähl doch mal, was du alles vorab in dieses Date investiert hast. Maniküre, Waxing …«

»Klar, das volle Programm. Und Pediküre mit Lack – man weiß ja nie.« Sie lachte und zählte weiter auf: »Friseur, dann noch neue Dessous, halterlose Strümpfe, ein neues Parfüm, die passende Bodylotion. Ach ja, und ein Paar scharfe Pumps. Aber die wollte ich sowieso.«

»Hat irgendeine von euch mal weniger investiert in ein vielversprechendes Date?«, fragte Mona in die Runde. Kollektives Kopfschütteln.

»Und trotzdem findest du nicht, dass es nur fair wäre, wenn ihm das Ergebnis dieser ganzen Mühe einen Drink oder ein Abendessen wert wäre?«, wandte sie sich wieder an Andrea.

Die sah sie mit ausdruckslosen Augen an. »Ich dachte eigentlich nur, was denken die über mich, wenn ich mit so einem ausgehe. Ich hatte das Gefühl, alle starren mich an.« Dagegen hatte sie sonst nichts einzuwenden, sofern es sich um haltlose Bewunderung handelte.

»Deshalb hast du die Rechnung übernommen? Bist du irre, das ist ja an der Grenze zur Heiratsschwindelei.«

Sie nickte. »Und ich durfte auch noch seine Extradrinks bezahlen.« Mona und Ezra wechselten resignierte Blicke.

»Also, das habe ich noch nie erlebt«, brach es aus Sarah heraus, die mit ihrem Campari-Maracuja bereits am gedeckten Esstisch saß und auf ihrem glitzernd verpackten iPhone herumtippte. »Ich kann mich gar nicht erinnern, dass ich je eine Rechnung selber bezahlt hätte«, sagte sie in naiv-verständnislosem Ton.

»Klar, wie denn auch? Du warst ja immer Papas kleine Prinzessin. Und jetzt liest dir dein Göttergatte jeden Wunsch von den Augen ab«, brauste Andrea auf. Mona erinnerte sich an eine frühere Bemerkung Andreas, dass Sarah all das hatte, was sie selbst sich wünschte, und dass es sie nervte, dass diese es kaum schätzte, sondern sich auch noch darüber beklagte. Der Blick, den Lisa und Marina sich gerade zuwarfen, verriet, dass sie genauso dachten.

»Gar nicht wahr.« Sarah holte ihre Zigaretten aus der Handtasche und trollte sich auf die Terrasse, um eine zu rauchen.

»Darum geht's doch jetzt gar nicht«, kam Mona zurück zum Thema, »sondern eher um die Frage, was wir aus der Geschichte *Außer Spesen nichts gewesen* lernen? Ich nehme ja nicht an, dass er dich gebeten hat, ihn noch mal zu treffen, oder?«

»Der hat mir noch nicht mal in die Jacke geholfen. Was hätte ich denn machen sollen? Wie konnte ich denn ahnen, dass es so ablaufen würde?«, verteidigte sie sich.

Ezra ergriff das Wort: »Das stimmt. Man kann nie wissen, wer oder was einen erwartet.« Ihre ruhige Art klärte sofort die Atmosphäre. »Deshalb solltest du dich ja vor unliebsamen Überraschungen schützen und beim ersten Beschnuppern grundsätzlich nicht lang zum Essen gehen, sondern nur kurz etwas trinken. So hältst du deine Ausgaben in Grenzen und gibst auch beim ersten Mal nicht gleich so viel von dir preis. Überleg doch mal, was das für einen Eindruck vermittelt, wenn du in das erste Treffen gleich alles reinpackst, was du zu bieten hast und was du gerne mit einem Mann machst.«

»Sie ist eben ausgehungert«, sagte Lisa. »Wie ich.« Sie rubbelte sich Kartoffelteig von den Händen, denn es war alles verarbeitet. »Können die Dinger endlich in den Ofen?«

»Bedürftig«, brummte Andrea, »aber das bin ich ja auch.«

»Als hättest du Angst, dass es kein zweites Mal geben könnte«, sagte Mona und streute geriebenen Käse über die *malfatti*. Sobald sie im Ofen waren, begann sie damit, die Vorspeise auf Tellern anzurichten.

»Hab ich ja auch! Wisst ihr eigentlich, wie lang das her ist, dass ich Sex hatte?«

»Willkommen im Klub«, meinte Mona trocken. Genauso trocken wie die Wüste Gobi in ihrem sexy lilafarbenen Spitzenslip, die so bald wohl niemand sonst durchstreifen würde. Wenn sie abends alleine auf ihrer Seite des viel zu großen Ehebettes lag, rechnete sie manchmal nach, wie viele Tage, Wochen, Monate sie jetzt schon von keinem mehr liebkost worden war. Trotzdem ließ sie ihren High-speed-Beglücker im handlichen Taschenformat in der Wäscheschublade verstauben, sie war nie der Typ für gesichtslose Erotikphantasien gewesen, die vielen eindeutigen Angebote von Männern befriedigten höchstens ihr Ego, aber leider nicht ihre Libido, und da Albert ja nicht mehr zur Verfügung stand … Obwohl sie den Verdacht hatte, dass es bei Marina nicht Monate oder Jahre, sondern Jahrzehnte her war, schwieg diese mit zusammengekniffenen Lippen. Tja, das mit dem Sex, das war so eine Sache: Solange man ein eheliches Abo darauf hatte, war er manchmal einfach lästige Pflichtübung, doch wehe, man war nicht mehr an der ewiglich sprudelnden Lustquelle, dann ärgerte man sich über jede vertane Betthupferlchance mit dem Angetrauten. Am liebsten wäre Mona aufgesprungen und hätte ein flammendes Plädoyer für das sofortige hemmungslose Ausleben aller wie auch immer gearteten erotischen Phantasien in einer festen Partnerschaft gehalten. Sie hätte nie gedacht, dass es mal nicht mehr möglich sein könnte, zum Beispiel mit Albert einen Swingerklub zu besuchen. Nicht, dass sie jemals so scharf darauf gewesen wäre, aber vieles benötigte nun mal eine gewisse Intimität, das ging eben weder alleine noch mit einer flüchtigen Bekanntschaft.

»Aber dafür kann der Neue doch nichts.« Lisa klaute eine Datteltomate aus der Pfanne. »Mmmh.« Den schlüpfrigen Teil ließ sie bei ihren ermüdend ausführlichen Selbsterfahrungsberichten komischerweise jedes Mal aus, aber die Salonfrauen waren sich einig, dass die kollektive Wochenendeuphorie Lisa bestimmt mal auf das Futon des einen oder anderen Seminarteilnehmers getrieben hatte. Sie leckte sich die Finger ab und machte sich über die übrig gebliebenen Oliven her. Ein wesentlicher Grund für ihre Salonbesuche war das wunderbare Essen. Unter der Woche begnügte sie sich aus Faulheit mit Kantinenfertigfutter, und die makrobiotisch-vegane Seminarverpflegung diente auch nicht gerade der kulinarischen Erleuchtung.

»Wenn du schon bezahlst, dann kauf dir lieber einen Callboy.«

Andrea sah Mona verächtlich an. »Spinnst du?«

»Wieso? Leisten kannst du es dir doch, und da ist der Deal wenigstens klar. Oder wärst du mit dem da etwa noch ins Bett gegangen?«

»Niemals! Ein Fünkchen Stolz hab ich noch.«

Mona sah sie ungläubig an. Andrea war eine tolle Frau, sie hatte definitiv eine Menge Gründe, stolz auf sich zu sein. Wieso vergaß sie das alles, sobald sie einen Mann vor sich hatte? Vielleicht sollte sie sie wirklich einfach mal zu so einer Familienaufstellung schleppen.

»Was ich haben kann, das will ich nicht, was ich haben will, das krieg ich nicht«, sang Marina. »War mal so ein Songtext.«

»So ist es«, stimmte Ezra zu. »Geheimnisse machen interessant. Darum ist es gut, wenn du nicht sofort mit Haut und Haaren zu haben bist. Dann kommt es vielleicht auch mal zu einem zweiten oder dritten Treffen. Das gäbe dir die Gelegenheit, dir den Kandidaten näher anzuschauen und zu ermessen, ob du wirklich mehr von ihm willst. *Das* ist für mich Selbstbestimmung.«

Trotzig verschränkte Andrea die Arme.

»Wie hast du dich denn nach diesem Erlebnis gefühlt? Sei ehrlich?«, fragte Mona nach.

»Nicht gut.« Andrea dachte kurz nach und fügte resigniert hinzu: »Benutzt.«

»Dann komm doch nächstes Wochenende zu diesem Wahnsinnsseminar mit. Da geht's genau darum, wie du deinen Wert verinnerlichst. Alles, was wir essen und trinken, werden wir selbst im Wald und auf der Wiese sammeln, und dann lernen wir, was man daraus alles herstellen kann. So erfahren wir, welche wertvollen Fähigkeiten wir in eine Gesellschaft einbringen, und wachsen dadurch.« Den Prospekt hatte Lisa aber schön auswendig gelernt. »Ich freu mich schon so! Ich schau mal, ob die noch einen Platz haben«, bot sie aufgeregt an.

Na so was, Andrea hatte ja plötzlich wieder Mimik. Missbilligend zog sie die Augenbrauen hoch, ihre Stirn war trotzdem glatt wie die einer Siebzehnjährigen. Besaß sie etwa eine neue Antiaging-Wunderwaffe? »Ich habe eine Leitungsfunktion inne, ich kenne meinen Wert in einer Gesellschaft.«

Teilchenphysik

Suchend ließ Mona ihren Blick durch den zartgrün knospenden und blühenden Garten schweifen. Das war doch nicht möglich, dass Herr Eichhorn ihr untreu wurde? Was war denn mit »Liebe geht durch den Magen« – frönte er seinen Frühlingsgefühlen etwa mit einer anderen? Seit gestern lag seine Ration Walnüsse jedenfalls unangetastet in seinem Aschenbechernapf. »Herr Eichhorn! Pelztierchen! Wo bist du? Na komm«, rief sie nach ihm. O Gott, peinlich, wenn das jemand mitkriegte … Aber immer wenn Mona ihn zu hören glaubte, raschelte da nur ein blöder Vogel im Unterholz. Enttäuscht trank sie ihren letzten, inzwischen kalten Schluck Milchkaffee und ging zurück in die Wohnung. Ohne ihren Gesellschafter hatte sie keinen Appetit auf Frühstück. Unter der Dusche ertappte sie sich dabei, dass sie ernsthafte Überlegungen anstellte, ob Eichhörnchen grundsätzlich nur Zweckverbindungen zur Überlebenssicherung eingehen, bis sie im Frühjahr wieder selber auf Nahrungssuche gehen können, oder ob festgelegte Paarungszeiten sie dazu zwingen, jetzt ihren Nachwuchs zu sichern. Sie musste laut auflachen. Au weia, Zeit, dass sie unter Menschen kam, diese ruhigen Sonntage bekamen ihr wirklich nicht so gut. Gestern hatte sie mal wieder den ganzen Tag keinerlei Kontakt zur Außenwelt gehabt. Ein Spaziergang über den Wochenmarkt in einem hübschen Kleid würde da schnell Abhilfe schaffen.

Flink war sie in der hellen Morgensonne zum Marktplatz geradelt, nun genoss sie das spürbare Klopfen ihres Herzens, ihren pochenden Puls und die angenehme Wärme, die sich durch die Ertüchtigung in jeder Zelle ihres Körpers ausgebreitet hatte, während sie gemächlich an den Ständen vorbeischlenderte. Erst gegen Mittag würde es hier rundgehen, jetzt konnte sie sich noch der vollen Aufmerksamkeit jedes einzelnen Händlers gewiss sein.

»Ah, la bella Signora!«, rief da auch schon der schelmische Italiener mit dem speckigen Borsalino-Hut aus, bei dem Mona sonst ihren Parmigiano und Prosciutto holte, aber heute wollte sie nichts Italienisches kochen. Allem Weiblichen immer und jederzeit zu huldigen, dafür waren die Italiener ja bekannt, aber erst seit ein paar Wochen beeilte sich der einen ganzen Kopf kleinere Mann jedes Mal, sich ihr mit einem Stück Käse zum Probieren in den Weg zu stellen, um sie in ein Gespräch zu verwickeln. Ein Gespräch, das sich ausschließlich um Monas Schönheit drehte. Er verglich sie mit legendären Filmdiven wie der Bellucci und der Loren, aber auch die Heilige Madonna wurde ab und an zur Unterstützung herangezogen. So schwülstig es auch sein mochte, Mona konnte nicht anders, als sich zu freuen. Und dann winkte sie auch schon der strohblonde, groß gewachsene Hanseate selbstbewusst mit einem geräucherten Fisch zu sich rüber: »Moin, Moin, min Deern!« Auf dem Weg dorthin wurde sie aber noch vom serbischen Gewürzhändler abgefangen, der sie mit seinem selbst gemachten Paprikapesto auf einem Stück Brot zu sich locken wollte. Der kernige junge Metzger bekam wieder mal ganz rote Bäckchen und verrechnete sich, als sie bei ihm einkaufte. Belustigt schüttelte Mona den Kopf, als sie sich verabschiedete. Was dachte der sich, er hätte gut ihr Sohn sein können. Und der früher so einsilbige, wettergegerbte Imker erzählte ihr nicht zum ersten Mal augenzwinkernd irgendwas von den Bienchen und den Blümchen, um an ihre Telefonnummer zu kommen. Zu süß. Doch der reizende türkische Gemüsemann setzte noch einen drauf: Er legte ihr einfach eine Mango in die Hand und flüsterte ihr verschwörerisch »Süße Frau, süße Frucht« zu, als wäre das das Passwort zu ihrem Herzen. Sie kicherte wie ein kleines Mädchen, als sie den süßen Duft der reifen Frucht einsog. Es war ja nicht so, dass Mona erst seit ihrem kulinarischen Salon dort einkaufte, aber dass die Männer ihretwegen hier so aus dem Häuschen waren, war neu. Neu, aber wunderbar. Der reinste Balsam für ihr

Ego. Zu schade, dass keiner von ihnen ihr Typ war. Aber eine derart magnetische Wirkung auf die Männerwelt zu haben war ja auch schon ein großes Geschenk – da hatte Ezra wirklich recht. Jetzt nur noch den richtigen Pol zum Andocken zu finden, das konnte ja nicht so schwer sein …

Dass Sarah wieder zum Salon gekommen war, erstaunte Mona. Zumal sie sich wie gehabt vor dem Kochen drückte und lieber rauchend auf der Terrasse telefonierte oder SMS tippte. Mit wem eigentlich? Schließlich war sie ja im Salon, um allem anderen zu entfliehen. Irgendwie war sie nie da, wo ihr Körper gerade war, nur der süße Müßiggang schien ihr natürliches Zuhause zu sein. Mona konnte nicht umhin festzustellen, dass Sarah dabei eine gute Figur machte, und beschloss zähneknirschend, ihr noch eine Schonfrist zum Akklimatisieren einzuräumen.

Der Abend war so mild, dass sie Türen und Fenster weit aufgerissen und es sich nach der Vorspeise auf Monas orientalischer Liegewiese gemütlich gemacht hatten. Zum ersten Mal hatte Mona Clemens' Gewürzmischung mit Ezras fachfraulicher Hilfe in einem saftig-aromatischen Tajine-Gericht verwendet, das langsam auf dem Herd vor sich hin schmorte. Ein süßer Blütenhauch von Magnolie und Apfel strömte herein und verband sich mit den exotischen Düften ihres köstlichen Mahles.

Das Schrillen der Türklingel schreckte die Frauen aus ihrer Feierabendentspannung.

»Kommt noch jemand?«, fragte Marina argwöhnisch, die sichtbar nicht mit Sarah warm wurde und keinen Bedarf an weiterem Neuzuwachs dieser Art hatte.

»Nicht, dass ich wüsste.« Seit Mona alleine wohnte, hatte dieses Klingeln fast nur an Montagen ihr gegolten. Vielleicht hatte ein Nachbar seinen Schlüssel vergessen. Sie ging zur Tür und betätigte die Sprechanlage.

»Guten Abend. Hier ist Clemens. Clemens Weißberg.«

Mona war so verdattert, dass sie den Türöffner betätigte. Die paar Sekunden von der Haus- bis zu ihrer Wohnungstür reichten nicht aus, um sich was Eloquentes zurechtzulegen. In ihrem Hirn sauste es. Sie öffnete die Tür und ließ den Dingen ergeben ihren Lauf. Für alles andere war es jetzt sowieso zu spät.

Sein Strahlen war entwaffnend. »Schönen guten Abend, Mona.« Er hielt Mona einen dicken Strauß pinkfarbener Tulpen hin und trat breitbeinig ein.

Eine Technoparty war nichts gegen ihren Herzschlag.

»Mona, Mona, Mona … toll siehst du aus. Das hätte ich dir schon vorhin sagen sollen.«

Artig nahm sie die Blumen an sich. Hatte er sie gezielt ausgewählt, weil sie perfekt zu ihrer pinkfarbenen Chiffonbluse passten?

»Was gibt es denn heute zu essen?« Er knüllte das Blumenpapier zu einem festen Ball, den er in der Hand behielt.

Mona kam wieder zu sich. »Was machst du denn hier?«

»Du willst ja nicht mit mir zum Essen gehen.« Wie ein Hund reckte er seine Nase in die Höhe, schnüffelte und sagte: »Dann komme ich eben zum Essen zu dir. Riecht gut.«

»Na super«, dachte Mona, »und ich hab die ganze Bude voller liebesbedürftiger Singlefrauen.« Sie hätte ihm eine runterhauen sollen, aber sein Lächeln war einfach zu reizend. Fahrig strich sie sich eine Locke aus der Stirn, die gleich wieder dorthin zurückfiel. »Du weißt doch ganz genau, dass der Salon nur für Frauen ist.« Wo war denn ihre Schlagfertigkeit hin?

Und natürlich warteten diese Frauen keineswegs zurückhaltend im Wohnzimmer, nein, diese Frauen kamen neugierig zur Tür, um ja nichts zu verpassen. Mona bereute, sie noch nicht richtig gefüttert zu haben, denn wie die hungrigen Hyänen stürzten sie sich auf das allzu opferbereite Beutetier.

»Oh, ein Mann! Endlich!« Das konnte ja nur von Andrea kommen, die sich sofort vor ihm in Positur warf, wie die Starlets auf dem roten Teppich fürs perfekte Glamourfoto. Leider beherrschte sie diese Disziplin ziemlich gut. Ihr arrogant abschätzender Blick wanderte von Clemens' perfekt geputzten Schuhen langsam nach oben und fixierte seinen neugierig-amüsierten für einen klitzekleinen Moment. Ein Sekundenduell, in dem festgelegt wurde, wer von ihnen in Zukunft auf dem Podest stehen würde und wer dem Sieger huldigen dürfte. Hilflos den Blumenstrauß umklammernd, sah Mona zu.

»Was für schöne Blumen!« Sarah beschäftigte sich – wie sonst auch – nur mit den Oberflächlichkeiten. Mona drückte sie ihr in die Hand, Sarah strahlte selig.

»Hast du deine Regeln jetzt doch geändert?«, fragte Lisa sie provokant. »Ist das der Typ mit den Massagen?« Dabei zeigte sie auf ihn, Charme hatte sie nicht gerade mit Löffeln gefressen.

Auf Clemens' fragenden Blick konnte Mona nur mit einem »Nein!« an Lisa antworten. Aber das hielt ihn nicht davon ab, darauf einzugehen: »Bist du verspannt?«

»Allerdings. Wegen dir«, dachte Mona und sah gequält auf ihre Schuhspitzen.

»Ich kann prima massieren.« Dabei rieb er sich die Hände, als wolle er sie dafür schon mal anwärmen.

Das lief ja total aus dem Ruder, sie musste was tun, irgendwas. »Du musst wieder gehen.« Vergeblich versuchte Mona ihn zur immer noch geöffneten Wohnungstür, die sie bewusst nicht geschlossen hatte, um ihm ja nicht die Illusion zu geben, willkommen zu sein, hinauszuschieben. Sie hätte genauso gut versuchen können, einen jahrtausendelang im Wald liegenden Findling zu verrücken. »Kommen Sie doch rein. Zur Küche geht's da lang. Das Essen ist gleich fertig«, schnatterten die Frauen durcheinander. Fasziniert wie ein Biologe, der das Sozialverhalten einer unerforschten Tierart studiert, beobachtete Mona das Schauspiel.

Ihr frech ins Gesicht grinsend, sagte Clemens: »Du hast mir noch gar nicht verraten, was es Leckeres gibt.«

»Wein, Weib und – wenn Sie unbedingt darauf bestehen – auch Gesang«, antwortete Andrea, während sie sich vor Mona schob, um ihn von der Tür wegzulotsen und sie zu schließen. Sie lächelte kokett und versprach: »Später.«

Damit ihr nicht die Hand ausrutschte, nahm Mona Sarah den Strauß wieder ab und folgte mit den Blumen im Arm resigniert den anderen, die den ungebetenen Gast einfach in die Küche führten. Ihr viel zu leise erhobener Protest »Halt! Das geht nicht!« blieb ungehört.

Es war erstaunlich: Ein Hauch von Testosteron im Raum, und schon waren die Weibchen so benebelt, dass sie kein einziges Wort mehr miteinander wechselten. Geradezu magnetisch zog der eigentlich gar nicht so spektakuläre Anwalt alle Aufmerksamkeit auf sich. Dabei erblühten sie wie Margeriten beim ersten Sonnenstrahl.

Sogar die spröde Marina bekam auf einmal rosige Apfelbäckchen. »Möchten Sie lieber Roten oder Weißen?«

»Verdammt, diese Tulpen sind wirklich prachtvoll«, dachte Mona, als sie sie in einem großen Goldfischglas in die Mitte des Esstisches stellte. Wieder einmal focht sie ihr inneres Duell zwischen resignativer Höflichkeit und ihrem guten Recht auf Gefühle aus. Ja, zugegeben, seine Aktion war schmeichelhaft, aber wozu das Ganze? Was wollte er damit erreichen? Ein Date mit ihr? Wirklich? Sie glaubte ihm kein Wort. Dennoch wollte sie ihn für sich alleine behalten und nicht mit den Salonfrauen teilen. Seine Anwesenheit erfreute sie, seine Unverfrorenheit brüskierte sie. Ach, warum fand sie ihn nur so unverschämt anziehend? Wäre sie alleine gewesen, sie wären wohl woanders als in der Küche gelandet. Aber jetzt musste sie sich behaupten. Schließlich war sie die Hausherrin.

Bevor sie irgendeinen Beschluss fassen konnte, stand Clemens schon, umringt von Frauen, die sich weiterhin gegenseitig aufgeregt ins Wort fielen, mit einem Glas Rotwein am Herd. Die Einzige, die sich vornehm zurückhielt, war Ezra, die das ganze Geschehen mit einem spöttischen Lächeln auf den Lippen vom Esstisch aus betrachtete.

»Was die jetzt wohl tun würde?«, überlegte Mona, während sie sich hilflos mit Nützlichem beschäftigte, hier mal eben über eine Fläche wischte, dort Besteck in die Spülmaschine sortierte und Zutaten in den Kühlschrank räumte. Dabei suchte Mona immer wieder den Blick ihrer weisen Freundin. Sie selbst schien ja wohl nicht die besten Entscheidungen zu treffen, wenn sie bedachte, wie schief das mit Albert alles gelaufen war. Das Richtige zu tun wäre wesentlich einfacher, wenn ihr Hirn und ihr Herz nicht so widerlich sausen würden – so laut, dass sie nicht ein Wort von dem, was da zwischen Clemens und ihren Salonschwestern gewechselt wurde, bewusst mitbekam.

»Wir kochen immer so außergewöhnliche Sachen«, verkündete Lisa voller Stolz und hob den Deckel von dem tönernen Topf. »Raten Sie mal, was das ist«, forderte Marina ihn auf. Clemens lugte in die Tajine.

»Ich bin ganz gespannt, hab's selber noch nie probiert.« Geräuschvoll atmete Lisa über dem blubbernden Topfinhalt ein: »Mmh.«

»Ich kannte bisher nur Gemüsecouscous«, meinte Marina. »Viel zu zerkocht, meiner Meinung nach.«

Lisa rührte mit einem Holzlöffel vorsichtig um. »Das ist aber noch knackig.«

»Wir ja auch.« Andrea war sich für keine Flapsigkeit zu schade.

»Ich kannte nichts davon«, bemerkte Sarah. »Mein Mann mag eher Hausmannskost. Jägerschnitzel und Sauerbraten und so was.«

»Also bitte, Sie sind doch ein Mann von Welt. Ich wette um eine Flasche Taittinger, dass Ihnen die Tajine ein Begriff ist.« Ganz nebenbei hatte Andrea ihm ihre Lieblingsmarke verraten. Schlau. Sie hielt ihm ihr Glas entgegen. »Cheers.« Zwar stieß er mit ihr an, doch dann suchte Clemens sofort Monas Blick. Er zwinkerte ihr zu und sagte: »Ich war vor Kurzem in Marokko.«

»Na, so ein Zufall«, rief Lisa aus und berichtete arglos, dass sie dafür eine marokkanische Gewürzmischung verwendet hatten, deren Namen sie nicht aussprechen könne.

»*Ras el Hanout*«, entfuhr es Mona, dann wurde ihr heiß und kalt. Na, super.

Lisa schöpfte einen Teelöffel voll dampfendem Essen ab und hielt ihn Clemens zum Probieren hin. »Kosten Sie mal.«

»Oh, nein danke.« Er sah zu Mona und winkte ab. »Ich will Ihnen doch nichts wegessen.«

Bevor Mona sich äußern konnte, riefen wieder alle durcheinander.

»Wieso? Ist doch genug da.« Lisa, die immer noch keine Ahnung hatte, wie man kocht oder Essen kalkuliert, schob sich den Löffel selbst in den Mund.

»Wir hatten ja schon eine Vorspeise.« Sarah erfasste den Kern des Problems Mann im Frauensalon nicht mal ansatzweise.

»Ich muss sowieso abnehmen.« Andrea, die nach einem Kompliment dürstete, das sie nicht bekam.

»Wir haben ja noch gar nichts über Sie erfahren.« Marina und ihre ungebändigte Gier nach Neuem.

Dass er seinen Willen jetzt doch gekriegt hatte … Mona ärgerte sich, dass ihr nun die Rolle der Spielverderberin zukam. Schade, seine Mundwinkel erreichten fast seine Ohrläppchen, so strahlte er. So gelöst hatte ihn Mona selten gesehen, trotzdem konnte sie das unmöglich weiter mit ansehen. Er ließ sich nicht anmerken, welche der Salondamen ihm am besten gefiel. Am meisten legte sich Andrea ins Zeug. Für ihn verzichtete sie sogar auf ihre geliebten Rauchpausen. Mona fand es interessant, sie mal in Aktion zu erleben. Es dauerte keine fünf Minuten, da hatte sie seine Visitenkarte in der Hand. Weil er Anwalt war und man ja nie wusste, wann man einen brauchen konnte. So ging das also …

Der stille Dialog, den Mona währenddessen mit Ezra geführt hatte, brachte so viel Klarheit, dass sie nach einer gefühlten Ewigkeit – in Wahrheit vergingen nur wenige Minuten – endlich die Initiative ergriff. Sie ging zu ihm, nahm ihn am Arm und separierte den Hahn im Korb von der gackernden Hennenschar. O Gott, sie war immer so darauf bedacht gewesen, ihn nicht zu berühren, aber was sollte sie machen?

»Vielen Dank für deinen netten Besuch und die hübschen Blumen, lieber Clemens.« Es klang wenig überzeugend, aber sie wusste, dass sie ihn höflich in seine Schranken weisen musste. So wie es Ezra getan hätte. »Das mit dem Essen müssen wir auf ein andermal verschieben, denn jetzt muss ich mich leider wieder um meine geladenen Gäste kümmern.«

»Gut. Ich nehme dich beim Wort. Wir essen zusammen. Bald«, sagte er zufrieden. »In deinen Träumen«, dachte Mona. Dass ausgerechnet Andrea ihr in den Rücken fiel, überraschte sie nicht. »Ach komm, sei doch nicht so. Einmal kannst du doch eine Ausnahme machen.«

Gott sei Dank kam ihr Ezra zu Hilfe: »Wenn wir jetzt nicht weitermachen, wird es zu spät. Ihr müsst doch alle morgen arbeiten.«

Selbst den Rausschmiss schien er zu genießen. Grinsend ließ er sich von Mona zum Ausgang bugsieren, im Geleit alle bis auf Ezra. Zum Abschied gab's noch mal ein kollektives Wimpernklimpern, dann schloss Mona erleichtert die Tür hinter dem Eindringling und legte unsinnigerweise die Kette vor.

»Und zu mir hat sie gesagt, der Traummann klingelt nicht.« Kumpelhaft knuffte Marina Lisa mit dem Ellenbogen in die Seite.

»Sehr witzig«, zischte Mona.

»Kann es sein, dass ich den schon mal gesehen habe?« Marinas freundschaftlicher Arm auf der Schulter signalisierte *Du entkommst mir nicht.* »Bei dir im Laden, oder?«

»Kann sein«, antwortete Mona so kurz wie möglich, weil sie das Thema Clemens endlich abschließen wollte.

Andrea guckte auf die Visitenkarte, die sie nicht aus der Hand gegeben hatte. »Na klar, seine Kanzlei ist ja in derselben Straße!«

»Im Nachbarhaus«, brummte Mona entnervt. Eine Rewind-Taste wäre jetzt nicht schlecht, dann hätte sie auf Sonntag zurückgespult. Aber schon ging sie los, die Inquisition.

»Ihr kennt euch schon länger, stimmt's?«

»Raus mit der Sprache: wie lange genau?«

»Jetzt sag bloß nicht, schon vor Alberts Auszug?« Sarah, die Ehefrau.

»Wart ihr schon im Bett? Der ist bestimmt super.« Lisa, immer auf der Suche nach der Wahrheit.

»Ja, wie ist er so als Liebhaber?« Andrea. Wer sonst?

»Nun sag schon, da läuft doch was zwischen euch?« Marina sabberte förmlich vor lauter Neugier.

»Na, wenn er doch ihre Adresse kannte …« Ganz so abwesend war Sarah also doch nicht.

»Wie konntest du uns das nur verschweigen?« Lisa vom Informationsministerium.

»Ganz schön ausgekocht: Spielt uns hier die trauernde Witwe vor und hat längst für Ersatz gesorgt.« Andrea und ein bisschen Neid. »Kein Wunder, dass du den geheimhältst. Der ist ja ein Juwel.«

»Aber das mit deinem Mann ist doch noch gar nicht so ganz durch.« Sarah, die Ehefrau.

»Hast du ein Glück!« Ach, die ewig positive Lisa.

Mona hätte Ezra dafür knutschen können, dass sie inzwischen Teller angewärmt hatte und nun begann, das herrlich duftende Tajine-Gericht darauf zu verteilen. »Wollt ihr jetzt was essen, oder soll ich das einfrieren?«

»Ja, ja, aber nun pack endlich aus: Wer ist dieser Clemens Weißberg, wie ist er, was läuft da zwischen euch? Wir wollen alles wissen!« Klatsch war Andrea Nahrung genug.

Schon der erste Bissen war wie das Öffnen einer Schatztruhe voller kostbarer Aromen. Zu schade, dass das gerade zur Nebensache geworden war. Zähneknirschend stand Mona Rede und Antwort, obwohl es ihrer Meinung nach da gar nicht so viel zu erzählen gab: Dass Clemens anscheinend eine Freundin hatte, mit der er's nicht so genau zu nehmen schien, war beides allein schon ein K. o.-Kriterium für jegliche Annäherung zwischen ihnen. Ja, er gefiel ihr, aber Mona war so an Exklusivität gewöhnt, dass sie fand, sie eigne sich so gar nicht zur Geliebten. Und dann war er auch noch jünger als sie.

Anscheinend schwirrten die männlichen Pheromone noch überall in der Luft herum, denn Clemens musste nicht mal mehr anwesend sein, um auch den Rest des Abends das Hauptthema zu bleiben, unter den Frauen und in Monas verwirrtem Kopf.

»Ich helfe dir noch beim Aufräumen«, bot Lisa an, als alle anderen gegangen waren.

Mona war froh um die Ablenkung. »Dann mach ich uns noch einen Espresso.«

»War ja ein aufregender Abend.«

»Hm.«

»Sag mal, findest du, dass Sarah zu uns passt?«

Mona lachte – erleichtert, weil es nicht um Clemens ging. »Du hast also das Gleiche gedacht wie ich.«

»Also nicht. Wie können wir sie wieder loswerden?«

»Sie bringt sich noch nicht so richtig ein. Aber so weit, sie auszuladen, würde ich jetzt noch nicht gehen.«

»Also, ich hab keine Lust mehr, für sie zu kochen und ihr das Essen zu servieren. Das ist doch ein Gemeinschaftswerk.«

Mona schenkte den Espresso ein.

»Ja, schon, aber es ist auch nicht so einfach, in einer eingespielten Gemeinschaft wie unserer seinen Platz zu finden. Außerdem steckt sie in einer ganz anderen Lebenssituation als wir alle. Momentan zumindest.«

»O ja, das stimmt. Von einem Tag auf den anderen kann eine von uns auch wieder einen Mann haben. Du bist ja auf dem besten Weg dahin.«

Mona antwortete nicht. In ihrem bewölkten Hirn war gerade gar kein Horizont in Sicht.

»Und ehe wir's uns versehen, einen dicken Bauch«, strahlte Lisa enthusiastisch. »Das geht so schnell.«

»Und ist im Nu wieder vorüber. Gäbe es das Internet nicht, wüsste ich nicht mal mehr, wie Alexander aussieht.«

»Und im Nu ist er wieder da, wirst schon sehen. Du machst das schon alles richtig.«

»Findest du? Da bin ich mir nicht so sicher. Ich finde, dass Sarah so einiges richtig macht. Auch wenn sie noch nicht so viel davon mit uns teilt. Sie hat immerhin schon das ganze Paket und rackert sich nicht gerade dafür ab, und jetzt beginnt sie auch noch, was ganz für sich zu tun.«

»*Noch* was? Das geht doch fast gar nicht.« War Lisa etwa neidisch?

»Komm, wir können ihr doch nicht zum Vorwurf machen, dass sie was hat, was wir noch nicht hingekriegt haben. Weißt du was? Das nächste Mal beziehen wir sie einfach mehr ein, ganz bewusst. Und lassen uns ein bisschen von ihr und ihrer Coolness inspirieren, was meinst du?«

»Na gut. Ich werd mich bemühen.« Lisa räumte die Espressotassen in die Spülmaschine und schaltete sie ein. Sie sah auf die Uhr. »O Gott, Schlafenszeit.« Wie sie ihr »Träum süß« zum Abschied meinte, wusste Mona genau.

Obwohl Mona völlig erschöpft war, konnte sie in dieser Nacht keinen Schlaf finden. Unkonzentriert hatte sie ein paar Seiten des neuen kulinarischen Krimis gelesen, bis ihr die Augen zufielen.

Danach hatte sie sich aber doch nur schlaflos hin und her geworfen, also stand sie wieder auf und beseitigte restlos alle Spuren des Salons, inklusive der Essensreste, die sie sich kalt direkt aus dem Topf einverleibte. Dabei zermarterte sie sich das Hirn über die Absurdität, ständig Männern die Tür zu weisen, obwohl sie doch einen Partner haben wollte. Sie empfand es als ziemliche Ironie, dass die einzige annehmbare TV-Unterhaltung ein Melodram über ein ungleiches Paar mit großem Altersunterschied war, schlug jedoch kurzerhand ihr Nachtlager auf dem Sofa auf, um es zu Ende anzusehen. Aber auch hier war sie nicht wirklich bei der Sache. Je munterer sie wurde, desto mehr ärgerte sie sich darüber, dass man ihr die durchwachte Nacht morgen ansehen würde. Dass Clemens es ihr ansehen würde. Dass sie ihn sicher sehen würde. Ob sie wollte oder nicht. Und was sie wollte, wusste sie schon überhaupt nicht.

O Mai …

Wie gut, dass Mona jetzt alle Hände voll damit zu tun hatte, dem Wonnemonat Mai seinen Tribut zu zollen. So musste sie wenigstens nicht so oft darüber nachdenken, warum Clemens seit ein paar Tagen auf einmal nicht mehr vorbeikam. Leider blieb auch seine nette Sekretärin fern, und Mona fiel dummerweise kein plausibler Vorwand ein, bei ihr reinzuschneien und sie auszufragen. Nach etwas herumzubohren, in Wunden zu stochern oder jemandem Antworten abzunötigen, die er sichtlich nicht geben möchte, hielt sie grundsätzlich für unschicklich. Der Nachteil dieser guten Erziehung war, dass ihr so manches vorenthalten blieb, was andere – aus welchen Gründen auch immer – nicht von selbst preisgaben.

Sie wäre keine PR-Expertin gewesen, wenn sie ihr Sortiment und ihre Dekoration nicht wie alle anderen Geschäfte dem Heiratsfieber angepasst hätte, das jeden Mai grassierte. Hatte es was mit diesem blöden Spruch »Alles neu macht der Mai« zu tun oder eher mit der angenehmen Kombination Sonnentage ohne Schulferien? Mit ihrer eigenen Eheschließung im Mai hatten sie einfach das Angenehme mit dem Nützlichen verbunden, ihr Geburtstag war am selben Tag, so musste sich Albert nur an ein Datum erinnern. Für ein Fest im Freien war es allerdings viel zu kalt gewesen, denn alles unter dreißig Grad empfand sie nicht als warm.

Im Moment musste sie mit ihren blühenden Phantasien klarkommen, die sich ihr beim Thema Hochzeit unweigerlich aufdrängten. Natürlich erinnerte sie sich an ihre eigene Heirat, jedoch mehr an den Ablauf, für ihre Empfindungen von damals war sie plötzlich erschreckend taub. Man blickte sehr viel seliger auf seinen »schönsten Tag des Lebens« zurück, wenn man glücklich verheiratet war, als in ihrer jetzigen Situation. Nahm man diesen Begriff wörtlich, musste ja alles, was darauf folgte, eine Verschlechterung bedeuten. Ein tolles Omen für eine Ehe. Aber immer noch besser als dieser Spruch aus einem ihrer Lieblingsfilme *Nächstes Jahr, selbe Zeit*: »Die beste Zeit meines Lebens war die in japanischer Gefangenschaft«, der seitdem zu einem ihrer selbstironischen Leitsätze geworden war, wenn mal wieder alles schieflief.

Mona sah sich in ihrer Erinnerung als strahlende junge Braut, als würde sie auf dem Flohmarkt in einem fremden Hochzeitsalbum blättern … Ja, wie war sie denn eigentlich, ihre Situation? War sie das Klischee schlechthin: eine betrogene Ehefrau in mittleren Jahren? Hatten Albert und sie nur einfach mal eine Auszeit? Oder absolvierten sie gerade unausgesprochen ihr Trennungsjahr, das definitiv zur Scheidung führte? Hatte sie tatsächlich einen neuen Zug an ein unbekanntes Ziel bestiegen, oder saß sie immer noch im Wartesaal? Wie konnte sie jetzt so mir nichts dir nichts frei für was Neues sein (mit wem auch immer), wenn sie diese Freiheit niemals selbst gewollt hatte?

Während sie unfassbar kitschige weiße Chiffontäubchen auf märchenhafte Rosenbouquets setzte, Kunststoff-Perlenketten um kostbare fünfarmige Kerzenständer schlang und ihre romantischen Arrangements mit lässig drapierten Brautschleiern abrundete, um ihr schönes Bücherangebot mit Vorschlägen für Hochzeitstischdekorationen und -tortenbackrezepte anzupreisen, kam ihr zum ersten Mal in den Sinn, dass dieses Ereignis für sie ein für allemal erledigt sein könnte. Ob sie selber jemals wieder eine Braut sein würde? Im Moment war sie so weit davon entfernt wie ihr geliebter Sohnemann von ihr. Ach Gott, Alexander … Erstaunlich erwachsen hatte er ihre Trennung aufgenommen: »Wenn es euch glücklicher macht, dann ist es für mich okay.« Der Abstand hatte den Rebellen in ihm anscheinend auf die Reservebank geschickt. Doch seine Mutter vor dem Altar zu sehen, mit einem anderen als seinem Vater, das war noch mal was anderes. Quatsch! Wer sollte das denn sein? Da war ja niemand auf weiter Flur. Erst recht nicht mehr, wo dieser Schwerenöter Clemens sich wahrscheinlich gerade allzu willig in Andreas Spinnennetz verfing. Wie gut, dass sie sich nie auch nur im Geringsten auf ihn eingelassen hatte … Und andererseits – Albert war ja nicht aus der Welt. Sie kannte Leute, die einander ein zweites Mal geheiratet hatten. Und dass Albert vielleicht seine Barbiepuppe zu einer ehrbaren Frau machen wollte, war ein komplett abwegiger Gedanke. Nein, all das war einfach nicht der natürliche Lauf der Dinge. Erst mal war ihr Sohn dran. Hoffentlich nicht zu bald, bangte sie wie selbst jede noch so liberale Mutter. Zwischendurch hatten sie natürlich immer mal wieder Gewissensbisse geplagt, aus Alexanders Jugendzimmer einfach ein Gästezimmer gemacht zu haben und ihn somit für einen Jungen ungewöhnlich früh aus dem Nest zu schubsen. Aber tief in ihrem Inneren war sie erleichtert, dass es ihr ganz gut gelang, nach vorne und nicht wehmütig zurückzublicken, seitdem Albert ihre Ehe einfach so weggeworfen hatte wie ein Paar ausgelatschte Schuhe. Während viele Mädchen schon mit sechzehn ihren eigenen Haushalt gründeten, zog der Großteil der Jungs am liebsten erst von zu Hause aus, wenn er von einer treusorgenden Frauenhand in die andere übergeben wurde. Bis dahin wäre Monas ganzes Emotionsknäuel dann hoffentlich entwirrt, dachte sie und zwinkerte einem Pärchen zu, das bei ihrer Deko so in Verzückung geriet, dass es sich vor ihrem Schaufenster leidenschaftlich küsste. Wahrscheinlich hatten die auch schon einen Hochzeitstermin. Selig sind die Unwissenden …

Schlangengrube

Mona fühlte sich wie ein zu stark aufgepumpter Fahrradreifen. Seit Freitag um drei war sie kurz vorm Bersten. Da hatte sie – wie der Zufall es wollte – Clemens zusammen mit Andrea aus seiner Kanzlei kommen sehen. Küsschen hier, Küsschen da, Gekicher und Gezwinker. Ätzend! Und anstatt dass Mona ihr Revier markiert und sie begrüßt hätte, hatte sie sich blitzschnell in ihrem Laden verschanzt. Und dort mit Magengrummeln zugesehen, wie Andrea wieder verschwand, ohne sich auch nur einen Schritt in Richtung ihres Ladens zu bewegen. Nicht, dass es Mona verwundert hätte: Bei Projekten und bei Männern, da fackelte Andrea nicht lange. Da schien sich diese fixe Idee wie ein hartnäckiger Parasit in ihr festgesetzt zu haben, dass jeder potenzielle Anwärter als Allererstes für sie reserviert war und nur dann für andere paarungswillige Frauen zur Verfügung stand, wenn er durch ihre Hände gegangen und auf ihre Ablehnung gestoßen war. Keinen halben Tag nachdem der Rechtsanwalt Weißberg den Salon gestürmt hatte, hatte sie anscheinend schon irgendeinen Fall an den Haaren herbeigezogen, um als zahlende Klientin in seiner Kanzlei einzulaufen. Klar, was gab es Besseres, um ständigen Kontakt mit ihm zu halten?

Natürlich hätte Mona gleich Ezra anrufen und es lang und breit mit ihr durchkauen und den Kaffeesatz befragen können, aber sie sträubte sich dagegen, an diesen ohnehin schon allzu präsenten Kerl noch mehr Gedanken zu verschwenden. Leider ein total zweckloses Unterfangen, weil er erstens seine Kaffeepause bei ihr einlegte, als wäre nichts gewesen, und ihr gleich ganz unbefangen berichtet hatte, dass Andrea seine Hilfe in einer geschäftlichen Angelegenheit benötigt hatte. Und zweitens, weil das Bild der beiden das ganze Wochenende über in ihrem Kopf herumgespukt hat. Clemens und Andrea. Diese Venusfalle! Als Geschäftsfrau mochte Mona sie definitiv lieber, da konnte sie sogar Smalltalk machen, ohne zum Groupie zu mutieren. Und jetzt, als die Mädels anrückten, hätte Mona ihr am liebsten zur Begrüßung entgegengeschrien: »Du Schlange!« Sie tat es nicht und wäre fast geplatzt, als Andrea schon beim Aperitif – ein spritziger Gin-Fizz mit selbstgebrautem Holundersirup – selbstzufrieden lächelnd nach einem Rezept für ein Date fragte. Diese Ambivalenz in Sachen Clemens brachte sie noch um den Verstand. Einerseits machte sich eine seltsame Erleichterung in ihr breit – endlich fühlte sie sich nicht mehr so verpflichtet, ihm eine besondere Rolle einzuräumen –, andererseits empfand Mona so was wie ein »Vorkaufsrecht« auf ihn. Und schließlich mischte sich sogar ein gewisser Beschützerinstinkt für Andrea darunter, die ja nach einer festen Beziehung suchte und nicht nach einer Affäre mit einem gebundenen Mann.

»Helft mir mal, ich weiß nicht, was ich kochen soll. Ich kenn ja deine Küche inzwischen besser als meine eigene. Meine Wohnung war in letzter Zeit eher ein Hotel.« Sie grinste. »Leider kein Stundenhotel.«

Marina lachte. »Was nicht ist, kann ja noch werden.«

»Na, das hoff ich doch. Ich hab mir nämlich gerade im Sale ein rotes Spitzenbustier gekauft, ziemlich heißes Teil.«

Mona stöhnte genervt auf. Unter anderen Umständen hätte sie sich nach dem Kandidaten erkundigt, doch jetzt wollte sie sich am liebsten die Ohren zuhalten und wie ein Kind »lalala« rufen. Sie beruhigte sich mit dem Gedanken an etwas, was Ezra ihr mal gesagt hatte: »Nur was du besitzt, kannst du verlieren. Was dir nie gehört hat, ist auch kein Verlust.« Der perfekte Augenblick, um die Suppe zu pürieren, fand sie.

»Ich würde rohen Fenchelsalat empfehlen. Brauchst du ein Rezept?« Ezra grinste spitzbübisch. »Seine potenzsteigernde Wirkung wussten schon die alten Römer zu schätzen.«

»Fenchel?« Andrea verzog das Gesicht. »Bäh, den kenn ich nur als Hustensaft. Nicht besonders luststeigernd, oder?«

In Ezras Blick war deutlich das Wort »Banause« zu lesen.

»Wie oft habt ihr euch denn schon getroffen!?«, brüllte Marina über das Getöse hinweg.

»Ist unser zweites Date«, rief Andrea. »Nun sagt schon: Womit könnte ich denn Eindruck schinden?«

»Indem du dich bekochen *lässt*«, antwortete Ezra trocken.

»Ach, das muss gar nicht sein. Lieber lass ich mich in Restaurants einladen«, sagte sie und betrachtete ihre perfekt manikürten Nägel in metallic-türkis, genau dem gleichen Farbton wie ihre Plateaupumps.

»Darauf kannst du dann lange warten.«

»Wieso?«

»Willst du seine Mutter sein oder seine Frau?«

»Ha, du und 'ne Mutter …«, lachte Marina auf. »*Deine* Kinder, die stelle ich mir vor wie die Chihuahuas von dieser Hotelerbin: rausgeputzte Accessoires.«

Da hatte sich gleich auch Sarah angegriffen gefühlt. »Na hör mal, Modebewusstsein hat doch nichts mit Mutterqualitäten zu tun!«

»Wenn das so wäre, dann wärst du ja die perfekte Anwärterin auf einen Mutterorden. Ja, Sarah, wo sind sie denn, deine sechs Kinder?« Andreas Bemerkung enthielt eine Ladung Curarepfeile.

»Tut mir leid, so meine ich das gar nicht«, lenkte Marina ein. »Aber ich habe da eben so meine Erfahrung. Unsere Karrieremuttis gehen jedenfalls nie zum Elternsprechtag. Bei Problemen gibt's eine vorwurfsvolle E-Mail oder ein Anwaltsschreiben, den Rest erledigen die Au-pairs.«

Damit hatte sie Andrea an ihrem wundesten Punkt getroffen. Das Ticken ihrer biologischen Uhr war laut und deutlich zu hören. Sie war wie eine Zeitbombe kurz vor der Explosion, nicht die Tiefe ihrer Stirnfalten war ihr schlimmster Albtraum, es war ihr unerfüllter Kinderwunsch. Still nahm sie die unverhohlene Attacke hin, ihre Betroffenheit überspielte sie damit, dass sie sich lässig vor die Terrassentür stellte und sich eine Zigarette anzündete. Solidarisch gesellte sich ihre Freundin Sarah zu ihr.

»Nur, wenn ihr Kind eine Auszeichnung bekommt, dann zeigen

sie sich und halten es fürs Familienalbum fest«, fügte Marina noch an.

Paff paff paff, Sarah stieß mit hektischen kleinen Zügen den Rauch aus. Zugeben würde die Karrierefrau das natürlich niemals, aber die Studienrätin hatte selbst damit ins Schwarze getroffen, dass sich Andrea vor jedem Schaufenster mit Kinderkleidchen vorstellte, wie hübsch ihre eigene Tochter darin aussehen würde. Doch träumt nicht jede Mutter davon, dass ihr Spross ein Nobelpreisträger mit Starappeal werden muss?

Endlich hatte Mona das giftgrüne Erbsensüppchen schön schaumig geschreddert, da entgegnete Andrea schnippisch: »Bevor ich für einen Mann die Mama spiele, schaffe ich mir wirklich lieber einen Chihuahua an.«

»Wenn du ihn zu dir einlädst und ihn betüdelst, bevor er dich von sich aus verwöhnt oder in seine Wohnung eingeladen hat, dann kannst du ihm auch gleich einen Napf mit seinem Namen bei dir aufstellen«, meinte Ezra.

Sarah kicherte.

»Ich bin doch keine Domina!« Ein wenig Belustigung schwang in Andreas Empörung mit.

»Im Gegenteil.« In den schwarzen Augen der Libanesin war ein gefährliches Funkeln zu sehen. »Dann wärst du seine Kartoffelaffäre. Nein … wie heißt das noch mal?« Hilfesuchend sah sie zu Mona.

Ohne von den Tellern aufzusehen, die sie gerade mit Suppe füllte, sagte die: »Bratkartoffelverhältnis.«

»Ihr spinnt ja. Nur, weil ich *einmal* für ihn koche?« Die Zigarettenfahne, die Andrea mit hereinschleppte, war nicht gerade appetitanregend.

»Einmal heißt immer«, platzten Mona und Ezra gleichzeitig heraus. Sie zwinkerten einander zu, dann rief Mona alle an den Tisch: »Los geht's!« Sie klatschte in die Hände und setzte sich auf ihren Stammplatz am Kopfende. Doch Ezra ließ die Sache nicht ruhen. Während sie ihre Plätze einnahmen, fragte sie Andrea: »Würdest *du* dir denn noch die Mühe machen, jemanden in kostspielige Restaurants einzuladen, wenn er dir das Gleiche zu Hause auf dem Silbertablett serviert?« Anmutig entfaltete sie ihre Serviette, deren sattes Frühlingsgrün wunderbar mit der Erbsen-Minz-Creme harmonierte, probierte genussvoll einen Löffel und sagte mit ruhiger Stimme: »Männer sind bequem, meine Liebe.«

Monas Motivation, Andrea von einem romantischen Abend in ihren vier Wänden abzuraten, beruhte ausnahmsweise mal nicht auf den Regeln. »Mach es nicht. Nicht jetzt. Wenn überhaupt, dann so spät wie möglich. Damit legst du nämlich den Grundstein für unendliche TV-Dinnerabende, Kosten und Arbeit inklusive. Du wolltest doch kein Haustier?«

Lisa lachte auf. »Wär'n Guinness-Rekord-verdächtig großer Chihuahua.«

»Warst du denn schon bei ihm?«, fragte Marina nach und biss so herzhaft in ihre Ökoknäckeschnitte, dass Kürbis- und Sonnenblumenkerne wie Flöhe über den Tisch sprangen.

»Natürlich nicht«, maulte Andrea.

Mona atmete auf.

»Ich kann euch nur raten: Überlegt euch genau, welche Rolle ihr in der Partnerschaft haben wollt«, sagte Ezra. »Denn alles, was du in den Anfängen tust, wirst du immer tun müssen.«

»Aus der Nummer kommst du dann nie wieder raus«, bestätigte Mona. »Männermordender Vamp beim ersten Date, und es wird immer nur um das eine gehen. Wenn du dir sein Gejammer über die Ex anhörst, bist und bleibst du sein Kummerkasten, wenn du ihn versorgst – egal womit –, seine Vorratskammer. Und fang erst gar nicht an, ihn herumzukutschieren. Wenn du glaubst, dass er dir dafür den TÜV machen wird, hast du dich geschnitten. Allenfalls wird er dich noch als Chauffeur für sein Verhältnis missbrauchen. Für dich wäre ein Shoppingtrip wahrscheinlich das perfekte erste Date.«

Marina bekam schon wieder Schweißausbrüche, stöhnend riss sie sich ihre Jacke vom Leib. »Das ist doch auch gar nicht dein Ding, das Heimchen am Herd, dachte ich.«

»Deins doch auch nicht«, giftete Andrea zurück.

»Nö«, antwortete diese, nachdem sie sich noch einen Löffel Suppe genehmigt und sich die Schweißperlen mit der Serviette von der Stirn gewischt hatte. »Ich würde aber auch nie einen Mann mit nach Hause bringen.« Das Gleiche galt wohl für ihre Kochschwestern, denn keine von ihnen hatte je ihre Wohnung gesehen, aus unerfindlichen Gründen verheimlichte sie sogar ihre Adresse. Das zumindest war ziemlich regelkonform. Zwar hatte sie nie Verabredungen, war aber auf jeden Fall dafür gewappnet.

»Mein Mann mag auch nicht, wenn ich jemanden mitbringe«, meinte Sarah.

»Ich weiß.« Wie einen Fehdehandschuh warf Andrea ihre Serviette auf den Tisch und sagte: »Na gut, Mädels. Ihr habt mich überredet. Dann sehe ich mir eben zuerst seine Wohnung an.«

»O nein, falsche Schlussfolgerung«, dachte Mona.

»Die ist bestimmt toll, so wie er sich anzieht. Seine Kanzlei ist ja auch superschick.«

»Aha, jetzt ist es so weit«, dachte Mona. Jetzt ließ sie also die Katze aus dem Sack.

Und schon sagte Andrea mit unverhohlenem Triumph in der Stimme: »Aber ihr kennt ihn ja.«

Fragende Blicke wurden ausgetauscht, niemand wagte es, was zu sagen, und Andrea kostete den Moment richtig aus, bevor sie verkündete: »Es ist Monas Anwalt von neulich. Erinnert ihr euch?«

»Genau, *mein* Anwalt. Wenn überhaupt«, dachte Mona grimmig und studierte gespannt die Reaktionen der anderen. Alle starrten *sie* an, nicht Andrea. »Aber das war doch geschäftlich«, platzte sie heraus. Verdammt! Sie hatte doch cool bleiben wollen.

»Nein, ganz und gar nicht«, dementierte Andrea kokett. »Ich brauchte einen kleinen Rat, aber dann haben wir uns sooo gut verstanden (Mona kam die Suppe hoch), dass es eher ein Date wurde. Und jetzt haben wir wieder eins ausgemacht.«

Wie bei einem Tennismatch wanderten die Köpfe wieder in Monas Richtung. Die schwieg mit zusammengekniffenen Lippen. »Das glaub ich nicht!«, rief Lisa. »Der ist doch in Mona verknallt!«

»Wie süß von ihr«, dachte Mona und sagte laut: »Vor allem hat er eine Freundin.«

»Als ob das je ein Hindernis gewesen wäre«, konterte Andrea. »Hat das deinen Mann etwa davon abgehalten, sich 'ne Barbie anzulachen?« Das war nun eindeutig unter die Gürtellinie. Was war denn auf einmal los? War Andrea so verzweifelt, dass ihr nun jeder in ihr Schussfeld geriet und sie dafür sogar ihre Freundschaft aufs Spiel setzte? Wer sagte da die Wahrheit – sie oder Clemens? Zu Monas Erstaunen schlug sich ausgerechnet Sarah auf ihre Seite: »Aber Andrea, denk doch mal weiter: In dem Fall wärst *du* die Barbie. Willst du wirklich dafür verantwortlich sein, dass sich eine andere Frau die Augen ausheult? Und was ist, wenn du dann mit ihm zusammen bist? Glaubst du ernsthaft, dass sich so einer ändert?«

»Für mich ist das der einzige Grund, warum ich noch nicht mit ihm ausgegangen bin«, sagte Mona.

»Ich weiß nicht, der hat sich doch so für Mona ins Zeug gelegt … und du bist ein ganz anderer Typ … Bist du sicher, dass du da nicht irgendwas falsch verstanden hast?«, kam nun auch Marina ins Grübeln. Fünf vorwurfsvolle Augenpaare waren auf Andrea gerichtet, die eine beleidigte Schnute zog, als hätte man ihr das Sandkastenspielzeug weggenommen. »Was hätte ich denn machen sollen, wenn er so darauf drängt, mich wiederzusehen? Was ist das hier eigentlich? Die Steinigung der Hure?«

Das würde ja noch ein heiterer Salon werden. Oder ein sehr kurzer …

Einige Stunden später ließ sich Mona mit einem heißen Kakao mit viel Brandy in die weichen Polster ihrer Liegelandschaft fallen – ideal zum Runterkommen. Mit viel Wohlwollen hatten sie es geschafft, den Abend einigermaßen glimpflich über die Bühne zu bringen. Doch ein Samen des Zweifels war bei ihnen allen gesät worden: Sagte Andrea wirklich die Wahrheit?

Wahrsagerei

Mona traute ihren Augen nicht. Vor ihr stand eine Schönheit. Mit offenem Mund sah sie ihr zu, wie sie strahlend den Flur entlangstolzierte. Auch die Pose am Ende hätte sie ihr nie zugetraut. Den Auftritt musste sie extra einstudiert haben. Erst dann drehte sich Lisa kokett zu Mona um und fragte: »Und? Was sagst du?«

So schnell konnte Mona gar nicht erfassen, was alles neu an dieser neuen Lisa war, die ihr gerade nicht mehr wie ein schlaues ältliches Mädchen, sondern wie eine echte Frau erschien.

»Ich bin platt.« Sie rief in Richtung Küche: »Kommt mal alle her! Schnell!« Als sich die Frauen im Flur versammelt hatten, wies sie Lisa an: »Na los, mach noch mal deinen Catwalk.«

Und noch einmal genoss es die ehemals unter praktisch-tarnfarbenen Survivaloutfits versteckte Buchhalterin, jetzt als schick-charismatische Fernsehmoderatorin durch Monas Flur zu stöckeln, gesehen und nicht nur gehört zu werden, und dafür huldvoll ihren Applaus entgegenzunehmen. Zum ersten Mal sahen sie Lisa in einem figurbetonten Kleid mit sexy hochhackigen Mary Janes an ihren Füßen, ihr neuer weichgelockter Pagenkopf umrahmte ihr dezent geschminktes Gesicht in einem schmeichelnden Honigton. Wer hatte sie denn da durch eine Stepford-Frau ersetzt?

»Du hast einen neuen Mann«, war das Einzige, das Andrea dazu einfiel. Dabei waren doch meistens die Singlefrauen in viel besserer Form als die gebundenen, und sie selbst war das beste Beispiel dafür. Viele sahen um einiges jünger und frischer aus, als sie waren, vielleicht, weil sie mangels eines Partners mehr Zeit mit Maniküre, Pediküre, Friseurbesuchen, gesunder Ernährung, geistiger und körperlicher Hygiene, Shopping, Sport, Wellness und in ihrem liebevoll gestalteten Heim verbringen konnten, während so mancher Singlemann im Gegensatz dazu regelrecht verwahrloste: Einige wuschen sich und ihre Kleidung nur, wenn es nötig war, von ihrer wuchernden Körperbehaarung ganz zu schweigen, neue Kleidung oder Möbel gönnten sie sich lediglich, wenn was kaputtging, ihr Zuhause war oft weniger einladend als ein Hotel (einziger Vorteil: die Pornovideos waren kostenlos). Eher noch fütterten sie irgendein Haustier als sich selber, ihr Kühlschrank war ein einziges, säuerlich riechendes Ödland und ihr Bad ein filmreifes Horrorszenario, sofern sie sich keine Putzfrau wert waren. Mona vermochte eigentlich immer auszumachen, welcher ihrer Kunden in festen Händen war und welcher nicht. Darum konnte sie nicht begreifen, dass sich so viele Männer mit Händen und Füßen gegen eine Beziehung zu wehren schienen, wo es ihnen doch sichtlich besser bekam als das Alleinsein. Für Frauen wiederum, die sich heutzutage alle selbst versorgen konnten und auch in einer festen Verbindung nicht damit aufhörten, schien der einzige Zugewinn einer Beziehung aus Kilos zu bestehen: eins für jedes Ehejahr, direkt auf die Hüften. Um irgendwann für eine Dünnere verlassen zu werden … Und wenn das nicht passiert, dann mutierten sie allzu oft zu gruseligen geschlechtslosen Zwillingsbrüdern ihrer Partner (siehe Lisa), die sich aus Resignation plötzlich für Fußballgucken, Junk Food und sonntägliches Autowaschen interessierten. Falsch verstandene Emanzipation!

»Ich habe jetzt eine persönliche Stilberaterin.« Ihr Stolz darauf war richtig niedlich. Mona erwärmte es das Herz, dass sich Lisa endlich etwas Nützlicheres gegönnt hatte als ihre zahlreichen Seminare zur rastlosen Suche nach dem Heiligen Gral der Erleuchtung, und diesmal war sie wirklich neugierig auf ihre Berichterstattung.

»Wie kannst du dir das denn leisten?«, fragte Marina.

»Siehst du denn nicht, dass die jeden Cent wert ist!«, erwiderte Lisa.

»Definitiv«, bestätigte Mona.

»Wer sich was wert ist, wird auch von anderen wertgeschätzt«, zitierte Lisa ihre Stylistin. Manchmal kam sie Mona wie ein leerer Trichter auf zwei Beinen vor (durchaus hübschen Beinen, wie sie erstmalig feststellen konnte), in den jeder alles Mögliche reinfüllen konnte. Sie sah an Marina herab: »Ich geb dir ihre Nummer, die kann dir auch helfen.«

»Danke, kein Bedarf«, antwortete Marina schnippisch.

Lisa rollte mit den Augen.

»Du hast doch immer gesagt, dass du auf hohen Schuhen nicht laufen kannst«, meinte Andrea mit einem beleidigten Unterton. »Das stimmt doch gar nicht.«

»Stimmte schon. Ich war doch auf so'nem High-Heels-Training, und jetzt übe ich jeden Abend vor dem Spiegel wie die Topmodels im Fernsehen. Klappt schon ganz gut, oder?«

Marina schüttelte fassungslos den Kopf. »Was es alles gibt.«

»Ja, was gibt's denn heute?«, fragte Lisa. »Ich habe einen Bärenhunger.«

»Jede Menge Schnippelei«, antwortete Sarah. Hausarbeit war eher nicht ihr Ding.

»Vergiss es, du kriegst jetzt nur noch Wattebäusche mit Orangensaft. Sonst wird das nichts mit deiner Topmodelkarriere«, frotzelte Andrea, die ungern als Ballkönigin entthront wurde.

Ezra lachte und sagte: »Tabouleh. Macht überhaupt nicht dick.«

»Was?«

»Petersiliensalat.«

Lisa machte ein enttäuschtes Gesicht. »Und sonst nichts?«

»Ich habe Lammkoteletts eingelegt. Und es gibt gegrillte Fischchen, hübsche kleine Rotbarben. Du wirst schon nicht verhungern«, beruhigte Mona sie. Während sie sich alle wieder in die Küche begaben, verteilte sie die Aufgaben. Der Bulgur war schon abgekühlt, den hatte sie bereits morgens schnell im Reiskocher gegart. Nachdem sie ständig verkohlte Töpfe weggeschmissen hatte, war sie auf die sagenhafte Idee gekommen, das Ding für alles zu verwenden, was im Verhältnis 1:2 gekocht werden musste. Es funktionierte prima.

»Ezra hackt die Petersilie und die Minze. Gewaschen sind sie schon.«

»Ganz schön viel Grünzeug.« Lisa nahm ein Bund Minze von dem Kräuterberg, steckte ihre Nase rein und atmete seinen Duft mit geschlossenen Augen ein. »Mmh.«

»Ist ja auch der Hauptbestandteil.« Mona zeigte auf eine Schüssel voll praller roter Fleischtomaten. »Marina, kannst du die bitte in kleine Würfel schneiden?« Bei ihr hatte sie wenigstens keine Angst, dass sie sich dabei die Kleidung versaute, anders als bei Andrea, deren weißer Anzug mit passender Weste ein *Monday Night Fever* hätte auslösen können.

»Warte, ich geb dir eine Schürze. Dann möchte ich, dass du bitte die Gurken schälst, sie der Länge nach halbierst und die Kerne mit einem Löffel rausschabst. Dadurch wird der Salat nicht so wässrig. Und dann ebenfalls in kleine Stücke schneiden. Die gleiche Größe wie die Tomaten.«

»Und was passiert dann damit?«

»Das wird alles mit dem Bulgur vermischt.«

»Komm, wir genehmigen uns noch einen«, meinte Sarah zu Lisa. Aus einem Krug, in dem ganze Minzzweige, Basilikumblätter, Lavendelblüten und Limettenviertel in Ginger Ale schwammen, schenkte sie zwei Gläser ein. »Ihr auch noch was?« Alle wollten einen Nachschlag von dem erfrischenden Cocktail, den Mona selbst kreiert hatte.

Sarah hob ihr Glas und nickte Lisa zu. »Auf dich. Und jetzt musst du uns unbedingt erzählen, wie aus dir so ein schöner Schwan geworden ist.«

»Willst du damit sagen, dass ich ein hässliches Entlein war?«

»Nein, nein, du weißt schon, ich meine …«, stotterte Sarah herum, nahm es aber nicht wirklich zurück.

Lisa winkte lachend ab. »Schon in Ordnung, du hast ja recht.«

Erleichtert atmete Sarah auf.

»Versucht hab ich's ja. Wirklich. Aber es ging mir nicht darum, einfach eine Kopie von dir und Andrea sein. Ich habe so an mir gearbeitet …«

»Das kannst du laut sagen«, pflichtete ihr Mona bei.

»Danke, Süße.« Lisa strahlte. »Ja, und darum wollte ich endlich mein Inneres mit meinem Äußeren in Einklang bringen. Das, was ich, seit Peter fort ist, aus mir gemacht habe, sollte auch zu sehen sein. Nur, ich hab's einfach nicht so drauf wie ihr.«

»Dafür kann *ich* nicht rechnen«, warf Sarah ein.

»Wozu auch?« Für die spitze Bemerkung kriegte Andrea Monas Ellenbogen in die Rippen.

»Und da dachte ich«, fuhr Lisa fort, »wenn ich mich für meine innere Entwicklung in fremde Hände begeben kann, wieso nicht auch für meine äußere?«

»Magst du dich vielleicht mal am Dressing versuchen, Lisa?«, fragte Mona.

»Ach nee, mach du das lieber. Ich muss mal ein bisschen die Beine hochlegen.« Wenig ladylike streifte Lisa ihre High Heels ab, ließ sie mitten im Weg liegen und drapierte sich kopfüber in die Sitzlandschaft, filmreif wie eine Krimileiche.

Aufwendig war sie keineswegs, doch wie bei allem kam es bei der Salatsauce auf das rechte Maß an. Mona hatte so was einfach im Gefühl. Echte Köche konnte man nicht an ihrem Diplom erkennen (nein, das hatten Kantinenpfuscher, die tonnenweise Pülverchen mit eingeschweißtem *convenience*-Gut vermengten, schließlich auch), man erkannte sie an ihren Gesten und Handgriffen, die einer faszinierenden Choreografie folgten. Ein Koch nahm keinen Salzstreuer, er griff beherzt mit den Fingern zu und salzte schwungvoll aus dem Handgelenk. Mona presste Zitronensaft aus, verquirlte ihn mit Olivenöl zu einer geschmeidigen Emulsion und würzte das Ganze mit Meersalz und frisch gemahlenem schwarzem Pfeffer. Es musste so viel davon hinein, dass vor dem Servieren noch mal abgeschmeckt werden konnte, denn Bulgur benötigte genau wie Nudeln einen ordentlichen Wumms an Würze. Die leckersten Gerichte beruhten ausschließlich auf hochwertigen, reifen Zutaten und der perfekten Abstimmung von Salz, Pfeffer und den richtigen, aber auf jeden Fall frischen, Kräutern – einzige Ausnahme: handgepflücktes griechisches Oregano. Komischerweise hatte das getrocknet am meisten Aroma. Das war jedenfalls Monas Meinung. Kochbücher mit ellenlangen Zutatenlisten boykottierte sie.

Die anderen Male war Sarahs Beitrag zum Salon ja eher dürftig, aber jetzt machte sie sich nützlich und durchforstete mit ihrem iPhone die Suchmaschinen nach Infos über ihr mediterranes Menü, das sich nach Sommer und Meer anhörte und auch schon nach Urlaub duftete. Durch Monas und Ezras Philosophie, dass alles, was man isst, irgendeine Wirkung auf einen hat (was ja in China schon seit Jahrtausenden kein Geheimnis mehr war), hatte sie eine völlig neue Einstellung zum Essen gewonnen, das zuvor nur überlebensnotwendige Nahrungsaufnahme gewesen war. Die Begeisterung ihrer beiden Kinder, die jetzt oft Monas gesundes Essen vorgesetzt bekamen anstatt die bisher üblichen Fischstäbchen, Chicken Nuggets, Tiefkühlpizza, Kartoffelpürees aus der Packung und Suppen aus der Dose, hielt sich noch in Grenzen, doch wenn sie allergie- und diabetesfrei durch ihr Leben kamen, würden sie es ihr später vielleicht mal danken. »Habt ihr gewusst, dass Petersilie anregend wirkt?«

»Und sie ist phantastisch für die Haut«, fügte Ezra hinzu. »Hast du schon mal Türkinnen mit Pickeln gesehen? Die essen die jeden Tag büschelweise.«

Lisa richtete sich wieder auf. »Ich hab schon öfter gedacht, da muss irgendwas in unserem Essen sein.« Sie fing an zu tanzen wie ein Las-Vegas-Showgirl und sang dazu: »Männer umschwirren mich wie Motten das Licht …«

»Echt? Erzähl. Jemand Bestimmtes?«, fragte Marina sensationslüstern.

»Nee, ganz so wild ist es noch nicht«, wiegelte Lisa ab.

»Nein, nein, ist mir auch aufgefallen. Immer wenn eine von euch im Laden aufkreuzt, sind alle anderen Kunden gleich in Habachtstellung. Wie die Erdmännchen.« Andrea imitierte so ein putziges Tierchen und sagte: »Also, ich kann nicht bestätigen, was deine Mutter über Frauen ab vierzig gesagt hat. Stellt euch vor, was neulich einer zu mir gesagt hat: Ich hätte eine Aura wie ein Filmstar, und er würde sogar Eintritt bezahlen, um mich anhimmeln zu können.«

»Würde ich auch«, meinte Marina mit einem Augenzwinkern.

»Acht Euro«, sagte Andrea und hielt grinsend die Hand auf. »Kinotag.«

»Aber eher wegen deiner Geschichten als deiner schönen Augen«, erwiderte Marina.

»Die sind ja wohl hundert Euro wert.«

»Du bist doof.« Marina klatschte Andreas Hand ab und kümmerte sich wieder um die Tomaten.

Mona meinte: »Muss wohl einfach eine andere Zeit gewesen sein, als unsere Mütter so alt waren wie wir. Oder was sagst du, Ezra? Nach dir verrenken sich die älteren Herren nämlich auch reihenweise den Hals.« Süß, wie die betagte Dame errötete wie ein Schulmädchen. »Und da ich das letzte Mal in meiner Studienzeit von irgendwelchen Männern angeflirtet wurde, kann es eigentlich nur am Essen liegen.«

»Hey, das stimmt, mein Mann ist auch viel kuscheliger geworden. Montags bin ich jetzt immer fällig«, verriet Sarah mit einem lasziven Augenzwinkern.

»Und ihm ist ganz egal, ob du in Stimmung bist?«, fragte Marina. »Ganz schön chauvinistisch.«

»Wenn du wüsstest … Sobald ich nachher im Auto sitze, kommt das Verhör: Was wir genau gemacht haben, wer was wie gesagt und getan hat. Ich erzähle – natürlich nicht alles –, aber er glaubt mir einfach nix davon. Soll ich euch sagen, was der sich vorstellt? Dass wir uns nach ein, zwei Gläsern Prosecco alle nackt ausziehen und uns gegenseitig mit Öl massieren, in High Heels, aber komplett nackt am Herd stehen und uns dann das Essen von unseren eingeölten Körpern runterlecken. Ein Lesbenklub oder irgend so was.«

»Eine hübsche Idee, das sollten wir doch mal ins Programm aufnehmen«, bemerkte Marina, doch das ging schon im allgemeinen Gelächter unter.

»So, wie mich meine Kunden anschauen, wenn sie mich auf den Salon ansprechen, bin ich sicher, dass sie genau das im Sinn haben«, sagte Mona.

»Okay, da läuft vielleicht irgendein Porno vor ihrem inneren Auge ab, das in dem Moment wahrscheinlich eher aus ihrer Hose als aus ihrem Gesicht guckt.« Wenn irgendeiner dieser Männer Andrea jetzt gerade mit dieser Riesengurke hantieren gesehen hätte, wäre höchstwahrscheinlich genau so ein Film abgelaufen. »Du bist ja noch ganz knusprig, Sarah, aber uns stellen die sich sicher nicht so vor«, fuhr Andrea fort. »Die träumen von irgendwelchen Ein-Meter-achtzig-Amazonen, die auf Achtzehn-Zentimeter-Pfennigabsätzen ohne zu stolpern dahinschweben, lasziv ihre Extentions aus Echthaar zurückwerfen und ihnen ihre prallen 70-Doppel-D-Plastikmöpse entgegenrecken. Mit blütenweißem Lächeln aus Veneer-Beißerchen, gleichmäßig aufgereiht wie Perlenketten, zwischen vorwurfsvoll-unschuldig gewölbten Eigenfett-Lippenkissen. Ihr Körper – durch Fettabsaugung und Personal Trainer getrimmt – muss stets streifenfrei gebräunt sein, darf aber keinesfalls Alterserscheinungen aufweisen, darum wird alles regelmäßig glattgezogen, unterspritzt und mit Säure behandelt«, redete sie sich regelrecht in Rage.

»Und bald kommen wir nicht mehr auf den Friedhof, sondern müssen auf dem Wertstoffhof entsorgt werden«, bemerkte Mona, die nicht gedacht hätte, dass Andrea derart unter dem allseits herrschenden Jugendwahn litt. »Also ich weigere mich, da mitzumachen.« Aber Marina wehrte sich ja auch schon dagegen, ohne künstliche Hilfestellungen das Beste aus sich zu machen.

»Mal im Ernst: Was ist eigentlich so erstrebenswert daran, hormongebeutelt, unerfahren und voller Selbstzweifel zu sein? So viel zur Jugendverherrlichung.«

Alle lachten.

»Oh, Mann, erinnere mich nicht an meine Schüler«, meinte Marina.

»Also, ich möchte auf gar keinen Fall wieder so sein wie mit siebzehn«, sagte Lisa.

»Wenn ich an meinen Sohn und seine verklemmten, großmäuligen Freunde denke, ich auch nicht«, meinte Mona.

»Tja, und was kriegen sie dann, wenn unsereins anfängt, sich nackig zu machen?«, fragte Andrea angriffslustig. Wenn sie sich aufregte, musste sie rauchen. Sie stand halb im Zimmer und halb draußen, paffte hektisch wie ein Junkie und schimpfte: »Mit unseren müden Lidfalten und schlaffen Wangen, unseren weichen Brüsten, schwabbeligen Oberarmen, Schwangerschaftsstreifen, Lovehandles, Besenreisern, Cellulitisknien und Wasser in den Füßen? Einen Riesenschreck!«

»Also ich werde einen Teufel tun und mich botoxen lassen, nur weil die ganzen Stars und Sternchen alle retuschiert sind«, konterte Lisa. »Die haben mindestens genauso viele Makel wie wir, die haben nur das Glück, dass sie alle Welt erst sieht, wenn sie durch Photoshop gejagt wurden. Das ist einfach nur ungerecht!«

»Trotzdem. Du kannst heute einfach nicht mehr in Würde altern. Dann hält dich früher oder später jeder einfach nur für schwerkrank.« Andrea lebte nach dem Motto: lieber tot als alt.

»Ich bin jetzt bald vierzig und habe in meinem ganzen Leben nie so viele Anwärter gehabt wie in den letzten Monaten«, entgegnete Lisa.

Mona ertappte sich dabei, dass sie Lisa kritisch unter die Lupe nahm – eine typisch weibliche Eigenschaft. Sie war sich fast sicher, dass kein (Hetero-)Mann seine Konkurrenz so abcheckte und sich so was dachte wie »Der hat aber einen großen Trizeps« oder »Scheiße, sieht der gut aus«. Mona jedenfalls sinnierte darüber, wie sie die mausbraune Lisa vor ihrer Typveränderung gefunden hatte. Ganz nett, aber mehr als das auch nicht. Sie hatte nie etwas auf ihre Erzählungen von flirtenden Arbeitskollegen oder schwärmerischen Seminarteilnehmern gegeben, und die Story, die Lisa jetzt als Nächstes erzählte, klang auch unglaublich. Aber ab heute würde sich Mona nie wieder über die Wirkung wundern, die eine der Salonlöwinnen auf die Menschen da draußen hatte.

Nach all den Seminaren, die Lisa belegt hatte, war es nur logisch, dass sie irgendwann auch bei einem Kartenleger landen musste. Versteht sich von selbst, dass dieser Typ eine landesweit bekannte Koryphäe war, vor allem in Liebesangelegenheiten. Also hatte er ihr auch prompt prophezeit, dass sie sehr bald einen Otto kennenlernen werde. Schon eine Woche später ging seine Vorhersage in Erfüllung, ganz unverhofft in der Schlange an der Supermarktkasse. Hätte der Kartenleger ihr beispielsweise einen Michael vorhergesagt, hätte selbst sie es für Jahrmarktszauber gehalten, weil dieser Name doch sehr häufig war. Aber Otto konnte nur dieser und kein anderer sein, schließlich war es überhaupt der erste Otto, der ihr während ihrer neununddreißigdreiviertel Jahre begegnet ist. Wie groß war also erst die Wahrscheinlichkeit, dass man drei Tage später noch einen Otto traf? In einem Kundalini-Yoga-Kurs begeisterte sich dieser hier so sehr für Lisa, dass er gleich eine gemeinsame Reise nach Indien zu irgendeinem Yogi, der schon ewig sein Haltbarkeitsdatum überschritten hatte, plante. Nun war sie in einem Dilemma, in schlaflosen Nächten stellte sie sich immer und immer wieder die Frage: Welcher der beiden Ottos war wohl der Richtige? Auf keinen Fall hätte sich Lisa festlegen können, bevor sie den Kartenleger noch einmal konsultiert hatte. Was, wenn sie sich in den Falschen verliebte? Doch als sie dem von dem doppelten Otto erzählte, verstrickte er sich mit seinen Deutungen in alle möglichen Widersprüche. Er verwechselte die Berufe, die Wohnorte sowie die Lebensumstände. Und verunsicherte Lisa damit derart, dass sie dazu geneigt war, beide weiterziehen zu lassen, obwohl sich beide um sie bemühten, wie es ihr Ehemaliger nicht mal ganz am Anfang fertiggebracht hatte.

»Oh, Mann, ich weiß genau, wie das ist«, sagte Andrea. »Ich war ein einziges Mal bei einer Wahrsagerin, und ich sag dir: nie wieder!« Wieder musste sie sich eine anzünden. Dazu nahm sie sich ein Sitzkissen mit auf die Terrasse und lehnte sich damit in den Türrahmen. Sarah kuschelte sich an sie und rauchte mit.

»Wieso? Erzähl!« Marina gesellte sich dazu, so was war für die wissenschaftshörige Lehrerin ein gefundenes Fressen.

»Das war vor zwei Jahren«, fing Andrea an zu erzählen. »Da war ich mal wieder fertig mit der Welt. Ich hatte eine von diesen sinnlosen Vier-Wochen-Beziehungen hinter mir und das große dunkle Nichts vor mir. Eine Arbeitskollegin schwört auf diese Wahrsagerin und trägt da ihr ganzes Erspartes hin. Also hab ich einen Termin ausgemacht. Ich dachte, die erzählt mir was von einem großen, dunklen Mann, der mir zwei Kinder macht und ein Haus baut, aber nix da: Sie sagt mir ins Gesicht, dass da die nächsten zwei bis drei Jahre nichts und niemand auf weiter Flur zu sehen ist!«

»O nein!« Ezra schlug die Hände vors Gesicht.

»Ich bin einfach zusammengebrochen«, fuhr Andrea fort. »Noch an Ort und Stelle.«

»Natürlich«, sagte Ezra. Schlechte Nachrichten durfte man niemandem einfach so um die Ohren hauen, das verstieß gegen jegliche Prophetenethik.

»Und dann musste ich mich eine ganze Woche krankschreiben lassen. Zwei, drei Jahre waren für mich einfach ein unvorstellbar langer Zeitraum, das mag jetzt vielleicht blöd klingen, aber da war ich doch schon so lange alleine. Versteht ihr das?«

Ezra ging zu ihr, nahm Andreas Hand und hielt sie einfach fest. »Sehr gut, meine Liebe, nur zu gut.« Zu Mona sagte sie: »Mach doch bitte einen Mokka.«

Keiner kochte mehr, jetzt war an Essen nicht mehr zu denken, aber dem Tabouleh schadete es nicht, wenn er noch eine Weile durchzog. Das würde ein langer Abend werden. Mona machte sich sofort daran, den Mokka aufzukochen. Sie beschloss, den Feigen-Walnuss-Karamellkuchen, der als Dessert gedacht war, einfach dazuzustellen. Dann aßen sie das Salzige eben anschließend.

»Bis zu diesem Moment hatte ich immer Hoffnung gehabt, bei jedem Date«, fuhr Andrea fort. »Aber als mir plötzlich gesagt wurde, dass das alles völlig sinnlos ist, dachte ich nur noch: Das halte ich nicht aus, da geb ich mir lieber gleich die Kugel.«

»Reich mir die Flosse, Genosse«, meinte Marina tonlos.

»Du auch? Du wolltest dich umbringen?« Als Mona den Kuchen auf den Tisch stellte, um den sie inzwischen alle herumsaßen, ließ Marina ihn unangetastet. Stattdessen gestand sie, dass sie nicht nur einmal daran gedacht hatte. Lediglich die Tatsache, dass sie ihre Schüler nicht alleine lassen wollte, hatte sie jedes Mal davon abgehalten, erzählte sie.

»Kann ich nachvollziehen«, meinte Andrea. »Mir kamen damals auch so schwachsinnige Sachen in den Sinn wie ›Wer soll dann mein Projekt durchführen?‹. Wollt ihr wissen, warum ich es gelassen habe? Aber nicht lachen!«

Niemandem war zum Lachen zumute. Sie alle so ernst zu erleben war neu, aber Mona spürte plötzlich ein derart festes Band zwischen ihnen, dass sie feuchte Augen bekam. Einen Moment herrschte betretene Stille, dann sagte Andrea ungewohnt leise: »Ein unanständig teurer Pelzmantel war schuld. Den hatte ich mir gekauft, aber noch nie getragen. Dass ich ihn niemand anderem gegönnt habe, hat mich vom Selbstmord abgehalten.«

Lisa entfuhr ein hysterischer Lacher.

»Ganz ehrlich, Anfang des Jahres, wenn ich da die richtigen Pillen im Haus gehabt hätte …«, gestand Mona.

»Also, ich weiß nicht, ob ich Tabletten schlucken könnte …« Sarah verzog angewidert das Gesicht. Dass das Ganze sie sehr berührte, merkte man daran, dass sie Kette rauchte und mehr trank als sonst. »Aber ich hab mir darüber auch noch nie Gedanken gemacht.«

»Na ja, Pulsadern aufschlitzen ist ja wohl eine Sauerei. Denk doch mal an die armen Schweine, die dich finden. Das Bild werden die doch nie los.« Andrea wieder, die unverbesserliche Ästhetin. »Darum geht vor den Zug werfen oder aufhängen auch gar nicht.«

»Oder mit dem Auto gegen den Brückenpfeiler rasen und sich in Einzelteilen auf der Autobahn verstreuen. Eklige Angelegenheit«, meinte Marina mit sarkastischem Unterton. Sie hatte sich also wieder gefangen.

»Wieso, wie hättest du es denn gemacht?«, fragte Sarah, die sich wieder gefasst hatte und in der Dämmerung eine anmutige Pose einnahm wie in einer Zigarettenreklame aus den Vierzigerjahren.

»Ich hätte gerne Zyankali gehabt. Hat da irgendwer Connections?«, fragte Andrea.

»Meinst du das jetzt ernst?« Lisa wusste nicht, wie sie das einordnen sollte. »Also, ich kenne nur Schamanen und Voodoo-Priester, die haben irgendwelche Pilze oder Wurzeln, die eine ähnliche Wirkung haben.«

Sarah schüttelte verständnislos den Kopf. »Ich fass es nicht, dass du über so was nachdenkst!«

Andrea lachte auf. »Quatsch. Aber irgendwann hat doch jeder schon mal gedacht: Macht doch euren Scheiß alleine, ich gehe. Oder?«

»Na ja, da ist schon was dran. Ich glaube, mit einer Zyankalikapsel im Haus wäre ich schon nicht mehr da«, sinnierte Mona. »Obwohl … ohne ein Testament würde ich nie abtreten. Das würde ich allein schon meinem Sohn nicht antun wollen. Und da ich es letztendlich bis heute nicht geschafft habe, meine Sachen alle so weit zu regeln, dass ich ruhigen Gewissens alles hinter mir lassen könnte, halte ich also, wenn's mal so düster wird, einfach weiter durch.«

»So ging's mir nach der Trennung auch«, meldete sich Lisa zu Wort: »Es heißt ja, dass man halb so lang trauert, wie man zusammen war. Da haben wir noch was vor uns.«

»Zehn Jahre? Das überleb ich nicht!«, rief Mona aus. Dass die Trennung letzten Endes vielleicht auch was Gutes in sich hatte, wurde noch zu oft von dem Gefühl überlagert, gescheitert zu sein. Es hatte eimerweise Tränen bedurft, bis sie überhaupt wahrgenommen hatte, dass nun alles, was in ihrem Leben geschah, ihrem Willen entsprang – in ihrem Laden, ihrer Wohnung, ihrem Freundeskreis. Denn auf einmal gönnte sie sich kleine Inseln des Glücks, nur für sie und niemand anderen, die vorher so nie möglich gewesen waren. Die Stunden, in denen sie ihre geliebten Kochshows schauen konnte, ohne dass jemand umschaltete oder irgendwas von ihr wollte. Die genüsslichen Teezeremonien mit Ezra nach Ladenschluss. Die faulen Wochenenden im Nachthemd, völlig absorbiert von einem spannenden Buch. Den wunderbaren Salon.

Beleidigt fuhr Marina sie an: »Du bist lustig. Was soll *ich* denn da sagen?«

Ja, da hatte sie allerdings recht. Sie war schon ein verdammt begabtes Stehaufmännchen. Beschwichtigend strich sie Marina über den Rücken. »Kommt, das lassen wir jetzt mal von Ezra überprüfen«, meinte Mona und stellte ein paar Tassen mit Mokka auf den Tisch.

Bis tief in die Nacht hinein las Ezra jeder von ihnen aus dem Kaffeesatz. Die Bilder von Monas erster Sitzung waren wieder da, nur viel deutlicher: sie, zwei Männer und die Pyramiden.

Auch wenn Monas Leben sich um 180 Grad gewandelt hatte, packte sie manchmal immer noch die Trauer. Im Moment fand sie es schlimmer, diesem Mann zu widerstehen, den sie nicht haben konnte, als überhaupt keine Optionen zu haben.

Im Schwitzkasten

Einen Samstag im Hochsommer in einem Hamam zu verbringen war für Mona, Lisa und Marina schon ein bisschen seltsam. Nicht aber für Ezra, für die Hamambesuche zum Alltag gehörten wie für europäische Frauen das Training im Fitnessstudio. Sarah hatte sich entschuldigt, die Hitze und die Nackten seien nicht ihr Ding, was Mona nicht besonders überraschte. Sie konnte sich das Modepüppchen weder ohne Schminke noch ohne perfekt frisiertes Haar und schon gar nicht vor Schweiß triefend vorstellen. Und Andrea hatte bestimmt ein Date mit Clemens – dass sie ihre Tage hatte, nahm Mona ihr nicht ab. Für einen kurzen Moment kam ihr die Galle hoch, doch dann beschloss Mona, sich den Weiber-Wellness-Tag nicht mit derlei Unerquicklichem zu vermiesen. Außerdem gab es Neuigkeiten, die viel interessanter waren als Andreas ewige Sackgassendates.

Mona war erleichtert, dass sie dank der Temperaturen fast die einzigen Besucher waren, denn sich vor fremden Leuten auszuziehen war auch für sie nichts Selbstverständliches. Mit Prüderie hatte das nichts zu tun, sie fand es nur blödsinnig, einen Haufen Geld für Klamotten auszugeben, wenn man sich der Welt dann im Adamskostüm präsentierte. Entweder oder. Schon als kleines Mädchen hatte sie das als Verletzung ihrer Intimsphäre empfunden und sich darum so oft wie möglich vor dem Schwimmunterricht gedrückt. Und dann noch der eklige Stinkesocken-Chlor-Geruch, das grelle OP-Licht und die glitschigen Fliesenböden. Ein Glück, dass sie nicht in der Freikörperkultur der DDR groß geworden war, doch dass dafür ihre Mutter eine Anhängerin streifenfreier Bräune war,

war auch nicht viel besser gewesen. Wie oft sie wohl um ihr Bikinioberteil gekämpft hatte, wenn ihre Mutter sie mal wieder an den Badesee gezwungen hatte … Hier hielt es Mona nun wie die kleinen Kinder, die sich die Augen zuhielten, um sich zu verstecken: Wenn sie nicht hinguckte, dann taten es die anderen hoffentlich auch nicht.

Zugegeben, verglichen mit der Bahnhofsatmosphäre eines einheimischen Hallenbades war so ein Hamam wirklich anheimelnd – vom Foyer, das einladend dekoriert war wie Ezras Wohnzimmer, bis in die Umkleideräume umfingen sie kosmetisch gedämpftes Boudoirlicht und lieblicher Rosenduft. Am liebsten wäre Mona hier eingezogen, sie hatte sich sofort in die geschwungenen Torbögen, die verzierten Säulen, bunt gekachelten abgerundeten Wände und Mosaikböden verliebt. Nachdem sie Gladiatoren mit eingeölten Muskelpaketen, deren Schultern schon an den Ohrläppchen begannen, in knappen Handtuchlendenschurzen durch die Räume hatte streifen sehen wie lauernde Krieger auf der Jagd, war sie froh, dass Ezra ausdrücklich nur Masseurinnen für sie alle bestellt hatte. Schon bei der Begrüßung hatten die Masseure sie mit ihren Blicken verschlungen, mit einem Enthusiasmus, als hätten sie die letzten zehn Jahre im Kerker gesessen. Wie hätte sie sich da auch nur eine Sekunde lang entspannen können, wenn einer von denen Hand an sie gelegt hätte? Doch zuvor ging es ans Reinigen und Aufwärmen, hatte Ezra ihnen erklärt.

Wie sie dann so müßig in blütenweiß gestärkte Leinentücher gehüllt auf den heißen Marmorbänken ruhten, durch den dichten Dampf nur schemenhaft erkennbar, erinnerte an die Fresken Pompejis. Mona streckte sich lang auf dem wohlig-warmen Stein aus und schloss die Augen. Während sie dem leisen Plätschern des Wasserhahns und dem rhythmischen Fauchen des Dampfes lauschte, wich die Welt da draußen einer behaglichen Ruhe. Schlief sie? Träumte sie? Auf einmal fand sie sich in einer großen runden Halle wieder, nicht in dieser winzigen privaten Kammer, sondern in einem riesigen Hamam, groß und hoch wie das Hauptschiff einer Kathedrale. Der melodische Ruf eines Muezzins durchdrang mahnend das Raunen der zahllosen Frauengestalten, die den Raum bevölkerten. Auch Mona war Teil einer kleinen Familie von Frauen unterschiedlichen Alters, die einander mit rauen Handschuhen einseiften, mit Schalen voll warmen Wassers abgossen und angeregt miteinander schwatzten. Die weiche Süße von Lokum und die feine Säure von lauwarmem Hibiskustee breiteten sich in ihrer Mundhöhle aus. Fremdartige Klänge drangen an ihr Ohr, wehmütige Melodien und ein inbrünstiges Wehklagen, das Mona mit einer Freude erfüllte, die ihr Tränen in die Augen trieb. Sie setzte sich auf, öffnete mühsam die Augen und sah in Ezras liebevolles Gesicht.

»Soll ich dich abreiben?«

Mona nickte träge. Ja, *das* war ihre Welt. Eingehüllt in Wärme, Verbundenheit und Fürsorge.

»Erinnerst du dich noch, wie du mir zum ersten Mal aus dem Kaffeesatz gelesen hast?«, fragte sie Ezra, die sie mit gleichmäßig kreisenden Bewegungen in weichen weißen Seifenschaum hüllte.

»Aber sicher.«

»Mir ist was Unglaubliches passiert. Ich bin gespannt, was ihr dazu sagt.«

Sie erzählte vom 75. Geburtstag ihrer Mutter. Um ihr und ihren Freunden in aller Welt, aber auch dem bedauerlich fernen Alexander eine Freude zu machen, hatte Mona nicht nur die Feier in einem Fotoalbum bei Facebook verewigt, sondern aus jedem Jahrzehnt ein paar Fotos herausgesucht, digitalisiert und damit eine Art Lebenschronik ihrer Mutter angelegt.

»Kannst du das für mich freischalten? Das würde ich zu gerne sehen«, meinte Lisa. Doch Mona ignorierte die Frage, weil sie fand, dass sie durch die Salons zwangsläufig schon viel zu viel Privates preisgab. Dass sie die Fotos mit Namen markiert hatte und sie so sowieso jeder, der einen davon googelte, sehen konnte, verschwieg sie. Und so war es nämlich geschehen, dass irgendein Ägypter plötzlich eine Freundschaftsanfrage an sie gestellt hatte. Mona hatte seine Nachricht immer und immer wieder lesen müssen, bevor sie begriffen hatte, was er da in gebrochenem Englisch behauptete: Er schrieb, er sei der Bruder ihres Vaters, also ihr Onkel, und er besitze eines der Fotos ihrer Mutter ebenfalls, da dies während einer Reise in Ägypten aufgenommen worden sei. Und darauf seien alle drei abgebildet – Monas Mutter, er selber und Monas Vater.

Ezra hielt bestürzt die Hand vor den Mund und setzte sich neben sie.

»Und jetzt kommt's«, verkündete Mona. »Mein Vater soll am Leben sein und in Kairo wohnen!«

»Wie bitte?!« Lisa sprang von ihrem Platz auf und setzte sich auf Monas andere Seite. »Ich dachte, der ist bei einem Autounfall gestorben.«

»Jedenfalls ist das die Version meiner Mutter.« Sie wandte sich an Ezra. »Weißt du noch, wie du mir das mit den Pyramiden erzählt hast? Ich dachte: was für ein Quatsch.«

»Aber dass deine Mutter mal in Ägypten war, wusstest du doch?«, fragte Ezra.

»Ja, na klar. Aber sie hat mir immer erzählt, dass mein Vater irgendein Urlaubsflirt war, ein Tourist aus Hamburg. Dass sie irgendwann festgestellt hatte, dass sie schwanger war, und als sie ihn deswegen kontaktieren wollte, hat sie erfahren, dass er in der Zwischenzeit tödlich verunglückt war. Punkt.«

»Das allein ist ja schon furchtbar genug!«, rief Lisa aus und strich Mona übers feuchte Haar. »Hast du das deinem neuen Onkel erzählt? Was meint er dazu?«

»Ach, ich weiß nicht. Im Netz, da tummeln sich doch so viele Verrückte …«

»Das stimmt allerdings. Und was sagt deine Mutter zu der ganzen Sache?«

»Ich wollte erst mal mit euch sprechen, bevor ich in irgendein Wespennest steche.«

Lisa musterte sie eingehend. »Na ja, wenn ich dich so ansehe – du hast durchaus etwas von einer Nofretete.«

Ezra nickte, Mona lachte verlegen. »Von einem Ägypter war nie die Rede.«

»Also, ich würde sie schon mal fragen, wer die Typen auf diesem ominösen Foto sind. Rein aus Neugier.« Lisa stand auf und gab Marina einen Stupser. »Los, komm, jetzt lassen wir uns ordentlich durchwalken.« Marina schreckte hoch. Sie hatte doch glatt die ganze Geschichte verschlafen.

Sanft legte Ezra ihre Hand auf Monas Arm. »Ich denke, du solltest deinem Onkel höflich antworten. Ich würde zunächst versuchen, so viel wie möglich herauszufinden, ohne zu viel zu erzählen. Wenn du erst mal mit ihm in Kontakt bist, könntest du sein Facebook-Profil im Stillen nach Hinweisen auf deinen Vater durchforsten.«

»Du nennst ihn meinen Onkel – also gehst du davon aus, dass diese Geschichte stimmt?«

Ezra lächelte geheimnisvoll, ohne zu antworten, und Mona fragte nicht weiter nach. Wenn sie ehrlich war, kannte sie Ezras Meinung sowieso schon.

Mona war richtig froh, dass sie jetzt einfach nur faul daliegen durfte. Doch obwohl sie von feinen, aber kräftigen Frauenhänden massiert wurde, trat die gewünschte Entspannung nicht ein, denn ihre Gedanken jagten wie Sternschnuppen am Firmament unter ihrer Hirnschale hin und her:

Wie sollte sie mit ihrer Mutter reden, ohne den Verdacht zu äußern, dass sie sie belogen hatte? Was, wenn das alles stimmte? Wie war es, einen Vater zu haben? Oder vielleicht sogar Geschwister? Tat sie Alexander jetzt nicht das Gleiche an, was ihre Mutter mit ihr gemacht hatte? Schluss damit. Das bringt nichts. Atmen. Tief und bewusst atmete Mona gleichmäßig ein und aus und konzentrierte ihre Gedanken auf die warmen Finger auf ihrer Haut.

Aaahh, was für eine Wohltat. In dicke weiche Handtücher gehüllt, schlürften Lisa und Mona einen aromatischen Minztee, während sie zusahen, wie nun Ezra und Marina ihre Massagen bekamen. Monas Kopf war endlich so leer, dass sie einfach nur dröge in die Gegend starren konnte. Ihr Blick blieb an Marina und ihrer Masseurin haften. Zum ersten Mal konnte sie etwas von Marinas Konturen erkennen. Ihr Marathontraining hatte Spuren hinterlassen, sie war keineswegs so unförmig, wie sie in ihren viel zu großen Klamotten wirkte. Dem aktuellen Schönheitsideal entsprach sie nicht, aber dem einer antiken olympischen Statue durchaus. Wie die androgyne Blondine mit dem grafischen Pagenkopf Marina behandelte, unterschied sich ziemlich von der Art, wie sie zuvor Mona massiert hatte. Das hier hatte nichts Mechanisches, nein, ihre Berührungen wirkten verbindlich und irgendwie zärtlich. Dabei lächelte sie, und ab und zu beugte sie sich zu Marinas Ohr herab und sprach mit ihr. Auch Marina lächelte. Selig. Ein hübsches Lächeln, das Mona so noch nie an ihr gesehen hatte, und die beiden lachten sogar miteinander. Moment mal, das hier, das war doch … das war ein Flirt!

Mona sah Lisa an, Lisa sah Mona an.

»Warum wundert mich das jetzt gar nicht?«, flüsterte Lisa.

»Ach, dich auch nicht?«

»Endlich kommt sie mal in die Puschen.«

»Allerdings.« Mona lachte, nahm ihr Teeglas und prostete Lisa zu.

Kettenreaktionen

»Was für ein Glück«, dachte Mona und atmete erleichtert auf. Denn wenn das mit dem Regal nicht passiert wäre, wäre sie wahrscheinlich bis zum Sankt-Nimmerleins-Tag im dichten Nebel der Ungewissheit herumgetapst.

Seit Clemens sein Revier nun auch in ihrer Wohnung markiert hatte, hatte Mona nicht mehr so recht gewusst, wie sie ihm gegenübertreten sollte.

Er hingegen schien sich von Tag zu Tag sicherer zu fühlen. Vor diesem Eiertanz mit Clemens und Andrea war Mona gar nicht bewusst gewesen, wie sehr man in so einem Laden auf dem Präsentierteller saß. »Willst du gelten, mach dich selten« war echt schwer durchzuziehen, wenn sie zu festgesetzten Öffnungszeiten immer verfügbar war. Im Grunde hätte sie sich genauso gut mit einem Preisschild auf der Brust ins Schaufenster stellen können. Er genoss jede Minute seiner Besuche, sie hingegen war so angespannt, dass sie große Lust gehabt hätte, die Jalousien runterzulassen und in Betriebsferien zu gehen. Die Zen-Klöster ihrer Mutter am Ende der Welt waren ihr plötzlich außerordentlich attraktiv vorgekommen.

Und dann war eines ihrer Bücherregale in sich zusammengefallen. Langsam und unerbittlich. Ein leises Knacksen, ein Ächzen, ein Krachen, ein donnerndes Poltern, und sie hatte nur wie gelähmt dagestanden und zugesehen, wie sich eine Bücherlawine in ihren Laden ergoss. Instinktiv hatte sie zuerst auf die Straße gesehen und aufgeatmet, dass niemand es gesehen hatte. Aber nach den ersten Schrecksekunden war ihr klar geworden, dass sie es wohl nicht alleine schaffen würde, das wieder aufzubauen. Zu blöd, dass sie in letzter Zeit eigentlich nur noch Kontakt zu Frauen hatte. Aus ihrem früheren Job kannte sie ein paar Köche, aber Hausmeister standen leider gar keine in ihrer Telefonliste. Nicht, dass Albert in so einem Fall mit dem Akkuschrauber herbeigeeilt wäre. Im Gegenteil: Jede seiner handwerklichen Aktivitäten hatte meist eine neue Baustelle verursacht. Ihre Wohnung war der beste Beweis dafür – nach seinem Auszug war sie komplett renovierungsbedürftig. Nein, aber alles mit ihm teilen zu können und ihm sofort was vorjammern zu können und von ihm dann getröstet zu werden war schon ein gutes Gefühl gewesen. Doch jetzt hätte sie ihm am liebsten einen ukrainischen Preisboxer vorbeigeschickt, weil seine maßgefertigten Scheißregale noch nicht mal *ein* Jahr gehalten hatten!

Resigniert legte sie den Hörer auf. Weder Ezra noch Sarah waren zu erreichen, ihre anderen Kochschwestern ohnehin bei der Arbeit. Seufzend ergab sie sich ihrem Schicksal und begann, auf Knien herumrutschend, die lädierten Kochbücher auf dem Boden zu stapeln. Verdammt, die musste sie alle reduzieren.

Die rahmengenähten, hochglanzpolierten Schuhe, die plötzlich neben ihr standen, erkannte sie sofort. Sie sah zu Clemens auf. Sein spöttisches »Tststs, Mona, Mona, Mona …« ließ Wut in ihr aufsteigen. Doch die verflog im Nu, als er in die Knie ging und ihr beim Bergen der Bücher half.

»Werkzeug hast du wahrscheinlich keines da, oder?«, fragte er.

»Doch, ich glaub schon. Mein Mann hat hier mal irgendwas deponiert.«

»Wo denn?«

»Wieso?«

»Du willst das wohl kaum so lassen, oder?«

»Ha-ha«, erwiderte sie entnervt. »Aber –«

»Wo finde ich das Werkzeug?«, unterbrach er sie und richtete sich auf.

»*Du* willst das reparieren?« Sie musterte ihn in seinem feinen Zwirn. Jetzt hatte er sie tatsächlich zum Lachen gebracht.

»Kümmere du dich nur um deine Bücher«, sagte er streng und entledigte sich flink seines Sakkos. »Da?« Er zeigte auf die kleine Treppe, die ins Haus führte, und krempelte seine Ärmel hoch.

Sie nickte. »In der Kammer hinter der Toilette.«

Er sprang die Stufen hoch und öffnete die Tür. In der nächsten Stunde blieb Mona nichts weiter übrig, als Clemens bewegungslos beim hemdsärmeligen Hämmern und Schrauben zu bewundern und ihn mit Espresso zu versorgen. Hm, hübsch durchtrainierte Arme, schmal, aber stark. Und sie staunte nicht schlecht, wie ernst er bei der Sache war und wie akkurat er arbeitete. »Don't judge a book by it's cover«, dachte sie und versah die Exemplare mit den Dellen mit einem Sonderpreis. Der gute Eindruck verflog allerdings, als er wieder mit diesem Abendessen anfing. »Aha, deshalb legt er sich also so ins Zeug«, war ihr erster Gedanke. Bis ihr einfiel, was Ezra ihnen eingebläut hatte: Männer sind simpel gestrickt. Sie teilten die Welt in Freunde und Feinde ein und taten grundsätzlich nur das, was sie tun wollten. Solange sich eine Frau ihrer Gunst sicher sein konnte, bräuchte sie sich also nicht unnötig den Kopf über irgendwelche Gegenleistungen zu zerbrechen wie aus Zugzwang in ein Rendezvous einzuwilligen. Vielmehr sollte sie achtgeben, dass sie nicht aus Versehen ins Feindeslager geriet. Zum Beispiel durch Mangel an Respekt. Tja, gerade fing Mona damit an, hinter die feindlichen Linien zu robben. »Du bist mir vielleicht ein Casanova … Wie willst du denn drei Frauen auf einmal managen? Oder lässt du die auch von deiner Sekretärin koordinieren?«

»Drei?« Clemens lachte auf. »Ich wäre schon mit einer zufrieden. Sag mal, was hast du dir denn da in deinem hübschen Köpfchen zusammengebraut?«

»Ach, komm schon …«, zischte sie und boxte mit der Faust ein rotes Preisschild auf ein ramponiertes Kochbuch.

Er hörte auf zu schrauben und sah sie fragend an. »Dich – und wer noch?« In seinen Augen blitzte der Schalk.

Unverschämtheit. Jetzt boxte sie spielerisch auf ihn ein. »Deine Freundin und meine Freundin. Andrea!«

»*Meine* Freundin?« Er schüttelte den Kopf. »Also, da muss ein Missverständnis vorliegen.«

Sie stellte sich dicht vor ihn. Dabei wollte sie ihm in die Augen sehen. Er wich ihrem Blick aus, strich sich verlegen durchs Haar und sagte: »Ich habe keine Freundin.«

»Dann eben eine Frau.« Sie fixierte ihn. Wenn er dachte, dass er so schnell aus der Nummer rauskam, hatte er falsch gerechnet.

Er sah ihr offen in die Augen und schüttelte den Kopf.

»Was weiß ich!« Sie wurde lauter. »Eine Beziehung, Partnerin, ach, nenn es, wie du willst.«

Er schüttelte den Kopf. »Nichts dergleichen.« Das Pokerface setzte er wahrscheinlich vor Gericht auch auf. So gewinnt man Fälle. Sie funkelte ihn herausfordernd an. Er hob die Hand. »Ich schwöre.« Das Ganze schien ihm auch noch Spaß zu machen, so wie er grinste.

»Und die von Silvester? Für die du das Buch bei mir gekauft hast? Hast du die etwa nicht mehr?«

»Die hatte ich nie.«

Was war denn daran so witzig?

»Das war nur eine Einladung bei Freunden.«

Monas Knie verwandelten sich zu Götterspeise. Zittrig suchte sie Halt an der Theke und ließ sich auf einen Barhocker sinken.

»Und das Buch war ein Gastgeschenk. Nicht mehr und nicht weniger.«

Auf einmal flatterten die Monate vor ihren Augen herum wie abgerissene Kalenderblätter. Scheiße, so viel vertane Zeit! Wegen eines Pronomens.

»Und meine *Rendezvous* (das Wort betonte er besonders) mit deiner Freundin werden tatsächlich von meiner Sekretärin koordiniert.«

Für sein unverschämt aufrichtiges Strahlen hätte sie ihn ununterbrochen boxen können.

»Aber mehr werde ich nicht sagen, weil das unter die anwaltliche Schweigepflicht fällt. So …« Er drehte sich um und rüttelte an dem Regal, das er wieder aufgestellt hatte. Es stand bombenfest. »… sind wir jetzt fertig mit dem Verhör?«

Mona hob den Zeigefinger. »Eine Frage noch, nur fürs Protokoll.« Wenn schon Augenblick der Wahrheit, dann das volle Programm. »Habt ihr miteinander geflirtet oder nicht? Wart ihr miteinander aus? Wer hat wen angebaggert?«

»Das waren drei Fragen«, sagte er trocken und machte eine

unerträglich lange Pause, bevor er antwortete: »Eins: Nein. Zwei: Nein. Drei: Sie hat mich wegen einer Rechtsangelegenheit konsultiert, und ja, sie hat mir wohl Avancen gemacht, aber eine derartige Verquickung von Beruflichem und Privatem kommt für mich generell nicht infrage. Können wir jetzt endlich zum angenehmen Teil des Tages übergehen?«

Auweia, was für ein Fehlstart! Falls überhaupt jemals irgendwas Angenehmes zwischen ihnen geschehen sollte, hatten sie bereits ihren ersten Streit hinter sich. Dabei gelang es Clemens doch immer wieder aufs Neue, sie positiv zu überraschen. Das war schön. Wunderschön. Und so anders als Albert …

Clemens kam zu ihr rüber und baute sich siegessicher vor ihr auf. »Wie sieht's aus mit Essen?« Dabei zog er seine linke Augenbraue hoch, als würde er sie jetzt gar nicht mehr ernst nehmen.

»Gerne«, sagte sie kleinlaut. Innerlich lief sie gerade knallrot an.

Jetzt hatte sie ihn wohl überrascht. Er machte ein Gesicht, als hätte er gar nicht mit Monas Sinneswandel gerechnet. Einen Herzschlag lang hielt er inne, dann breitete sich ein Strahlen auf seinem Gesicht aus. »Na also, geht doch.«

Schluss mit lustig

Was war das denn für ein unangenehm penetrantes Geräusch, das einfach keine Ruhe gab? Ein Telefon. Da klingelte ein Telefon. Verdammt, wenn sie es nur finden könnte. Langsam, aber beharrlich zerrte dieses Dauerklingeln Mona aus ihrem tiefen Schlaf und wohligen Traum. Minuten vergingen, bis sie merkte, wo sie war und wer sie war und dass das Klingeln von ihrem Wecker kam. »O nein«, seufzte sie und machte dem nervigen Geklingel ein Ende. Ihre erste Amtshandlung an diesem viel zu lange schon viel zu hellen Sommermorgen: Sie zählte die Stunden, die sie geschlafen hatte. Drei. Definitiv zu wenig. Bevor Mona die Augen öffnete, ließ sie den vergangenen Abend in Gedanken Revue passieren. Ein seliges Lächeln breitete sich in ihrem vom Kissen zerknitterten Gesicht aus. Am liebsten hätte sie blaugemacht und weitergeträumt, doch eine Geschäftsfrau konnte sich so was nicht leisten.

Wie eine Schlafwandlerin war Mona durch den Tag getaumelt. Duschen, Anziehen, im Taxi zum Laden (Fahrrad- oder Autofahren hätte sie überfordert), Bücher verkaufen, Kaffee ausschenken – sämtliche Ereignisse waren wie ein Film vor ihren Augen vorbeigelaufen, und sie war nicht Protagonistin, sondern Zuschauerin in ihrem eigenen Alltag. Sie hatte den ganzen Tag keinen Bissen heruntergebracht – das war immer so, wenn sie auf Amors Wolken schwebte – und sehnte sich jetzt einfach nur nach ihrem Bett, so als sei auf einmal eine schwere Last von ihr abgefallen. Gerade hatte sie sich ein dünnes Nachthemdchen übergestreift und sich die Zähne geputzt, da klingelte es an der Tür. Instinktiv sah sie auf die Uhr, sie hatte kein Zeitgefühl mehr, es war ja noch taghell. Da durchfuhr es sie wie ein Blitz: O Gott, heute war ja Montag! Barfuß tapste sie ans Fenster und sah auf die Straße. Da standen sie, allesamt! Selbst Andrea war ausgerechnet heute mal pünktlich. Auweia, ein Haufen aufgedrehter hungriger Weiber, und in Monas Kühlschrank herrschte gähnende Leere. Sie ergab sich ihrem Schicksal und öffnete die Tür.

Wie immer schnatterten sie alle durcheinander wie eine Gänseschar: »Was ist los? Warst du am Strand? Was gibt's zu essen? Bist du krank?« Ezra legte gleich ihren Handrücken auf Monas Stirn und schüttelte den Kopf. »Warum hast du denn nicht angerufen?«

Verlegen strich sich Mona die Haare nach hinten und versuchte, Ezras durchdringendem Blick auszuweichen. Bei ihr hatte sie immer das Gefühl, sie könne direkt in ihr Hirn reinsehen wie in einen Fernseher. Matt winkte sie ab. »Mir geht's gut. Ich bin nur müde.« Es wäre ein Leichtes gewesen, irgendwas von Kopfschmerzen oder PMS zu faseln, aber Mona hasste es zu lügen, weil es ihr zu mühsam war, sich erstens ein plausibles Lügengebilde auszudenken und dieses zweitens für alle Zeiten aufrechtzuerhalten. Sich bei Nachfragen in Ungereimtheiten zu verstricken fand sie wesentlich unangenehmer als gezwungenermaßen die Wahrheit sagen zu müssen, so wie jetzt. Da man nie wissen konnte, auf welch verschlungene Pfade einen das Leben noch locken würde, bevorzugte es Mona, die gezinkten Karten im Ärmel zu lassen.

»Ich hab's heute voll verschlafen.« Wie sie da so ein bisschen O-beinig stand und mit ihren Locken spielte, den Blick auf ihre nackten Zehen gerichtet, sah sie aus wie ein Kindergartenkind, das seine Handschuhe verloren hat. »Tut mir echt leid. Habt ihr Lust auf Pizza?«

Ezra rümpfte die Nase.

»Keine Angst, keine Plastikpizza vom Lieferdienst. Ich hab diese Superpizzeria mit Holzofen um die Ecke, da kann ich anrufen, die kenne ich so gut, die würden sie sogar bringen. Ich hab echt keine Kraft, mich anzuziehen.«

Die Pizza war bestellt, nun versuchten sie den Schein eines Salons zu wahren und wenigstens den Tisch hübsch einzudecken. Ihr Nachthemd hatte Mona mit einem zarten Wickeljäckchen und Flip-Flops dinnerfein gemacht, das Haar mit einem bunt bedruckten Seidentuch locker im Nacken zusammengebunden, was ihr das Aussehen einer gelassenen Landschönheit aus der Provence verlieh.

»Und, spät geworden bei dir?« Lisa zwinkerte ihr verschwörerisch zu, während sie das Besteck verteilte.

»Mhm.« Mona wollte keine konkrete Aussage machen. Auf der Kochinsel stimmte ihr Handy in ihr Brummen ein. Vor Schreck vergaß sie für einen Augenblick alles um sich herum.

Lisa betrachtete sie kritisch. »Was stand denn gestern auf dem Programm?«

»Essen«, erwiderte Mona knapp, jeden Augenkontakt vermeidend.

Leider ließ sich Lisa damit nicht abspeisen. »Aber doch nicht alleine, oder? Mit wem denn?«

»Du bist ja neugierig.« Mona lachte nervös und rückte die Gläser zurecht. Wie konnte sie bloß unauffällig an ihr Handy gelangen? Wenn, dann wäre das heute die dritte SMS von Clemens, abgesehen von seinen vier Espressobesuchen. So vollgepumpt mit Koffein, würde er heute Nacht sicher kein Auge zutun. Auch Mona fühlte sich wie in einem Cocktail aus Aufputsch- und Beruhigungsmitteln, allein die SMS trugen ihren Teil dazu bei.

»Wir nehmen eben Anteil an deinem Glück.« Andreas Tonfall klang aber gar nicht so. »Nun sag schon!«

»Mit einem Mann«, gab Mona resigniert zu.

»Oh! Gratuliere!« Lisa umarmte sie stürmisch und sprudelte los: »Und? Wie war's? Wer ist es? Und danach? Restaurants machen doch schon um eins zu.«

»In einer Bar. Zufrieden?«

»Vergiss es! Wir wollen *alles* wissen«, meinte Marina, die sich bis dahin ungewöhnlich zurückgehalten hatte. Dafür war sie, obwohl der Abend erst begonnen hatte, schon zweimal aufs Klo verschwunden.

Mona seufzte. »Es hat sich da was ergeben«, druckste sie herum.

Das Klingeln des Pizzaboten war eine Erlösung. Auf dem Weg zur Tür ergriff sie ihr Handy und checkte sofort ihre SMS. Ihre Kopfhaut kribbelte schon, als sie nur Clemens' Namen als Absender las. Wenn sie sie jetzt öffnete, würden diese Worte den ganzen restlichen Abend wie eine Leuchtreklame vor ihr herumflimmern. In Ermangelung einer Tasche steckte sie das Handy kurzerhand in ihren BH, in die Nähe ihres wild klopfenden Herzens.

Ihr Besteck ignorierend, fielen die fünf mit bloßen Händen über die dampfend heißen Pizzen her, die in einer Reihe in der Mitte des Tisches aufgebaut waren. Obwohl Monas Magen noch immer wie zugeschnürt war, schob sie sich schnell ein Riesenstück von der pikanten Puttanesca in den Mund und kaute lange und ausdauernd darauf herum. Mmh, schwarze Oliven, Kapern, getrocknete Tomaten, Chiliöl und Knoblauch – was für eine phantastische Idee des Pizzabäckers, eine ihrer Lieblingspastasaucen einfach auf eine Pizza zu streichen.

»Glaub ja nicht, dass du uns entkommst«, ermahnte sie Lisa mit vollem Mund. »Wer?«

Verlegen senkte Mona den Blick. »Clemens Weißberg.«

Andrea entgleisten die Gesichtszüge. Wortlos nahm sie Zigarettenetui und Feuerzeug aus ihrer Tasche und verzog sich nach draußen zum Rauchen – ein ausdrucksstarkes Statement. Ein laues Sommerlüftchen trug den Rauch ihrer Mentholzigarette an den Tisch.

Lisa hingegen rieb sich begeistert die Hände. »Wie schön!«

»Und woher kommt dein plötzlicher Sinneswandel?« Sarah klang skeptisch, sie hatte ihren Standpunkt ja schon mal klargemacht.

Jetzt, wo es raus war, konnte Mona nicht anders, als übers ganze Gesicht zu strahlen. Ihre Augen blitzten, der zauberhafte Soundtrack von *Ein Mann und eine Frau* setzte in ihrem Kopf ein und begleitete stimmungsvoll den romantischen Schwarz-Weiß-Film, zu dem ihre Erinnerungen an den vergangenen Abend gerade verschwommen. Ihre Hand an seinen Lippen zur Begrüßung, zart fein und herrlich altmodisch. Sie und Clemens (um einiges attraktiver als Jean-Louis Trintignant) nebeneinander im Auto, jeder schweigend in sein eigenes stilles Glück versunken. Dass er ein Gentleman war, wusste Mona ja schon lange, was sie jetzt am meisten für ihn einnahm, war, dass sie miteinander im Gleichklang schweigen konnten. Nicht nötig, Konversation zu machen, Themen zu finden, Gemeinsamkeiten zu suchen. Sie wussten schon so viel voneinander, hatten in ihrem Laden schon so viele Augenblicke in trauter Zweisamkeit verbracht. Jetzt reichten kleine zufällig scheinende Berührungen, Hautkontakt, zunehmend vertraulicher werdend von Stunde zu Stunde. Beim Essen saß er ihr noch gegenüber, geteilte Freude, sie schoben die Teller auf dem Tisch hin und her, pickten im Salat des anderen herum, schnitten mundgerechte Stücke Roastbeef ab und fütterten einander, kratzten ihre Desserts von einem Teller, in der Bar trennten sie nur noch ein paar Zentimeter. Alles vollkommen natürlich und unkompliziert.

»Tja … wir haben alle Missverständnisse beseitigt.« Sie machte eine Pause. »Zum Beispiel, dass er gar keine Freundin hat.«

»*Ich* wusste das.« Andrea zog gierig an ihrer Zigarette und verschränkte die Arme.

»Woher denn?« Marina kam mal wieder vom Klo.

»Glaub mir, ich hab bis jetzt alles rausgekriegt. Ich hab da meine Methoden.« Sie grinste triumphierend und blies perfekte Rauchkringel in die Luft. »Angefangen hat's mit diesem Roland.«

»Ich erinnere mich. Der hat dir richtig gut gefallen, stimmt's?«, sagte Sarah.

»Ja, da hat eigentlich alles gepasst: schöne Dates, tolle Gespräche, der gleiche Geschmack, vielversprechende SMS.«

»Wo war dann der Haken?« Für Andreas Geschichten hatte Mona zwar gerade gar keinen Nerv, doch dass die Scheinwerfer nicht mehr auf sie gerichtet waren, kam ihr jedoch sehr gelegen.

»Dass er mir immer am Freitag ein schönes Wochenende gewünscht hat und dann abgetaucht ist. De facto habe ich ihn ausnahmslos zwischen Montag und Freitag zu Gesicht bekommen. Am ersten Wochenende hab ich ihm das mit dem Projekt in Kiel noch abgenommen. Und da ich ihn ja gleich am Anfang gefragt hatte, ob er verheiratet, gebunden und/oder Vater ist oder mal war, wurde ich erst am nächsten Wochenende misstrauisch, und das auch nur, weil er meine Antwort auf seine Freitagnachmitttags-SMS erst am Sonntagabend beantwortete. Also habe ich ihm in der dritten Woche unbequeme Fragen gestellt, was er so am nächsten Wochenende geplant habe, und Vorschläge für gemeinsame Unternehmungen gemacht. Als er mich da im Unklaren ließ und sich charmant herauswand, musste ich mir doch selbst Gewissheit verschaffen.« Der unschuldige Zigarettenstummel kriegte ihre Schuhspitze ganz schön zu spüren.

»Ich hätte es auf sich beruhen lassen, wenn er schon von Anfang an nicht vertrauenswürdig scheint.« So hatte Sarah wohl auch ihren Mann für sich gewonnen – ein *Rules*-Naturtalent.

Andrea setzte sich neben sie, ihr Eau-de-Cigarette war für alle deutlich wahrnehmbar. »Kennst du das nicht, dass du so ein Grummeln im Bauch hast, und dein Kopf sagt ›Du hast sie nicht alle‹?«

Mona zog die Augenbrauen hoch und sagte: »Mehr, als du glaubst.«

»Er war zu gut, um wahr zu sein – ich wollte ja nur die komischen Zweifel loswerden, aber doch nicht *ihn*.«

»O nein, ich ahne es schon ...« Lisa hatte aktives Zuhören trainiert.

»Ja, an diesem Freitag habe ich ihn zu einem kurzen Afterwork-Absacker getroffen – mehr hat er mir nicht zugestanden – und bin ihm dann gefolgt. Ich hab mich mit 'ner Wolldecke und 'ner Thermoskanne Kaffee im Auto auf die Lauer gelegt.«

»Nein, das hast du nicht?!«

Doch Andrea nickte. »Macht das nie, sag ich euch.«

»Nicht im Traum käme ich auf so eine Idee!« Lisa konnte sich gar nicht mehr beruhigen. Mona und Ezra schüttelten nur stumm die Köpfe wie die Mutter vom Zappelphilipp.

»Das ist doch noch harmlos.«

»Ich glaube nicht, dass ich das hören will«, bemerkte Ezra spitz. Und Mona dachte: »Ich glaube sowieso nur die Hälfte von dem, was du sagst.« Wieder mal kriegte sie das feine schwarze Etuikleid, das edle Givenchy-Seidentuch, die eleganten Jimmy-Choo-Pumps und Andreas Geschichten nicht unter einen Hut.

»Hätte er bloß Gardinen gehabt. Diesen Moment, als das Licht in seinem schicken Wohnzimmer anging und ich ihn, seine Frau und seine beiden Kinder in trautem Glück sah, werde ich nie vergessen.«

»Ach du Schande«, entfuhr es Lisa.

»Ganz ehrlich, am liebsten hätte ich geklingelt und sein ganzes widerliches Idyll zerstört.«

»Aber du hast es nicht getan?«

»Nein. Ich fühlte mich so gedemütigt. Das war echt mein Schwarzer Freitag, sag ich euch.«

»Geschieht dir ganz recht«, murmelte Mona vor sich hin.

»Ich hab noch ewig zugesehen, ich konnte meinen Blick einfach nicht abwenden. Und dann hab ich vor lauter Geheule eine rote Ampel überfahren und bin von der Polizei verfolgt worden, mit Sirene und Blaulicht, wie in so einem Gangsterfilm. Erst hab ich gar nicht gemerkt, dass die mich meinen, so durch den Wind war ich, und dann konnte ich nirgends ranfahren.« Sie lachte auf. »Jetzt im Nachhinein find ich's eigentlich ganz lustig. Die beiden Polizisten waren so erschrocken über meinen Zustand, dass sie mich nach Hause gefahren haben.« Mit einem verträumten Ausdruck sagte sie: »Die waren echt süß.«

Mona rollte genervt mit den Augen und summte leise »She's a man-eater …«.

»Hatten leider auch beide Eheringe.«

»Und was hat dir die ganze Aktion jetzt gebracht?«, wollte Mona wissen.

»Meine Würde«, antwortete Andrea trotzig. »Und dass ich nie mehr verarscht werde.«

»Meinst du?«, meinte Ezra mit ironischem Unterton.

»Wie willst du denn jemals allen Widrigkeiten vorbeugen?«, fragte Lisa.

»Was denkst denn du? Andrea ist Managerin, die macht für alles Fünfjahrespläne«, sagte Sarah.

Andrea lachte. »Genau. Von den beiden süßen Cops zum Beispiel hab ich mir die Karten geben lassen, und die haben mich jetzt schon das eine oder andere Mal mit 'ner Adresse versorgt.«

»Im Ernst?! Überwachungsstaat pur!« So was ging Marina gegen den Strich.

»Wieso? Das ist doch nur zu meinem persönlichen Schutz, der hat bei mir erste Priorität!«, verteidigte sich Andrea. »Darum hab ich in jedem Datingportal immer noch zusätzlich ein Fakeprofil angelegt – Typ *Playboy* Centerfold –, und wenn ein Typ mit mir rumchattet, dann prüft ihn mein Alter Ego erst mal auf Herz und Nieren. Wenn du offensiv genug bist …«, verkündete sie mit einem überlegenen Grinsen, »… verraten dir die Männer ihre intimsten Geheimnisse. Wenn der dann mit dem Fake-Playmate rumflirtet, dann kann er sich ›CandyAndy38‹ gleich abschminken.«

»Allzu viele bleiben dabei wohl nicht übrig, was?« Mona konnte nur schlecht verbergen, wie genervt sie von Andrea war. Am besten beschäftigte sie sich mal ein bisschen. Sie stand auf und begann, den Tisch abzuräumen. »Sag mal, findest du Marina auch so komisch heute?«, flüsterte sie Ezra heimlich zu. Sofort stand diese auch auf und antwortete leise: »Ausgesprochen. So teilnahmslos, oder?« Ja, Marina wirkte wie eine leere Hülle, deren Kern an einem anderen Ort weilte. Zusammen trugen die beiden das Geschirr in die Küche, wo sie unbehelligt weitersprechen konnten, während Andrea immer noch mit ihren Stasimethoden prahlte.

»Es kommt mir so vor, als ob Sarah und sie heute die Rollen getauscht hätten. Entweder hat sie eine Blasenentzündung, oder sie geht so oft raus, um SMS zu schicken, ohne dass wir was mitkriegen. Das wäre blöd, denn auffälliger geht's gar nicht.«

»Meinst du? Ich bin mir nicht sicher, was die Ursache sein könnte und ob wir sie darauf ansprechen sollten.«

»Wenn das nicht völlig abwegig wäre, würde ich sagen, sie ist verliebt«, zischte Mona.

Ezra betrachtete Marina für einen Moment nachdenklich, dann sagte sie: »Lass sie uns im Auge behalten.« Doch kaum dass Mona es ausgesprochen hatte, war sie sich sicher, dass sie ins Schwarze getroffen hatte.

Andrea war jetzt nicht mehr zu bremsen. Wollte sie mit ihren fragwürdigen Heldentaten vielleicht ihre Enttäuschung überspielen? »Und ich hab schon mal ein E-Mail-Konto geknackt, als sich einer meiner Online-Flirts plötzlich nicht mehr gemeldet hat«, verkündete sie. »Und da hatte ich es alles schwarz auf weiß: Der Schuft war die ganze Zeit zweigleisig gefahren, ausgerechnet mit einer Blondine namens Andrea! Nicht nur da hatte er dasselbe Schema, der hat uns sogar zum Teil dieselbe Mail geschrieben.«

»Der Lauscher an der Wand hört seine eigene Schand«, sagte Marina trocken.

»Mag sein«, antwortete sie beleidigt.

»Ich wüsste gar nicht, wie so was geht«, meinte Sarah kopfschüttelnd.

»Ach, so schwierig ist das gar nicht, wo heute jeder eine Homepage oder mindestens ein Facebook-Profil hat, die echten Exhibitionisten sogar noch einen Blog und einen Wikipedia-Eintrag. Da kannst du alles finden: den Namen des Hundes, das Geburtsdatum der wichtigen Verwandten, relevante Meilensteine. Sich daraus das Passwort zusammenzureimen ist echt ein Klacks. Ich bin jedenfalls froh, dass ich mich nicht blauäugig darauf eingelassen und mir irgendwann die Augen ausgeheult habe, nur weil ich sie zu spät geöffnet habe. Darum habe ich auch über den werten Herrn Weißberg Erkundigungen eingezogen, bevor ich ihn engagiert habe.«

»*Engagiert?!*« Jetzt konnte Mona nicht mehr an sich halten. »Ha! *An-ge-giert* trifft es wohl besser.«

»Ich weiß gar nicht, was du meinst?« Andreas Unschuldsmiene war echt Oscar-reif.

»Schluss mit der Komödie. Clemens hat mir alles erzählt.« Mona sprang auf und wanderte umher. Wenn sie sich aufregte, konnte sie nie still sitzen. »Dass du dich überhaupt noch hierher traust!«, zischte sie.

»Du bist müde«, tat Andrea ihre Ansage mit einem pseudoverständnisvollen Psychiatriepflegerton ab.

»Ich bin hellwach! Und klar. Klarer denn je!« Wenn man sie reizte, schlug sie um sich wie eine Löwin, der man auf die Tatze getreten war. »Wozu diese ganzen halbseidenen Methoden, wenn sie ja wohl offensichtlich nie zum Erfolg führen? Auch nicht bei Clemens. Von wegen ›Er hat dich um ein Date gebeten‹! *Du* hast dich an ihn rangeschmissen, ihn geradezu belagert, seine Höflichkeit schamlos ausgenutzt, an seine Mannesehre appelliert, ihn unter Vorspiegelung falscher Tatsachen für dich zu gewinnen versucht.« Und auf einmal wurde ihr klar, dass sie Clemens für sich wollte. »Aber leider – vergeblich, vergeblich, vergeblich!«

Andrea blickte scheinbar gefasst aus dem Fenster. »Was für falsche Tatsachen?«

Mona baute sich vor ihr auf und stemmte die Hände in die Hüften. »Du hast Clemens erzählt, ich sei verheiratet.«

Sie lächelte süßsauer. »Bist du doch auch.«

»Wenn das so wäre«, brüllte Mona, »dann wäre ja wohl *ich* die hintendrauf auf Alberts Motorrad gewesen und nicht diese minderjährige Blondine! Mir reicht's mit dir! Du brauchst nicht mehr zum Salon zu kommen.«

Andrea entfuhr ein kurzer, spitzer Lacher, doch als sie merkte, dass Mona es ernst meinte und niemand sonst mitlachte, erhob sie sich.

Einen Moment lang sah Sarah wie alle anderen ihrer Freundin dabei zu, wie sie ihre Sachen zusammenpackte, dann raffte sie sich auf. Sie schulterte ihre Tasche und sagte: »Tut mir leid, dann gehe ich auch.« Niemand hielt sie auf. Es war, als hätte die Affäre Clemens einen unsichtbaren Grenzstreifen durch den Salon gezogen.

»Schönen Abend noch!« Das musste man ihr lassen, Andreas Abgang war bühnenreif elegant – wie ihre Auftritte. Mona sah nicht hin. Damit sie es sich nicht wieder anders überlegte, hatte sie sich in der Küche darangemacht, Espresso aufzusetzen. Ihr Herz klopfte schon ohne Koffein bis zum Hals.

So hoch Andrea ihren Kopf trug, so sehr senkte Sarah ihren Blick, als beide den Raum verließen. Erst dann kam wieder Bewegung in die zu Statuen erstarrten Frauen, doch niemand geleitete die beiden zur Tür.

Lisa gesellte sich zu Mona. »Sag mal, hast du wirklich Albert gesehen?«

Mona schnaubte: »Leider.« Von ihren Brownies hatte sie immer welche im Gefrierfach, sechs Stück davon stellte sie nun zum Auftauen in den Ofen. Nach diesem Eklat brauchte sie eine Extraladung Schokolade.

»Wann denn? Erzähl.«

»Letzte Woche. Als ich beim Shoppen war.« Der Espresso brodelte auf dem Herd, sie setzte sich wieder, aber nur auf den äußersten Rand ihres Stuhles, als wäre sie auf dem Sprung. »Wann gucke ich denn schon Motorradfahrern hinterher? Nicht mal als Teenie waren die meine Zielgruppe. Hingeschaut habe ich nur, weil das Ganze aussah wie inszeniert. Ich dachte, irgendwo steht ein Fotograf und schießt Fotos für eine Jeansreklame. Stellt euch eine tiefergelegte Harley vor, er vorne in eng anliegender Bikerjacke in einer lässigen Pose à la Marlon Brando, eine Hand in die Hüfte gestemmt, und sie hinten in knackigen Jeanshotpants und Cowboystiefeln mit wehendem Blondhaar unterm offenen Helm, eng an ihn geschmiegt.«

»Nein, oder?«, fragte Lisa ungläubig.

»Glaub mir, mich hat der Schlag getroffen, als ich erkannte, dass dieser Biker Albert war.« Sie kicherte. »Ich habe mich sofort fremdgeschämt.« Am meisten ärgerte Mona dabei, dass ihr Ex damit zu hundert Prozent Andreas plattes Männerklischee bestätigte. Sie holte die Kuchen und den Kaffee an den Tisch – heute war Self-Service-Tag – und fuhr fort: »Wahrscheinlich, weil ich ihn so angestarrt habe, hat er mich schließlich entdeckt. Er ist auf den Bürgersteig bis vor meine Füße gefahren, hat sich den Helm abgenommen, ihn auf seinem ledernen Oberschenkel platziert, sein Haar zurechtgestrichen – auch mit so einer einstudierten James-Dean-Geste – und mich angegrinst. So was von albern …« Sie schüttete ihren Espresso in sich rein. »… lächerlich.« Mit erwartungsvollem Schweigen lauerten die Frauen darauf, dass sie ihr Riesenstück Brownie heruntergeschluckt hatte. Mona starrte versonnen durch sie hindurch, dann sagte sie: »Ich denke, er wollte mir demonstrieren, dass *er* jemanden hat und ich nicht.«

»Und wie ging es dir damit?«

»Ich war angespannt. Verständlich, oder?«

»Klar«, bestätigte Lisa. »Wenn ich weiter dort wohnen geblieben wäre, wäre ich meinem Peter sicher ständig über den Weg gelaufen, in dem Dorf. Wer weiß, ob ich dann heute schon über die Trennung hinweg wäre.«

»Dass man glücklich mit leerem Herzen unterwegs ist, halte ich für ein Gerücht, vielmehr trägt man immer einen Teil all seiner verflossenen Lieben darin, und den Größten besetzt nun mal der Letzte. Richtig darüber hinweg ist man, denke ich, erst, wenn ein neuer seinen Platz im Herzen eingenommen hat.« Mona lächelte unfreiwillig ein bezauberndes Kleinmädchenlächeln und sagte: »Clemens hat schon eine Schuhspitze in der Tür.«

Gefühlseintopf

Diese friedliche Stille war ungewohnt, sogar ein bisschen befremdlich für das Stadtkind. Aber genauso befremdlich war das plötzliche Klingeln ihres Handys aus ihrer Umhängetasche – hier in 1382 Meter Höhe. Bis sie es rausgekramt hatte, hatte Mona so viele Tasten betätigt, dass sie rangegangen war, ohne es zu wollen. Dass sie hier überhaupt Empfang hatte … O mein Gott, es war Albert! Unter den Schweißperlen, die sich auf ihrer Oberlippe gebildet hatten, erkaltete ihr Gesicht schlagartig, als wäre plötzlich eine steife Brise vorbeigezogen. Ein unangenehmes Gefühl. Doch unter dem hellblauen Postkartenhimmel war es nach wie vor windstill und sommerlich warm, ohne zu heiß zu sein, denn die harzig duftenden Nadelhölzer spendeten alle paar Meter erfrischenden Schatten. Instinktiv ließ sie sich zurückfallen, wurde langsamer und presste das Telefon geduckt seitlich ans Ohr, in der Hoffnung, Clemens bekäme davon nichts mit. Eigentlich hätte genau dieses Verhalten alles offenlegen müssen, doch der routinierte Bergsteiger stapfte weiter mit gleichmäßigen, meditativen Schritten auf dem schmalen, tief ausgetrampelten Pfad vor Mona her, bewundernswert eins mit sich und der Natur.

»Ich bin in den Bergen«, zischte Mona leise. Schweigen am anderen Ende der Leitung. Irritiert wollte sie auflegen, als sie Alberts Stimme hörte: »Hallo? Mona? Hörst du mich?«

»Jahaaa. Ich habe schlechten Empfang, hier in den Bergen«, versuchte sie zu vermitteln.

»Tuttuttut …«

Sie atmete erleichtert auf. Handy ausschalten wäre jetzt das Beste.

Doch bevor ihr das gelang, klingelte es erneut. Um es schnell abzustellen, wollte sie den Anruf wegdrücken, aber wie eine Staubmaus, die man aufklaubt und kurz darauf wieder herumkriechen sieht, schallte stattdessen Alberts Stimme aus dem Mikrofon: »Mona?«

Sie seufzte.

»Ich wollte mal hören, was du so machst.« Das hat dich doch das letzte halbe Jahr auch nicht interessiert, dachte Mona. Ihr »Nichts Besonderes« schien er nicht zu hören.

»Bist du sehr beschäftigt? Hab mich sehr gefreut, dich neulich zu sehen.« Jedenfalls hatte er eine merkwürdige Art, das zu zeigen.

»Hmm«, war für Mona die einzige Antwort, die nicht auf den Anrufer schließen ließ und ihn nicht zum Weitermachen ermutigen sollte. Nützte nichts.

»Das würde ich gerne .... krzkrszkrrr ... Waren ja bisschen blöde ...«, hörte sie, dann nur noch: »... krzkrszkrrr.«

Mona rollte mit den Augen. Ihn tatsächlich abzuwimmeln war immer noch keine Option für sie, jedenfalls nicht so spontan, zu sehr war die Gewohnheit, mit Albert zu telefonieren, nach zwanzig Jahren anscheinend noch in ihrem System.

»Ich bin im Funkloch, ich habe dich nicht verstanden«, zischte sie mit schiefer Lippe. Was für ein Scheißtiming, so vieles hatte sich angestaut, was sie ihm hätte sagen wollen, so blieb ihr nur ein gedanklicher Dialog.

Albert sagte: »Ich meinte, blöde Umstände. Tut mir leid, Schatz.« Ganz schön vermessen, eine Blondine im Alter unseres Sohnes als »blöde Umstände« zu bezeichnen, führte Mona ihre Gedanken weiter. Als wäre sie zufällig auf den Sozius gefallen ... Und dass er sie trotzdem Schatz nannte, wurmte sie auch.

Sie antwortete nicht und sah stattdessen angestrengt nach Clemens, der um eine Wegbiegung verschwunden war.

»Aber dir scheint es ja richtig gut zu gehen.« Das hörte sich verwundert an.

»Dir auch.« Mona versuchte, neutral zu klingen, als würde sie mit einer Freundin telefonieren, doch während sie das sagte, riss sie im Vorbeigehen dem wuchernden Unkraut am Wegesrand die oberen Blüten ab.

»Oh, ja, nein, äh, tut mir leid«. Na, die Entschuldigung kam ein bisschen spät, dachte Mona. »Ich bin nicht … krzkrszkrrr.« Stille. Verdammt! Was war er nicht?

Angespannt sah Mona auf ihr Handy. »Ich bin im Funkloch. Ich lege jetzt auf«, sagte sie. Ihre ganze ländliche Ruhe war wie weggeblasen.

Albert sagte: »… und du hast einfach phantastisch ausgesehen, wirklich toll.« Er hatte sie wohl wieder nicht gehört, wegen Clemens blieb sie lieber stehen. »Was du nicht unbedingt vor ihr hättest sagen sollen«, flüsterte sie, und er antwortete: »Irgendwas ist mit dir passiert, Schatz, du hast ja richtig gestrahlt.«

»Hmmm.«

O Gott, Clemens drehte sich zu ihr um. Aber er lächelte und zeigte auf eine Hütte vor ihnen am Wegrand.

Mona hörte Alberts Stimme sagen: »Wie früher, als wir uns …«, blickte in Clemens' Augen und unterbrach das Gespräch. Schnell auf stumm stellen. Noch zweimal spürte sie die Klingelvibrationen in ihrer Tasche, für sie fühlten sie sich an wie Stromstöße, dann gab das dumme Ding endlich Ruhe. Sie beeilte sich, Clemens einzuholen, der sich inzwischen auf einer sonnenbeschienenen Bank vor der Hütte niedergelassen hatte, die man nur erreichen konnte, wenn man über einen Zaun kletterte, der deutlich sichtbar »Betreten verboten« anzeigte. Anstatt zu fragen, wer da angerufen hatte (was sie erwartet hätte), sagte er: »Komm« und klopfte auf den Platz neben sich. Mona ließ sich auf die angewärmte Bank plumpsen und atmete tief die intensive Mixtur aus Bergkräutern, Sommerblüten, Wild, Moos und Kiefernhölzern ein, die sie am liebsten in ihrer Thermoskanne eingefangen hätte. Sein Arm auf ihrer Schulter gab ihr ein Gefühl von tiefer Geborgenheit. Zufrieden ließ er seinen Blick über die idyllische Landschaft schweifen. »Ist das nicht herrlich hier?«

Dankbar nickte Mona und legte ihren Kopf auf seine Schulter. Jeder Moment mit ihm bescherte ihr eine neue Erkenntnis über ihn, auch nach zwei Semestern in der Clemens-Uni fand sie es immer wieder spannend, ein neues Kapitel über ihn aufzuschlagen. In ihre Nase wehte ein zarter Hauch von Aftershave – sehr dezent, fast ein wenig feminin –, gepaart mit unglaublich klarem, angenehmem Schweiß. Dass sie ihn gut riechen konnte, hatte sie schon im Laden festgestellt. Und sie mochte, dass nichts Fleischiges an ihm war, sein sehnig durchtrainierter Körper war für sie das bequemste Kissen. Jetzt konnte auch sie wieder ein bisschen schweben, so wie vor Alberts Anruf, wo sie die Leichtigkeit und Mühelosigkeit, mit der Clemens an alles heranging, genossen hatte. Sie war schon ewig nicht mehr in der Natur gewesen, selbst ihre Golfplatzexkursionen waren ja schon ein Jahr her. Bestimmt hatte Albert seine Blondine bereits dorthin mitgeschleppt – allein schon, um vor seinen Golferfreunden den tollen Hecht zu geben, somit hatte Mona dort keinen Platz mehr. Doch dieser Platz hier, der, auf dem sie gerade saß, fühlte sich einfach perfekt an. Sie wusste selber nicht, warum sie sich dann, als Clemens sich zurücklehnte und die Augen schloss, behutsam aus seiner Umarmung wand und ihr Handy aus der Tasche fischte. Aufgewühlt las sie Alberts SMS »schade. war schön, deine stimme zu hören. wie siehts mit einem treffen in nächster zeit aus? kuss, albert«.

Was sollte das denn jetzt? Da das Alpenrauschen die Hälfte seiner Worte verschluckt hatte. begriff Mona überhaupt nicht, dass er sich mit ihr verabreden wollte. Verwirrt schaltete sie es ab, Entspannung war jetzt dringend nötig. Sie legte die Beine auf die Bank, machte es sich in Clemens' Armbeuge gemütlich und schloss ebenfalls die Augen. Sie konzentrierte sich auf eine gleichmäßige meditative Atmung, durch ihre Augenlider drang Sonnenlicht in psychedelischen Orangetönen.

Als würde sie von sanften Wellen nach und nach immer näher ans Ufer getragen, erfasste Mona nur allmählich, dass es Clemens' Liebkosungen waren, die sie aus einem tiefen, fast komatösen Schlaf erweckten. Sie hatte keinerlei Bewusstsein für Ort und Zeit, und sie wollte es auch gar nicht wissen. Sie wollte einfach nur geschehen lassen … Clemens' Hände … in ihrem Haar, auf ihrem Körper, Clemens' Küsse … seine Lippen auf ihrer Stirn, ihren Lidern, ihren Ohren, ihren Lippen, ihrem Hals, ihrem Schlüsselbein …

»Komm, steh auf«, flüsterte er und zog sie hoch. »Ich möchte dir ein Versteck zeigen.«

»Du kennst dich hier bestens aus«, stellte Mona erstaunt fest, während Clemens ihr die oberen Druckknöpfe ihres Safarikleides schloss. Dann gab er ihr einen zarten Kuss auf die Nase und zog seinen Gürtel fest. Für sie kam jeder Ausflug außerhalb der Stadtgrenze einer Expedition in unbekanntes Terrain gleich, und so sah sie auch aus mit ihren von ihrer Großmutter geerbten Lederbergstiefeln, die sicher noch weitere Generationen überdauern würden, und dem Leoschal, mit dem sie gerade wieder ihr zerzaustes Haar zu bändigen versuchte. Die lauschige Hütte hatten sie auf demselben Weg verlassen, wie sie sie geentert hatten – durchs winzige quadratische Fenster über der Kieferneckbank. Ihre Frühstücksbrote, ohne die Mona niemals aufgebrochen wäre, hatten sie schon bei ihrer ersten Rast verzehrt, der Gipfel rief und vor allem die Hütte dort mit atemberaubender Aussicht und deftigen Leckereien.

»In der Gegend bin ich aufgewachsen.« Er zeigte links ins Tal und sagte: »Da hinten, in dem Dorf.«

Clemens reichte ihr die Hand, um ihr über den Zaun zu helfen. Ohne sie loszulassen, zog er sie an sich und legte den Arm um ihre Taille.

»Meine Brüder und ich sind jede freie Minute in die Berge gegangen, bei jedem Wetter, was anderes gab's ja nicht zu tun«, erzählte er, während sie in harmonischem Gleichtakt so eng aneinandergeschmiegt Höhenmeter für Höhenmeter überwanden, bis ihnen andere Wanderer entgegenkamen.

Grinsend sagte er: »Das hat uns von den Drogen ferngehalten. Und im Winter waren wir als Bergretter die absoluten Helden. Ewige Dankbarkeit von den hübschen Mädels, die auf der Skipiste verunglückt sind, lebenslang selbst gebackene Kuchen von den Frauen, wenn wir ihre Männer lebendig zurückgebracht haben.«

Bestimmt war er Mitglied im Alpenverein. Mona stellte sich ihn gerade noch mal im Anzug vor, so, wie sie ihn meistens sah, und musste schmunzeln. Hier war er kraftstrotzend und natürlich, einen

Anwalt würde man in diesem karierten Hemd nicht vermuten. O Mann, sie war verrückt nach diesem Kerl!

»Das wäre was für meinen Sohn.«

»Das kann ich arrangieren. Kann er denn Ski fahren?«, fragte Clemens.

»Ja, aber ansonsten ist er ein Stadtkind, genau wie ich. Neuseeland hat ihm echt gutgetan.« Wie lange hatte sie allein versucht, ihm gesundes Essen einzuflößen? Und kaum war er in fremder Obhut, wurde er Bioanhänger und schloss sich einer Umweltorganisation an. Der Prophet im eigenen Land … Monas Stimme klang wehmütig, als sie sagte: »Erst als er vor mir stand, so groß, so cool, so männlich, so reif, wurde mir bewusst, wie unfassbar lange ich ihn nicht mehr in natura erlebt hatte.« Noch einmal empfand Mona so was wie Geburtsschmerz, als wäre die Nabelschnur nun endgültig gekappt worden.

»Aber jetzt, wo er mit seinen Kumpels zusammen haust, kann das alles wieder hinfällig werden. Da wäre eine sinnvolle Aufgabe gar nicht schlecht.«

Clemens lachte und gab ihr einen Kuss. »Wie meine Mutter. Die hat auch ständig Teufel an die Wand gemalt, obwohl wir vollkommen harmlose Naturburschen waren. Was du über Alexander erzählst, klingt doch alles ganz vernünftig. Raucht er? Kifft er? Trinkt er? Hat er die Schule geschmissen? Will er zur Fremdenlegion? Überfällt er alte Omis?«

All das hatte Mona verneinen können. »Vielleicht hast du recht. Vielleicht ist es, weil sich meine Mutter nie Sorgen um mich gemacht hat.«

»Weil du einfach toll bist«, meinte Clemens und strahlte sie an.

Sie knuffte ihn in die Seite. »Nein, weil es sie nicht interessiert hat. Ich bin halt so mitgelaufen.«

»Was dir keineswegs geschadet hat.« Er drückte sie fester an sich.

Auf der Rückfahrt schwiegen sie in wohliger Erschöpfung. Zu gerne hätte Mona ihr sauerstoffgetränktes Gehirn in die Sendepause geschickt, doch sie wusste nicht, wo da der Aus-Knopf war. Während sie die Bilderbuchlandschaft aus sanften, satten grünen Hügeln, auf denen Kühe weideten, und erhaben aufragenden, kargen Schieferfelsen an sich vorbeiziehen ließ, jagten Gedankenfetzen wildernd und brandschatzend durch ihr Hirn. »Wie manipuliert wir doch alle sind …«, dachte sie. Alberts Größe und Format hatten suggeriert, dass sie sich bei ihm geborgen und versorgt fühlen könne. Doch rückblickend war sie stets diejenige gewesen, die mit ihrer Verlässlichkeit und ihrem Fleiß allen ein weiches Ruhepolster bereitet hatte, auch ihrer Mutter, die sich ihre esoterischen Extravaganzen und Reisen auch nur deshalb hatte erlauben können. Seit sie denken konnte, war Mona es so gewohnt gewesen, einfach nur ungefragt zu funktionieren, dass sie Alberts »Stell dich nicht so an«-Attitüde selten infrage gestellt hatte. Und als Clemens sie heute mit festem Griff bei der Hand genommen hatte, um sie sicher über Stock und Stein zu führen, hatten kleine Tränen der Rührung kurz mal ihren Blick vernebelt. Es war wunderschön, sich voller Schwung in seine Fürsorge hineinfallen zu lassen wie in ein frisch aufgeschütteltes Daunenbett.

Clemens' Hand auf ihrer stoppte das Gedankenkarussell. Sie sah zu ihm rüber. Ihr Schoß pochte, sie konnte ihn immer noch in sich spüren.

»Alles okay?«

Sie lächelte träge. »Alles okay« Zärtlich berührte sie seine Wange. »Sehr sogar.«

Was für ein Monat! Manche Monate hätte man bedenkenlos aus dem Kalender streichen können, so ereignislos waren sie, in manchen steckte der Stoff für ein ganzes Leben.

Der englische Patient brachte Mona immer zum Weinen, selbst wenn sie ganz guter Dinge war, und an diesem Sonntag saß sie dabei auf dem Bodenkissen vor dem Fernseher und heulte wie ein Schlosshund, bei weit geöffneten Türen. So laut, dass der Hund im Nachbargarten mit einstimmte. Als hätte irgendjemand eine Schleuse geöffnet. Weit, weit wie ihr Herz, schossen ihr die Tränen fast horizontal aus den verquollenen Augen. Es war ihr egal, dass ihre Rotzfäden auf den Kelim tropften. Das Weinen war eine Befreiung.

Albert, Alexander, Andrea … und dann Clemens – ihre Gefühle hatten gerade eine Achterbahnflatrate, und sie wusste einfach nicht mehr, wo oben und unten war.

Da capo

»Du?«

Sarah hatte viel zu früh geklingelt. Erstaunt ließ Mona sie rein. Mit ihr hatte sie am allerwenigsten gerechnet.

»Mein Mann hat mich abgesetzt.« Sarah hauchte ihr Luftküsse an die Wangen, einen links, einen rechts. »Er hat in der Nähe zu tun und pickt mich nachher wieder auf.« Etwas mitleidig sah sie an Mona herab, die ihr Kleid, um es nicht schmutzig zu machen, gerade gegen einen abgetragenen Bademantel getauscht hatte. So würde sie, die Style-Queen, natürlich nie rumlaufen. Mit den Worten »Ich dachte, so haben wir endlich mal ein bisschen Zeit füreinander« marschierte sie an Mona vorbei in die Küche.

»Na, das kann ja heiter werden«, dachte Mona. Sie war sicher gekommen, um im Andrea-Dilemma zu vermitteln, und darauf hatte Mona so gar keine Lust. Sie war der Auseinandersetzungen so überdrüssig. Aber dann sagte Sarah: »Keine Angst, ich helf dir.«

Angenehm überrascht, sah Mona ihr dabei zu, wie sie ihre Tasche in einer Ecke auf dem Küchenboden abstellte, sich eine Schürze umband und sofort begann, sich nützlich zu machen. »Du weißt ja, meinem Mann ist das Ganze hier höchst suspekt.« Sie lachte auf. »Er nennt unseren Salon ›Blocksberg‹.«

Unseren … sie hatte wirklich »unseren« gesagt? Mona wurde es warm ums Herz. »Was hast du ihm denn über uns erzählt?«

»Wo waren noch mal die Gläser? Ich hab einen Riesendurst.«

Mona holte eines aus der Spülmaschine und reichte es ihr. Sarah hielt es gegen das Licht, füllte es mit kaltem Wasser aus dem Hahn und trank es in einem Zug aus, während Mona weiter das Geschirr aus der Maschine räumte.

»Nur, dass wir zusammen kochen. Wird wohl einer der Gründe sein, warum er mir nicht mal glaubt, dass ich hier wirklich nur unter Frauen bin«, sagte Sarah, bewaffnete sich mit einem frischen Geschirrtuch und deckte mit dem Geschirr, das Mona ihr reichte, den Tisch, wobei jedes Stück einer genauen Sauberkeitsprüfung unterzogen und nachpoliert wurde. Mona runzelte die Stirn, ließ sie aber gewähren. Das war ihr schon von Beginn an aufgefallen, dass Sarah nichts benutzte, was sie nicht genauestens inspiziert hatte.

»Wie kommst du denn darauf?«

»Na ja, bevor ich jeden Montag bei euch war, da hat er oft ewig gearbeitet und ist erst nach Hause gekommen, wenn ich schon im Bett lag.« Sie hob die Augenbrauen. »Natürlich ohne jemals Bescheid zu geben.«

»Mich hätte das verrückt gemacht«, meinte Mona und packte ihre Einkäufe aus. »Ich denk dann immer gleich, dass irgendwas passiert ist.«

»Und ganz plötzlich kann er mir mehrere SMS am Abend schicken und mich nachts durch die Gegend kutschieren. Und noch so einiges mehr, du weißt schon.« Sie grinste spitzbübisch. »Und das alles, weil er sich einbildet, auf die Art die Kontrolle zu haben, wann und wohin ich nach Hause gehe, und vor allem mit *wem*.«

»Freu dich doch, ich find das richtig süß.« Sarah fand sie auch süß, denn so gesprächig und tatkräftig hatte Mona die junge Mutter noch nie erlebt – im Gegenteil: Sie waren ein richtig gutes Team. Während die den Tisch zu Ende deckte, konnte Mona schon ihr Mise-en-place vorbereiten. Vielleicht war Sarah einfach kein Gruppenmensch, so was gab's ja. Mona erinnerte sich an ihre Schulfreundin Susi, die ihr in trauter Zweisamkeit vierundzwanzig Stunden lang ein Ohr abgekaut hatte, aber jedes Mal verstummt war wie ein Fisch, sobald jemand anderes dabei war.

»Ja, schon, aber seit ich jetzt öfter was mit Lisa mache, bin ich gar nicht mehr so wild darauf, abends immer auf ihn zu warten.«

Mona war schon aufgefallen, dass Sarah ihn nie beim Namen nannte.

»Echt? Du und Lisa? Was macht ihr denn so? Einen Malkurs?«

Sarah grinste. »Hätte dir eigentlich auffallen müssen. Wir waren ein paarmal shoppen.«

Mona schüttelte den Kopf. »Doch, ihr Styling ist mir schon aufgefallen. Superschick. Aber dass du dahintersteckst ...«

»Danke«, sagte Sarah geschmeichelt. Mit flinken, anmutigen Geishafingern faltete sie aus den weißen Papierservietten Origami-Schwäne.

»Was so alles in dir steckt ...«, wunderte sich Mona.

»Ach, mit Kindern lernt man diesen ganzen Quatsch doch aus Versehen.«

»O ja.« Mona lachte. »Linolschnitt.«

Sarah verzog das Gesicht. »Blutige Finger. Oder Makramee, wer braucht das denn?«

»Niemand außer den Handarbeitslehrerinnen.«

»Genau wie Hexentreppen-Armbänder.«

Mona schüttelte sich. »Ich sag nur Strickliesel. Kannst du die auch?«

»Klar«, nickte Sarah. »Hast du je eine Verwendung für die Strickwürmer gefunden?«

»Natürlich nicht. Erinnere mich nicht dran, die schimmeln alle seit Ewigkeiten im Keller rum.«

»Und was ist mit Töpfern?«

»O mein Gott, jaaaa ...«

»Aber das macht Lisa ja heute noch.« Beide prusteten vor Lachen. »Ich dachte, sie hätte dir erzählt, dass wir uns treffen.«

Mona schüttelte den Kopf. »Ich sehe sie gar nicht mehr außerhalb des Salons.«

»Das kann ich dir erklären.« Sarah ging auf die Terrasse und zündete sich eine Zigarette an. Während sie berichtete, öffnete Mona eine Flasche Prosecco, gab in jedes Glas eine Hibiskusblüte und goss mit dem Perlwein auf.

Sarah inhalierte tief und sagte: »Bei so einem Singleseminar hat sie die Hausaufgabe bekommen, sich nicht mehr mit Singles, sondern mit Paaren zu umgeben. Anscheinend soll das bewirken, dass man sich dadurch wieder leichter auf eine Partnerschaft einstimmt.

Na ja, ihr seid ja alle Singles momentan, da hat sie halt meine Nähe gesucht – sozusagen, um ein bisschen Beziehungsluft zu schnuppern.«

Eigentlich war es ganz schön, bei den Vorbereitungen unterhalten zu werden, denn so hatte Mona gar keine Gelegenheit abzuschlaffen. Manchmal waren diese vollgepackten Montage eine solche Herausforderung, dass sie sich kurz vor dem Eintreffen der Frauen noch fragte, wie sie sie überstehen sollte, ohne ins Koma zu fallen, doch am Ende eines jeden Abends strotzte sie dann wieder vor Energie.

»Mir kam das auch gelegen. Ich glaube, ich habe Blut geleckt.« Sarah grinste. «Je mehr ich mit euch zu tun habe, desto größer wird mein Drang, die restliche Woche auch irgendwie sinnvoll auszufüllen.«

»Mit Shoppen?«, fragte Mona stirnrunzelnd.

Sarah lachte. »Jaaaa, auch. Aber doch nicht *nur*. Sag bloß, das sei nicht sinnvoll, jetzt, wo Lisa sich endlich entschlossen hat, eine sexy Frau aus sich zu machen! Das muss man doch nach Kräften unterstützen. Und mir macht es nun mal Spaß, ihr meine Lieblingsläden zu zeigen. Natürlich hatte sie in keinen von denen je zuvor einen Fuß gesetzt.«

»Ich glaube sogar, dass sie hier noch nie shoppen war, seit sie hierhergezogen ist. Vor lauter Wochenendtrips kennt sie die Stadt immer noch kaum.«

»Das dachte ich auch, aber so ist das gar nicht«, antwortete Sarah. »Immerhin hat sie mich zum Hot Yoga geschleppt.«

»Wo man schon schwitzt, wenn man den Raum betritt? Das wär was für Marina.« Sie lachten.

»Ehrlich, das ist der Hammer. Ich bin richtig süchtig danach.«

»Im Moment reicht mir mein Bauchtanzkurs. Vielleicht komm ich im Winter mal mit«, meinte Mona. »Wär schön, mal nicht rund um die Uhr zu frieren.«

»Vielleicht kannst du dann ja schon zu mir in die Stunde kommen. Ich find's nämlich so toll, dass ich eine Ausbildung zur Yogalehrerin angefangen habe.«

»Na, das ist ja mal eine Neuigkeit.« Sie ging auf Sarah zu und umarmte sie. »Ich bin beeindruckt. Wahrscheinlich gibst du längst Unterricht, bevor ich mal vor Publikum meine Hüften schwenke.«

Sarah errötete. »Quatsch, du bist doch ein Naturtalent.«

»Ich zieh mich mal schnell um. Hältst du hier die Stellung?« Während Mona in ein giftgrünes Sommerkleid und bunt geblümte Keilsandalen schlüpfte, erfüllte es sie mit Stolz, dass sie das Leben dieser Frauen so bereichert hatte. Ohne sie und ihren Salon wären sie sich schließlich allesamt nie begegnet.

Als sie wiederkam, waren die anderen auch schon da, doch die Reihen hatten sich gelichtet, heute waren sie nur zu viert. Das hatte auch was für sich, vielleicht kämen sie dadurch mal früher als sonst ins Bett. Seit Mona sich mit Clemens traf, litt sie unter latentem Schlafmangel. Sie hätte gedacht, dass sie von ihrem Eremitendasein davor so ausgeruht war, dass die Erholung eine Weile anhalten würde – von wegen. Wie gut, unter Ezras Anleitung hatten Lisa und Sarah bereits begonnen, die riesigen Artischocken für ihr heißes Bad zu präparieren. Sie hatten die Stiele herausgebrochen, nicht geschnitten. Auf die Art konnten mögliche harte Fasern gleich mit herausgezogen werden. Doch diese stacheligen Gesellen waren so quietschfrisch und fleischig, dass sie weder störende Fäden noch besonders harte Spitzen besaßen. Also beschnitt Ezra nur die oberen Blätter mit einer Schere.

Aus der überschwänglichen Begrüßung schloss Mona, dass die Frauen vor ihrer Rückkehr in die Küche über Andrea gesprochen hatten.

»Kann mal jemand sechs Eier hart kochen?«

Sarah holte gleich welche aus dem Kühlschrank.

»Wenn sie fertig sind, müssen sie geschält und fein gehackt werden. Übernimmst du das auch?«, fragte Mona.

Sarah nickte. Es war fast, als wäre mit Andreas Abgang der Bann gebrochen, der sie in deren Schatten gedrängt hatte.

»Ezra, bist du so lieb, und presst mir eine Zitrone aus? Das brauchen wir beides gleich für die bretonische Vinaigrette.« Mit schwungvoller Geste schüttete Mona eine ganze Handvoll grobes Meersalz in das Kochwasser, das in einem tiefen Topf lebhaft vor sich hin sprudelte. Sie beschloss, heute in die Themenoffensive zu gehen, damit ihr Konflikt mit Andrea keines würde. »Lisa, erzähl doch mal von deinem Singleseminar.«

Lisa verknotete den Küchenzwirn, mit dem sie eine Zitronenscheibe an den Boden einer Artischocke gebunden hatte, und verkündete: »Mein Countdown läuft.« Sie nahm sich die nächste Blüte vor. »Carola – das ist unsere Trainerin – meint nämlich, danach ist jeder Teilnehmer innerhalb eines Vierteljahres in einer Beziehung.« Sie wandte sich an Sarah. »Da könnte ich ja eigentlich schon nach einem Brautkleid Ausschau halten.« Einen Moment herrschte Stille, dann prustete sie los. »Jetzt hättet ihr eure Gesichter sehen sollen.«

Erleichtert stimmten die anderen in ihr Gelächter mit ein.

Lisa verschnürte die letzte Artischocke und wusch sich die Hände. »Wozu ist das eigentlich gut?«

»Du kennst doch bestimmt Cynar?«, fragte Mona, während sie die Artischocken ins Salzwasser gleiten ließ.

Lisa verzog das Gesicht. »Der gehört in die Apotheke.«

Mona lachte. »Richtig, das ist ein natürlicher Magenbitter, und diese Bittersäfte würden beim Kochen austreten und die Artischocke zum Oxidieren bringen. Die Zitrone verhindert das.« Die gestutzten Blüten hüpften jetzt so fröhlich an der Oberfläche herum, dass sie sie mit einem kleineren Deckel beschwerte, damit sie vollständig unter Wasser blieben. Die knappe Dreiviertelstunde, bis sie gar waren, ließ ihnen ausreichend Zeit, um den Dip zuzubereiten.

»Wahrscheinlich hast du recht«, meinte Mona und maß zwölf Esslöffel Weißweinessig ab, die sie mit zwei Esslöffeln körnigem Senf und einem Esslöffel Dijonsenf, dem Zitronensaft, einem Schuss Prosecco sowie Salz und Pfeffer so lange verquirlte, bis sich der Esslöffel brauner Zucker aufgelöst hatte. »Wozu noch lange warten? Ob man sich drei Wochen oder dreißig Jahre kennt, eins oder fünf Kinder miteinander hat – dass es keine Garantie auf ewiglich andauerndes Glück gibt, wissen wir zwei ja wohl allzu gut, oder?«

Lisa nickte und hielt ein Bund Schnittlauch in die Höhe. »Was passiert mit dem? Soll ich den klein schneiden?«

»Ja, bitte. Kleine Röllchen, am besten mit der Schere.« Behutsam schlug Mona zwölf Esslöffel Traubenkernöl mit dem Schneebesen unter das Essiggemisch, bis daraus eine schöne sämige Sauce wurde.

»Am schlimmsten finde ich da die vielen Altersscheidungen. Was kann denn nach vierzig Jahren Ehe noch so Gravierendes passieren, dass man sich entscheidet, im Alter lieber alleine zu sein als mit der Person, mit der man sowieso schon alles Mögliche und Unmögliche durchgemacht hat? Versteht das einer?«, fragte Sarah, die ihre Aufgabe erledigt hatte und nun die Gläser am Tisch mit Wasser und Wein füllte.

Ezra schüttelte den Kopf.

»Ohne meinen Mann? Das kann ich mir beim besten Willen nicht vorstellen – er hat mich doch mein ganzes Erwachsenenleben lang begleitet«, verriet Sarah.

»Ohne die Eier kann ich mir die Sauce nicht vorstellen«, warf Mona lachend ein. »Könnt ihr die und den Schnittlauch noch schnell untermengen? Das Ganze bitte für jede in ein eigenes Schälchen. Dann wären wir so weit.« Sie hob die Artischocken aus dem Sud und ließ sie erst mal kopfüber gut abtropfen, bevor sie sie auf vier Dessertplatten anrichtete.

»Aber Scherz beiseite: Vielleicht ist es ja gerade das«, meinte Mona, während sie die Vinaigretteschälchen neben den Artischocken platzierte. »Das nagende Gefühl, noch nicht *sein Ding* gemacht zu haben? Keine Ahnung, ich jedenfalls will meine Erlebnisse und Erfahrungen teilen. Selbst wenn ich es mir hier schön gemacht habe, ist es trotzdem manchmal wie eine Einzelzelle, seit ich weiß, dass nicht mal Alexander hierher zurückkommt.«

Jede von ihnen nahm sich ihre Platte mit zum Tisch.

»Mir erscheinen solche Egotrips gänzlich sinnentleert. Unsinnig. Unsinnlich. Sinnenfreudlos.« Lachend setzte sie sich. »In diesem Sinne: guten Appetit.«

Eine Weile gaben sie sich schweigend dem Genuss hin, zupften, dippten, lutschten, schmatzten, bis Lisa das Wort ergriff: »Mit euch zu teilen ist ein großes Vergnügen, aber mal ganz alleine zu Hause zu sein, so wie letztes Wochenende, habe ich richtig genossen. Ich musste niemanden anrufen, kein Seminar buchen, ich habe nicht gelitten und keine Torschlusspanik bekommen. Das war ja nicht immer so.«

»Ich wäre froh, wenn ich mal *ein* Wochenende für mich hätte«, meinte Sarah und knabberte ein Artischockenblatt ab. »Ich hätte nie gedacht, dass die so leicht zu machen sind. Unglaublich lecker.«

»Nee, Wochenenden … für mich der reinste Horror«, gestand Lisa. »Kaum war ich alleine, musste ich ständig darüber nachdenken, ob Peter eine Neue hat. Pervers, ich weiß, aber ich konnte es einfach nicht abstellen. Es war, als wäre ich in einem Paternoster gefangen, in dem ewig dasselbe Lied läuft. Was auch immer Tolles in meinem Leben passierte – und da gab es ja eine ganze Menge, ihr zum Beispiel –, wenn ich morgens alleine aufwachte, dann fragte ich mich nicht, wann wohl jemand neben mir, sondern wer wohl neben Peter liegen würde.«

»O ja, das kenn ich«, gab Mona zu. »Aber ich weiß es ja jetzt.« Und es schien ihr nichts auszumachen. »Das Heu nicht mitessen, ja?«

»Was für ein Heu?«, fragte Lisa, während sie schon grob darin herumstocherte.

»Halt, das ist es. Das musst du alles erst mal vorsichtig abtragen, um an das Herz zu kommen. Wie bei den Männern.«

Lisa lachte, jedoch kein fröhliches Lachen. »Ständig quälte ich mich damit, dass ich mir vorstellte, wie viel hübscher sie sein möge, wie viel besser sie kochen könne, wie viel lustiger und eloquenter sie sei, und natürlich wie viel jünger. Ich marterte mich sogar damit, dass er vielleicht sogar noch mal eine Familie gründen würde.«

»O ja«, stimmte Mona zu.

»Ich verrate euch jetzt mal was: Meine ganzen Seminare haben dagegen gar nichts genützt!«

»So darfst du das nicht sehen! Irgendwas bringt es immer. Sieh dich doch an«, entgegnete Sarah.

»Nein, ehrlich, erst durch deine komischen Regeln, Ezra, bin ich von diesen Dämonen befreit.«

Die ältere Dame errötete und drückte kurz Lisas Hand.

»Erst jetzt erkenne ich die Qualität darin, mich auf mich und meine Bedürfnisse zu konzentrieren, eben nicht aus Egoismus, sondern für eine bessere Partnerschaft.« Sie sah Sarah an. »Ich kann euch gar nicht sagen, wie froh ich bin, mit einem Paar wie euch einfach *quality time* verbringen zu können, ohne heulend aufs Klo zu rennen vor Neid oder Angst, dass das für mich für immer der Vergangenheit angehören könnte. Jetzt freue ich mich darauf, was da kommen mag, aber ich mache mich nicht mehr deswegen verrückt.«

»Soll ich dir was sagen? In der Sekunde, in der du aufhörst, an jemanden zu denken, steht er wieder auf der Matte. Das ist mit Albert so, und wahrscheinlich wird es mit deinem Peter genauso sein. Verlass dich drauf. Als würden sie spüren, dass du sie nicht mehr als Glücksquelle brauchst.«

»Warte mal, hab ich richtig gehört?«, hakte Lisa nach. »Albert hat sich gemeldet?«

»Ja, hat er.« Mit Mühe und Not konnte Mona sich ein Grinsen verkneifen, doch da sie A gesagt hatte, musste sie auch B sagen. Sie hatte es ja sowieso noch nie geschafft, irgendetwas vor ihren Salonschwestern zu verbergen.

»Seine verkrüppelten Finger, seine Amnesie – wie weggeblasen. Ich bekomme Anrufe.«

»Ist nicht wahr!«, rief Lisa aus.

»Jede Menge Anrufe.« Mona konnte nicht mehr still sitzen, der nächste Gang stand an.

»Was habe ich dir gesagt?« Ezra sah äußerst zufrieden aus.

»Und was will er?«, wollte Lisa wissen.

»Lass mich raten: Er will zurück zu dir?« Für Sarah ein Anlass zum Rauchen. Sie nahm sich ihren Stuhl mit auf die Terrasse und machte es sich in der Abendsonne gemütlich.

Anstatt zu antworten, zitierte Mona: »›Ich habe einen großen Fehler gemacht, lass uns treffen, lass uns reden, wie konnte ich nur so blöd sein, verzeih mir, ich bin total am Ende, was kann ich tun‹ …« Sie kicherte. »Aber das Allerbeste fand ich: Er sah mich und hat sich für seinen lächerlichen Auftritt geschämt.«

»Zu Recht«, sagte Sarah. »Allein das Motorrad wäre für mich ein absolutes No-Go. Das oder ein Zweisitzer, und ich wäre durch mit meinem Mann. Damit kannst du keine Ausflüge mit Freunden machen, geschweige denn Kinder vom Sport abholen oder zu IKEA fahren – asozialer geht's nicht.«

»So habe ich das noch gar nicht betrachtet. Welches Gefährt empfiehlst du dann?«, fragte Lisa amüsiert.

»Mindestens einen Viertürer«, antwortete Sarah trocken, »hinsichtlich der Familientauglichkeit.«

»Ha, das hätte ich wissen müssen, den Kombi hat Albert schon vor einer ganzen Weile mir überlassen. Die IKEA-Fahrten, die macht jetzt Alexander damit.«

»Und was wirst du jetzt tun?«, fragte Sarah sie.

»Üben. *Rules*-Experimente machen.«

Ezra schmunzelte. Lisa konnte sich keinen Reim drauf machen.

»Erklär du das, Ezra. Ich muss mich ums Essen kümmern«, meinte Mona.

»Wenn du die Regeln bei jemandem ausprobierst, der dich nicht sonderlich interessiert, und dabei feststellst, wie gut es funktioniert, fällt es dir leichter, sie bei jemandem anzuwenden, der dir was bedeutet. Die schlechtesten Berater in einer Beziehung sind Verlustangst und mangelnde Selbstliebe.«

»Ich sag's euch, es grenzt an ein Wunder: Ihr wisst doch noch, wie ich durchgedreht bin, wenn er mich weggedrückt hat, jetzt habe *ich* keinerlei Skrupel, tagelang nicht ans Telefon zu gehen oder SMS unbeantwortet zu lassen. Ich wimmle ihn ab, ich unterbreche jedes Telefonat, ich versetze ihn, ich mache keinerlei Zugeständnisse, lasse ihn völlig im Unklaren über meine Gefühle oder Pläne, ich lasse ihn weder in den Laden noch in die Wohnung kommen. Alles kein Problem«, berichtete Mona. »Es kommt mir so vor, als würde ich zum ersten Mal wirklich hören, was er sagt. Er sagt, dass ich mich so verändert hätte, dass ich so strahle, dass ich wie ein neuer Mensch für ihn sei, selbst über meinen betörenden Duft hat er gesprochen.« Sie schüttelte den Kopf. »Was komisch ist, ich kann mich nämlich gar nicht erinnern, dass wir uns so nahe gekommen wären, außerdem hatte ich gar kein Parfum benutzt.«

»Hihi, unser magischer Zirkel«, kicherte Lisa.

»Hat mein Mann doch nicht so unrecht mit dem Blocksberg«, fügte Sarah an und drückte ihre Zigarette aus.

»Ja. Er möchte es noch mal versuchen.« Mona zog die Schultern hoch.

»Ich würde ihm eine Chance geben. Er ist doch dein Mann«, riet Sarah.

»Ach, ob das stimmt, weiß ich doch gar nicht, aber zumindest gibt mir das alles die Gelassenheit und Gewissheit, dass er dranbleiben wird.«

»Bravo«, sagte Ezra und applaudierte.

Mona warf ihre Locken zurück. »Und wenn nicht, dann macht es mir nichts mehr aus.«

»Woran Clemens nicht ganz unschuldig ist, oder?«

Mona lächelte verlegen. Lisa verstand ihr Schweigen und wechselte schnell das Thema: »Hey, ich hatte einen Wahnsinnstraum: Ich war in einer Disco … allein das ist ja schon verrückt, *ich* in einer Disco.«

»Da war ich mit dreiundzwanzig das letzte Mal«, gab Sarah zu.

»Das erste und einzige Tanzlokal, das ich je besucht habe, war das mit euch.« Ezras Aura – sie war durch und durch Lady – ließ auch nicht auf durchtanzte Nächte schließen, eher auf internationale Hotellobbys.

»Nein, wirklich?« Mona konnte es nicht glauben.

»Aber ja doch. In meiner Kultur durften nur die Männer ausgehen. Getanzt wurde höchstens auf Hochzeiten, aber natürlich immer in getrennten Gruppen, oft sogar in getrennten Räumen: Männer mit Männern und Frauen mit Frauen. Ausschließlich die Bauchtänzerinnen durften vor allen auftreten.«

»Apropos getrennte Geschlechter«, ergriff Lisa wieder das Wort. »In dieser Disco schlich eine Frau um mich rum, eine sehr hübsche, gut gekleidete Frau mit auffallend rot geschminkten Lippen. So hübsch, dass ich eine ganze Weile brauchte, um zu merken, dass sie vom anderen Ufer war. Das wurde mir erst klar, als sie mir aufs Klo folgte und mich dort richtiggehend im Spiegel fixierte, bis ich sie ansehen musste. Dann sprach sie mich an, und an ihrem Blick konnte ich sehen, dass sie mich begehrte.«

Sarah entfuhr ein nervöser Lacher. »Du brauchst dringend einen Mann.«

»Ja, wahrscheinlich.« Lisa nestelte an ihrer bunten Glasperlenkette herum. »Ihr könnt euch nicht vorstellen, wie irritierend das war. Schmeichelnd und abstoßend zugleich.«

»Was mich auf Marina bringt«, sagte Mona und erntete dafür einen verschwörerischen Blick von Lisa. »Was denkt ihr denn, mit wem sie in den Urlaub gefahren ist?«

»Wieso sollte sie denn nicht alleine gefahren sein?«, fragte Ezra arglos.

Lisa antwortete: »Weil sie seit Ewigkeiten nicht mehr weg war…«

»…und als Beamtin eigentlich Monate vorher ihren Urlaub einreichen müsste«, fügte Mona hinzu.

Da kombinierte Ezra: »Hinzu kommt, dass sie in letzter Zeit so verändert ist.«

»Eben«, stimmte Mona zu. »Von heute auf morgen verreist man doch nur aus dringenden geschäftlichen oder romantischen Gründen.«

»Von einem Vortrag hätte sie bestimmt erzählt…«, sinnierte Sarah.

»Ich wette um eine Flasche Ruinart Rosé«, sagte Lisa (sie war ein Zahlenmensch; wenn sie wettete, dann nur, wenn sie sich des Gewinns sicher sein konnte), »dass es irgendwas mit dieser Masseurin aus dem Hamam zu tun hat.«

Die heilige Familie

Um ihre Saure-Gurken-Zeit einträglicher zu machen, bot Mona nun mit viel Liebe hausgemachten Eistee, Eiskaffee und feinste Eisschokolade mit exotischen Aromen wie Ingwer, Kardamom oder Chili an. Wie bei jedem kleinen Sonnenstrahl hatte sie ein malerisch-verwittertes Bistrotischchen mit drei knarzenden griechischen Korbstühlen vor ihren Laden gestellt, der zu dieser Zeit nicht gerade von Kunden gestürmt wurde. So konnte sie mit Passanten ganz beiläufig Blickkontakt aufnehmen und sie mit nettem Geplauder als Neukunden gewinnen, da Kochbücher nicht unbedingt zur gängigen Urlaubslektüre gehörten. Ohne ihr Café würden sie die ruhigen Sommermonate um ihre Existenz bringen. Natürlich hatte sie keine Gartenausschank-Lizenz – um solch bürokratische Kinkerlitzchen hatte sich Albert gekümmert, dafür hatte sie keinen rechten Sinn –, aber wer wollte ihr verbieten, mit »Freunden« einen Kaffeeklatsch in der prallen Sonne zu zelebrieren? Gerade war es ihr Sohn, dieser hoch aufgeschossene, braun gebrannte, gut aussehende fremde junge Mann, der ihr gegenüber seinen Eistee schlürfte, den er in Neuseeland ebenso lieben gelernt hatte wie *Herr der Ringe*, und ihr in einer seltsamen Sprachschöpfung aus Deutsch und Englisch euphorisch von seinen neuesten Plänen berichtete. Irgendwas mit erneuerbaren Energien und Trinkwasser in der Wüste und der Rettung der Delfine. Gottbegnadeter Idealismus der Jugend, warum kannst du uns nicht erhalten bleiben wie ein Leberfleck?

Unkonzentriert hatte sie Alexander zugehört und dabei versucht, möglichst unauffällig Clemens' Tür zu beobachten. Andreas Methoden anzuwenden war ihr durchaus unangenehm, aber genau um die ging es Mona bei ihrer Observation. Denn seit sie Andrea nicht mehr sah, dachte sie viel öfter über sie nach, und dass sie keine Kenntnis mehr von deren aberwitzigen Aktionen hatte, fand sie ziemlich beunruhigend.

Mona spürte ihre feuchten Handflächen. Nicht wegen der sengenden Julihitze – Mona hatte nie verstanden, warum die Sommerferien erst dann begannen, wenn die heißesten Tage bereits vorbei waren –, nein, sie schwitzte selten.

Im Augenblick war der Auslöser ihres plötzlichen Schweißausbruches Clemens selber, der gerade aus der Tür des Nachbarhauses trat und entschlossen auf sie zusteuerte. Auweia! Sie hatte so gehofft, das vermeiden zu können. Jedes Mal, wenn sie Clemens aus seinem Haus kommen sah, egal, wohin er ging, vollzogen ihre Eingeweide sowieso schon einen Schleudergang, aber warum hatte sie Ezra bloß nie nach einer Regel für die elegante Meisterung der unausweichlich bevorstehenden Kollision von erstem und zweitem Lebensabschnitt gefragt? Verdammt, verdammt, verdammt! Lauf doch nicht so schnell! Was, wenn ich einfach so tue, als ob jeweils der andere ein Kunde wäre? Die stellt man ja auch nicht vor. Quatsch, aus der Nummer komme ich später nie wieder raus. Dass Alexander mein Sohn ist, *muss* erwähnt werden, nicht dass sich Clemens noch ein falsches Bild macht. Clemens nur mit Vornamen vorstellen? Dann weiß Alexander Bescheid, auf jeden Fall. Will ich das? Jetzt schon? Verdammt! Aber wenn ich ihn als den Anwalt aus dem Nachbarhaus vorstelle, dann denkt er, ich stehe nicht zu ihm.

»Clemens! Espresso ghiacciato wie immer?« rief Mona ein bisschen zu enthusiastisch aus und sprang so schwungvoll von ihrem Stühlchen, dass es umkippte. »Das ist mein Sohn Alexander. Er war ein Jahr in Neuseeland.«

Alexander erhob sich und den Stuhl und gab Clemens die Hand. Bevor sie was zueinander sagen konnten, gab sein iPhone auf dem Tisch Maorigesänge von sich.

»Geh ran, geh ran, geh ran«, dachte Mona, die nicht merkte, dass sie den Atem anhielt. Eigentlich hatte sie ihm eingebläut, dass das der Gipfel der Unhöflichkeit war.

»Entschuldigung«, sagte Alexander und nahm den Anruf an. (Tja, aus dem Auge, aus dem Sinn der ganze Benimm.) »Papa!«

Clemens sah Mona an, sein Blick war voller Fragezeichen. Sie hatte mal wieder ein Glück! Im Stillen wünschte sie sich, dass Scotty sie wegbeamte.

»Wo bist du denn?«, fragte Alexander seinen Vater.

»Hoffentlich ganz weit weg«, dachte Mona. SEPARATION blinkte in ihrem Kopf auf wie ein Warnschild auf der nächtlichen Autobahn. »Komm, leiste mir ein bisschen Gesellschaft«, sagte sie und schob Clemens mit sanftem Druck in den Laden.

Die Geräusche des Icecrusher waren geradezu wohltuend. Clemens saß vor ihr auf einem Barhocker und beobachtete sie, während sie sich mal wieder wünschte, diese ganzen anerzogenen Verhaltensmuster könnten ihr einfach wie eine schiefe Nase wegoperiert werden. Unhöflich zu sein, nicht unverzüglich brav und wahrheitsgemäß zu antworten, wenn sie etwas gefragt wurde, eine Konversation nicht automatisch aufrechtzuerhalten, wenn vom Gegenüber nur Schweigen kam, und peinliche Momente wie diesen oder irgendwelche Dissonanzen nicht selbstverständlich als persönliches Versagen anzusehen war eine der schwierigsten Übungen für Mona. Doch sie wusste einfach nichts zu sagen und hoffte inständig, er würde nichts fragen. Natürlich nicht. So war er nicht, aber gerade deshalb waren so viele Fragen offen. Bisher war es ihr wunderbar gelungen, jegliche Schnittmenge aus ihrer ehelichen und ihrer neuen Beziehung zu vermeiden. Dass Clemens dazu da war, sie das alles vergessen zu lassen und in eine neue Ära aufzubrechen, hatte Ezra ihr eingetrichtert, warum also hätte sie ihre Ehe mit ihm thematisieren sollen? Dieser wundervolle Mann hier vor ihr sollte ihr Refugium, ihre Lichtung in einem dunklen Wald, ihr Schweigekloster sein, abseits von allem Unerquicklichen. Doch Alberts Anruf kam ihr wie ein Finanzbeamter vor, der ihr dorthin gefolgt war, um die Steuer einzutreiben. Nicht angenehm, aber schrecklich vertraut. Ach, wären wir doch Magnettafeln, mit einem Wisch wieder jungfräulich unbeschriebene Flächen, bereit für neue Bildergeschichten.

Alexander hatte sein Telefonat beendet. »Ich geh jetzt.« Er drückte ihr einen pflichtschuldigen Kuss auf die Wange, die sie ihm hingehalten hatte, und sagte: »Ich melde mich.« Es tat Mona leid, dass er sich gezwungen sah, seinen Vater lieber nicht zu erwähnen, der zweifelsohne der Grund für seinen plötzlichen Aufbruch war.

Mit einem kurzen »Hat mich gefreut« streckte er Clemens die Hand hin.

»Mich auch. Bis bald, Alexander.«

Und Mona schoss ein »Bitte nicht« durch den Kopf. Wo kam das denn jetzt her?

Einen Moment runzelte der Junge die Stirn, dann winkte er in die Runde und eilte mit Riesenschritten und einem lässig hingeworfenen »Tschüss« davon. Unhörbar atmete Mona auf. Sie hätte Clemens nun umarmen, küssen können, um ihm zu signalisieren, wie sie zu ihm stand. Stattdessen nahm sie das Tablett mit dem geeisten Espresso, zwei Wassergläsern und zwei Blaubeer-Mascarpone-Törtchen – eines für sich als Nervennahrung – und sagte: »Lass uns nach draußen gehen. Morgen soll es regnen.«

»Schaut! Seht ihr ihn?«, fragte Mona und zeigte in ihren Garten. »Da hinten. Das ist Herr Eichhorn.«

Den hatte sie in den letzten Wochen sträflich vernachlässigt, und das, obwohl sie nur ein einziges Mal aushäusig geschlafen hatte. Mehr Bedarf hatte sie nicht gehabt, sich in Clemens' Wohnung aufzuhalten, denn als solche konnte man seine Vierzig-Quadratmeter-IKEA-Bude eigentlich gar nicht bezeichnen, eher als eine Art ziemlich karges Hotelzimmer. Sein Argument war sehr süß gewesen: »Wozu in Möbel nur für mich investieren? Du hast doch einen viel besseren Geschmack und würdest sowieso alles ändern, wenn wir erst zusammen wohnen.«

Der Besuch bei ihm hatte sie direkt in ihre eigene elende WG-Zeit zurückgebeamt – Matratzen auf dem Boden, Flohmarktgeschirr, ständiger Kaffeenotstand und leere Kühlschränke –, aber er hatte sie auch beruhigt. Denn ein kleines bisschen hatte sie von seinem smarten Outfit auf seine Wohnung geschlossen und befürchtet, dass er sich eine Designer-Verführerhöhle eingerichtet hatte.

Dabei besaß er nicht mal einen Esstisch! Erst meinte sie noch, dass er damit bei Frauen keinen Eindruck schinden konnte, aber knapp eine Stunde später hatte sie sich dabei ertappt, in Gedanken seine Wohnung umzugestalten. Und im nächsten Moment hatte sie schon Ezras Stimme im Kopf gehabt: »Verschönere ihm sein Junggesellendasein, und er wird nie das Bedürfnis haben, etwas daran zu ändern.« So ein Fuchs! Wie schlau, direkt ans weibliche Fürsorgegen anzudocken … Schnell radierte Mona ihr Einrichtungskonzept von ihrem mentalen Skizzenblock. Bislang fand sein Leben ja hauptsächlich draußen statt. Er ging gerne essen und auf einen Drink, und wenn er nicht gerade in der Natur herumjoggte oder wanderte, las er in Cafés Zeitschriften und Bücher. Wie konnte sie sich Gedanken über sein häusliches Leben machen, solange noch nicht mal Klarheit bezüglich ihres gemeinsamen Haushaltes mit Albert herrschte? Und über so viele andere Dinge in ihrem Leben …

»Wenn ihr leise seid, kommt er vielleicht her«, flüsterte Mona. Eine der schwersten Übungen für eine Runde von Frauen – nicht mal eine Minute lang hielten sie es durch, den Mund zu halten, während sie angestrengt den possierlichen schwarz-weißen Körper fixierten, der im langsam ergrauenden Zwielicht zirkusreife Trapezkunststücke auf Bäumen und Büschen vorführte.

»Sag mal, Mona, kannst du deine Mutter mal nach diesem Yogakloster fragen, in dem sie damals war«, unterbrach Lisa die Stille. »Sarah und ich überlegen, da hinzufahren.«

Husch, war der Schatten im Dickicht der üppig erblühten Hortensienbüsche verschwunden. Mona nahm sich vor, seine Futterschale noch heute Nacht mit seinen Lieblingsnüssen zu füllen. Sie stand auf und schaltete die bunte Lampionlichterkette über ihren Köpfen an. »Hat das noch ein bisschen Zeit?«

»Wieso? Ist das ein Problem?« Blöd, Lisas fünf Sinne waren ganz schön geschärft worden in all ihren Seminaren.

»Ach, das ist jetzt gerade keine so gute Idee.« Mona ersetzte die heruntergebrannten Teelichter in den bunten Gläsern auf dem französischen Gartentisch aus kunstvoll verwittertem Eisen durch neue.

»Wieso denn?«, insistierte Lisa, auch ein Ergebnis ihrer Selbsterfahrung: Seine Wünsche artikulieren und durchsetzen. Obwohl Mona sonst voll der haltlosen Bewunderung dafür war, wie die als schillernd schöner Schmetterling aus der mausgrauen, naiven Buchhalterraupe geschlüpft war, wäre ihr die alte Lisa in dem Moment entschieden lieber gewesen. »Ich spreche momentan nicht mit ihr.«

»Habt ihr denn endlich mal über deinen Vater gesprochen?«

Mona nickte. »Genau das ist der Grund.«

»Ich kann schon verstehen, dass es schwierig für sie ist. Zuzugeben, dass sie sich einer kapitalen Lüge schuldig gemacht hat. Wer hat schon die Größe, mit so etwas umgehen zu können?«

Jetzt kannte sich Mona gar nicht mehr aus – dass ausgerechnet Ezra ihre Mutter verteidigte? »Würdest du es deinen Töchtern etwa verschweigen?«, fragte sie erstaunt.

»Wenn ich ehrlich bin, weiß ich es nicht. Jede Familie hat doch ein dunkles Geheimnis. Wenn man erst mal anfängt, nachzuforschen …«

»Das stimmt«, bestätigte Lisa. »Bei jeder Familienaufstellung, bei der ich war, wurden irgendwelche Leichen im Keller ausgegraben.«

»Ja genau, aber meine Mutter tut so, als wären wir die einzige Familie, bei der das nicht so ist!« Monas Puls beschleunigte sich.

Sarah nickte. »Ja ja, meine Eltern spielen auch seit Jahr und Tag das perfekte Paar in ihrem Häuschen am Stadtrand, aber ich bin mir sicher, dass da auch nicht immer eitel Sonnenschein herrscht. Auf jeden Fall dann, wenn meine Mutter nur mit den Gästen, aber kein Wort mit meinem Vater redet.«

»Mütter.« Mona rollte mit den Augen. »Meine bestreitet einfach alles. Ist ja auch ziemlich praktisch, ihre Version, dass mein Vater tot ist. Denn so ist sie das arme Opfer widriger Umstände und nicht die egoistische Emanze, die mir wissentlich den Vater vorenthalten hat.« Sie dachte an all die vertane Zeit – vier vaterlose Jahrzehnte.

»Was hat sie denn zu diesem Foto von ihr und dem Ägypter gesagt?«

»Dreimal darfst du raten – sie kann sich nicht erinnern. Irgendein Fremdenführer, meinte sie.« Wenn sie sich aufregte, wurde Monas Ton schärfer. »Ich habe so viel mit Menschen zu tun, ich kann inzwischen ganz gut an ihrem Gesichtsausdruck und ihrer Haltung sehen, wenn sie nicht ehrlich sind. Und sie war es nicht. Jedes Mal, wenn ich wieder damit angefangen habe.«

»Aber was für einen Grund könnte es geben, dir nicht die Wahrheit zu sagen? Das muss ja was ganz Gravierendes sein«, spekulierte Lisa.

»Oh, da gäbe es viele Gründe, wenn zwei Kulturen aufeinanderprallen«, antwortete Ezra und begann an ihren Fingern aufzuzählen: »Angefangen von der Religion, der Lebenssituation – sie vermögend und studiert, er arm und ohne Schulabschluss, er traditionsbewusst, sie emanzipiert –, aber er könnte auch einer anderen versprochen oder bereits verheiratet oder einfach nur ein flüchtiges Abenteuer gewesen sein, das man lieber unter den Teppich kehrt.«

»Und jetzt hat der Teppich zu fliegen begonnen«, sagte Mona mit bitterem Unterton. »Über all das und noch viel mehr habe ich mir natürlich auch den Kopf zerbrochen. Bleibt ja nicht aus, wenn man keine Antworten bekommt.« Sie klemmte sich eine widerspenstige Locke hinters Ohr. »Dabei wurde mir eines klar: dass ich überhaupt verdammt wenig über sie weiß.«

»Hattet ihr denn schon mal länger Funkstille?«

»Nein, das ist es gar nicht, es ist eher, dass mir jetzt erst aufgefallen ist, dass wir eigentlich immer nur Aktuelles besprochen haben, ihr wisst schon, Arztbesuche, Alexanders Noten, Arbeit, Geburtstagsfeste, was halt so im Alltag anfällt. Aber wirklich was von sich erzählt hat sie nie. Ich könnte keinen Familienstammbaum erstellen, ich weiß so gut wie nichts über ihre Kindheit, ihre Finanzen sind ein Mysterium. Ihre Freunde kommen und gehen aus aller Welt und bleiben selten lange, also kenne ich da auch so gut wie niemanden. Wenn ich's mir genau überlege, habe ich mehr Verbindung zu euch als zu meiner eigenen Mutter. Und das, obwohl es ja nur uns beide gab.«

Betroffen sahen sie die anderen an. Über zu wenig Nähe zu ihren Müttern konnte sich keine von ihnen beklagen.

Mona brachte eine neue Flasche Weißwein mit und entkorkte sie am Tisch. »Sie ist mir auf einmal so fremd.«

»Ach, das ging mir mit meinen Töchtern auch schon manchmal so«, beschwichtigte Ezra sie, während sie eine Schale mit gekühltem Obstsalat auf den Tisch stellte. Nachdem sie von einem Block Halva Späne darübergehobelt hatte, teilte sie an jede eine Portion davon aus.

Mona nahm einen Löffel voll – mmh, Honig- und Wassermelone, saftiger Pfirsich, aromatische Birne, süße Erdbeeren und Weintrauben, erfrischendes Basilikum und Minze, und das Halva gab dem Salat einen kleinen Krokantbiss. Tatsächlich war der Sommer die einzige Jahreszeit, in der sie gerne Obst aß. Sie sagte: »Ja, aber als sie sich so herauswand, kam mir plötzlich ein Bild in den Sinn: Wenn ich ihr auf einer Party begegnet wäre, hätte ich mich wahrscheinlich nicht mal mit ihr unterhalten und schon gar nicht angefreundet. Unglaublich, dass wir verwandt sind.«

»Hast du denn mal Fotos aus der Zeit vor dir gesehen?«

»Eben nicht. Die hält sie schön unter Verschluss.« Sie lachte auf. »Vielleicht ist sie ja Geheimagentin, und ich finde all das nach ihrem Tod in irgendeinem Bankschließfach.«

»Du hast eine Phantasie«, lachte Ezra.

»Könnte hinkommen, sie ist ja ganz schön viel unterwegs. Und Marina ist wohl ihre neue beste Freundin.«

»Dass die Schule sie so in Anspruch nimmt … schade«, sagte Ezra.

»Ja, schade. Und mysteriös«, sagte Mona. »Letzte Woche war sie kurz bei mir im Laden und hat so gut wie nichts erzählt. Als wolle sie nur ihre Platzreservierung hier bestätigt wissen.«

»Aber aktuelle Bilder von deiner Mutter gibt's doch bestimmt?«, kam Lisa zum Thema zurück.

Mona aß noch einen Löffel von dem köstlichen Obst und schüttelte den Kopf. »Man könnte glatt meinen, sie sei Indianerin. Die glaubten doch, ihr Abbild raube ihnen die Seele. Sie macht aus Prinzip nie Urlaubsfotos, weil sie findet, dass es reicht, wenn sie die Impressionen in sich aufbewahrt. Darum gibt's auch so gut wie keine Kinderfotos von mir. Das absolute Gegenteil zu meinen Facebook-Verwandten.«

»Aber du weißt doch noch gar nicht, ob an der ganzen Geschichte was dran ist«, meinte Sarah.

»Stimmt, das ist ja das Seltsame«, gab Mona zu. »Der einzige Bezug, den ich je zu Ägypten hatte, war ein Besuch im Museum. Natürlich war ich fasziniert von den Mumien und Gräbern und Pyramiden, aber seit ich das starke Gefühl habe, dass ein Teil von mir aus dieser Erde stammt, fühle ich mich derart verbunden mit diesem Land, mit diesen Leuten. Wenn du mir letztes Jahr erzählt hättest, dass ich mal ein ägyptisches Parallelleben auf Facebook führen würde, hätte ich dir 'nen Vogel gezeigt, einen richtig großen. Aber ich kann es gar nicht erwarten, ihre Einträge zu lesen, die arabischen Texte durchs Übersetzungsprogramm zu jagen, auch wenn da meist nur Blödsinn rauskommt, ihre Fotoalben zu durchforsten und Familiengeschichten zu erfahren. Ich brenne darauf, rauszufinden, wer noch so alles mit mir verwandt ist.« Sie lachte. »Diese Araber sind vielleicht fortpflanzungsfreudig, kann ich euch sagen! Über Nacht hatte ich gleich mal hundert neue Freunde.«

Und das Schönste daran war: Mona fand es überhaupt nicht befremdlich. In dem Punkt hatte Albert recht: Wenn sie in den Spiegel sah, sah sie jemand anderen als vor einem halben Jahr. Sie benahm sich nicht nur so, als hätte jemand an der Uhr gedreht, sie sah auch so aus. Wie ihre eigene jüngere Schwester. Eine andere Frau, die verdammt gern lachte, die flirtete, die täglich neue Erfahrungen sammelte und Fehler machte, weil sie eben nicht schon alles gesehen hatte, die mit weit aufgerissenen wachen Augen neugierig auf das war, was ihr das Leben anbot.

Sarah schüttelte den Kopf. »Ich verstehe nicht, was du dir davon erhoffst. Bei näherer Betrachtung gibt es doch in jeder Familie Stress. Sei doch froh, dass du dich lediglich mit deiner Mutter herumschlagen musst und nicht mit einer ganzen Sippschaft so wie ich. Unser Stammbaum hängt in der Jagdhütte meines Großvaters überm Kamin, und jeder, der da drauf ist, mischt sich zu seinen Lebzeiten bei den anderen ein.«

»Du redest wie diese Aristokraten, die den brotlosen Armen Kuchen empfahlen«, entgegnete Mona schnippisch. »Du hast doch keine Ahnung, wie das ist, mit lauter schwarzen Löchern zu leben.«

Schon mischte sich Lisa ein: »Also, das weiß ich auch aus den Familienaufstellungen: Nichts ist schlimmer als ungeklärte Familienverhältnisse, das hat einen enormen Einfluss auf all deine Beziehungen. Da war eine, deren Vater im Krieg gefallen war –«

»Bitte«, unterbrach Ezra sie, »lass uns bei Mona bleiben.«

Beleidigt presste Lisa ihre Lippen aufeinander.

Mona trank einen Schluck Weißwein, blickte nachdenklich in die Ferne und sagte dann: »Lisa hat völlig recht. Ob du Familie hast oder nicht, prägt dein gesamtes soziales Verhalten. Natürlich hatte ich mich mit meiner Situation arrangiert, ganz gut sogar, denke ich. Bei meiner Geschichte hätte ich schließlich auch so beziehungslos wie Andrea oder Marina sein können.«

»Du hättest allen Grund dazu«, bestätigte Ezra.

»Ich versteh gar nicht, was plötzlich in die beiden gefahren ist«, dachte Lisa laut nach. »Ich hatte schon das Gefühl, dass sie ein Teil unserer kleinen Familie hier waren.«

Sarah nickte, aber Mona ging gar nicht darauf ein.

»Nehmt zum Beispiel Clemens, der zeigt ein enormes soziales Engagement. Er hat ja wohl weiß Gott genug Arbeit, trotzdem ist er Mitglied bei diversen humanitären Organisationen, und – was wahrscheinlich nicht ausbleibt in seinem Job – er unterstützt immer wieder mittellose Freunde mit Pro-bono-Rat. Ich habe so was nie gemacht, mein Universum bestand aus Albert und Alexander und sonst nichts. Aber da könnt ihr es sehen, im Gegensatz zu mir ist Clemens in einer Kleinstadt in einem intakten Elternhaus mit drei Geschwistern aufgewachsen. Mein Prinzchen Alexander hat seine soziale Ader erst in der neuseeländischen Großfamilie entdeckt.«

Sarah lehnte sich zurück und verschränkte die Arme: »Also, ich finde, neue Steuerzahler in die Welt zu setzen und großzuziehen ist soziales Engagement genug.«

Lisa warf ihr einen feindseligen Blick zu, sie fühlte sich persönlich angegriffen, schließlich war sie die Einzige in der Runde, die das noch nicht vollbracht hatte.

»Du wirst noch an mich denken, wenn du erst mal jeden Sonntag zu Kaffee und Kuchen im Dorf anrücken musst«, meinte Sarah.

Mona richtete sich auf. »Vielleicht. Vielleicht ist es aber auch das, wonach ich mich immer gesehnt habe. Das Gefühl, vielleicht keine Halbwaise und kein Einzelkind zu sein, ist unbeschreiblich.«

Ezra schmunzelte in sich hinein.

»Ich spüre ein starkes Band. Nach Ägypten. Und zu Clemens.«

»Wieso zu ihm und nicht zu deinem Mann?« Eigentlich war Sarahs Konflikt Monas gar nicht so unähnlich: Ohne ihre geordneten Verhältnisse wäre ihr wahrscheinlich sterbensangst dabei, überhaupt nur über Selbstverwirklichung nachzudenken.

»Ich weiß nicht, wie ich es erklären soll«, erwiderte Mona, »aber mit der Aussicht darauf, vielleicht ein Teil einer Großfamilie, sogar einer anderen Kultur zu sein, weiß ich gar nicht mehr, ob ich überhaupt ihn und nicht einen ganz anderen geheiratet hätte. Mein ganzes Universum ist auf einmal in einer anderen Galaxie gelandet.«

»Na, na, na, ich wäre da jetzt mal nicht zu überschwänglich. Diese Kultur könnte leicht zu Pandoras Büchse für dich werden. Du hast doch gar keine Ahnung, wie die wirklich drauf sind. Was, wenn da Hardliner-Muslime dabei sind? Würdest du nur ihnen zuliebe ein Kopftuch tragen? Noch bist du eine Fremde, sozusagen ein Neutrum, aber was, wenn du als Verwandte plötzlich wie ein unmündiges Kleinkind oder ein wertloser Lastesel behandelt wirst? Spürst du dann immer noch den Ruf des Muezzins in dir?«

So viel hatte Sarah noch nie gesagt, das Thema schien sie wirklich zu bewegen. Bevor Mona reagieren konnte, fragte Lisa: »Hat eine von euch mal den Koran gelesen?«

Ezra nickte.

»Dich meinte ich doch nicht«, winkte Lisa ab.

»Noch nicht mal die Bibel«, sagte Mona mit hochgezogener Augenbraue. »Meine Mutter, der Freigeist.«

»Ich finde, man sollte sich nicht über was äußern, was man nicht kennt. Was haltet ihr davon, wenn wir beides lesen und uns dann darüber unterhalten?«

Mona nickte erleichtert. Natürlich hatte sie sich die gleichen Fragen auch schon gestellt, aber im Moment hatte sie gar keine Ambitionen, Ordnung in ihr Gefühlschaos zu bringen. »Könntest du uns eine einigermaßen originalgetreue Koran-Übersetzung besorgen, Ezra?«

Die Libanesin lachte. »Aber sicher. Ihr werdet euch wundern.«

»Bin ich etwa die einzige Bibelfeste hier?«, fragte Sarah in die Runde.

»Das letzte Mal in der Kirche war ich bei meiner Konfirmation«, gab Lisa zu.

»Okay, hab schon verstanden, nächstes Mal bring ich das geistige Manna für alle mit«, meinte Sarah lachend. »O Mann, o Mann, wenn mein Mann sieht, dass ich jetzt auch noch den Koran lese …«

Ezra stand auf und sagte: »Männer dürfen alles essen, aber nicht alles wissen.«

Dichtung und Wahrheit

Dieser Scheiß-Murphy hatte sie mit einem Fluch belegt wie die böse Märchenfee, davon war Mona überzeugt.

Wie eklig, ihr nasses Jerseykleid klebte auf dem Kunststoffsitz fest. Beim Einsteigen hatten ihre hübschen strassbesetzten Ledersandalen unanständige Geräusche von sich gegeben, jetzt waren ihre Füße ganz runzlig aufgeweicht wie in einer Badewanne und bildeten Wasserlachen auf dem schmuddeligen Bodenbelag. Der verwitterte alte Herr ihr gegenüber, Marke Herrgottsschnitzer, sah ihnen schmunzelnd dabei zu. Er blickte zu ihr auf, mit dem Ausdruck einer Entschuldigung, als hätte er höchstpersönlich den Wolkenbruch veranlasst. Mona lächelte dankbar – er hatte ihr den Vortritt beim Einsteigen gewährt, eine mittlerweile selten gewordene Geste, und sich dafür selber eine Mütze voll Regen eingefangen.

Sie hatte sich so darauf gefreut, nach ihrem Ladenschluss noch ein bisschen ziellos durch die Stadt zu streifen, am Wegesrand ein paar Delikatessen wie Sushi und handgemachte Pralinen direkt aus der Tüte einzuwerfen, sich von den Schaufenstern inspirieren zu lassen, ein paar sündige Dessous zu erstehen, vielleicht den einen oder anderen überflüssigen Schuh anzuprobieren. Gerade erst war sie in ihrem Lieblingsviertel angekommen, eingehüllt in die windstille Saunahitze wie in einen schweren Frotteebademantel, da hatte sie ein orkanartiger Sommerschauer gezwungen, sich in einen Bus zu flüchten. Fünf Schritte bis zum Einstieg, und sie war bis auf die Haut durchnässt gewesen. Verständnislos beobachtete Mona, wie horizontale Wasserkaskaden den schwarzen Staub von den Scheiben mit sich rissen, während der übernächste Häuserblock immer noch sonnenbeschienen war. Ihr Handy klingelte, gedankenverloren ging sie ran. »Ja?«

»Mona?«, rief eine fremde, dunkle Stimme.

»Wer ist da?«, fragte sie argwöhnisch. Der Herrgottsschnitzer nickte ihr aufmunternd zu.

»Mona? Is this you?« Der Mann klang weit weg. Neuseeland hatte sich dagegen angehört wie um die Ecke.

»Yes.« Ihre Halsschlagader begann zu pochen. »And may I ask who you are?« Sie kannte diesen Akzent, Ezra hatte so einen Akzent.

»It's Ismail, Mona …« Und bevor er weitersprechen konnte, wusste Mona, was er als Nächstes sagen würde, und ein Wolkenbruch braute sich in ihren Augenhöhlen zusammen. »… your father.« Alles um sie herum verschwamm, Wasserfälle strömten ungebremst ihre Wangen herab. »O Gott!« Erschrocken schlug sie die Hand vor den Mund.

Bestürzt sah sie der alte Mann gegenüber an.

»O Gott, oh my god«, brach es aus ihr heraus, so laut, dass plötzlich alle Fahrgäste um sie herum auf sie aufmerksam wurden. Aus der Tasche seines Jankers kramte der Alte ein gebügeltes weißes Taschentuch hervor und hielt es ihr mit einem besorgten Nicken hin. Die gepiercte Mutter mit dem Kind auf dem Schoß neben ihm starrte Mona mit dem neutralen Interesse einer Schaulustigen ungeniert ins Gesicht.

Ismails »How are you?« wurde fast von ihren Tränen erstickt. Wie ein Automat antwortete Mona: »I'm fine. How are you?« Anstatt zu fragen, wieso er so sicher war, ihr Vater zu sein. Sie wusste, dass er es war.

»I am well.« So als würden sie jede Woche telefonieren.

»Where are you?« Der Tränenstrom war nicht zu bremsen, das Taschentuch zerknüllte sie unbenutzt in ihrer Hand.

»In Kairo.«

Mona stellte sich enge Gassen voller Menschengewühl vor, laut schwatzende Grüppchen von schwarz verschleierten Frauen, gebeugte Gestalten in Kaftanen, Geschäftsleute in Anzügen mit Turbanen auf dem Kopf, glutäugige junge Studentinnen mit dickem schwarzem Haar und stolzer Haltung, sie sah zahnlückig lächelnde Händler ihre Ware anpreisen, sah Schuhmacher, Weber, Schneider, Silberschmiede, Teppichknüpfer, Töpfer in düsteren, vollgestopften Ladenwerkstätten ihr Handwerk verrichten, sah kleine staubige Jungen Orangensaft auspressen, roten Hibiskustee in hohem Bogen in geschliffene Gläser auf großen Silbertabletts gießen, zu Blüten angeordnete Datteln aus Körben feilbieten …

»Mona my dear, I wish you were here.«

Ja. Auch der Herrgottsschnitzer nickte ihr aufmunternd zu.

»Grüß Gott, Fahrkartenkontrolle.«

Reiner Automatismus, dass Mona ihre Karte aus der Handtasche holte und sie der Kontrolleurin hinhielt, die ihr im Gegenzug ihren amtlichen Ausweis präsentierte. Doch weder das noch deren »Danke« nahm sie wahr. Sie saß nicht im Bus, sie saß im Handy.

»I am so sorry, Mona. I had no idea, no information. I'm sorry. I didn't know. Ingrid didn't give me any information, any notice about your existence … It is so good to hear your voice. I miss you.« Jedes seiner Worte umschloss sie in einer festen Umarmung. Voller Schmerz schlug Mona die Hand vor den Mund.

»How do you know then, Ismail … Dad?« Dieses Wort zum ersten Mal in ihrem Leben auszusprechen raubte ihr den Atem mehr als ihr Jawort damals.

Nun nickte die junge Mutter voller Empathie, als wüsste sie um Monas Schicksal.

»I saw your pictures. You look exactly like your sister, Hamida. Didn't my brother, your uncle Ihab, send you our family pictures?«

Eine Schwester? O mein Gott! Und sie war bis heute ein Einzelkind einer alleinerziehenden Mutter gewesen und hatte selbst nur ein Einzelkind produziert – Generationen von asozialen Menschen, die nie eine Tafel Schokolade mit Geschwistern teilen oder Kleider von der großen Schwester auftragen mussten, von der Aufteilung eines Erbes ganz zu schweigen. Mona sieht sich und die schöne Hamida in identischen glänzend-bunten Rüschenkleidchen mit andächtig-ernsten Mienen auf einem orientalischen Diwan sitzen. Sie schluchzte auf, durch ihren Tränenschleier entging ihr die Reaktion der Passagiere, die sie neugierig eingekesselt hatten.

»Yes, he did. We are connected on Facebook.«

Ein dramatisch geschminkter Teenager sah von ihrem Smartphone auf und lächelte.

»So let's connect, let's talk to each other on skype. I want to tell you everything, I want to know everything, I want to see you, Mona.«

Schniefend nickte Mona und verwischte ihre Wimperntusche mit dem Handrücken.

»Soon.«

Mona schluckte aufgewühlt. Sie wusste nicht, was sie sagen sollte.

»I have to go now. Byebye, Mona. Don't cry. God bless you.«

Fast tonlos verabschiedete sie, die Ungläubige, sich mit »God bless you« von dem Mann, den sie bis eben für tot gehalten hatte.

In den Gesichtern der umstehenden Passagiere lagen Anteilnahme, Bestürzung, unverhohlenes Interesse, ein freundliches Nicken vom Herrgottsschnitzer. »Das Taschentuch behalten Sie, ja?«

Noch einmal rief sie in ihrem Handy die letzte Verbindung auf, als müsste sie sich vergewissern, dass das wirklich gerade stattgefunden hatte. Sie speicherte die Nummer in einem neuen Kontakt, den sie »Papa« nannte. Diese Offenbarung eben hatte etwas Biblisches. Solange sie nichts von ihren ägyptischen Wurzeln gewusst hatte, hatte sie still darunter gelitten, dass sie und ihre Mutter so unterschiedlich tickten. Jetzt, da sie vom Baum der Erkenntnis gekostet hatte, wurde Mona schlagartig klar, von wem sie die meisten Gene haben musste: Sie war ein Papakind. Eine tiefe Ruhe überkam sie.

Inzwischen hatte der Bus längst ein anderes Viertel erreicht – während draußen wieder die Sonne schien, war Monas Kleid immer noch klamm. Aber das spürte sie nicht, sie spürte gar nichts mehr außer das brennende Verlangen, endlich Gewissheit zu erlangen. Sie wählte die Nummer ihrer Mutter.

»Ich habe gerade mit Ismail gesprochen«, sagte sie mit ruhiger Stimme. »Du weißt, wer das ist. Mein Vater. Ich möchte jetzt die Wahrheit von dir hören.«

So ging es wohl auch dem Alten, neugierig lehnte er sich vor.

»Ich lass mich doch hier nicht von dir erpressen«, hob ihre Mutter an, aber Mona unterbrach sie: »Oder ich gebe Ismail jetzt deine

Nummer. Er klang nicht so, als würde er das einfach auf sich beruhen lassen.« Dann schwieg sie, während ihre Mutter aufgebracht nach Luft schnappte, ihr jedoch zum ersten Mal keine der Lügen und Ausflüchte der vergangenen Wochen mehr servierte. Sie schwieg so lange, bis ihre Mutter endlich anfing zu erzählen, von ihr und Ismail, den sie entgegen allen Beteuerungen keinesfalls aus ihrem Gedächtnis gelöscht hatte.

Gespannt sah ihr der Alte dabei zu.

Kaum hatte Mona dieses Gespräch beendet, rief sie Ezra an: »Du glaubst nicht, was gerade passiert ist.« Alleine konnte sie ihre Gedanken nicht sammeln, doch mit Clemens wollte sie dieses ganze Kuddelmuddel erst einmal nicht teilen. Ihm gegenüber empfand sie ihre ungeordneten Familienverhältnisse als eine Art Makel.

Ohne dass sie es gemerkt hatte, war der Bus an der Endhaltestelle angekommen und wieder abgefahren, und dennoch saß der nette alte Herr auf seinem Platz ihr gegenüber, wie ein lieber Verwandter.

»Eine Urlaubsaffäre, stell dir das mal vor!«, rief Mona aufgebracht ins Telefon. »Geht's noch banaler?«

»Sich im Urlaub kennenzulernen ist ja per se kein Vergehen, selbst daraus können beständige Verbindungen entstehen«, versuchte Ezra sie zu beruhigen.

»Doch nicht bei meiner Mutter! Wie oft habe ich gedacht, ich sei bei der Geburt vertauscht worden, weil ich nie nachvollziehen konnte, dass sie ununterbrochen durch die Welt nach Erleuchtung und Männern jagte, die sie wie Delikatessen konsumierte. Und mein Vater ist einfach einer in der langen Liste. Ich bin die Frucht eines verheirateten Ägypters und einer promiskuitiven Hippieschlampe!«

»Wo die Liebe hinfällt«, bemerkte ihr Gegenüber kopfschüttelnd.

Mona sah nach draußen, doch die vorüberziehenden Straßen nahm sie gar nicht wahr, sonst hätte sie nämlich da aussteigen können, wo sie ursprünglich hingewollt hatte. Besser so, in ihrem Zustand wären nur Frustkäufe dabei rausgekommen.

»Ich bin total durcheinander«, gab sie kleinlaut zu.

»Das verstehe ich. Die Hauptsache ist doch, dass du endlich Klarheit hast.«

»Das ändert doch nichts an der Tatsache, dass ich bis heute mit diesem ekelhaften Märchen vom toten Vater leben musste. Diese Endgültigkeit war einfach furchtbar.«

Dagegen fand Ezra, die ihren verstorbenen Mann an jedem einzelnen Tag vermisste, kein Argument.

»Das ist was völlig anderes, als wenn man seinen Vater kennt und den Kontakt abbricht, weil man irgendwelche Konflikte hat. Das ist zumindest eine Entscheidung, die man selber getroffen hat. Diese ganzen verlorenen Jahre …«

»Du hast noch mal genauso viel Leben vor dir wie hinter dir, meine Liebe.«

Aber dafür hatte die maßlos enttäuschte Mona gerade keinen Sinn. »Das Schlimmste ist, sie hat noch nicht mal den Versuch gemacht, es ihm zu sagen. ›Ich wollte nicht unnötig Staub aufwirbeln‹ waren ihre Worte. Sie ist einfach davon ausgegangen, dass eine Scheidung für ihn nie infrage gekommen wäre«, erzählte sie mit beleidigtem Ton.

»Da hat sie leider recht. Daran hat sich bis heute nicht viel geändert.«

Mona gab ein verächtliches Schnauben von sich. »Ganz ehrlich, da hätte mein Vater auch einen Scheißdeal gemacht.«

Der Alte kommentierte das mit Gemurmel.

»Weißt du, was sie gesagt hat? Sie hatte keinen Bock, als seine unterdrückte Zweitfrau bei ihm in Ägypten zu hausen und seine tausend anderen Kinder zu hüten. Sie hatte ja nicht mal Lust, mich, ihr einziges Kind, großzuziehen«, ereiferte sich Mona.

Da zog der Mann eine silberne Taschenuhr aus seinem abgetragenen Janker und sah stirnrunzelnd darauf. Mit erhobenem Zeigefinger sagte er zu Mona: »Sie, ich möchte ja nicht aufdringlich sein, aber jetzt sollten wir nachstempeln. Sonst sind wir gleich Schwarzfahrer.«

»Wirklich? Wie spät ist es denn?«

»Zeit zum Abendessen«, antwortete Ezra. »Komm her, ich mache uns Lammkebaps.«

Trümmerfrauen

»Nicht zu fassen, dass wir es erst jetzt geschafft haben, uns außerhalb vom Salon zu treffen.« Sarah war wieder mal nur halb bei der Sache, diesmal aber aus gutem Grund. Mit einem Auge behielt sie ihre Kinder immer im Blick, anscheinend vertraute sie ihrem polnischen Au-pair-Mädchen, die gerade ihren Sohn auf der Schaukel anschubste, nicht so richtig.

Ohne Alexanders Hilfe wären Mona, Ezra und sie niemals früh genug dran gewesen, um einen der begehrten Muttiplätze direkt am Spielplatz zu ergattern. Mona war einfach nicht dieser Laisser-faire-Typ, der alle Naselang ein »Heute geschlossen«-Schildchen an die Ladentür hängte, selbst wenn sich nur ein einziger Kunde am Tag zu ihr verirrte. Und ihr Sohn fand es sogar ganz toll, in ihrem Laden den Tom Cruise aus *Cocktail* für seine Freunde zu geben, das hatte ihr Clemens mal berichtet.

Um diese Zeit glich der Biergarten eher einer Kindertagesstätte. Überall Muttis, Großeltern, Nannys, Au-pairs und Kinder, Kinder, Kinder – laut, wild, süß, hungrig, durstig, schreiend, lachend, weinend, streitend, jauchzend, fordernd. Die paar Männer, die sich jetzt schon dort aufhielten (Rentner, Arbeitslose, Alkoholiker?), frönten dem Müßiggang im Schatten, indem sie sich schweigend an ihren Gläsern festhielten.

»Du hättest ja mit ins Hamam kommen können«, sagte Mona.

Sarah verzog angewidert das Gesicht. »Ich dusche ja noch nicht mal im Yogastudio. Nasszellen und fremde Menschen, da könntest du mich genauso gut direkt auf eine Bakterienkultur setzen.«

O ja, was Hygiene betraf, war sie auf dem besten Weg zum sauberkeitsfanatischen TV-Detektiv MONK. Jedes Mal, wenn eines ihrer Kinder vorbeikam, wischte sie ihm reflexartig mit einem feuchten Tuch die Hände ab. Und ein Bier hatte sie abgelehnt, damit sie nicht in Versuchung kam, einen öffentlichen Abort aufsuchen zu müssen.

Für Mona und Ezra war es Ehrensache, dass jede einen Picknickkorb mit selbst gemachten Leckereien mitbrachte, dafür steuerte Sarah Getränke, Brot und Brezeln bei. Sie war keine dieser Mütter, die immer mit gepackten Taschen für alle Eventualitäten unterwegs war. Aber ihre Kinder schienen genau deshalb ziemlich anpassungsfähig und autark zu sein. Mona hatte sie sich, ehrlich gesagt, viel verwöhnter und kapriziöser vorgestellt.

Ihr Tisch sah aus wie ein Partybüfett, er bog sich förmlich vor Schüsseln und Tellern, ein wildes Durcheinander von Spezialitäten aus aller Herren Länder: würzige Lammköfte, Babaganoush, griechischer Schafkäse und spanische Oliven, scharfe türkische Knoblauchwurst, bayerischer Obazder, sizilianischer Brotsalat, italienische Hühnchenschenkel alla Diavola und Cruditégemüse mit Dips zum Dazuknabbern. Die Desserts hatten sie noch nicht mal ausgepackt.

Mona leckte ein Radieschen ab, streute ordentlich Salz drauf und biss es in der Mitte durch, während sie versonnen Sarahs hübsche Vierjährige beobachtete, die hochkonzentriert makellose Sandkuchen buk. »Aus der könnte mal eine große Köchin werden«, dachte Mona und sagte: »Beneidenswert, diese Mamas hier.«

»Meinst du?«, fragte Sarah leicht gereizt, denn bei ihr klafften, was die Lebensqualität betraf, Selbstbild und Fremdbild ziemlich auseinander. Sie beneidete Lisa und die anderen Singles um ihre kompromisslose Selbstbestimmung und Freiheit, die beneideten Sarahs Sorglosigkeit und Müßiggang ohne jegliche Existenzängste. Beides war natürlich total subjektiv.

»Ich habe mich nie getraut, nicht zu arbeiten. Ich wäre mir nichtsnutzig vorgekommen. Und meine Mutter, die hätte mir was gehustet«, erklärte Mona.

»Das klingt ja gerade so, als würdest du die Mutterrolle verachten. Ausgerechnet du«, warf ihr Sarah vor.

»Nein, nein, nein. Im Gegenteil«, verteidigte sich Mona und wies auf zwei Muttis, die mit ihrem Nachwuchs im Sandkasten kauerten. »Ich find's toll, dass die die Möglichkeit haben, sich voll und ganz ihren Kindern zu widmen. Wer wüsste das besser als ich, dass eine der wichtigsten Aufgaben so wenig Ansehen genießt. Ständig musste ich mich dafür entschuldigen, Mutter zu sein, meine Arbeitgeber – im Übrigen fast alle Väter – haben nur genervt die Stirn gerunzelt, wenn mal wieder irgendwas mit Alexander war und – o Wunder – ausgerechnet dann Albert immer in einem superwichtigen Meeting oder auf Reisen war. Die ziehen sich nach wie vor nicht selber groß, und es ist verdammt komplex und verantwortungsvoll, aus wimmernden, windelkackenden Bündeln wertvolle Mitglieder der Gesellschaft zu machen, wenn man mal überlegt, was alles dazugehört, so kleine Würmchen unversehrt und höflich und schlau groß zu kriegen, abgesehen von der Zeit, die man investiert. Aber ich weiß nicht, ob Albert mich auch dann geheiratet hätte, wenn ich gesagt hätte, dass ich nach der Hochzeit nur noch Kinder hüten möchte.«

»Fakt ist: Er hat dich geheiratet«, brachte es Sarah auf den Punkt. »Und damit ist dein Albert schon mal aus einem anderen Holz geschnitzt als viele Männer heute. Das allein wäre schon ein Argument, es noch mal mit ihm zu versuchen. Woher willst du zum Beispiel wissen, was dieser Clemens wirklich will?« Sie zeigte auf den großen Abenteuerspielplatz, wo Muttis allen Alters ihre Sprösslinge bespaßten. »Ich wette, über die Hälfte dieser Frauen hier ist alleinerziehend. Die haben gar keine Wahl, als den Job selber zu machen.«

»Stimmt«, sagte Mona und blickte in die Runde. »Wir drei gehören schon zu einer glücklichen Minderheit. Sieht fast so aus, als würden Frauen heute dafür mit Liebesentzug bestraft, dass sie etwas ganz Natürliches wollen: Kinder.«

»Also, das kann ich bestätigen. Unter meinen Kommilitoninnen galt ich als christlicher Fundamentalist, weil ich statt des Doktortitels Kinder haben wollte, bevor ich dreißig bin.«

»Wir befinden uns in einer ganz besonderen kosmischen Ära, darum wird sich das alles wieder von selbst regeln. Und –«, sagte

Ezra schmunzelnd, »– die Situation lässt auch hoffen. Wenn man davon ausgeht, dass Kinder immer gegen ihre Eltern rebellieren, müssten all diese Schlüssel- oder Patchworkkinder genau wie du, Mona, ganz früh Familien gründen und Bausparverträge abschließen.«

»Wenn deine These stimmt, dann wäre einer wie Clemens ein notorischer Single«, schloss Mona.

»Wie meine Tochter Laila«, gab Ezra zu bedenken. Dass das ein wunder Punkt für sie war, konnte man ihr ansehen. Schon oft hatte sie geäußert, dass sie sich Sorgen machte, ihre Tochter könnte im Alter mal vereinsamt dahinvegetieren, wenn sie nicht mehr war.

»Ist aber nicht der Fall«, entgegnete Mona. »Er will genauso geordnete Verhältnisse wie in dem Zuhause, aus dem er kommt – Familie, Kinder, das ganze Programm.«

»Wenn du meinst. Einer, der so lange alleine ist, könnte auch ein Beziehungsphobiker sein«, hielt Sarah zaghaft dagegen. Als Mutter wusste sie, dass Gegenargumente erst recht zur Rebellion anstifteten. »Ich mein ja bloß: Bei Albert weißt du wenigstens schon, woran du bist.«

»Wenn du den lügenden Fremdgänger mit der Midlife-Crisis meinst – na, vielen Dank auch, da verzichte ich gerne.«

»Das war bestimmt nur so eine Phase, so was wie die männliche Menopause. Sonst würde er sich doch nicht wieder um dich bemühen.«

»Na ja, ein Bein reißt er sich ja nicht gerade für mich aus«, sinnierte Mona, »und ehrlich gesagt, will ich das gerade auch gar nicht, das macht alles nur noch komplizierter.« Sie bedachte Ezra mit einem herausfordernden Blick. »Was wäre denn deine Rebellionstheorie wert, wenn ich einfach nur nach meinem Vater komme, der seine geordneten Verhältnisse nie infrage gestellt hat? Und Clemens und ich super zusammenpassen, weil wir beide eben nichts zu rebellieren haben?«

»Ja, wie geht es denn nun weiter mit deinem Vater?«, fragte Sarah, während sie ihre Kinder heranwinkte, um ihnen dann mundgerecht portionierte Häppchen wie eine Vogelmutter in die artig aufgesperrten Münder zu stopfen.

»Wir haben Facebook-Kontakt«, antwortete Mona und sah fasziniert bei der Fütterung zu.

»Und wann seht ihr euch?«

»Ich weiß nicht.«

»Was soll das heißen?«

»Das ist alles noch so frisch und neu«, antwortete Ezra für sie. »Mona muss das wohl erst mal sacken lassen.«

»Ich habe bis jetzt ohne Vater gelebt, jetzt macht eine Woche oder ein Monat mehr oder weniger auch keinen Unterschied mehr.«

»Ich hätte sofort einen Flug gebucht«, meinte Sarah und verabreichte ihrem Sohn das fünfzehnte Köftebällchen, weil er zu greinen anfing, sobald sie damit aufhörte. Was in so einen kleinen Körper alles reinging …

»Glaub mir, das war auch mein erster Impuls. Aber inzwischen bin ich unsicher, ob und wie der Kontakt überhaupt aussehen soll.«

Sarah betrachtete sie mit einem Lächeln. »Also, ich kann mir dich sehr gut mit einer arabischen Familie vorstellen.«

Mona nickte und sagte mit ernster Miene: »Ich ja auch. Und dann denke ich wieder: ›Er ist ein Fremder‹ und es fühlt sich total seltsam an, ihn an meinem Leben teilhaben zu lassen und Banalitäten über seines zu erfahren. So von null auf hundert auf Familie zu machen.«

»Familie gibt's nur ganz oder gar nicht«, stellte Ezra fest.

»Hab ich doch gesagt, Großfamilie ist nicht immer nur ein Segen, viel öfter ist sie ein Fluch.« Damit gab sie ihren Kindern einen liebevollen Klaps auf den Po und schickte sie wieder zum Spielen.

»Ja«, bestätigte Mona. »Kann sein, dass ich mich davor schützen will. Irgendwie ist alles gerade so kompliziert.« Ah, da war sie ja endlich. Erleichtert winkte Mona mit beiden Händen weit ausholend wie ein Fluglotse, bis die etwas kurzsichtige Lisa, die am anderen Ende des Biergartens mit zusammengekniffenen Augen nach ihnen Ausschau hielt, sie wahrnahm. Wie hübsch sie aussieht, dachte sie, als ihre Salonschwester ein bisschen abgehetzt, aber strahlend auf sie zukam und neben ihr auf die Bank rutschte. Einen korallenroten Hosenanzug hätte sie doch früher niemals angezogen und schon gar nicht an ihrem konservativen Arbeitsplatz.

»Ging leider nicht früher. Meine Kollegen machen sowieso schon blöde Bemerkungen, weil ich mir nicht mehr in der Firma die Nächte um die Ohren schlage wie am Anfang.«

Ezra setzte eine strenge Miene auf. »Siehst du, wie wichtig es ist, seine Grenzen gleich zu Beginn abzustecken? Dann kämst du jetzt gar nicht in Erklärungsnot und würdest niemanden enttäuschen, bei dem du andere Erwartungen geweckt hast.«

Mit einem entwaffnenden Lächeln entgegnete Lisa: »Niemand widerspricht dir, liebe Ezra, du bist einfach nur zu spät in unser Leben getreten.«

»Bedien dich, es ist noch von allem da«, sagte Mona und arrangierte ein weiteres Gedeck für Lisa. Dann baute sie sämtliche Schüsseln und Schalen vor Lisas Platz auf. Bevor die beiden Orientalinnen jemanden verhungern ließen, müsste eine biblische Katastrophe geschehen. »Was magst du trinken?«

»Gleich«, lehnte Lisa ab. »Erst mal muss ich schnell was loswerden. Das glaubt ihr nicht.«

»Ärger im Job?«, fragte Sarah und steckte sich ein Radieschen in den Mund, das sie vorher mit einer in Mineralwasser getränkten Serviette gründlich poliert hatte.

Doch Lisa richtete sich auf und verkündete: »Ich habe einen Mann kennengelernt.«

Mona warf Ezra nur einen belustigten Blick zu, aber Sarah sprach aus, was sie dachte: »Glaubst du, du musst dich jetzt um den Nachschub an Datinggeschichten kümmern, weil Andrea nicht mehr dabei ist?«

»Warum nicht?«, fragte Lisa mit einem kecken Augenzwinkern. »Aber wie geht's Andrea eigentlich?«

Bevor Sarah antwortete, suchte sie Monas Blick, doch die hatte ein undurchschaubares Pokerface aufgesetzt. »Na ja, sie vermisst euch schon.«

»Ist auch irgendwie komisch ohne sie«, meinte Lisa.

»Wirklich bedauerlich, diese ganze Sache«, sagte Ezra in Monas Richtung.

»Wer will, dass sich was verändert, muss selbst was ändern«, sagte die tonlos.

»Soll ich ihr das ausrichten?«, fragte Sarah hoffnungsvoll.

»Das kannst du halten, wie du magst, mehr will ich nicht dazu sagen.«

»Dann kann ich ja endlich erzählen.« Und Lisa würde garantiert nicht das kleinste Detail auslassen. »Ich war auf einem spirituellen Tanzabend.«

Während sie schilderte, dass man dort seine Schuhe auszog und barfüßig tanzte und sich manche sogar auf dem Boden wälzten vor lauter Freude an ihrer bloßen Existenz, amüsierte sich Mona köstlich über Sarahs entsetzten Gesichtsausdruck.

»Da kommt man ziemlich schnell in Kontakt, also mit Männern. Blöd ist, wenn man an einen Tantriker gerät, die teilen auch mal gerne ihre Partner.«

Sarah schüttelte sich.

»Man wird also immer wieder von Leuten angetanzt, da sind eigentlich alle sehr kommunikativ und zugewandt, das mag ich daran. Aber einer wich mir nicht mehr von der Seite, beziehungsweise von der Pelle, man wird da schon ziemlich körperlich, und auch das muss nichts heißen. Man holt sich halt einfach seine Streicheleinheiten, genießt sich gegenseitig und tut sich einfach nur gut. Doch der schleppte mich irgendwann von der Tanzfläche weg in eine dunkle Ecke an der Bar.«

»Und da bist du dann ›ziemlich körperlich geworden‹?«, fragte Mona argwöhnisch.

»Keine Angst«, lachte Lisa. »Deine Erfahrung, Mona, hat mich gelehrt, erst mal die Umstände abzuchecken. Also habe ich ihn geradeheraus gefragt, ob er Single ist. Schon bei seiner ziemlich uneindeutigen Antwort haben meine Alarmglocken gebimmelt.« Sie ahmte den Mann nach: »Na ja, ja …«

Mona seufzte, ahnend, dass das auch wieder kein Happy End geben würde.

»Trotzdem hat er währenddessen zärtlich seine Nase in meinem Haar vergraben und unaufhörlich meine Arme gestreichelt.« Lisa schob ihren Jackenärmel hoch und zeigte ihren Arm vor. »Ich krieg schon wieder Gänsehaut, wenn ich nur daran denke. Während er das tat, stellte er mir dieselbe Frage, was echt fies war, meine Arme sind nämlich meine erogensten Zonen!«

Warum nur diese Information? Warum machten Frauen das ständig?, fragte sich Mona, Dinge preisgeben, die niemand hören wollte? Das hatte sie schon bei *Sex & the City* aufgeregt.

Lisa fuhr fort: »Er hat das ganz süß formuliert: Warum ist jemand wie du alleine? Sollte natürlich ein Kompliment sein.« Mit einem entschuldigenden Blick zu Ezra sagte sie schnell: »Eigentlich wollte ich das ja ausklammern, aber irgendwie wollte ich auch nicht als Mauerblümchen dastehen. Also habe ich gesagt, dass ich noch vor ein paar Monaten eine lange Beziehung hatte. Ich habe definitiv zu wenig Übung in so was. Denn als er weiter fragte, wie lang denn meine Beziehung gewesen wäre und ob ich Kinder hätte, habe ich den Ball zu ihm zurückgeworfen und ihn gefragt, wie lange er schon Single sei. Nur, um aus der Nummer rauszukommen.« Ezra holte Luft, um etwas zu sagen, doch Lisa unterbrach sie: »Ja, ja, Ezra, ich weiß, dass ich ganz das Thema hätte wechseln sollen, aber in dem Moment ist mir das eben nicht eingefallen.«

»Und? Was hat er für Leichen im Keller?«, fragte Mona resigniert.

»Da kommt ihr nie drauf«, meinte Lisa triumphierend und machte eine Pause, um Spannung aufzubauen. »Er sah auf seine Uhr und sagte: ›Jetzt sind es genau dreieinviertel Stunden.‹«

»Häh?« Sarah runzelte die Stirn.

»Ja, ich hab das auch erst mal gar nicht kapiert. Ich muss so dumm geguckt haben.« Sie lachte und erzählte weiter: »Ich sah ihn an, und da kullerte eine Träne aus seinem Auge. Der Mann ist eins fünfundneunzig und Lehrer!«

Mona schlug ungläubig die Hand vor den Mund. »Das war ein Scherz.«

»Nein. So wahr ich hier sitze!«

»Das meinte der ernst?«

»Bierernst. Der muss sich gleich nach der Trennung ins Nachtleben gestürzt haben! Und ich Idiot hab ihn gefragt, ob er denkt, dass er schon bereit sei für was Neues. Ob er nicht erst mal reflektieren wolle, was schiefgelaufen sei. Und er wischte sich mit einer dramatischen Geste die Tränen weg. Ich hab ihm noch ein Tempo gegeben.« Jetzt klang ihr Lachen ein wenig hysterisch.

Ezra schüttelte verständnislos den Kopf.

»Warte, der Knaller kommt erst. Mit zitternder Stimme sagte er: ›Gib mir bitte noch eine Stunde. Sie war die Liebe meines Lebens.‹«

Mona brach in schallendes Gelächter aus.

»Bin ich froh, dass ich vom Markt bin«, sagte Sarah und zündete sich eine Zigarette an. »Da draußen scheinen ja nur noch Psychos unterwegs zu sein.«

»Tja, leider steht das niemandem auf der Stirn geschrieben. Der war genau mein Typ, konnte sich gut bewegen, hat meine Libidoknöpfchen sofort getroffen …«

»Komm ja nicht auf die Idee, ihn dir schönzureden«, mahnte Mona.

»Macken hat doch jeder«, maulte Lisa wie ein Kind, das vor dem Essen noch was Süßes wollte. »Zu hoch darf ich meine Ansprüche auch nicht schrauben, sonst bleibe ich bis ans Ende aller Tage alleine.«

Ezra schüttelte verständnislos den Kopf. »Was ist eigentlich mit euch passiert? Ihr habt Doktortitel, drei Ausbildungen, Eigentumswohnungen, im Ausland gelebt, die Welt bereist. Ihr sprecht mehrere Sprachen, bringt Karriere und Kinder unter einen Hut. All das legt ihr in die Waagschale, und wenn auf der anderen Seite ein Mann auch nur ›Hallo‹ zu euch sagt, dann legt ihr sogar noch dankbar was drauf. Wieso habt ihr das Gefühl, ein Mann dreht sich auf dem Absatz um und wendet sich einer anderen zu, wenn ihr nicht gleich mit ihm ins Bett geht, für ihn kocht, ihm ein Auto schenkt, ihn einkleidet, seine Kinder aus erster Ehe großzieht, ihn in euer Testament aufnehmt oder ihm eine Firma finanziert?«

Betreten wie Kinder, die ihr Glas umgeschüttet hatten, sahen sie die ältere Dame an, denn jede von ihnen hätte hinter einige Punkte ein Häkchen setzen können.

»Damit messt ihr euch genau genommen noch weniger Wert bei als jede professionelle Kurtisane. Die bekommt nämlich jede ihrer Leistungen honoriert. Denkt nur mal an die Frauen vor dem

Krieg, da hatten viele noch nicht mal eine Hauswirtschaftsschule besucht.«

Sarah nickte. »Meine Mutter hatte auch keine Ausbildung, und ihre Eltern waren so arm, dass sie noch nicht mal eine Mitgift für sie übrig hatten.«

»Hat sie sich dadurch wertloser empfunden?«, hakte Ezra nach.

Sarah schüttelte den Kopf. »Keinen Tag. Mein Vater denkt nach wie vor, dass sie die Tollste war, die er kriegen konnte.«

»Eben.« Ezra sah zufrieden in die Runde. »Diese Frauen – und im Übrigen auch ich – fanden überhaupt nichts Ungewöhnliches daran, dass ein Mann Monate oder Jahre um sie geworben hat. Die ließen sich hofieren und überlegten sich genau, wen sie erwählten. Sie hatten die Wahl, und sie strahlten das auch aus. Und diese Ehen bestehen fast alle noch, oder? Und ihr? Ihr habt Angst, dass ihr keinen abkriegt, obwohl ihr so viel mehr zu bieten habt! Irgendwas läuft da doch gewaltig schief.«

»Allerdings!« Energisch riss Lisa ein Riesenstück Brezel ab. »Ich fress mir jetzt 'nen Wanst an, dann muss ich mich mit dem Thema nicht mehr rumplagen.« Sie strich dick Käse auf die Brezel und biss herzhaft hinein.

»Wir sind die Trümmerfrauen der schiefgelaufenen Emanzipation«, bemerkte Mona trocken.

Point of no return

Geradezu andächtig betrat Mona den Riesendelikatessmarkt, der vor einer Woche in einem der luxuriösen neuen Wohnblocks eröffnet hatte, die nach und nach schäbige Nachkriegsbausünden in bester Innenstadtlage ablösten. Vielleicht war das ja die Alternative zu Monas Einkaufsschnitzeljagd von A nach B nach C nach D, die sie jeden Montag absolvieren musste, um alle Zutaten für das Salonmenü zusammenzusammeln? So musste es den Neandertalerinnen ergangen sein. Aber, mein Gott, das war über 30 000 Jahre her! Und erst jetzt schien das Jagen und Sammeln ein Ende zu nehmen. Ein neuer Supermarkt hatte für Mona die Faszination einer Kunstausstellung, und sie schämte sich gar nicht, große Augen zu machen wie ein damaliger DDR-Bürger, der nach der Wende seinen ersten ALDI-Markt betrat. Irgendwann würde sie nach Amerika reisen, nur um dort tagelang durch die *Giants* und *Safeways* zu flanieren. Sah sie eine unbekannte Frucht oder ein exotisches Stück Fleisch, eine neue Schokoladen-, Marmeladen- oder Käsesorte, seltsames Meeresgetier oder fremdartiges Gewürz, dann war das wie ein Zwang, dann musste sie es berühren, aus dem Regal nehmen, sie musste es einpacken und stundenlang ihre Kochbuchsammlung oder das Internet nach leckeren Zubereitungsmethoden durchforsten.

Aaah, diese Vielfalt, diese Farben, alles dekorativ in Weidenkörben zu Pyramiden gestapelt und blumengeschmückt wie auf einem asiatischen Markt – eine einzige Augenweide. Da war es Mona völlig schnuppe, dass die Obst- und Gemüseregale speziell beleuchtet wurden, damit alles besonders bunt und knackig und kaufanimierend wirkte. Oh, Rote Bete, die waren aber früh dran dieses Jahr. Und riesig. Sie könnte ein köstliches Süppchen machen. Ein Kilo davon, Suppengemüse und zwei Flaschen Rote-Bete-Saft. Nach dem Einkauf würde sie Ezra anrufen und sie spontan zum Essen einladen.

Als Mona ihren Wagen an eine der vielen Kassen schob, hatte sie überhaupt kein Zeitgefühl mehr. Sie war gerade dabei, ihre abenteuerlichen Einkäufe auf das Band zu legen, als sie eine Hand auf ihrer Hüfte spürte. Wie von einem Stromschlag getroffen, schnellte sie herum. Sie sah in Alberts freudestrahlende Augen. Erschrocken rief sie: »Verfolgst du mich?«, während die Flasche mit dem Rote-Bete-Saft ihrer Hand entglitt und auf dem Gitter des Einkaufswagens zerschellte. O nein! Noch nie, noch nicht *einmal* war ihr in einem Supermarkt etwas heruntergefallen, solche armen Pechvögel hatte sie immer bemitleidet. Aber das hier, das war doch wohl der Supergau aller Supermarktunfälle, lieber hätte sie eine Pyramide Cola-Dosen umgeworfen.

Aus Reflex sprang sie einen Schritt zurück, damit ihre Schuhe nichts abbekamen – geradewegs in Alberts Arme. »Anders kriegt man dich ja nicht zu fassen«, sagte er. Dann konnte Mona nur noch mit hängenden Armen dastehen und zusehen, wie sich die rote Flüssigkeit auf dem Boden ausbreitete wie die Blutlache an einem Tatort, während sie seinen Atem in ihrem Nacken spürte. Albert lachte. »Ist Schlachttag bei dir?« Er umschloss sie von hinten und beförderte sie so rückwärts aus der Gefahrenzone.

»O Mann, was für ein Einstand«, dachte Mona. »Die werden sich mein Gesicht für immer merken.« Sie hatte sich erst dreimal entschuldigt, da war auch schon ein Heinzelmännchen mit gestärkter Supermarktschürze und Wischmopp angerückt. Während sie sich fragte, wie sie die restlichen rotgetränkten Waren aus dem Wagen nach Hause kriegen sollte, beseitigten Albert und das Heinzelmännchen, so gut es ging, die Spuren ihres Schlachtfestes. Mona sah in seinen Wagen. TV-Dinner, Bier und Singlepackungen fürs Frühstück. Nicht gerade die Wochenendration für ein Pärchen. Er legte ihre Einkäufe auf das Band und sie seine, dazwischen einen Trenner. Es fühlte sich komisch an.

»Bist du Strohwitwer?«

Albert entfernte den Trenner vom Band und schob seine Waren zu ihren. »Nicht ganz.«

»Ärger im Paradies?« Den Sarkasmus konnte sie nicht unterdrücken, dafür gab es viel zu viel Spannung zwischen ihnen. Mona schob sich an ihm vorbei und lud die Einkäufe in zwei getrennten Häufchen in seinen Wagen, ihrer war schon weggeschafft worden.

»Kann ja nicht jede so sein wie du«, brummte Albert und zückte seinen Geldbeutel.

»So geschickt, meinst du?«, fragte sie mit einem schiefen Grinsen. Sie wäre so gerne die Souveränität in Person, aber irgendwo in ihrer DNA-Kette war da ein Blamagengen. Alberts Barbie passierte so was sicher nie.

Albert zeigte auf ihre Einkäufe. »So eine Spitzenköchin.« Nachdem er trotz Monas Protest für beide bezahlt hatte, gestand er ihr, dass seine Barbie, Carina, nicht mal ein Ei kochen konnte. Wie selbstverständlich steuerte er den Wagen zum Parkplatz. Mona hatte ein erschreckendes Déjà-vu von Familienwochenend-Hamstereinkäufen. »Ich kann mir schon vorstellen, was sie für Qualitäten hat«, dachte sie und stellte erleichtert fest, dass es ihr überhaupt nichts ausmachte. »Tja, wenn man vom ›K‹ gleich zum ›M‹ springt …«

»K?« Er sah sie fragend an.

»Karriere, Kinder, Küche«, sagte sie und versuchte, dabei ganz neutral zu wirken.

»Stimmt.« Er lächelte ein kleines sonniges Lächeln, wie jemand, der sich an etwas Schönes erinnert. »Und das ›M‹, was soll das sein?«

»Model, Motorrad –«

Er schmunzelte ein bisschen peinlich berührt, und sie zeigte auf seine Einkäufe und ergänzte: »– und Magenschmerzen.«

»Du –« Lachend nahm er sie in den Arm. »Freches Ding.«

Huch. Das hatte er ja schon ewig nicht gemacht, nicht mal, als sie noch zusammengewohnt hatten. Es fühlte sich natürlich an, wie etwas, das ihr schon immer vertraut war.

»Ja, so ist das mit dem ›M‹«, sinnierte er, »mehr als Minne ist da nicht drin … müßige Momente, aber … hey, hast du Lust, essen zu gehen?«

»Damit du wieder mal was Richtiges zwischen die Zähne bekommst?«, entgegnete Mona argwöhnisch und wand sich aus seiner Umarmung.

»Nein, dann hätte ich dich gefragt, ob du für mich kochst.«

Geschmeichelt studierte Mona ihre Schuhspitze. »Ich bin aber mit dem Auto da.«

»Ich doch auch.« Er griff nach ihrer Hand, als würde diese Verbindung sie zu einem Ja zwingen. »Ich meine später. Ich hole dich ab.« Er sah ihr direkt in die Augen. Da war er wieder, dieser Blick, der kein Nein zuließ, der Blick, der sie vor zwanzig Jahren dazu gebracht hatte, Ja zu ihm zu sagen.

Mona legte ihren Kopf schief, versuchte rasch, ihre Gedanken, die wie Federn aus Frau Holles Kissen in ihrem Kopf herumtrudelten, einzufangen und zu ordnen: Was hatte Ezra noch mal gesagt? Keine spontanen Verabredungen. Aber das hier war doch ihr Mann, da galten andere Maßstäbe. Sagte jedenfalls Sarah. Abgesehen davon glaubte Mona nicht an Zufälle. Das war ja wohl kaum ein Zufall, oder? Die Wahrscheinlichkeit, dass sie sich hier begegneten, war bestimmt im selben Verhältnis wie ein Sechser im Lotto. Nur ein Essen. Sie konnte ja jederzeit wieder gehen. Immerhin gab es doch jede Menge Klärungsbedarf, und war ihre neue Devise nicht: Schluss mit den schlampigen Verhältnissen? Albert und Carina, Mona und Clemens … Gott, war das alles ein Chaos …

In einer heißen Augustnacht wie dieser lief Mona endlich mal auf Betriebstemperatur – kein Frieren, kein Schwitzen, einfach nur ein geschmeidiges, wohliges Körpergefühl mit einem Hauch von Nichts am Leib, ein Kleid, ein Slip, ein Paar Riemchensandalen. Mona hatte das Gefühl, im Urlaub zu sein, im weinumrankten Garten ihres Lieblingsitalieners empfand sie die auch nach Sonnenuntergang weiter andauernde Hitze wie eine tropische Liebkosung auf ihrer warmen, von Rosenöl schimmernden Haut. Sie hatte sich bemüht, kein großes Aufhebens zu machen, alles ganz easy zu nehmen, doch das bisschen Pflege hatte sein müssen. Ein Date bei

Kerzenschein mit alten italienischen Schlagern, schwerem, fruchtigem Rotwein, Romeo und Julia am Nachbartisch, die sich gegenseitig mit Blicken auffraßen, und ihrem charmanten Stammkellner Luigi – leider war sie nur allzu empfänglich für solch atmosphärischen Schnickschnack, der sie auf einmal alles vergessen ließ, was sie mit Albert in letzter Zeit erlebt hatte. Sich einfach treiben lassen, den Kopf mal ausschalten, an nichts denken, dem Geschehen seinen Lauf lassen …

Sie war wieder Mona, eine Studentin der Kommunikationswissenschaften Anfang zwanzig, und hatte gerade diesen groß gewachsenen, zielstrebigen BWL-Studenten kennengelernt, der sie im Gegensatz zu den Typen vor ihm wie ein Gentleman nicht nur auf einen Drink in eine Kneipe oder Happy-Hour-Bar, sondern in ein richtiges Restaurant zum Essen eingeladen hatte. Einzig der Preis des Rotweines, von dem sie bereits die zweite Flasche leerten, und dass sie über ihren gemeinsamen Sohn sprachen, waren Indizien dafür, dass ihre wilden Studienzeiten vorbei waren.

Wahrscheinlich hätte sie nach dem Italiener brav nach Hause gehen sollen, doch da war sie schon längst nicht mehr Herrin über ihren Verstand, ihre fünf Sinne aber waren wundervoll inspiriert, und das fühlte sich verdammt gut an. Erst hatte Mona zu hastig getrunken, um zu vergessen, alles andere auszublenden, dann hatte sie genüsslich getrunken, weil Albert süß, charmant und amüsant war und ihr damit das Genießen leicht machte, jetzt trank sie einfach nur, um sich und ihn mit allen Sinnen zu erleben – weiter nichts. Mona hatte ihre Schuhe unter dem Tisch abgestreift und ihre Füße auf Alberts Stoffschuhe gestellt, irgendwann war ihnen diese Nähe nicht mehr ausreichend gewesen, und er hatte sich neben sie gesetzt, Knie an Knie. Ihn zu berühren verschaffte ihr kein Kribbeln mehr wie bei Clemens, das nicht, aber es war so selbstverständlich und natürlich, als wären sie miteinander aufgewachsen. Albert würde wohl immer auf Monas Herz haften wie eins von diesen Etiketten, dessen Klebstoffreste man nie ganz wegbekam, egal, wie viele Clemense oder Carinas es jemals geben würde.

Mona schlüpfte in ihre hochhackigen Sandalen. »Musst du denn nicht nach Hause?« Sie hatten es mal wieder geschafft, noch dazusitzen, als die Kellner schon die Stühle auf die übrigen Tische gestellt hatten und auch ihre Kerze heruntergebrannt war.

»Mein Zuhause ist bei dir«, säuselte Albert und umfasste ihre Taille.

Weinselig strich sie ihm zärtlich über die Wange. »Ach, du Süßer. Ich meine deine jetzige Wohnung.«

»Da wohne ich doch nicht mehr.« Er schmiegte sich an sie und flüsterte ihr ins Ohr. »Paul hat mir Asyl gewährt.«

Sie schob ihn von sich und sah ihn stirnrunzelnd an. »Irgendwas hab ich wohl nicht mitgekriegt. Ich dachte, da wohnst du schon die ganze Zeit?«

Ungestüm wie ein Welpe schüttelte er den Kopf,. »Wieso denn? Ich war doch bei Carina.«

Wäre sie nüchtern gewesen, hätte sie zwei und zwei zusammengezählt und begriffen, dass Albert sie wirklich und wahrhaftig für die blonde Motorrad-Barbie verlassen hatte und bequem von einem sicheren Hafen in den nächsten geschippert war, doch nun hob sie nur schelmisch grinsend den Zeigefinger und sagte: »Hast du wieder vergessen, den Müll rauszubringen? Ist ja auch nichts für 'nen Biker.«

Lachend zog Albert sie an sich und drückte sie. So konnte sie seinen gequälten Gesichtsausdruck nicht sehen. Jetzt wäre der Moment gewesen, Mona zu sagen, dass er von Carina rausgeschmissen worden war und sich sehnlichst wünschte, dass wieder alles so wie früher war. Doch gemäß seiner neuen jugendlichen Lässigkeit spielte Albert den harten Kerl. »Der Biker braucht 'nen Drink.« Seine schraubstockartige Umklammerung duldete keine Widerrede. »Komm, wir gehen.«

Mona konnte sich nicht erinnern, wann sie mit Albert in irgendwelchen Bars die Nächte durchgezecht hatte. Sie hatte ihre Füße so heiß getanzt, dass sie sie zum Kühlen in einen Brunnen halten musste. Nach den ganzen Cocktails hätte sie ihren Kopf gleich dazustecken können. Nun schlenderte sie mit den High Heels in der Hand leicht- und barfüßig an Alberts Seite durch die noch schlummernde Stadt. Am liebsten wäre Mona einfach draußen geblieben, aber selbst mit dreißig Promille zierte sie sich, in der Öffentlichkeit Intimitäten zur Schau zu stellen. Sie wollte in Alberts Arme sinken, auf seiner breiten Brust ruhen und dabei die Sonne aufgehen sehen. Sie zeigte auf die Leihfahrräder, die vor dem Bahnhof ordentlich nebeneinander aufgereiht wie Pferde vor einem Westernsaloon standen, die auf ihre Reiter warten. »Los, sperr mal eins auf. Geht schneller.«

»Ich fahr doch nicht Fahrrad, das weißt du doch, und erst recht nicht blau. Da is'n Taxi.«

»Nö, will ich nicht.«

»Widerspenstiges Ding.« Er küsste sie und schob sie in das gespenstisch ausgestorbene graue Bahnhofsgebäude. »Komm, lass uns einfach in irgendeinen Zug steigen und wegfahren. Eine Woche zusammen alles vergessen, neu anfangen.« Kichernd stolperten sie durch die Bahnhofshalle, stützten sich gegenseitig vor der großen Anzeigetafel, um der Schwerkraft zu trotzen.

»Budapest«, rief Albert aufgeregt aus. »Das wollte ich dir doch immer schon mal zeigen. In zehn Minuten.«

Mona zeigte auf die Tafel. »Nein, Neapel! Gleis 11.« Sie packte ihn am Arm, um ihn zum Gleis zu zerren. »Da, schau, der Zug steht schon da.«

Albert schwankte ein wenig, aber er blieb an seinem Fleck stehen, schwer wie ein Fels. »Was hältst 'n du von Kroatien?«

»Frühstücken in Straßburg wär doch schön«, antwortete sie. »Den ganzen Tag von einem Lokal zum anderen und schlemmen …«

Er schüttelte den Kopf. »Langweilig. Ich will ans Meer.«

Sie schüttelte den Kopf und sagte in trotzigem Kleinmädchenton: »Mein neuer Bikini liegt zu Hause. Ohne meinen neuen Bikini fahre ich nirgends zum Baden.«

Albert beugte sich zu ihr runter, küsste ihren Hals und flüsterte ihr ins Ohr: »Ich will dich in deinem Bikini sehen.«

»Nein, ich bin müde«, lallte sie bleischwer. »Ich will liegen.«

»Für den Hotelzug sind wir schon zu spät dran.« Er lachte. »Oder zu früh.«

Keiner von ihnen meinte es wirklich ernst. Eigentlich hätten sie wissen müssen, dass das alles nirgends hinführte, weder in den Süden noch in einen Neubeginn.

»Keinen Zug und kein Hotel«, sagte sie bestimmt. »Ich will nur ein Bett. Ein Himmelreich für ein Bett.«

»Gut, dann bring ich dich ins Bett, Schatz.«

Sie hängte sich an seinen Hals wie ein nasser Sack. »O ja, bitte, sei mein Sandmännchen.«

Alles an ihrem Ex war Mona so vertraut, erst recht hier in ihrem einst gemeinsamen Domizil, selbst wenn er hier jetzt nicht mal mehr eine Zahnbürste hatte. Es war leicht, sich mit ihm wieder nackt in ihr Ehebett zu legen und zu löffeln. Und es schien völlig natürlich, dass sein Glied anschwoll, bis sie seine pulsierende Härte an ihrem Steißbein spürte, und in sie eindrang, während sie so eng beieinander lagen wie zwei Blätter eines Schreibblocks, ihr Atem, ihr Puls, ihr Rhythmus in totalem Einklang, zu einem einzigen Organismus verschmolzen. Ein natürlicher Aggregatzustand. Sie wussten einander verlässlich zum Höhepunkt zu bringen – würde dieser Zutrittscode jemals gelöscht werden und wenn, wodurch?

Als ihr Mann in einen komatösen Schlaf fiel, sein Atem war kaum zu hören, ließ sich Mona neben ihm in die Kissen sinken und schmiegte sich an ihn. Sie hatte jedes Verhältnis zu Raum und Zeit verloren, vergessen, welcher Wochentag war und wie lange sie und Albert nun schon zusammen waren. Jetzt wollte sie einfach nur ruhen. Aber wieso pochten ihre Schläfen so wild? Ruhig, Braune. Mit jedem ihrer Atemzüge drang die Geräuschkulisse des erwachenden Tages ein wenig mehr zu ihr vor, und plötzlich fühlte sich das alles furchtbar falsch an. Geschmeidig wie eine Schlange rutschte Mona aus dem Bett auf den Boden, um Albert nicht zu wecken. Dort verharrte sie erst mal in einer unnatürlichen zusammengekauerten Position und hielt den Atem an.

Was hatte sie getan?

Sie hatte ihn überhaupt nicht gefragt, was er die ganzen Monate gemacht hatte, und er hatte nichts von sich aus erzählt. Eigentlich hatte er gar nichts erzählt. Und er hatte sich auch nicht ein einziges Mal entschuldigt. Und er hatte auch gar nichts von ihr wissen wollen. Nein, nein, nein. Sie musste weg. Jetzt sofort. Behutsam richtete sie sich auf und tappte vorsichtig wie ein Flamingo in ihrem vorhangverdunkelten Schlafzimmer herum, als wäre der ganze Boden mit rohen Eiern bedeckt. Ihr fotografisches Gedächtnis einschaltend, fischte sie alles aus den Kleiderhäufchen am Boden heraus, was ihr gehörte. Ohne einmal in den Spiegel zu sehen, zog sie sich hastig im Bad an.

Kurz darauf saß Mona schon in ihrem Auto vor dem Haus, ohne wirklich zu wissen, wie sie dorthingeraten war. Das Gefühl, hier zum ersten Mal wieder atmen zu können, war ungemein befreiend. Die Straße war so still, im Gegensatz zu ihrem Blut, das geräuschvoll durch ihre Adern rauschte. Jetzt erst sah sie, dass es fünf Uhr dreiunddreißig war. Sie war kein bisschen müde und vollkommen nüchtern.

Ja, das war nun ihre Wohnung, aber dennoch hatte sie sie wie ein Dieb auf Zehenspitzen verlassen müssen, den Schlüssel in das Haustürschloss gesteckt, damit Albert nicht vom Zuschlagen der Tür aufwachte. Eine Erklärung hatte sie nicht für nötig befunden – er hatte ihr so viele Gründe gegeben, ihn zu vergessen. Jetzt musste sie ihn wirklich loswerden. Ihn und dieses Ehebett.

Gewinn oder Verlust?

Monas Erfahrung mit Überraschungsgästen war ja nicht die allerbeste, dennoch siegte ihre Neugier und sie ging doch zur Tür. Es war Montag, Kochsalon-Tag. Lisa, Ezra und Marina schnippelten und hackten schon fleißig auf der Terrasse die Zutaten für ihr hochsommerliches Dinner – viel Frisches und Fruchtiges –, während Sarah paffte und ihre manikürten Nägel schonte. Dafür hatte Mona ihr das Tischdecken und -dekorieren überlassen, darin war sie ja eine Meisterin. Dass sie sogar von ihren Kindern selbstgebastelte Blumengestecke mitgebracht hatte, war allemal so viel wert wie das Kochen. Es war lange her und schön, wieder kleine Kinder im Dunstkreis zu haben, ohne für die Fütterung und die Hausaufgaben und die Chauffeurdienste zuständig zu sein.

Mona erkannte sie schon am Schritt. Sie sah Andrea mit beeindruckendem Hüftschwung die drei Treppenstufen hoch stöckeln und plötzlich war ihr Kopf ganz leer. Mona verschränkte die Arme, alle Befindlichkeiten waren verflogen, keine Entrüstung, keine Ressentiments, aber auch keine freundschaftlichen Gefühle.

»Mona«, rief Andrea ihr entgegen, noch bevor sie ihre Tür erreicht hatte. »Entschuldige, dass ich einfach so reinplatze. Ich hatte Angst, eine Abfuhr zu kriegen, wenn ich anrufe.« Sie breitete die Arme weit aus und drückte Mona atemberaubend an sich. »Meine Montage waren die Hölle!« Das war so typisch für sie, gleich auf entwaffnende Konfrontation zu gehen, bestimmt eines der Geheimnisse ihres beruflichen Erfolges.

»Meine nicht«, meinte Mona, nicht, um sie zu ärgern, eher als Test. Und es überraschte sie nicht wirklich, dass Andrea nicht die

Spur eines Interesses daran zeigte, sondern monoton »Ach, das freut mich« antwortete und eintrat.

An Andrea war eine Schauspielerin verloren gegangen, sie genoss ihren Auftritt selbst dann, wenn sie befürchten musste, ausgebuht zu werden. In ihrem luftigen Missoni-Kleid warf sie sich in der Terrassentür in eine theatralische Pose und proklamierte: »Leute, ihr wisst gar nicht, wie ihr mir gefehlt habt.«

Unsicher wanderten die Blicke der Frauen von ihr zu Mona, einzig Sarah freute sich sichtlich, dass sie jetzt nicht mehr zwischen den Stühlen saß. Sie legte ihre Zigarette ab, trat auf ihre Freundin zu und begrüßte sie mit make-up-schonenden Luftküssen. »Schön, dass du da bist.«

Mona hielt Andrea eine Küchenschürze hin und sagte: »So, dann sind wir also wieder vollzählig.« Sie begann, aus einem Goldfischglas auf dem Tisch fruchtig-herbe Erdbeer-Rhabarber-Bowle zu schöpfen, die sie schon am Morgen aus selbst gekochtem Rhabarbersaft (solche Sachen machte sie im Laden zwischen den Kundenbesuchen auf einer einfachen Tischkochplatte), hübschen Rhabarberschlangen, Zitronenmelisse, Stevia, Weißwein und Prosecco angesetzt hatte. So hatte sie nur noch die Erdbeeren frisch zufügen müssen, die ja noch erkennbar sein sollten.

Glückselig band sich Andrea die Schürze um. Das Glas, das Mona ihr reichte, war wie ein Friedensangebot.

»Danke, das brauche ich jetzt dringend.« Andrea prostete den Frauen zu, nahm einen kräftigen Schluck und verzog das Gesicht, als hätte sie in eine Zitrone gebissen. »Ist das etwa Rhabarber?«

Mona nickte. »Gut, nicht?«

»Das Kompott meiner Oma war schlimmer, aber ich mag ihn heute noch nicht.«

»Das ist blöd, der zieht sich nämlich wie ein roter Faden durchs Menü. Rhabarber ist also auch im Salat und im Dessert, und sogar zum Lamm gibt's ein Rhabarber-Ingwer-Chutney.«

Entsetzt riss Andrea die Augen auf. »Dafür hab ich jetzt den ganzen Tag gedarbt?«

»Ganz schön selbstbewusst, die Madame«, dachte Mona. Sie war anscheinend fest davon ausgegangen, dass sie willkommen war.

»Trink«, sagte Ezra sehr bestimmt. »Rhabarber hilft uns, Dinge zu verdauen. Und er reinigt böses Blut.« Sie sah Mona ermutigend an. »Heute wirklich der perfekte Aperitif.«

Mona verstand genau, was sie damit meinte. Ihr inneres »Ommmm«, das seit Andreas Ankunft durch ihr System summte, ließ sie milde lächeln.

Einen Moment schien Andrea zu überlegen, ob sie etwas dagegen sagen sollte, doch ein strenger Blick von Ezra genügte, dass sie das Glas noch einmal ansetzte und trank. »Ist wirklich kein Vergleich zu Omas schleimigem Kompott. Mit dem ganzen Alkohol ist er gar nicht so schlecht, Mona.« Ein Kompliment war das noch nicht, aber so war Andrea eben.

»Das liegt daran, dass keine Milchprodukte dabei sind, nur dann kriegt man diesen Pelz auf den Zähnen«, erklärte Ezra. »Schade, dass du ihn nicht magst, wo du doch so auf deine Linie achtest. Die Chinesen verwenden ihn nämlich seit Jahrtausenden als Abführmittel. Zweimal die Woche Rhabarber, und eine Stunde Fitnessstudio gespart«, sagte sie mit einem gewinnenden Lächeln.

»Bist du sicher, dass du keine Hexe bist? Oder woher wusstest du, dass ich es schon mal mit Abführmitteln probiert habe?«, fragte Andrea, während sie sich zwischen Marina und Sarah zwängte. Ezra lächelte in sich hinein.

Endlich entspannte sich die Stimmung. Die Frage, was in der Zwischenzeit geschehen war, war überflüssig, sicher hatte Sarah sie die ganze Zeit über auf dem Laufenden gehalten, abgesehen davon erzählte Andrea sowieso am liebsten von sich, und so fing sie auch gleich an zu plappern: »War ein komisches Gefühl, montags nicht mehr zu wissen, wohin ich gehen soll.«

Mona und Lisa warfen sich einen verständnislosen Blick zu, dann unterzog Mona Andrea einer eingehenderen Betrachtung. Hatte sie wirklich keinerlei Empfinden für ihr eigenes Tun? Bewusst anscheinend nicht, aber irgendwas war seit ihrer Salonverbannung mit ihr geschehen, unübersehbar. Ihr fehlte dieser gewisse Zauber, der sie alle umgeben hatte, seit sie miteinander in ihren Zaubertränken rührten. Ihr Star-Appeal war ihr abhandengekommen, als hätte sie ihn bei ihrem Abgang in Monas Schirmständer vergessen. Trotz ihrer tadellosen Aufmachung hatte sie dunkle Augenschatten, fahle, fleckige Haut und sprödes, glanzloses Haar, dem man seine konstanten Blondierungen ansah. Zum ersten Mal entsprach ihr Aussehen ihrem biologischen Alter, während die anderen Frauen in der Runde ein magisches Leuchten umgab, das sie völlig alterslos erscheinen ließ. Mona war hin und her gerissen zwischen Mitleid und Genugtuung.

Andrea fuhr fort: »Aber ein Gutes hatte mein Exil: Meine Aktenberge im Büro sind weg, und ich hatte endlich Zeit, eure Bibel zu lesen.«

»Ach ja? Woher hattest du sie denn? Von Sarah? Hat sie dir den Koran auch gegeben?«, fragte Lisa erstaunt.

Irritiert sah Andrea in die Runde. »Auf was für einem Fundamentalismustrip seid ihr denn?«

»Auf dem Trip ›Bilde dir eine Meinung, bevor du sie kundtust‹«, sagte Mona. »Und was meintest du?«

»Na, das Buch, das du mir mal gegeben hast, das mit diesen Regeln.«

So also funktionierte Andrea, mit Liebesentzug.

»Mir ist ganz schlecht geworden ... was ich alles falsch gemacht habe ... Ich sag euch, gar nicht so einfach, beim Online-Dating das Rührmichnichtan-Weibchen zu spielen.«

»Da geht's doch nicht ums Vortäuschen, sondern ums Verinnerlichen«, warf Mona ein.

»Ach, *Fake it until you make it* ist meine Devise«, winkte Andrea ab und zündete sich eine Zigarette an. »Anscheinend bin ich in Beziehungsdingen noch ein Azubi in der Probezeit. Was ich allein alles erlebt habe, nur weil ich nicht mehr sofort aufgerüscht und aufgestrapst in den Startlöchern stand, wenn mich einer auch nur angestupst hat. Wenn du da mal vierundzwanzig Stunden oder vielleicht sogar drei Tage nicht antwortest, weil du auf Geschäftsreise bist, zieht der Großteil der Männer schon beleidigt seine Anfrage zurück und sperrt dich gleich komplett für weiteren Kontakt!«

»Gräm dich nicht, das ist kein Verlust. Nichts ist unattraktiver als Mimosenmänner.« Zum fünften Mal sah Marina nun schon auf ihr Handydisplay, aber noch kein Sterbenswörtchen war über ihre Lippen gekommen, warum sie den Salon auf einmal nicht mehr ohne Kontakt zur Außenwelt überstehen konnte, obwohl Lisa sie jedes Mal ungeniert fixierte.

»Hast recht, aber ich bin sogar schon ein paarmal mit Pöbelmails beballert worden, was ich mir einbilde, sie zu ignorieren, als ich zwei Wochen in Urlaub war.«

»Ist nicht wahr? Wie kann man denn auf einer Karibikinsel sitzen und chatten?« Monas eine Gehirnhälfte war damit beschäftigt, den ersten Gang vorzubereiten, bevor sie alle restlos betrunken waren, die andere versuchte, Andreas Geplapper zu verarbeiten. Während sie unschuldigen Romanasalatstauden mit bloßen Händen brutal das Herz herausriss, wehrlose Hühnchen mit einem scharfen Beil in Stücke hackte, sie darauf in siedendem Öl bis zur Unkenntlichkeit schmoren ließ und Rhabarber die Haut in Streifen abzog, bis er ganz grün wurde, kitzelten sie Andreas und Sarahs Rauchschwaden in der Nase.

Andrea nickte. »Sogar richtig unter der Gürtellinie. So viel zum stärkeren Geschlecht. Selbstbewusstsein gleich null. Und seit es diese Dinger gibt …«, Andrea hob ihr Smartphone vom Tisch, »… ist es noch schlimmer geworden, denn erstens gehen alle davon aus, dass du eins hast, zweitens, dass es *twentyfourseven* an ist und dass du drittens jederzeit und überall deine Mails checkst, weil du ja genauso desperat wie sie bist und darum dein Online-Profil so eingestellt hast, dass du umgehend benachrichtigt wirst, wenn jemand auch nur kurz draufgeklickt hat.«

Ezra schüttelte den Kopf. »In so einem Moment bin ich wirklich froh, das alles hinter mir zu haben.«

»Ich auch«, stimmte Sarah zu.

»Denkste«, entgegnete Andrea. »Fünfzig-plus-Partnersuche-Seiten gibt's ohne Ende! Wenn du deine Meinung mal ändern solltest, helfe ich dir da gerne weiter.«

»Wie heißt euer Sprichwort noch mal? Aus Schaden wird man klug. Wie könnte ich etwas machen wollen, in dem ein Erfolgsmensch wie du so erfolglos ist«, konterte Ezra mit einem charmanten Lächeln.

Lisa lachte auf, hielt sich aber schnell die Hand vor den Mund. »Entschuldige. Offline finde ich es entschieden einfacher.«

»Du glaubst gar nicht, wie mich das wurmt, Ezra, aber es hat einfach so was Vielversprechendes, dass man nicht davon lassen kann: Jeden Tag tragen sich Hunderte neue Mitglieder ein. Das behaupten jedenfalls die Portale. Da läuft also so ’ne Art Bodycount mit, der dich dauernd darüber informiert, wie viele neu oder gerade online sind.«

»Big Brother, ich sag’s doch«, seufzte Marina und lehnte sich mit verschränkten Armen zurück, um mit verklärtem Blick in den Garten zu starren.

»Seltsam, dass sie plötzlich so wenig Interesse an diesen Geschichten zeigt«, dachte Mona. Selbst der ausgefallene Rhabarber-Romana-Hühnchen-Salat stand unangetastet vor ihr. Doch auch die anderen pickten abwesend in ihren Tellern herum, weil Rampensau Andrea das Essen in eine Nebenrolle gedrängt hatte. Nicht nur thematisch war sie in ihrem Element, damit konnte sie sich auch bestens vor dem verhassten Rhabarber drücken.

»Schon«, gab sie Marina recht, »aber vor allem ein Lockmittel. Du hast schon jeden Akademiker zwischen dreißig und sechzig getroffen, du hast sogar gecheckt, dass viele von denen auch in anderen Portalen angemeldet sind – natürlich nicht immer mit identischen Profilen, dazu komme ich gleich noch –, klar denkst du oder hoffst du jeden Tag, dass unter den Neuen endlich dein Traummann dabei ist. Allein schon, damit sich die Mühe und das Geld gelohnt haben.«

Lisa fuchtelte mit ihrer Gabel herum. »Wisst ihr noch? Früher haben wir uns über die armen Korbkrieger lustig gemacht, die sich eine Mai Ling aus dem Katalog bestellen mussten, und jetzt sind wir im Grunde alle irgendwie Katalogbräute, Männer wie Frauen.«

Sarah hob ihren Finger wie in der Schule. »Also, ich nicht.«

»Stimmt«, gab Andrea mit einem missgünstigen Seitenblick zu Sarah zu. »Aber mal ehrlich, jede von uns hat eine Checkliste im Kopf, ob sie will oder nicht, und wenn wir sie nicht online kennenlernen, wo wir ihre Daten sowieso schon haben, dann googlen wir sie doch spätestens, wenn sie nicht gleich am nächsten Tag anrufen, um herauszufinden, was an ihnen faul ist.«

»Liebes, hast du es immer noch nicht verstanden? Genau das solltest du niemals tun. Du solltest dir darüber im Klaren sein, welche Art Mann dir guttut, doch nicht ständig um sie herumkreisen«, ermahnte sie Ezra.

»Jaha, mach ich jetzt ja auch nicht mehr.« Sie sah Lisa herausfordernd an. »Von wegen offline: Vor Kurzem hat mich tatsächlich einer in einer Eisdiele angesprochen. Nach drei Sätzen zückte er sein Smartphone, fragte mich nach meinem vollständigen Namen und fing vor meinen Augen an, mich zu googlen! Ich hab wie 'ne Blöde vor ihm herumgewunken und gemeint: »Halloooo, frag mich doch einfach, wenn du was wissen willst«, aber um mich ging's gar nicht. Ich sollte anscheinend nur seinen persönlichen Bodycount an Facebook-Freunden aufstocken.« Sie lachte auf. »Ich wäre wahrscheinlich sogar eine der wenigen gewesen, die er wirklich *kennt.*« Mit ihren Händen formte sie Anführungsstriche.

Ezra ging darauf nicht ein. »Wie gesagt: Zu wissen, was dich persönlich glücklich macht, ist was Gutes, also hab ruhig deine Checkliste im Kopf. Mehr als die fünf wichtigsten Kriterien davon darfst du da aber nicht erwarten, sonst suchst du nach der Stecknadel im Heuhaufen, bis du so alt bist wie ich.«

Andrea kicherte. »Dann bleiben mir immer noch die Seniorenportale.«

»Spinner.« Sarah knuffte sie leicht in die Seite, aber Ezras Miene blieb ernst. »Wenn du dich bis dahin nicht selber kennst, mit allen Licht- und Schattenseiten, wird das genauso wenig Erfolg bringen.«

»Was meinst du, warum ich die ganzen Seminare besuche?«, warf Lisa ein. Ezra ergriff emphatisch ihre Hand. »Das bewundere ich ja auch sehr an dir. Doch ich hätte gedacht, dass das Internet zur Selbsterkennung ganz nützlich ist, weil du dazu gezwungen wirst, über dich und deine Eigenschaften und Wünsche nachzudenken, um sie für diese Profile formulieren zu können, oder?«

»Theoretisch ja«, antwortete Andrea. »Erinnert ihr euch an meinen Wunschzettel ans Universum? Der ist mir kürzlich wieder in die Finger geraten …«, fast verschämt sah sie Mona an, »… und der, auf den er hundert Prozent zutrifft … war leider … Clemens Weißberg. Und das war ja wohl nix. Es tut mir so leid, Mona.« Sie stand auf und ging auf Mona zu. »Ich war einfach so frustriert, dass ich, glaube ich, völlig brainwashed war.« Damit fiel sie der verdutzten Mona um den Hals, die hart schlucken musste, um gegen Tränen anzukämpfen, die ihr plötzlich den Blick vernebelten. Gerührt drückte sie Andrea an sich und flüsterte ihr ein »Danke« ins Ohr.

Als Andrea von ihr abließ, fuhr sie fort: »Aber die Praxis sieht leider anders aus. Von den Womanizern zum Beispiel kriegt man genau das gesagt, was man hören will. Das weiß ich, weil es mir mal einer meiner Dates verraten hat. Der hat sogar damit geprahlt, dass er sein Profil an die Wünsche der Frauen anpasst, die er interessant findet. Also unterhält er allein in einem Portal mehrere Profile mit unterschiedlichen Nicknames und Fotos.«

»Wieso regst du dich darüber auf? Das machst du doch auch«, erinnerte sich Marina. Sie schob ihren halb leer gegessenen Teller von sich.

Andrea rollte genervt mit den Augen. »Okay, aber ich lege mir nicht wie ein Schauspieler mit einem Drehbuch den entsprechenden Text für ein Date zurecht. Wenn die Frau konservativ ist, sagt er schon beim ersten Treffen, dass er heiraten und Kinder will. Wenn in ihrem Profil irgendwas von Freiheit und Unabhängigkeit steht, schleimt er sich bei ihr mit der Schilderung seiner emanzipierten Selbstständigkeit ein – alles nur, um sie schnell in die Kiste zu kriegen.«

»Wie kann man denn da noch zu jemandem Vertrauen fassen? Wenn jeder nur noch lügt …« Lisa klang richtig verzweifelt.

»Du sagst es. Das sind übrigens auch die, die gerne noch mal nachfragen, ob's auch wirklich klappt, wenn du dich verabredet hast. Und früher hab ich das als große Vorfreude gewertet – großer Humbug! Das sind Typen, die die Koordination ihrer tausend Paralleldates nicht mehr auf die Reihe kriegen, aber ja keine Braut verpassen wollen. Ich versteh gar nicht, wieso ausgerechnet die sich so auf mich kaprizieren?«

»Hast du denn deinen Profiltext geändert?«, fragte Mona. Den hatte Andrea ihnen ganz zu Anfang mal gezeigt.

»Nein, wieso denn?«

»Also, wenn ich mich an unsere erste Begegnung zurückerinnere, kann ich mir schon vorstellen, wie der auf Männer so wirkt.«

In Gedanken machte Mona mal wieder drei Kreuze, dass sie nie gezwungen war, sich auf diesem Markt anzupreisen. Ein wunderbarer Aspekt ihres Kochsalons war neben so vielem anderen die ständige Möglichkeit zur Relativierung. Persönliches Glück empfanden wir doch dann am stärksten, wenn wir uns nicht mit Menschen verglichen, die (scheinbar) auf der Gewinnerseite des Lebens, sondern in schlechteren Verhältnissen lebten als wir selbst. Wenn du dich an den Millionären aus deinem Golfklub misst, kommst du dir wie ein armes Würstchen vor, stellst du aber Vergleiche an zwischen deinem Leben und dem einer Durchschnittsfamilie im Kongo (wobei da auch schon die Postbotin reichte, die bei Wind und Wetter auf dem Fahrrad ihre kargen Brötchen verdient), dann hast du auch ohne Lottogewinn das große Los gezogen. Warum gelang es Mona dann auch jetzt wieder nicht, eine Zen-Haltung zu den Widrigkeiten des Alltags zu entwickeln? War sie in Wahrheit eine unheilbare Pessimistin? Oder eine von diesen Ehrgeizlingen, die von ihrer Unzufriedenheit zu immer neuen Höhenflügen angestachelt werden mussten? Sie wusste es nicht, in diesem Moment wusste sie nur, dass sie zwar ständig nach vollkommener Harmonie strebte, doch wenn dann alles geschah, was sie sich wünschte, war sie doch irgendwie enttäuscht. Jetzt jedenfalls war der falscheste Augenblick, den Andrea für ihre Zu-Kreuze-Kriecherei hätte wählen können. Denn Mona saß seit ihrer Ankunft wie auf heißen Kohlen. Ständig musste sie sich auf die Zunge beißen, um nicht unvermittelt herauszuplatzen: »Ich habe mit Albert geschlafen!« Aber so dämlich, Andrea noch mal ins Vertrauen zu ziehen, würde sie so bald nicht mehr sein. Schon gar nicht nach der Aussage eben über ihren Traummann Clemens …

Andrea legte den Kopf schief und setzte eine trotzige Miene auf. »Wie wirkt mein Text denn?«

»Die Männer, die den lesen, denken wahrscheinlich: ›Die hat vor lauter Aktivitäten keine Zeit für eine Beziehung, sucht nur das schnelle Entertainment und ist so selbstbewusst, dass sie sich einfach nimmt, was sie braucht. Kein großer Einsatz nötig.‹«

»Na super.« Dann verfiel Andrea in nachdenkliches Schweigen, erwartungsvoll beobachtet von den anderen, bis sie schließlich kopfschüttelnd sagte: »Das ist ja geradezu höhnisch … Was sollte ich denn sonst tun, als mich zu beschäftigen, solange ich Single bin? Bei mir hat noch keiner geklingelt. Manchmal bin ich total erschöpft vor lauter Eigeninitiative und Rausgehen und mich auf tausend Hochzeiten im besten Licht zu präsentieren, aber auf dem Sofa sitzen und fernsehglotzen ist alleine einfach nur erbärmlich. Zu zweit ist es allerdings schwer angesagtes Cocooning. Das ist doch alles so ungerecht!«

»Dann solltest du es doch erst recht mal anders angehen«, meinte Lisa. »*Ich* find es eigentlich ganz lustig, gleichzeitig Wissenschaftler und Proband in meiner eigenen kleinen Beziehungs-Feldforschung zu sein.« Sie lehnte sich vor und fixierte Andrea. »Also, wann passt du deinen Profiltext deinem wahren Ich an?«

Andrea seufzte. »Ihr habt ja recht.« Oh, das waren ja mal ganz neue Töne. »Habt ihr Lust, mir dabei zu helfen?«

Mona hatte sich dabei ertappt, wie sie alle fünfzehn Minuten auf die Uhr gesehen hatte. Darum stand sie auf und sammelte die Salatteller ein. »Nach dem Essen gerne, jetzt sollten wir schauen, dass wir mit dem Essen fertig werden. Sonst essen wir um Mitternacht immer noch.« Sie war viel zu sehr mit ihren eigenen um Albert und Clemens kreisenden Gedanken beschäftigt, um zu fragen, warum die anderen so wenig gegessen hatten.

»Ich hab gar keinen so großen Hunger«, sagte Marina. Auch was Neues. Aber Mona musste zugeben, dass ihr die paar Kilo weniger gut zu Gesicht standen.

»Ich ehrlich gesagt auch nicht«, stimmte Andrea ein, die bisher hauptsächlich getrunken hatte, wenn man mal von den drei Hühnerfitzelchen absah, die sie zwischen dem Rhabarber rausgeklaubt hatte.

Mona blickte in die Runde. »Sollen wir dann gleich zum Nachtisch übergehen?« Gegen Chaos im Kopf hilft Ordnung in der Küche. Mit lautem Klappern räumte sie sämtliche Kochutensilien, die sich flächendeckend auf allen Arbeitsflächen stapelten, in die Spülmaschine. Das war jetzt vielleicht nicht nett, doch sie konnte es gar nicht abwarten, dass Andrea wieder ging. Aber was, wenn alle gleichzeitig aufbrechen wollten? Das musste sie verhindern. Sie verschwand auf die Toilette und schickte Ezra, Lisa und Sarah eine SMS: »Kannst du bitte nachher noch länger da bleiben? Ich muss dringend was mit dir besprechen.«

Jetzt musste sie nur noch dafür sorgen, dass auch Ezra die Nachricht bemerkte. Sarah ließ das Ding sowieso nie aus den Augen, und Lisa war, seit sie sich wieder aktiv auf den Markt begeben hatte, ebenfalls in ständiger Habachtstellung, teilte aber im Gegensatz zu Marina alle Ereignisse mit ihnen. Das war süß und versetzte Mona so manches Mal in ihre Schulzeit zurück, wo sie und Sabine sich in der Pause gegenseitig ihre Tagebucheinträge zum Lesen gegeben hatten.

Gut, das hatte geklappt. Lisa und Sarah sahen sie an und nickten beide, als sie in die Küche zurückkam. Zwar hatten sich alle gemeinsam hierher begeben, um schnell den Rhabarbercrumble zu servieren, doch ihre Aufmerksamkeit galt nach wie vor mehr dem süßen Liebesschmerz als dem süßen Leibesgenuss. Es war gar nicht so leicht für Mona gewesen, ein Rhabarberdessert zu finden, das nicht über Nacht gekühlt oder jede Stunde mal durchgerührt werden musste wie zum Beispiel Rhabarbermousse, -gelee oder -sorbet. Alles toll, doch schließlich war der Sinn des Salons ja nicht, dass sie tagelang alleine in der Küche stand. Der Crumble jedenfalls war eine Angelegenheit von zehn bis fünfzehn Minuten plus Backzeit, weil sie das saure Gemüse ja schon vorhin klein geschnitten hatten.

»Sag mal, das gibt's doch gar nicht, dass du nicht *eine* gute Erfahrung mit den Regeln gemacht hast«, fragte Lisa Andrea, während sie zügig den Streuselteig mit den Fingern verknetete, damit er nicht zu warm wurde. Inzwischen versah Mona schon mal Muffinformen mit niedlich blütenbedruckten Papierhüllen, was das Einfetten ersparte und jeder von ihnen ein gleich großes Stück ohne Gematsche und Gebrösel sicherte.

»Doch, natürlich, das war's ja eigentlich, was ich erzählen wollte«, antwortete Andrea.

Mona zog genervt die Braue hoch und nutzte den unbeobachteten Moment, um Ezra zuzuflüstern, sie solle jetzt sofort ihre SMS checken.

»Vieles, was ich ausgetestet habe, hat geklappt, erstaunlich schnell sogar.«

»Zum Beispiel?« Kaum zu glauben, dass Marina wieder unter ihnen weilte. Vielleicht deshalb, weil sie auf dem Klo wieder ihren »Schuss« SMS bekommen hatte. Dass Sarah und sie so viel gemeinsam haben könnten, hätte Mona nie gedacht.

»Na ja, zunächst mal konnte ich damit wie gesagt ad hoc die faulen Eier rausfiltern, was mir 'ne ganze Menge mieser Dates erspart hat.«

»Und eine Menge Geld für Pediküre, Waxing und Dessous«, sagte Mona lachend, während sie die Förmchenböden mit Rhabarber füllte und mit etwas Zucker bestreute.

»Au ja, wirst sehen, davon kannst du dir bestimmt jeden Monat zwei Paar neue Schuhe kaufen«, sagte Lisa.

Andrea grinste und hob ihren Fuß, um ihre brandneuen funkelnden Miu-Miu-Sandalen zu zeigen. »Hab ich schon. Aber das Beste ist: Ich merke, wie ich bei der Sache immer cooler werde, *obwohl* ich es ja eigentlich immer nötiger hätte, je länger mein Singledasein dauert. Ich lerne gerade, niemandem gefallen zu wollen, der mir selber nicht gefällt. Von dieser Seite hatte ich das Ganze vorher noch nie betrachtet.« Sie goss sich ein Glas von dem eisgekühlten Weißwein ein, den sie gerade entkorkt hatte, trank und fuhr grinsend fort: »Früher habe ich das Elend bis zum bitteren Ende durchgehalten, auch wenn ich jemanden langweilig, ungehobelt, uncharmant, arrogant und was weiß ich noch fand – alles da gewesen –, und mich sogar noch schlecht gefühlt, wenn der Typ gehen wollte. Alle Männer, bei denen ich jetzt das Date nach einer Stunde mit einem fingierten Anruf von meinem Handy abrupt abgebrochen habe und abgerauscht bin, um meiner fingierten Freundin in Not zu helfen, melden sich seitdem mindestens dreimal täglich.

Mona ging es mit Albert ja nicht anders, doch das verschwieg sie lieber.

»Das ist ja wundervoll!«, rief Lisa begeistert aus. »Das kriege ich leider noch nicht so hin.«

»Von wegen«, brummte Andrea. »Die sind es alle nicht.«

»Aber wieso denn nicht?« Es schien Lisa richtig zu enttäuschen.

Andrea schüttelte den Kopf. »Ich weiß auch nicht, wo da bei mir der Haken ist. Ich hatte ja wirklich Zeit, in mich zu gehen. Eigentlich will ich ja genau das: einen Mann, der sich um *mich* bemüht. Vielleicht ist es einfach nur eine so ungewohnte Erfahrung, an die ich mich erst noch gewöhnen muss.«

»Vielleicht beeilst du dich mal damit, sonst sind wirklich alle Akademiker zwischen dreißig und sechzig im Umkreis von hundert Kilometern in festen Händen«, sagte Mona und stellte den Timer am Ofen ein.

Obwohl es ein spannender Abend gewesen war, hatte Mona ihn wie eine Landschaft an sich vorbeiziehen lassen, während sie die ganzen Stunden über in einem Gedankenkarussell gekreist war, das ununterbrochen dieselbe nervige Kirmesmusik spielte: »Wer A sagt, muss auch C sagen.« Andrea und Marina waren endlich gegangen, und Mona setzte sich rasch wieder zu den drei verbliebenen Frauen an den Esstisch, die sie ganz besorgt anblickten. Sie holte tief Luft und sagte: »Die Rote Bete ist schuld, dass Albert und ich …« Verdammt, sie konnte es nicht aussprechen, aber sie konnte ihnen ansehen, dass sie genau wussten, was sie ihnen sagen wollte, und ziemlich unterschiedlich darüber dachten. O Mann, war sie froh, dass keine einen Pieps von sich gab, bevor sie ihnen ausführlich von ihrem Rückfall berichtet hatte. Sie schloss: »Ich bin völlig durcheinander und brauche eure klaren Köpfe.« Dann stand sie auf und ging um die Kochinsel herum, um einen Espresso aufzusetzen.

Einen Moment herrschte Stille, dann setzte sich Ezra auf und sagte trocken: »Hätte dein Mann nur mehr Sinn für Contenance.«

Alle Blicke richteten sich auf sie. Mona nickte, keine außer ihr verstand so recht, was sie meinte, doch für sie hatte die alte Dame den Nagel auf den Kopf getroffen: Hätte Albert sich nicht so saudumm angestellt und wäre nicht als ältlicher jugendwahnsinniger »Albern« durch die ganze Stadt und ihr Gefühlsleben getrampelt, wäre ihre zügellose Nacht letztes Wochenende ein wunderbar schwereloser Neuanfang gewesen.

Sarah ergriff das Wort: »Die Barbie ist Geschichte, darum ist der Fall für mich ziemlich klar: Er ist dein Ehemann, da ist jeglicher Versuch zur Rettung eurer immerhin über eure gesamte Erwachsenenzeit währenden Beziehung legitim. Ich hätte es bestimmt genauso gemacht, so was wirft man doch nicht so leichtfertig weg.«

Nachdenklich sah Mona sie an: »Wenn ihr nicht beide recht hättet, wär's weniger schwer für mich.«

»Ob mein Mann mir immer treu war, weiß ich nicht, und genau darum konnte ich ihm bis zum Ende vertrauen«, verriet Ezra.

»Ich bin für Diskretion und striktes Leugnen«, war Sarahs Meinung. »Besser, als alles zu zerstören.«

Mona schäumte ein wenig erhitzte Milch auf, bevor sie sagte: »Klar hätte ich es selbst nie geschafft, so was zu verschweigen, aber ich glaube eben nicht, dass mir das jemals passiert wäre.«

»Sag niemals nie«, warf Lisa ein.

Mona schüttelte den Kopf. »Clemens ist seit meinem Eröffnungstag schon mein Kunde, und solange Albert mich nicht verlassen hatte, war er für mich ein komplettes Neutrum. Ja, Ezra, ich wünschte, er wäre so diskret gewesen, dass ich nie was von seiner Affäre erfahren hätte, denn irgendwas ist damit zerrissen, und jetzt sitzt da ein blond gelockter Teufel auf meiner Schulter, der mir zuraunt ›Das hat er mit mir auch gemacht‹, was auch immer zwischen uns geschieht.« Sie stellte Tassen, Zuckerdose und Milchkännchen auf ein Tablett und brachte alles an den Tisch, während die Caffettiera zischend aromatischen Kaffeeduft verströmte.

»Als mein Peter mit der anderen abgezogen ist, ging's mir genauso«, sagte Lisa und verteilte die Tassen, »aber dein Clemens müsste doch die Rechnung für dich mehr als ausgleichen.« Da kam wieder die Buchhalterin durch, aber vielleicht war das wirklich die einzig richtige Herangehensweise, eine Pro-und-Kontra-Liste zu erstellen und sachlich Bilanz zu ziehen.

»Ja, er ist wirklich ein Geschenk, aber gerade weil ich so gar nicht das Gefühl hatte, ihn zu betrügen, bin ich ins Zweifeln gekommen.«

»Selbstverständlich hat der Ehemann immer noch Vorrechte, erst recht, wenn Lisas Theorie stimmt, dass man die Hälfte der

Beziehungszeit braucht, um sie zu verarbeiten«, sagte Sarah grinsend und schaufelte drei Löffel Zucker in ihre Espressotasse.

»Nein, kommt ja überhaupt nicht infrage«, erwiderte Mona vehement. »Ich möchte hier und heute Klarheit.«

Lisa sprang auf und strich ihr beruhigend über den Rücken. Als das Blubbern des Kaffees aufhörte, sagte sie: »Komm, setz dich, ich mach das schon.« Mona zog ab, Lisa nahm die heiße Kaffeekanne vom Herd, ging zum Tisch und schenkte allen Espresso ein.

Mona stand noch einmal auf, holte eine Dose mit selbst gemachten Spitzbuben, geliebte Weihnachtskekse, die sie das ganze Jahr über im Haus haben musste, aus dem Schrank und stellte sie auf den Tisch. Dass sie nicht mal an einen Teller dachte, offenbarte ihren wirren Gemütszustand. Während Ezra vier Dessertteller holte, löffelte Mona Milchschaum auf ihren Kaffee. Nachdenklich sagte sie: »Eigentlich ist in puncto gemeinsame Historie sogar eher Clemens vorne als Albert. Mit dem habe ich noch keine, also auch nichts, was zwischen uns steht wie dieser Scheißverrat.«

Und Lisa ergänzte: »Und auch sonst ist er ein unbeschriebenes Blatt, ohne Traumapaket aus anderen Beziehungen, ohne Exfrau, die auf der Bettkante hockt und wissen will, wo sein Geld hinwandert – in unserem Alter so selten wie ein Autogewinn an der Losbude.« In einem Zug kippte sie ihren Espresso herunter.

»In der Junggesellenbude wird es wohl auch keine lange ausgehalten haben«, unkte Sarah und biss vorsichtig in einen Keks, um ja nicht zu bröseln. Trotzdem pickte sie danach imaginäre Krümel vom Tisch.

Monas Lachen hatte einen bitteren Ton. »Was das betrifft, nehmen sie sich beide nichts – Albert haust ja jetzt tatsächlich bei Paul im Gästezimmer-Schrägstrich-Büro-Schrägstrich-Wäschekammer.«

»Ein ganz schöner Abstieg.« Lisa rümpfte die Nase. »Aber Clemens wartet wie Aschenbrödel doch nur darauf, dass du ihn da rausholst. Also, schwing dich doch endlich in deine Kürbiskutsche, jetzt, wo dein Sohn aus dem Haus ist.« Sie rieb sich die Hände.

Wieder und wieder spielte Mona an ihren Locken herum. »Genau, ich habe das Thema Familie gerade abgeschlossen. Und

Clemens ist ein absoluter Familienmensch. Was ist, wenn er eigene Kinder will?«

Sarah nickte. »Ja. So einer will das ganze Paket. So einfach ist das auch nicht mehr ab vierzig, und selbst wenn, willst du wirklich wieder Windeln wechseln und auf dem Spielplatz herumsitzen? Jetzt, wo du dir gerade so viel aufgebaut hast?«

»Das ist nicht meine Hauptsorge …«

»Wollen wir den Kaffeesatz befragen?«, schlug Ezra vor.

Mona verdrehte die Augen. »Was soll das bringen? Seinen müssten wir sehen, und selbst wenn du da drei Kinder entdecken solltest, wäre trotzdem nichts klarer. Ich bin fünf Jahre älter als er – als er zur Welt kam, hatte ich schon eine Schultüte in der Hand. Dass aus uns mehr wird als eine Affäre, steht sowieso in den Sternen. Aber wenn wir mal von diesem unwahrscheinlichen Szenario ausgehen und ich dann in den nächsten Jahren schwanger werden sollte, wäre ich 'ne Oma, wenn das Kind Abitur macht. Wieso sollte er das wollen?«

Lisa schüttelte fassungslos den Kopf und schluckte schnell ihren zehnten Keks herunter. »Hast du mal in den Spiegel gesehen, Liebes?«

Wenn Mona ihre widerspenstigen Locken auf den Zeigefinger wickelte, sah sie eher aus wie ein Schulmädchen als die Mutter eines fast erwachsenen Sohnes.

»Du bist ein hinreißendes Geschöpf! Der Junge ist zu Recht verrückt nach dir!« Fast hätte Lisa sie geschüttelt.

»Jetzt vielleicht. Was übrigens manchmal echt ein Rätsel für mich ist. Er ist so fein …, so zart …, so lieb …, so geduldig, und die ganzen taufrischen Rechtsanwältinnen aus seiner Kanzlei kriegen Sternchenaugen, wenn sie ihn sehen. Irgendwann lässt er mich bestimmt wegen einer dieser jungen Dinger sitzen.«

»Sehr wahrscheinlich«, stimmte Sarah zu.

Ezra bedachte sie mit einem tadelnden Seitenblick, und Lisa sagte aufgebracht: »Die hätte er doch schon längst haben können. Aber er will dich. Und zwar so, wie du bist. Was ihn mir sehr sympathisch macht.«

Mona lächelte kurz, erwiderte dann aber mit ernster Miene: »Ja, aber in der Öffentlichkeit wird so einer abfällig als Toyboy bezeichnet, und bei Madonna und Co. wird jede neue Falte kommentiert – was ich im Übrigen eine Frechheit finde angesichts dessen, dass die Alberts dieser Welt selbst im Rollstuhl noch als tolle Hechte bezeichnet werden und ihre Püppchen problemlos in die Gesellschaft aufsteigen können, egal, wie unterbelichtet sie sind. Ich weiß nicht, ob ich damit umgehen kann …«

»Das Leben ist keine mautfreie vierspurige Autobahn, vielmehr ist es eine Serpentinenstraße, auf der dir ab und zu mal ein Lkw mit Anhänger entgegenkommt. Was hab ich dir gesagt? Achte auf die Taten. Die sprechen doch Bände«, sagte Ezra. »Niemand weiß, was kommen wird.«

»Außer dein Kaffeesatz«, fiel ihr Lisa kichernd ins Wort.

Mit einem geheimnisvollen Schmunzeln fuhr Ezra fort: »Du weißt nur mit Sicherheit, dass Albert dich mindestens einmal betrogen hat, und die Wahrscheinlichkeit ist groß, dass er es wieder tun wird, wenn du ihn zurücknimmst. Und das nicht nur einmal.« Sie sah Lisa an. »Das war tatsächlich deutlich im Kaffeesatz zu erkennen.«

Resigniert ging Sarah zum Rauchen auf die Terrasse. Dagegen gab es keine Argumente.

»Willst du das?«, fragte Ezra und sah Mona in die Augen. »Oder willst du das genießen, was das Leben dir auf einem Silbertablett präsentiert? Einen wunderbaren Mann, der dich schätzt und unterstützt und respektiert.«

Mona hielt stumm ihrem fragenden Blick stand. Eine Weile saßen sie still um den Tisch und hingen ihren unterschiedlichen Gedanken nach, Sarahs Rauchschwaden drangen zu ihnen herein, bis Lisa ihr Schweigen brach: »Kann es sein, dass die Sache mit Albert ein Strohhalm für dich ist, an den du dich klammerst, weil du der Sache mit Clemens nicht recht traust?«

Mona sah sie mit toten Augen an. Erwischt. Sie senkte verlegen den Blick und kaute auf ihrer Locke herum, bevor sie zugab: »Ich möchte nicht daten und flirten und leiden und daten und hoffen und bangen, ich möchte einfach aufgehoben sein. Der Gedanke, vielleicht nicht seine Letzte zu sein, macht mir eine Heidenangst.«

»Da haben wir's endlich.« Mit einem erleichterten Seufzer erhob sich Lisa. »Dann können wir ja schlafen gehen.« Sie begann, das Tablett vollzupacken, und trug es in die Küche. »Soll ich euch was sagen? Jugend wird hoffnungslos überbewertet. Ich für meinen Teil sah noch nie so toll aus wie jetzt. Die zwanzigjährige Lisa würde ich bei *Germany's next Topmodel* locker aus dem Rennen schlagen. Du warst natürlich schon als junges Ding bildhübsch, Mona, aber wie alle, die noch nichts erlebt haben, wahrscheinlich auch nicht viel mehr. Ein bisschen hohl, eine schöne Filmstudiofassade ohne Innenleben. Habt ihr euch die jungen Dinger mal genau angesehen? Die strotzen vor Unsicherheit, Trotz, Einfalt und Mangel an Balance und Bildung – so sicher wie das Amen in der Kirche ist eine reife Frau anziehender, erotischer und interessanter! Clemens ist nicht nur schlau, er hat einfach Geschmack.«

Ezra grinste und nahm Mona mit einer zarten Geste die Locke aus dem Mund. »Du weißt, was zu tun ist?«

»Du lässt den Schulhofkram und reitest endlich mit dem wunderbaren Clemens in den Sonnenuntergang. Weil er dir guttut«, sagte Lisa und öffnete energisch die Spülmaschine. »Garantien gibt es nur für technische Geräte.«

Gefällt mir nicht mehr

Seit Beginn der Sommerferien vor einem Monat war es in ihrer sonst recht frequentierten Straße so ruhig geworden, dass man fast hätte trübsinnig werden können. Viele der Geschäfte hatten wegen Betriebsurlaub geschlossen, was nicht nur fatal war, weil die Inhaber einen wichtigen Teil ihrer Stammkundschaft bildeten, den Rest ihrer Kundschaft vernichtete das Gesetz der Anziehung: Der Mensch war ein Herdenvieh – nur wo sich Menschen tummelten, fühlten sich auch andere wohl. In einer toten Straße suchte kaum jemand nach dem einzigen offenen Laden, und niemand hielt sich gerne in einem leeren Lokal auf. Alexander hatte sich einen Ferienjob besorgt, als Unterhalter fiel er somit die meiste Zeit weg.

Gemäß der Feng Shui-Lehre war Mona eine Einser-Schülerin, vor lauter Langeweile hatte sie selbst in den hintersten Winkeln ihres Lebens Ordnung geschaffen: Die Bücherregale abgestaubt, ihre Rumpelkammer und sämtliche Schubladen aufgeräumt (unglaublich, was sich in einem Jahr für Kram ansammelte), das Schaufenster umdekoriert, ihre Steuerunterlagen zum ersten Mal ohne Zeitdruck auf den aktuellsten Stand gebracht, einen Online-Shop eingerichtet sowie ihre vielen schönen Salon-Rezepte in einem schmucken Rezepte-Hefter katalogisiert. Bereitwillig hatte sich Ezra wieder als Stichwortgeberin zur Verfügung gestellt, um neue Ideen auszubrüten, die Monas Geschäfte ankurbeln könnten. Diese Frau war so eine Inspiration – Mona wusste ganz genau: Ohne sie hätte sie die harte Trennungsphase wohl kaum so glimpflich überstanden. Und als sie in ihrem Kaffeesatz gelesen hatte, dass Mona noch in diesem Jahr im Geld schwimmen würde, hatte sie sich gleich viel weniger Sorgen gemacht.

Gott, war sie froh, Clemens zu haben … Wie hätte sie sonst jemals wieder einen Mann kennengelernt, den sie prickelnd fand? Bei ihrem Aktionsradius? Wohnung, Einkaufen, Laden. Die Gemüsehändler waren schon lange aus dem Rennen, Bauchtanzen war reine Frauensache, und bei ihrem speziellen Sortiment hatte sie nur eine sehr eingeschränkte Auswahl männlicher Besucher (ein Fass Bier nach Geschäftsschluss angezapft, und sie würde alle Männer des Viertels beim Vornamen kennen …). Wenn's hochkam, waren es – trotz der vielen Kochsendungen im Fernsehen – vielleicht sieben bis neun Prozent der Stadtbevölkerung. Und von diesen wenigen, die sich derart intensiv mit dem Kochen beschäftigten, dass sie zu ihr in den Laden kamen, waren sechsundneunzig Prozent noch mal eine ganz besondere, merkwürdige Spezies. Unter den verbleibenden vier Prozent dieser Kochbuchfreunde einen geeigneten Herzenskandidaten für Mona zu finden käme einem Sechser im Lotto gleich.

Nur in Gedanken rollte Mona genervt mit den Augen, äußerlich lächelte sie charmant und aufmerksam, während einer von diesen furchtbaren Dozententypen ihr einen nicht enden wollenden Vortrag darüber hielt, wie er sich anhand von Büchern herausragende Kenntnisse der molekularen Küche angeeignet hatte. »Rhabarber, Rhabarber, Rhabarber« war alles, was zu ihr durchdrang. Tja, damit hätte sie rechnen müssen, wenn sie einen Kochbuchtauschbasar veranstaltete. Kochbuchkäufer waren Kochbuchsammler, Kochbuchsammler waren detailverliebte Koch-*nerds*, Hobbyköche noch größere Labelfetischisten als Ferrari-Fahrer und Gourmets treu ergebene Sternekochjünger, wie sie sich ein jeder Sektenguru nur wünschen würde. Die gaben für ihre Küchenausstattung so viel aus wie andere für einen Maserati, hatten bei einem japanischen Samuraischwertmeister ihr persönliches Messer anfertigen lassen, abonnierten den *Guide Michelin* und den *Gault Millau*, gurkten an Wochenenden quer durch die Republik, um wenigstens einmal in einem der dort aufgelisteten Restaurants gespeist zu haben, und tapezierten ihre Küchenwände mit den gerahmten Teilnahmebescheinigungen aller angesagten Sternekochkurse. Und unterschieden sich damit in nichts von der Sorte Mann, der für Mona der Inbegriff des Antimannes waren: *Homo märklinus*. Natürliches Habitat: der Hobbykeller. Und hier stand sie nun, mitten unter ihnen – Gott, war sie froh, dass Clemens keinem Hobby außer Sport nachging …

Aber Dienstleistung ist eine Hure – für den sonst kläglichen Sommerumsatz war der Tauschbasar eine Wucht. Gemeinsam mit Ezra hatte Mona einen kleinen Flohmarkt aus geliehenen Biertischen vor und im Laden aufgebaut, der größte Stand war natürlich ihrer. Von den anderen Teilnehmern, die aus allen Himmelsrichtungen herangeströmt waren, bekam sie eine Standgebühr, aber der eigentliche Gewinn bestand darin, dass sie ihre Ladenhüter loswurde und haufenweise potenzielle Kunden ihr wunderbares Geschäft kennenlernten.

Jetzt war es aber genug. Mona winkte Andrea heran, deren unersättlicher Männerbedarf ihr jetzt sehr zupass kam. Zu Monas großer Überraschung war sie morgens einfach aufgetaucht und hatte nicht nur als Monas hübsch ausstaffierte Assistentin sehr viel dazu beigetragen, den Basar attraktiver zu gestalten, sondern seinem Namen auch alle Ehre zu machen, indem sie lautstark Bücher anpries, als würden ab morgen nie mehr welche gedruckt. Wenn sie ihr jetzt noch diesen verhinderten Lebensmittelchemiker vom Leib hielt, würde Mona auf dem Nachhauseweg eine Kerze in der Kirche anzünden zum Dank dafür, dass dieses irgendwie doch liebenswerte Unikat wieder ein Teil ihres Lebens war.

Andrea baute sich vor dem verdutzt errötenden Hobbykoch so auf, dass er sie in ihrer herrlich ironischen Fünfzigerjahre-Hausfrauenmontur zur Gänze bewundern konnte, und ihr einladender roter Lippenstiftmund fragte: »Womit kann ich Sie glücklich machen?« Witzigerweise war Mona auf die gleiche Idee gekommen, sodass sie in ihren fröhlich bedruckten Petticoatkleidern und den spitzen Pfennigabsatzpumps unabgesprochen wie das perfekte Marketingkonzept aussahen. Doch jetzt beeilte sie sich, das Weite zu suchen und Ezra zur Hand zu gehen, die schon seit dem Morgen mit rührender Aufmerksamkeit für Ordnung sorgte. Währenddessen hatte sich Alexander um die Verpflegung der Gäste gekümmert. Dabei hatte sie die beiden eigentlich hauptsächlich im Laden haben wollen, um Diebstählen vorzubeugen. Mona wurde warm ums Herz, als sie daran dachte, wie sehr sich ihr Sohn als barkeepernder Detektiv ins Zeug gelegt hatte, doch am späten Nachmittag hatte sogar er die Segel gestrichen. Ohne eine Passion für die Materie Kochen (wie hätte er die auch entwickeln können bei so einer virtuosen Mutter?) war seine Anwesenheit einer seiner vielen Liebesdienste für sie. Sie war wirklich ein Glückspilz. Nun genoss Mona die einsame Ruhe nach dem Sturm, in der sie in Gedanken die Ereignisse des Tages Revue passieren lassen konnte. Darum hatte sie auch Andreas Angebot abgelehnt, noch beim Aufräumen zu helfen. Gerade war sie dabei, die letzten Spuren zu beseitigen, als plötzlich Albert im Laden stand.

»Alexander ist schon weg«, warf ihm Mona entgegen, bevor er Gelegenheit hatte, sie zu begrüßen.

»Ich bin –«, hob er an, doch Mona unterbrach ihn unwirsch: »Und ich hatte dich doch gebeten, dich von hier fernzuhalten.«

»Aber wie könnte ich denn?«, antwortete er strahlend, machte einen Schritt auf sie zu, ergriff ihre Hand und küsste liebevoll ihre Handfläche wie die eines Kindes. »Ich hab mich so gefreut, mein Schatz, da musste ich sofort herkommen.«

Mit strenger Miene entzog sie ihm ihre Hand. »Sofort? Du kommst natürlich erst, wenn die Arbeit vorbei ist.«

»Ich musste doch auch arbeiten«, verteidigte er sich. »Ich bin gerade erst gelandet, im Flieger saß ich wie auf heißen Kohlen, sag ich dir. Ich konnte es gar nicht erwarten, dich zu sehen, seit ich es weiß.« Er zog sie wieder zu sich heran, wollte sie küssen, doch sie entwand sich ihm wie ein glitschiger Fisch. Stimmt ja, hatte sie ganz vergessen, seine Geschäftsreise. Früher standen die alle in ihrem Kalender. Da hätte sie keinen Abflug und keine Landung vergessen. Jetzt hätte er abstürzen können, und sie hätte nicht einmal gewusst, dass er an Bord war.

»Seit du *was* weißt?« Sie verschanzte sich hinter ihrer Theke, das war am sichersten. Um ihn rauszubugsieren, fehlte ihr nach diesem anstrengenden Tag einfach die Kraft. Wäre das eine Filmszene, würde sie heimlich Alexanders Kurzwahl drücken und ihn herbeordern, doch natürlich hatte sie dort keine einzige Nummer gespeichert – auch wieder was, was sie bald mal an einem langweiligen Vormittag im Laden erledigen sollte.

Im Gegensatz zu allen anderen schien sich Albert hier noch als Hausherr zu fühlen, denn er blieb nicht etwa auf Abstand vor dem Tresen, sondern folgte ihr dahinter.

»Dass du es öffentlich gemacht hast, das mit uns.«

»Wie bitte?« Entrüstet wandte sich Mona ihm zu. »Wie kommst du denn darauf?«

Er lächelte sie verliebt an. »Du Scherzkeks, na, dein Facebook-Status, Schatz.«

Er zückte sein iPhone, fingerte mit drei Handgriffen daran herum und hielt ihr das Display unter die Nase. »Mona Schäfer ist in einer Beziehung. Geändert: Vorgestern Abend, 22:41.« Er grinste. »*Alle* wissen Bescheid.«

Au weia! Aus ihrem Gesicht wich alle Farbe. Das war ja mal wieder gründlich in die Hose gegangen! Sie hatte doch eigentlich penibelst alle Internet-Verbindungen zu Albert gekappt? Oh, Mist, die Kommentare … So gut wie jeder ihrer Facebook-Freunde hatte »Gefällt mir« angeklickt.

Natürlich war ihr klar gewesen, dass sie mit ihm darüber hätte reden müssen, obwohl sie alles Recht gehabt hätte, ihn genauso monatelang im Dunkeln tappen zu lassen, so wie er es mit ihr gemacht hatte. Aber Auge um Auge, Zahn um Zahn war nicht ihr Ding. Zumindest Ort und Zeit ihrer Aussprache hatte sie selbst bestimmen wollen. Dass er sich einfach über ihre Bedürfnisse und Wünsche hinwegsetzte, machte sie wahnsinnig – und noch so vieles mehr. Sie betrachtete ihn mit neutralem Interesse, wie sie eine Statue in einer Ausstellung betrachten würde, und ihr Hirn formulierte ein Nein. Ein für allemal nein. Sie war fertig mit Albert. Darum hatte sie sich öffentlich zu Clemens bekannt, ein klares Signal für *ihn* gesetzt. Wie konnte das nur wieder so schiefgehen?

Vielleicht lag es an ihrer Erschöpfung, vielleicht auch an der Erkenntnis des Unausweichlichen, auf einmal überkam Mona eine friedliche Gleichgültigkeit. Ach, mochte doch die Albert-Fraktion denken, was sie wollte. Wenn Albert darauf bestand, dann machte sie eben hier und jetzt reinen Tisch und ließ ihre Ehe hier und heute für immer hinter sich. »Komm, setzen wir uns.« Sie dirigierte ihn auf einen Barhocker und setzte sich ihm gegenüber. Als wolle sie ihre Entschlossenheit noch ein letztes Mal überprüfen, sah sie ihm lange und forschend in die Augen, bevor sie ansetzte: »Eigentlich wollte ich es dir persönlich sagen.« Diesmal war sie froh über sein Schweigen. »Das neulich… diese Nacht … das war ein Fehler.«

Er grinste und griff nach ihrer Hand. »Dafür war es viel zu schön.«

Kopfschüttelnd entwand sie sich ihm, darauf wollte sie gar nicht eingehen. Mit monotoner Stimme sagte sie: »Es gibt kein Zurück mehr, Albert.«

Sein Blick verdunkelte sich, er verschränkte die Arme. Die altbekannte Unnahbarkeit, sobald es Konflikte gab. Hätte sie ihn nicht so kalt erwischt, wäre er wahrscheinlich schon längst rausgestürmt.

»Ich will nicht mehr zurück. Ich will nach vorne schauen. Mit jemand anderem, verstehst du. Du wolltest das –«

Er unterbrach sie: »*Das* war ein Fehler! Mona, bitte. Es tut mir so leid. Gib mir doch noch eine Chance!« Wieder versuchte er sie festzuhalten.

Sie ließ es geschehen. Was war sie doch für ein emotionales Weichei – wenn sie daran dachte, wie er sie sitzen gelassen hatte… Dafür hätte sie ihm Vorwürfe machen, ihn quälen können, aber ihr war nach Frieden. Eine Weile saßen sie Händchen haltend voreinander, ruhig sah sie ihm in die panisch flackernden Augen. Damit wäre schon alles gesagt, doch sie wollte es aussprechen, manifestieren, um ihrer selbst willen. »*Du* wolltest dich von mir trennen, und nichts konnte dich davon abhalten. Und nun will *ich* es auch. Gesteh mir das bitte zu, Albert. Was du da gelesen hast, ist ein großes Missverständnis. Dafür entschuldige ich mich.«

Sprachlos starrte Albert sie an, während er vor ihren Augen um Jahre alterte. Mona empfand nichts als Leere, Leere und Erleichterung. Sie stand auf und umarmte ihn. Er fühlte sich kraftlos an. »Danke für die schönen gemeinsamen Jahre.«

»Ach, Mona«, seufzte Albert kaum hörbar und drückte sie fest an sich.

»Viel Glück, Albert. Mit allem. Ich wünsche dir nur das Beste. Lass uns unserem Sohn gute Eltern sein.« Minutenlang standen sie so da, niemand wollte den ersten Schritt machen. Erst als sie gegen die Tränen angekämpft hatte, die ihr doch noch in die Augen geschossen waren, nahm sie behutsam Abstand. »Bitte geh jetzt.«

Hätte Mona nur für einen Augenblick nach draußen gesehen, hätte sie das ganze Ausmaß des Dramas erkannt, das ihre Facebook-Aktion verursachte. Was musste in Clemens vorgegangen sein, als er Albert und sie in ihrer scheinbar zärtlichen Vertrautheit entdeckte? Auch er hatte ihre Statusmeldung gesehen und auf sich bezogen. Bis dahin alles gut. Auch er hatte in seiner Kanzlei wie auf heißen Kohlen gesessen, alle naselang auf die Uhr gesehen und es gar nicht erwarten können, bis der Trubel in Monas Laden vorbei war und er sie endlich für sich hatte. Und auch er war freudestrahlend zu ihr geeilt, um sie in seine Arme zu schließen. Ach, wäre er doch nur ein Augenblickchen früher aus dieser Telefonkonferenz rausgekommen ... Dann wäre nicht er, sondern Albert derjenige gewesen, der sie beide durch die Schaufensterscheibe in inniger Umarmung beobachtet hätte. Albert und nicht er, der einen falschen Eindruck gewonnen, einen Abschied für ein Revival gehalten und sich still und leise zurückgezogen hatte. Wäre Clemens kein Familienmensch, dem die Ehe genau wie Sarah heilig war, wäre er womöglich reingeplatzt und hätte sein Revier markiert. Doch welches Recht hatte er, dazwischenzufunken? Dies sah aus wie ein Ehepaar, das sich nach einer Krise wieder versöhnte. Ein Dritter hatte da nichts zu suchen.

Aller guten Dinge sind drei

Es war ein wirklich kurzweiliger Abend gewesen, denn Andrea hatte tolle Neuigkeiten gehabt.

War das ein typisch deutsches oder auf der ganzen Welt (außer in Kanada, wenn man Michael Moore glauben durfte) existierendes Phänomen, dass schlechte Nachrichten wesentlich mehr Aufmerksamkeit erzeugten als gute? Wenn man zum Beispiel auf die Frage »Wie geht es dir?« »Gut« antwortete, kam nie die Nachfrage »Warum?«. Sagte man, es ginge einem schlecht, und fing womöglich gleich noch an zu lamentieren, konnte man damit ein abendfüllendes Gespräch in Gang setzen, eine Art Wettstreit um die Goldmedaille für die schlimmsten Gebrechen und Erlebnisse.

Gott sei Dank waren sie mittlerweile wieder alle in einem gemeinsamen festen Kokon von Wohlwollen eingesponnen, und so erfreuten sie sich natürlich sehr wohl an Andreas Glück: Endlich war sie über das dritte Date mit einem vielversprechenden Mann hinausgekommen! Und jedes dieser drei Dates war in sich perfekt und geradezu mustergültig nach allen Regeln der Balzkunst abgelaufen.

So waren sie schon zeitig beim Dessert angelangt. Mona hatte einen Espresso in ihrer ächzenden alten Zehn-Personen-Caffetiera aufgesetzt, dessen herrlicher Duft die Küche erfüllte, während sie sich zusammen an die frische Zubereitung des Desserts machten, das à la minute verputzt werden musste. Wahrscheinlich waren das die letzten Erdbeeren, die sie in diesem Jahr genießen würden.

»Danke!« Andrea nahm die verblüffte Ezra in eine feste Umarmung und ließ sie nicht mehr los. »Ich danke dir so sehr. Du bist meine Heldin.«

»Meine auch, aber das weißt du ja längst«, meinte Mona. Ezra lachte. Andrea löste sich aus der Umarmung, und Mona bemerkte gerührt, wie sie sich eine Träne von der Wange wischte.

»O Mann, wenn ich daran denke, wie ich immer gleich losgerast bin wie ein Duracell-Häschen – natürlich genauso appetitlich pinkfarben verpackt –, sobald ein Mann nur mal kurz signalisiert hat, dass er mich toll finden könnte.«

»Wem sagst du das?« Kochen hatte wirklich was Therapeutisches, denn Lisa konnte all ihre aufgestauten Gefühle wunderbar an den Erdbeeren auslassen, selbst wenn sie vielleicht gerade assoziierte, der Erdbeersaft, der sich vom Brett auf die Arbeitsplatte ergoss, wäre echtes Blut.

»Mehr musste der gar nicht tun, da habe ich schon unaufhörlich getrommelt wie eine Blöde, um ihn immer aufs Neue davon zu überzeugen, wie schön plüschig und liebenswert ich bin«, fuhr Andrea fort. »Ich sag's euch, ich könnte mich ohrfeigen für all die Urlaube, die ich für die Kerle durchorganisiert und nicht selten sogar finanziert hab, für all die Konzertkarten, die ich Männern in den Arsch geschoben habe, und die sind teilweise noch nicht mal angetanzt, und ich stand da und durfte zusehen, wie ich die Karte verkaufe, und drin lauter glückliche Pärchen und ich mittendrin, und hatte keinen Spaß mehr an etwas, auf das ich mich schon monatelang gefreut hatte.« Je mehr sie sich reinsteigerte, desto mehr kriegten das die armen, unschuldigen Amarettini in der Plastiktüte zu spüren, auf die sie mit einem Fleischklopfer eindrosch. »Das war eigentlich das Fieseste daran.«

»Nein, das Fieseste ist, dass sie all das gekriegt haben, ohne es jemals verlangt zu haben.« Ezra klang wie eine ungehaltene Lehrerin, die es leid war, trockene Materie in Holzköpfe reinzutrichtern. »Niemand ist dir zu Dank verpflichtet für etwas, was er gar nicht haben wollte.«

Lisa nickte. »Ich beiß mich heute noch in den Arsch für die ganzen Steuererklärungen und unangenehmen Schreiben, die ich all die Jahre für meinen Peter erledigt habe. Die an mich adressierten Fensterbriefe hat er immer schön mir überlassen. Glaubst du, dafür habe ich jemals einen Orden an die Brust geheftet gekriegt?«

»Ach, solange die Bespaßung frei Haus kommt, bekommst du dein Leckerli schon irgendwie …«, sagte Andrea.

»Ja, aber solche Liebesbezeugungen sind doch keinen Pfifferling wert, wenn sie im Grunde von dir erzeugt und damit ja wohl kaum authentisch sind«, unterbrach Mona. »Das nenne ich wirklich manipulativ!«

»Aber mal ehrlich, Mädels«, sagte Sarah. »Wie krisenfest ist denn eine solche Schönwetterbeziehung? In der du den Partner von allem Ungemach fernhältst und ihn nie beanspruchst, weil du fürchtest, dass er sich abwenden könnte? Was für eine Basis ist das überhaupt? Treibsand. Ein Haus aus termitenzerfressenem Holz.«

»Ja klar«, gab Andrea zu, »aber solange du drinsteckst, merkst du das doch gar nicht. Dieses System ist genauso ein Selbstläufer wie das rosa Häschen. Und du rennst und rennst und rennst, weil du ja nicht blöd bist und im Grunde deines Herzens weißt: Wehe, du fällst mal um oder lehnst dich zurück und wartest, was von ihm kommt. Dann kriegst du nämlich plötzlich mit, dass seine Batterien schon lange leer waren.«

»Ist es nicht genau das, wovor wir alle Angst haben? Darum halten wir daran fest, jeden Tag mühsam mit Trommelwirbel PR für uns selbst zu machen«, meinte Lisa.

»Aber auf diesem Ohr ist er taub«, sagte Andrea.

»Und fühlt sich noch kastriert, weil du ihn immer in die Reaktion gezwungen hast anstatt ihn mal machen zu lassen …«, fing Mona an.

»… und bestellt sich zur Strafe das nächste Häschen im Internet«, beendete Sarah den Satz.

Sie lachten. Es war ein erleichtertes Lachen. Sie hatten einen Fehler erkannt, der ihnen wohl nicht so schnell wieder passieren würde, und sie würden aufeinander aufpassen, sofern sich etwas in der Art wieder bei einer von ihnen abzeichnen würde. Ein flauschiges Gefühl, sagenhaft fluffig wie die Mascarponecreme, die Mona inzwischen fertig geschlagen hatte.

Sie spülte die Rührstäbe ab und sagte: »Und solange du so weitermachst, wird auch jede deiner Beziehungen so ablaufen, egal, mit wem.«

Ezra nickte und schaltete sich ein: »Es ist ganz einfach: Wenn du Eier, Mehl und Milch zusammenrührst, wird ein Pfannkuchen draus, kein Schnitzel. Wenn du ein Schnitzel willst, musst du andere Zutaten nehmen. Verstehst du?«

Andrea sah sie nachdenklich an.

»Das heißt: Ändere dein Verhalten, dann ändert sich auch deine Beziehung«, resümierte Lisa.

»Kann sein, dass ich mit meinen Pfannkuchen früher einen Superkandidaten nach dem anderen in die Flucht geschlagen habe«, sinnierte Andrea schmunzelnd.

»Kann sein, aber vor allem hast du *dir* damit nichts Gutes getan. Dieser ewige Zweifel: ›Würde er auch bei mir bleiben, wenn ich mich nicht so ins Zeug legte?‹ und dieses ewige Damoklesschwert über dem Haupt ›Sobald ich nicht mehr trommle, rennt er einer anderen Kapelle hinterher‹ macht einen doch ganz unglücklich.« Damit adressierte Mona nicht nur Andrea, sie fand, das galt für sie alle.

»Solange einer hängen bleibt, denkst du doch, dass das funktioniert und Beziehungen einfach anstrengend und ein bisschen enttäuschend sein müssen. Du kennst es ja nicht anders.«

»Ich schon«, warf Sarah, ihr perfektes *role model*, ein. »Ich musste mich nie fragen, ob mein Mann wieder anruft oder nicht.«

»Im Grunde ist das doch alles eine Frage des Vertrauens. Fragen wir uns doch mal: Wie sieht es mit unserem Urvertrauen aus? Vertraust du darauf, dass ein Mann dich wirklich mag? Ohne dass du dir ein Dutzend Beine ausreißen musst, um ihn zu halten«, fragte Mona. »Ich dachte immer, ich hätte dieses Urvertrauen, aber je mehr wir darüber reden, desto größer wird das Duracell-Häschen auch in mir. Ich habe seit Freitag nichts mehr von Clemens gehört und muss mich schon sehr disziplinieren, um locker-flockig daran zu glauben, dass ich ihm wichtig bin, anstatt ein Trommelfeuer an Anrufen loszulassen. Zumal er im Gegensatz zu Albert so gar nicht auf meine Statusmeldung reagiert hat.«

Ezra griff nach ihrer Hand und drückte sie beschwichtigend. »Ihr habt doch sonst alle so viel Disziplin, wieso fällt euch das in Herzensangelegenheiten so schwer?«

»Weil wir so ausgehungert sind«, sagte Lisa und steckte sich eine Riesenerdbeere ganz in den Mund.

»Nicht, die ist doch für die Deko«, mahnte Mona, die inzwischen alle Zutaten abwechselnd in Weckgläser schichtete.

Das supergehütete Geheimrezept für das die Welt aus den Angeln hebende Erdbeer-Amarettini-Tiramisu

Für 8 Personen

- 500 g Mascarpone
- 2 Eier
- 50 g Puderzucker
- 3 EL Marsala (ital. Dessertwein)
- 2–3 EL Ahornsirup
- 100 g Amarettini, zerbröckelt
- 250 g Erdbeeren

Eier trennen. Eiweiß zu Eischnee schlagen. In den Kühlschrank stellen.

Erdbeeren waschen, putzen und in kleine Stücke schneiden.

Eigelb und Puderzucker mit dem Handmixer zu einer Creme schlagen. Marsala und Mascarpone unterrühren, mit Ahornsirup je nach Bedarf nachsüßen. Eischnee vorsichtig unterheben.

Den Boden von hübschen Gläsern mit einer dünnen Schicht Amarettini bedecken, dann abwechselnd Creme, Erdbeeren, Creme und Amarettini hineinfüllen. Mit Creme abschließen und mit einer ganzen Erdbeere dekorieren.

Sofort servieren und unverzüglich genießen, weil sonst der knusprige Amarettini-Crunch zu Brei erweicht.

»Du hast schon recht, das Signal ist klar und deutlich: In dem Moment, in dem ich mit der gleichen sachlichen Distanz wie in meinem Job ans Online-Dating herangehe, treffe ich meinen Traummann.«

»Und deiner ist auch schon da, verjag ihn ja nicht mit deinen ewigen Zweifeln«, sagte Lisa beiläufig zu Mona, während sie sich eines der Dessertgläser sicherte.

»Leichter gesagt als getan«, dachte Mona, die seit ihrer Entscheidung eine seltsame Unruhe verspürte, als hätte sie eine Vierundzwanzig-Stunden-Überdosis Koffein. Ihr war nicht danach, sich wieder an den Tisch zu setzen, darum teilte sie Löffel aus und drückte Ezra den Espresso in die Hand. Als Sarah vom Rauchen von der Terrasse zurückkam, machten sich die Frauen im Stehen in der Küche gierig über Monas Lieblingsdessert her, ihr selber hatte die Angst mal wieder den Appetit verdorben.

»Sag mal, das geht ja wohl direkt auf die Hüften, oder?«, argwöhnte Andrea nach dem ersten Löffel. »Ich hatte gar nicht vor, diese Woche noch ins Fitnessstudio zu gehen.«

»Genießen kann gar nicht hässlich machen«, behauptete Mona. »Wetten, dass keine von euch weiß, wie gut uns Erdbeeren wirklich tun?«

»Jetzt verarschst du uns aber, oder? Das ist doch nur Wasser und ein Haufen Zucker in hübscher Verpackung«, sagte Sarah.

»Hast du 'ne Ahnung. Gerade die Verpackung macht's. Die rote Farbe entsteht durch Flavonoide, die bekämpfen die freien Radikale und schützen damit unsere Zellen.«

»Gut zu wissen. Meine Kinder essen die nur, wenn wir ins Erdbeerfeld gehen, ansonsten haben sie einen angeborenen Sensor für gesunde Kost, nur dass sie sie meiden wie Tiere die Giftpflanzen.«

»Gilt das nur für Erdbeeren? Oder auch für Kirschen?« Lisa tunkte ihren Finger in die Erdbeersaftlache auf dem Schneidbrett und lutschte ihn ab.

»Ganz genau – alle roten Obst- und Gemüsesorten sind natürliche Immunstärker«, sagte Ezra.

»Wo wir gerade bei immun sind: Ein bisschen fühle ich mich gerade wie bei einer missglückten Chemotherapie – Krebs tot, Patient auch. Jetzt, wo ich endlich Antikörper gegen Albert habe, habe ich anscheinend Clemens gleich mit ausgemerzt.« Da Andrea in eine eigene vielversprechende Beziehung zu steuern schien, traute sich Mona endlich wieder, ihr gegenüber Clemens zu erwähnen.

»Wie kommst du denn darauf?«

»Er war heute nicht ein einziges Mal da. Ohne Espresso steht er doch normalerweise den Tag nicht durch.« Sie trank ihren in einem Rutsch aus.

»Warum habt ihr denn nicht telefoniert?« Das konnte sich Sarah gar nicht vorstellen, ihr Handykontakt mit ihrer Familie war wie ein überlebensnotwendiger Tropf, an dem sie hing.

»Das brauchten wir ja nie. Er kam ja immer vorbei, und dann haben wir alles besprochen. Ich rufe ihn sicher nicht an. Ich will nicht, dass er denkt, ich klammere oder stelle Forderungen an ihn.«

»Schon merkwürdig, oder?«, fragte Sarah. »Mein Mann kann sich zwanzig Mal am Tag melden und fragen, was ich gerade mache, und ich freue mich darüber, dass er an mich denkt und Interesse an mir hat. Wenn ich das auch nur einmal täglich täte, würde er mir vorwerfen, ihn zu kontrollieren, und mir gar nichts mehr erzählen.«

»Bei Albert war es auch klüger, nicht anzurufen. Entweder wimmelte er mich ab, bevor ich überhaupt Hallo sagen konnte, oder er drückte mich gleich weg und schaltete danach das Handy ab. Das machst du ein-, zweimal mit, und dann gewöhnst du dir an, nur dann mit ihm zu sprechen, wenn es von ihm ausgeht. Damit geht es dir viel besser.«

»Mach dich nicht verrückt, bestimmt ist Clemens auf einer Geschäftsreise«, wiegelte Lisa ab.

»Wahrscheinlich hast du recht. Vielleicht frage ich einfach mal seine Sekretärin, wenn ich sie sehe.«

Mona hatte sich immer so auf ihren Laden gefreut. Doch seit Clemens sich so unerwartet nicht mehr blicken ließ, ging sie mit gemischten Gefühlen zur Arbeit. Wie ein vorprogrammiertes Navi legte sie ihren Weg dorthin zurück, während sie eine einzige Frage beschäftigte: ob sie ihn heute endlich wieder sehen würde. Inzwischen glaubte sie nicht mehr daran, dass alles in Ordnung war. Wieder einmal schloss sie die Ladentür ab, ohne dass sie ihn zu

Gesicht bekommen oder von ihm gehört hatte. Ihre Nerven lagen blank. Was zwei Wochen ausmachen können ... Da wäre sie nämlich noch ziemlich lässig damit umgegangen, dass Clemens doch keinen Teil ihres Lebens ausmachte. Doch seit sie sich entschieden hatte, ihm einen Platz in ihrem Herzen (und sogar im Kleiderschrank) freizuräumen, fiel es ihr unendlich schwer, so cool zu bleiben, wie Ezra ihr ständig riet. Als Mona ihren Kassenabschluss machte, fiel ihr eines von Ezras absurden Beispielen ein, und sie musste lachen. Sogar den Zweiten Weltkrieg, in dem die Frauen in völliger Ungewissheit monate-, manchmal jahrelang von ihren Männern getrennt waren, ohne die Beziehung aufzugeben, zog sie zu Monas Ermunterung heran. Besonders hilfreich war das nicht, weil Mona wusste, dass ihre Oma sehr wohl an der Treue ihres Opas gezweifelt hatte, so sehr, dass sie, nachdem er an der Front gefallen war, seinen Tod infrage stellte und ihn stattdessen beim fröhlichen Herumhuren in einem französischen Bordell vermutete. Ezra erinnerte sie an Liebende, die durch den Krieg oder den Mauerbau jäh auseinandergerissen worden waren oder Studienjahre in einer anderen Stadt und berufliche Verschickung in ein anderes Land überstanden hatten. Wenn Ezra sie so beschwichtigte, hielt ihre Zuversicht immerhin ein paar Stunden an, aber sobald sie zu lange alleine war, ließ sie ihr letztes Zusammensein mit Clemens wieder und wieder Revue passieren, um Hinweise darauf zu finden, was geschehen sein könnte. Nichts, da war einfach nichts.

Es war wie verhext, Mona hatte alles Mögliche angestellt, um nicht zu verpassen, wenn sich die Haustür nebenan öffnete, doch auch seine Sekretärin schien vom Erdboden verschluckt zu sein. Sie konnte ja wohl schlecht eine der kleinen, schicken Rechtsanwältinnen ausfragen, die zwar alle auf Dauerdiät waren, sich aber manchmal heimlich bei Mona einen fetten Schokoschock, einen Double-Fudge-Brownie, holten. Bei ihrem Glück stünde das dann bestimmt am nächsten Tag in der Klatschspalte der Tageszeitung. Komisch, dass wir dachten, wir hätten alle ein Anrecht auf Glück. Manche fanden es ja nie, und vielleicht hatte Mona ihren Anteil bereits während ihrer Ehe aufgebraucht ...

Lippenbekenntnisse

»Der ist schwul, das ist so sicher wie das Amen in der Kirche, sonst wäre er schon längst verheiratet oder wenigstens einmal geschieden«, behauptete Sarah.

In Zeitschriftenläden hatte Mona oftmals fassungslos vor der Fülle an Glitzer- und Voyeurgazetten gestanden und sich gefragt, wer zum Teufel die Zeit hatte, so was zu lesen. Seit Sarah, die sie zugegebenermaßen anfangs dafür in die Dummchenschublade gesteckt hatte, ihr jeden Montag die gelesenen Klatschblätter ins Haus schleppte, war auch sie auf du und du mit den Roten-Teppich-Promis und -Ludern dieser Welt und fand es ganz unterhaltsam, mit ihren Montagsmädels den Wahrheitsgehalt der neuesten Gerüchte und Skandälchen zu erörtern.

»Ja, aber was ist dann mit seinen ganzen Freundinnen? Alle nur Alibi?« Genüsslich löffelte Mona den Rest ihrer Pfirsichbowle aus. »Das kann ich mir nicht vorstellen, heutzutage nicht mehr. Nicht mal Ricky Martin hatte Alibifreundinnen, und der kommt aus *Ciudad de Macho*«, entgegnete sie und verrückte ihren grünen Loom Chair so, dass sie frontal von der Sonne beschienen werden konnte, die fast bis zu ihrem Untergang auf ihre Terrasse schien. Mona rückte sich ihre Kissen zurecht, verschränkte die Arme hinter dem Kopf und lehnte sich zurück. Überall da, wo ihr Körper nicht von ihrem leichten blütenweißen Spitzenkleid bedeckt war, war jeder Sonnenstrahl wie eine sanfte Liebkosung auf ihrer gut gebräunten Haut. Sie streifte die Clogs ab und ließ ihre Fußsohlen die Wärme der aufgeheizten Holzbohlen spüren. Aaaah, so ließ es sich leben.

»Ach, so ein Schnuckelchen«, seufzte Lisa. »Wirklich schade, dass uns so die tollsten Männer abhandenkommen.«

»Und wie«, pflichtete Sarah ihr bei. »Die schönsten, die gepflegtesten, die stilsichersten …«

»… die bestangezogenen …«

»… die durchtrainiertesten …«

»… die lustigsten«, ergänzten Mona und Lisa die Aufzählung.

»… und die, die am leckersten duften«, schloss Sarah.

»Oooh jaaaa … Ich frage mich, wieso ausgerechnet die auf unsere Gesellschaft verzichten? Mit der Sorte Männer hätten wir doch entschieden weniger Probleme«, stellte Mona fest.

Alle fanden das schade – außer Marina. »Aber ohne uns haben *die* weniger Probleme. Glaube ich jedenfalls, oder weiß ich …« Sie machte eine bedeutungsschwangere Pause. »Jetzt, wo ich weiß, wie das ist, äh, wie viel leichter das ist, wenn man sich nicht mit dem anderen Geschlecht herumärgern muss …« Mona schnellte hoch. Unter dem Gartentisch gab sie Lisa einen Tritt. Weil sie alle nicht aufhörten, Marina anzustarren, und zudem eisern schwiegen, fuhr diese nach einer Weile fort. »Was ich sagen wollte …« Sie holte hörbar Luft. »Ich bin in festen Händen.«

»Champagner für alle!«, rief Lisa aus.

Noch ein Tritt von Mona.

»Au!«

»Lass Marina reden«, wies Mona sie zurecht. »Wer ist der Glückliche?«

»*Die* Glückliche.«

Lisa trat Mona, und Sarah hatte sich auch nicht unter Kontrolle. Schockiert riss sie die Augen auf.

»Ihr habt sie schon mal gesehen – als wir im Hamam waren. Wisst ihr noch?«

»Jaaaaa.« Lisa genoss ihren Triumph sichtlich. »Die Masseurin?«

Marina nickte mit hochrotem Kopf.

»Ja, das ist sie. Brigitte. Mit ihr war ich im Urlaub.« Vielleicht hätte sie es gar nicht erzählt, wenn Ezra auch da gewesen wäre, aber die war schon am Freitag mit ihrer Tochter Laila zu einem Familientreffen am anderen Ende der Republik gefahren. Solange Ezra da war, hatte Mona gar nicht wahrgenommen, wie wichtig sie ihr geworden war. Sie fehlte ihr jetzt schon, dabei würde sie noch bis Ende der Woche wegbleiben.

Wieder so ein »Ich hab's doch gewusst«-Blick von Lisa. Mona setzte sich aufrecht. Eine Reaktion wäre jetzt angebracht, aber welche?

Sarah kam ihr zuvor: »Oh, wie toll! Outing live! Kenn ich sonst nur aus dem Fernsehen.« Sie zündete sich eine Zigarette an und paffte mit hektischen Zügen, als würde sie gleich hyperventilieren.

Marina rang sich ein süßsaures Lächeln ab.

»Und? Wie geht's dir?« O nein, das hört sich ja an, als ob sie krank wäre, schämte sich Mona gleich darauf.

Marina strahlte mit glühenden Bäckchen. »Sehr, sehr gut.« Mona mochte sich nicht ausmalen, warum genau, aber es war nicht zu übersehen. Ihre Zornesfalte schien sich in Luft aufgelöst zu haben, ihr Gesicht erschien viel weicher, frischer, jugendlicher, so passte es auf einmal ganz gut zu ihren Teenieklamotten.

»Wie schön«, sagte Mona und drückte Marinas Hand.

»Nur aus Neugier, du musst nicht antworten: Du warst doch nicht immer so, oder? Hast du es erst jetzt gemerkt?«

Mona bedachte Lisa mit einem strengen Blick, aber Marina fand nichts dabei zu antworten. Als wäre ein Knoten geplatzt, seit sie beschlossen hatte, mit dem Versteckspiel aufzuhören. Mit einem süßen, verschämten Lächeln schüttelte sie den Kopf. »Es hat mich wie ein Blitz getroffen. Ich habe überhaupt nicht damit gerechnet.« Sie sah verträumt in die Ferne. »Über ihr Geschlecht habe ich mir erst mal gar keine Gedanken gemacht.«

»Na ja, ich hab ja auch im Landschulheim mit meinen Freundinnen Knutschen geübt, aber danach hab ich echt Angst gekriegt, ich könnte lesbisch sein«, sagte Sarah. »Ich hab es dann richtig darauf angelegt, mit einem Jungen zu gehen.« Sie musste lachen. »Um den Bann zu brechen.«

Während Mona heiß und kalt wurde ob des Glatteisthemas, reagierte Marina ganz cool. »Was soll ich sagen? Diese Phase gab's natürlich auch bei mir, Doktorspiele, Engtanzpartys ohne Jungs.«

»Haben wir nicht alle unsere ersten Erfahrungen mit Mädchen gemacht? Ist doch ganz normal, oder? Ich zum Beispiel hatte richtig Liebeskummer mit neun, als sich meine beste Freundin Rebekka eine neue beste Freundin zugelegt hat. Ich konnte eine Woche lang nichts essen«, erzählte Mona. »Meine Mutter musste mich sogar zum Arzt schleifen.«

»Das kenn ich nicht, ich war eher der Bandentyp«, entgegnete Marina. »Bis jetzt.«

»Ob das bei Männern auch so ist?«, sinnierte Lisa.

»Ich denke nicht. Die haben eine Handvoll Fußballkumpels, alle austauschbar. Wenn da einer wegzieht, geht die Welt nicht unter«, meinte Sarah, während sie eingehend ihre manikürten Nägel musterte. Ihre Leidenschaft für stets auf die Kleidung abgestimmten Nagellack teilte sie mit Mona, die immer Zeit zum Lackieren fand, wenn sie im Laden mal keine Kundschaft hatte.

»Stimmt nicht. Wenn ich's recht bedenke, hat Albert mich wegen des Scheiß-Paul ziemlich oft im Regen stehen gelassen, wenn es um die Wurst ging.« Jetzt, wo er endlich der Vergangenheit angehörte, musste sie wenigstens keine Höflichkeitsformen mehr wahren. Anders konnte sie seinen Namen nicht mehr aussprechen. Ohne Beweise für ihre These zu haben, war Mona felsenfest davon überzeugt, dass Paul auch Albert diese Plage Carina untergejubelt hatte. »Die gehen vielleicht spröder miteinander um, aber im Ernstfall halten die zusammen wie Pech und Schwefel.«

Lisa kicherte und sagte mit tiefer Stimme: »Mein Blutsbruder, Winnetou.«

»Genau«, sagte Mona, »ich habe noch nie gehört, dass ein Mann für seine Frau in den Knast gegangen ist, aber für seinen besten Freund.«

»Was darauf schließen ließe, dass gleichgeschlechtliche Partner eine innigere Freundschaft verbindet – guter Klebstoff für eine Beziehung. Oder, Marina?« Lisa sah sie erwartungsvoll an, schließlich stand ihre Antwort noch aus.

»Ach weißt du, die Entscheidung ›hetero oder lesbisch‹ ist mir so konkret nie in den Sinn gekommen, aber aus welchem Grund auch immer war das nie so eine prickelnde Angelegenheit mit mir und den Männern. Ich war wohl dauernd in den Falschen verknallt.«

»Kein Wunder. Wenn ich mich auf George Clooney kapriziert hätte, wäre ich auch noch Single«, bemerkte Mona. »Hast du schon mal daran gedacht, dass das Unerreichbare zu wollen auch eine Art Selbstboykott ist?«

Marina nickte. »Na klar, ja. Aber erst, seit mir das passiert ist. Das war ein magischer Moment … mit Brigitte.«

Lisa zwinkerte Mona zu. Konnten sie bezeugen.

Marina strahlte. »Sie war sich so sicher.« Ihr Blick verlor sich verträumt in der Ferne, bevor sie hinzufügte: »… und hat mich damit einfach mitgerissen.«

»Mir wäre das unangenehm, von einer Frau als Lustobjekt angesehen zu werden«, meinte Sarah.

Marinas Handy, das vor ihr auf dem Tisch lag, meldete eine SMS. Errötend nahm sie das Telefon und verschwand damit in der Wohnung. Sarah sah ihr nach, rutschte an die Kante ihres Stuhles vor und sagte leise: »Ehrlich gesagt, das Ganze hier verunsichert mich ein wenig. Ich muss dauernd an die Salonphantasien meines Mannes denken.«

Mona lachte auf. »Jetzt mach dich mal locker, sie ist ja in festen Händen, da besteht ja keine Gefahr, dass sie dich anbaggert.«

»Ja, du hast ja recht. Ich bin nur noch nie selbst damit konfrontiert gewesen. Jedenfalls weiß ich jetzt, warum manche Männer so homophob sind.«

»Bin ich auch«, gestand Lisa.

»Ich auch ein wenig. Aber ab heute werden wir alle damit aufhören.« Mona lächelte Marina zu, die sich wieder in ihrem Stuhl niederließ. »Seien wir einfach dankbar, dass Marina ihr Glück mit uns teilt. Das wünsche ich mir übrigens für jede von uns. Darum fange ich gleich mal damit an.« Sie stand auf, weil es an der Tür geklingelt hatte. Im Gehen fragte sie: »Irgendwelche Vorschläge, wie ich Clemens kontaktieren kann? Er fehlt mir schrecklich.«

»Entschuldigt, ich bin einfach nicht aus diesem Meeting mit den Amis rausgekommen. Hab ich was verpasst?« Andrea, die ihre Tradition des Zu-spät-Kommens wiederaufgenommen hatte, ließ sich in einen der Korbstühle plumpsen und griff sich sofort den Bowlekrug und ein Glas.

Verschwörerische Blicke wurden unter den anderen vier gewechselt, was Andrea nicht mitbekam, weil sie sich mit der Pfirsichbowle beschäftigte. »Aaaaah, darauf habe ich mich schon den ganzen Tag gefreut.«

Keine von ihnen fand es angebracht, jetzt einfach aus dem Zusammenhang gerissen »Marina hat eine lesbische Beziehung« zu verkünden. Und da Mona nicht riskieren wollte, dass Andrea wieder das ganze Geschehen an sich riss, sagte sie: »Ich gehe gar nicht mehr gerne in den Laden, seit Clemens mich boykottiert. Das macht mich ganz mürbe.«

Lisa runzelte die Stirn. »Ihr habt immer noch Funkstille? Wieso?«

Mona zuckte mit den Schultern. »Keine Ahnung ... wirklich. Und ich hab mich immer lustig gemacht über diese Verwandten von vermissten Personen aus dem Fernsehen.«

»Aber was willst du tun?«, fragte Sarah. »Du kannst eigentlich nur indirekte Signale setzen, um deine Position nicht zu schwächen. Bisher war immer er derjenige, der auf dich zugegangen ist. Das solltest du auf keinen Fall umdrehen, das wäre die absolut verkehrte Botschaft.«

Mona stand auf und füllte allen noch mal die Gläser nach.

»Ich weiß. Das ist ja mein Dilemma. Ich wollte schon fast einen Autospiegel an die Hauswand montieren, damit ich ihn wenigstens so sehen kann. Ich bin froh, dass seine süße Sekretärin mich endlich mal wieder besucht hat. War ja klar, dass sie ausgerechnet Wellnessurlaub macht, wenn bei uns was im Argen ist.«

»Und?« Sarah richtete sich erwartungsvoll auf.

»Keine Geschäftsreise. Er war die ganze Zeit in der Arbeit«, sagte Mona, und ihr Kummer war ihr deutlich anzusehen. Lisa machte ein betroffenes Gesicht.

»Das kapier ich nicht.« Nachdenklich rührte Andrea in ihrer Bowle herum.

Monas Augen füllten sich mit Tränen. Fast unhörbar flüsterte sie: »Ich fürchte, es ist aus.«

Andrea setzte sich auf. »Seit wann hast du so wenig Selbstwertgefühl? Warum glaubst du sofort: ›Das war's‹, nur weil du mal 'ne Weile nichts hörst?«

»Weil es einfach nicht zu ihm passt.«

»Das glaube ich auch«, nickte Lisa.

»Soll ich mal versuchen, was rauszukriegen? Ich bin ja seine Mandantin.«

»Der ist doch nicht blöd, der merkt doch sofort, woher der Wind weht. Ich glaube nicht, dass er dir was erzählt, wenn er sich vor Mona versteckt«, entgegnete Lisa.

»Es ist richtig schlimm, aber es stimmt, dass er sich versteckt: Er geht von der Tiefgarage direkt in die Kanzlei. Nur um mir nicht begegnen zu müssen.«

»Das ist echt zu hart, zweimal in einem Jahr so was zu erleben«, sagte Lisa und strich Mona aufmunternd über den Arm.

»Frag mich mal«, sagte Andrea in sarkastischem Ton. »So was hab ich nach fast jedem Date erlebt ...«

Sarah sah kopfschüttelnd von ihr zu Mona. »Manchmal verstehe ich die Welt nicht mehr. Wie kann man mit solchen Klassefrauen wie euch so umspringen?«

»Wirklich wahr«, stimmte ihr Lisa zu. »Ezra würde sagen: ›Auf zum Nächsten‹. Wer euren Wert nicht schätzt, hat euch nicht verdient.«

Mona sah sie nachdenklich an. Wieso fiel ihr das Loslassen mit Clemens so ungemein schwer? In der Tiefe ihres Herzens hatte sich die feste Überzeugung eingenistet, dass sie einander mehr als verdient hatten.

Abfällig zischte Andrea: »Anwälte ...«

»Dein Beuteschema«, erwiderte Lisa herausfordernd.

»Das war, bevor ich wusste, wie wunderbar so ein Textilgroßhändler sein kann. Wie findet ihr mein Kleid?«

Dass keine reagierte, hätte Andrea früher beleidigt, aber auch sie wollte Mona wieder glücklich sehen und nahm sich darum lieber wieder zurück.

»Soll ich mal in den Cafés in der Nachbarschaft spionieren, wo er jetzt seinen Espresso trinkt? Und mit wem? Du weißt ja, dafür habe ich ein Talent«, grinste Marina, die sich bisher zurückgehalten hatte, weil sie vorher nicht involviert war. »Dann hast du wenigstens Gewissheit.«

»Nein, lass nur«, winkte Mona resigniert ab.

»Ich rufe an und quetsche die Sekretärin aus, so als wäre ich ein neuer Mandant«, schlug Lisa eifrig vor.

»Oder ich frage mal meinen Mann, ob er jemanden kennt, der ihn kennt. Was meinst du?«, fragte Sarah.

»Also ich finde, er ist dir eine Ansage schuldig, nach dem, was er alles angestellt hat, um dich zu kriegen. Ich werde mir mal in Ruhe was überlegen.«

»Danke, das ist alles sehr lieb.« Als Mona aufstand, wirkte sie in ihrem weißen Kleidchen plötzlich sehr zerbrechlich. »Lasst uns zu was Erfreulicherem übergehen …«

Zurück nach vorn

Maria Callas auf Reisen. So sah Mona aus mit ihrem Trenchcoat, dem Seidenkopftuch und der riesigen dunklen Hollywood-Sonnenbrille. In dieser Aufmachung hatte sie nach Ladenschluss Stellung bezogen vor der Ausfahrt der Tiefgarage des Nachbarhauses, weil Clemens sie immer noch links liegen ließ. Sie hätte nie gedacht, dass sie mal in Andreas ausgeflippte Fußstapfen treten würde. »Scheiß auf die Regeln«, hatte sich Mona gesagt, als an diesem Nachmittag auf einmal der Zenit des Erträglichen für sie überschritten war. Wenn sie jetzt nicht handelte, würde etwas Kostbares für immer aus ihrem Leben verschwinden. Das hatte sie im Gespür. Sie hatte sich vorgenommen, so lange hier zu bleiben, bis Clemens aus seiner Kanzlei kam. Sie würde ihn abfangen, und wenn sie die ganze Nacht hier auf der Straße stehen musste. Notfalls würde sie sich vor seinen Wagen werfen. Dann sollte er sie halt anfahren, mehr als ein paar Rippen würde er ihr schon nicht brechen. Aber während sie dann auf die Polizei warteten, müsste er ihr wenigstens Rede und Antwort stehen. Die Vorhänge im Erdgeschoss bewegten sich schon zum fünften Mal, doch es hätte Mona nicht gleichgültiger sein können, ob man sie in der ganzen Gegend für eine Stalkerin hielt. Verdammt, nun war die gesamte Belegschaft seiner Kanzlei draußen, nur bei ihm brannte noch Licht. Was zum Teufel machte er da? Er würde sich ja noch totarbeiten.

Nach Stunden der ergebnislosen Patrouille nahm Mona ihren ganzen Mut zusammen. Sie ging zurück in ihren Laden und zapfte eine Kanne voll mit heißem Espresso. Er hatte ihr mal den Zutrittscode verraten, aber sie hätte nie gedacht, dass sie ihn je verwenden würde. Was blieb ihr für eine Wahl? Sie holte den Zettel aus der Kasse und machte sich mit dem Kaffee auf den Weg in seine Kanzlei. Als sie durch die dunklen Flure ging, kam sie sich vor wie ein unbefugter Eindringling. Nein, das stimmte nicht, ihr wundes Herz gab ihr die Befugnis. Sie setzte eine gespielt fröhliche Miene auf und stieß die angelehnte Tür zu Clemens' Büro auf. »Kaffeepause!«

Sie hatte sich auf alles Mögliche gefasst gemacht, nur nicht darauf, dass er im hell erleuchteten Raum neben seinem Chefsessel auf dem Boden lag, hilflos wie eine Schildkröte auf dem Panzer.

»Um Gottes willen! Was ist mit dir?«

Er stöhnte schon auf, als er nur seine Augen in ihre Richtung bewegte.

Sie stürzte zu ihm hin.

»Ich weiß es nicht. Ich kann mich nicht bewegen«, stieß er mit schmerzverzerrtem Gesicht hervor. Sein Körper war merkwürdig verdreht. Mona spürte Panik in sich aufsteigen. Nichts ist furchteinflößender, als jemanden, an den man sich sonst anlehnt, klein und schwach zu erleben.

»Wie nicht bewegen?« Sie kniete sich so vor ihn, dass er sie ansehen konnte, ohne sich zu rühren.

»Nicht anfassen! Bitte«, zischte er mit ängstlich aufgerissenen Augen.

Sie hob die Hände in die Luft. »Keine Angst.« Am liebsten hätte sie jedoch seine Hand genommen und festgehalten, seine Stirn gefühlt, seine Wange gestreichelt, wie sie das bei Alexander immer gemacht hatte, wenn er krank gewesen war.

»Bist du hingefallen? Hast du noch Gefühl in deinen Beinen? Wo tut es weh? Was spürst du nicht mehr?«

Unter Stöhnen antwortete er ihr: »Ich kann es nicht genau sagen. Ich habe mich eigentlich nur runtergebeugt zu der Schublade da, und auf einmal spürte ich einen furchtbaren Stich im Rücken, als hätte man mir ein Messer reingerammt. Ich konnte nicht mehr sitzen, bin vom Stuhl gefallen, wollte aufstehen, und bei jeder kleinsten Bewegung stach es wieder so bestialisch. Es zieht bis ins Bein runter.«

Scheiße, das klang nicht gut, dennoch sagte sie: »Mach dir keine Sorgen, ich bin ja da.«

Nun galt es, rasch zu handeln. So verpeilt sie gerade noch gewesen war, so klar wägte Mona ihre Optionen ab. Sie konnte ihn unmöglich transportieren. Und schon gar nicht hätte sie ihm zumuten können, in irgendeiner Ambulanz stundenlang herumzusitzen und zu warten. Sitzen ging ja gar nicht, stehen erst recht nicht, er konnte sich ja nicht mal zwei Millimeter bewegen, ohne vor Schmerzen aufzuschreien. Es half nichts, ein Krankenwagen musste her.

Mona hatte derart verzweifelt geklungen und alles so drastisch geschildert, dass die Ambulanz Clemens in null Komma nichts eingepackt und in die Klinik gefahren hatte. Dabei war ihm Mona nicht von der Seite gewichen, hatte ständig Körper- und Blickkontakt gehalten.

Als seine Daten aufgenommen worden waren und die Ärzte mit den Tests beginnen wollten, hauchte Clemens ihr zu: »Fahr doch nach Hause. Das dauert bestimmt noch ewig.«

Niemals. Das war ihre Chance, hier kam er ihr nicht aus. »Kommt gar nicht infrage. Ich muss doch aufpassen, dass sie dir kein Bein amputieren.«

Er quälte sich ein Lächeln ab, und schon schob ein Pfleger die Bahre durch eine Milchglastür, die sich automatisch schloss und Mona mit ihren Sorgen alleine zurückließ. Es war zu spät, irgendjemanden anzurufen.

Zwar hockte sie Stunden um Stunden zusammen mit all den anderen traumatisierten, schrecklich verängstigten Angehörigen in dem uringelb gestrichenen Flur, kaute an ihren Locken und pulte den Lack auf ihren Nägeln ab, aber sie waren ja nicht verwandt, also huschten alle Bekittelten mit ausdruckslosen Gesichtern an ihr vorbei, ohne ihr irgendwas zu sagen, was sie beruhigt hätte. Diese Ungewissheit machte sie fast wahnsinnig.

Nach einer Ewigkeit fasste sie sich ein Herz und stürmte das Schwesternzimmer, in der eine müde Nachtschwester ein Kreuzworträtsel löste. Dass es ihr so leicht fallen würde loszuweinen, hatte Mona gar nicht erwartet, aber es spiegelte perfekt ihren Gemütszustand wider. Sie hatte eine Scheißangst, dass Clemens gelähmt sein könnte, und vor allem vor dem, was sonst noch so im Argen war.

»Entschuldigen Sie bitte, ich möchte nur wissen, was mit Herrn Weißberg, meinem Verlobten, ist. Ich mache mir so furchtbare Sorgen.«

Die Schwester streckte ihr eine Kleenex-Schachtel entgegen. »Beruhigen Sie sich. Ich seh mal nach.«

Mona putzte sich geräuschvoll die Nase.

»Weißberg, sagten Sie?«

Mona nickte und schluchzte wieder auf.

Die Schwester las aus der Akte vor. »Bandscheibenvorfall. Er wurde gleich operiert. Müsste wieder wach sein. Zimmer 237. Wollen Sie zu ihm?«

»Oh, Gott sei Dank«, atmete Mona auf. »Welche Richtung?«

Wie eine Wilde rannte sie in sein Zimmer und warf sich auf Clemens, der endlich wieder ausgestreckt auf dem Rücken lag.

»Oh, Clemens, Liebster, du hast mir einen solchen Schrecken eingejagt! Ich bin so froh, dass es dir gut geht. Wann darfst du raus?«

Sie strich ihm das Haar aus der Stirn.

»Lass das.« Sein lebloser Blick traf sie wie ein Giftpfeil. »Ich danke dir, dass du mich gerettet hast.«

Er stöhnte auf bei dem Versuch, sich von ihr wegzudrehen.

Sie lächelte unsicher. »Ich bin so froh, dass ich dich gefunden habe.«

»Und ich frage mich, wie du darauf kommst, einfach bei mir einzudringen. Aber das wär's dann auch schon.«

Erschüttert wich Mona zurück. »Wann kommst du hier raus?«

»Schon morgen. Aber ich denke nicht, dass dadurch irgendwas anders ist.«

Mona stand auf. Am liebsten hätte sie sich ins Nachbarbett gelegt, so schlecht war ihr.

SÜSSES oder SAURES?

Typisch Andrea! Mona hätte sich über ihr Landpartiestyling kaputtlachen können: Ganz ohne Absätze ging es natürlich nie, aber die waren klein und neckisch unter ein Paar Wildlederballerinas mit Spitzenbesatz geschraubt und rundeten die pinkfarbene Karobluse und die hautenge lodengrüne Lederhose auf feminine Art ab. Auf ihre goldenen Geschmeide konnte sie natürlich nicht verzichten, das seidene Nickituch mit Jagdmotiven hatte sie sich statt um den Hals um den geflochtenen Zopf gebunden. Mona konnte sich gut vorstellen, wie Andrea als Zwölfjährige braun gebrannt und mit ausgebleichtem Haar mit ihren Freundinnen an der Eisdiele des kleinen Ortes, wo sie aufgewachsen war, herumgelungert war und den Jungs frech Paroli geboten hatte. Das war das erste Mal, dass sie beide zu zweit etwas unternahmen. Mona hatte jede Art von Ablenkung gerade bitter nötig. Tolle Idee von Andrea, so ein Businessbrunch, und dann auch noch in diesem Ausflugslokal, wo Mona immer schon mal hin wollte. Dieses Stüberl war meilenweit berühmt für seine riesigen altmodischen Torten und Strudel, hausgemacht von drei Generationen Frauen des Familienbetriebes. Wahrscheinlich hatte Mona eine vollkommen romantisch verklärte Vorstellung von der Entstehung dieser Köstlichkeiten, etwa wie eine Zwergenwerkstatt im Schaukasten eines Märchenwaldes.

Hätten sie den üblichen Anfahrtsweg genommen, wäre Mona aufgefallen, dass der Parkplatz ausgestorben war, genau wie die Sitzplätze auf der Terrasse. Aber Andrea parkte etwas abseits.

»Lass uns noch ein paar Kalorien abtrainieren, bevor wir uns hundert neue auf die Hüften packen«, sagte sie und schloss ihr schnittiges lippenstiftrotes BMW Cabrio ab. Dann lotste sie Mona über einen schmalen Wanderweg zum Lokal. Die war froh um die Bewegung, denn langsam wurden ihre Rückenschmerzen zu einem ständigen Begleiter, aber seit der Nacht mit Albert mied sie ihr Ehebett, als wäre es asbestverseucht, und das Sofa, auf dem sie jeden Abend ihr Nachtlager aufschlug, hatte nun mal keine Bandscheibenmatratze. Sie hatte ja beim besten Willen nicht damit gerechnet, dass ihr nächtliches Exil sich so lange hinziehen würde. Wäre es nach ihr gegangen, hätten Clemens und sie schon längst eine riesige jungfräuliche gemeinsame Bettstatt angeschafft. Schon komisch, dass ihr Schmerz an derselben Stelle saß wie der von Clemens …

Als sie durch den Hintereingang in das Hexenhäuschen kamen, empfingen sie ein herrlicher Duft von Vanille und frischem Teig und eine rundliche Frau in einem traditionellen schwarzen Dirndl, die Andrea herzlich begrüßte.

»Bist du hier Stammgast?«

»Meine Eltern sind schon seit der Schule mit den Wirtsleuten befreundet.«

»Heißt das, du bist mit den leckersten Kuchen im Umkreis von hundert Kilometern praktisch großgezogen worden? Das ist ja ungerecht!«

Andrea lachte. »Jetzt hast du die Chance, mich einzuholen. Halt dich ran.« Sie zeigte mit einer einladenden Geste auf die Theke, als hätte sie die riesige Auswahl an Köstlichkeiten selber hergestellt. »Was willst du haben?«

Am liebsten hätte Mona alles durchprobiert. »Ich nehme was Schokoladiges, was mit Buttercreme und was mit Obst, die Auswahl überlass ich dir. Und danach will ich die Konditorei sehen.« Sie folgte Andrea in die niedrige holzgetäfelte Gaststube. Der Raum war menschenleer, aber komplett eingedeckt, als würde gleich ein Reisebus seine Touristen hier hereinschwemmen. Sie blieb wie angewurzelt stehen. »Wir können doch unmöglich die Ersten sein? Wann sollte dieser Brunch beginnen?«Wie auf Kommando öffnete sich vor ihr der Haupteingang zum Lokal.

Clemens trat ein, und sein erstaunter Gesichtausdruck verriet, dass er ebenfalls etwas anderes erwartet hatte als ausgerechnet sie.

»Du hast…« Mona versuchte, Andrea Vorwürfe zu machen, doch die trat auf Clemens zu und begrüßte ihn höflich: »Schön, dass du kommen konntest. Ich habe hier einen Tisch reserviert.« Damit geleitete sie beide in eine intime Nische und platzierte sie auf die gemütliche Eckbank um den massiven Holztisch. Mona spürte ihr Herz bis zum Hals klopfen, als sie Clemens gegenübersaß. Eine schreckliche Mischung zwischen Freude, Anspannung und Erregung.

Andrea klatschte in die Hände. »So. Ihr zwei sprecht euch jetzt aus. Und ihr dürft erst wieder raus, wenn ihr fertig seid.«

Betreten sahen die beiden Andrea zu, als sie schwungvoll auf dem Absatz kehrtmachte und ihre Parfumfahne hinterließ, die noch eine Weile im Raum stehen blieb.

Clemens brach als Erster die friedliche Stille. »Sie ist wirklich gut, deine Freundin.« Was musste Andrea angestellt haben, dass sie hier heute alleine sitzen konnten?

Mona nickte angestrengt. »Ja. Schön hier, nicht?« Erst mal das Eis brechen. »Warst du schon mal hier?«

Er schüttelte den Kopf. »Du?«

»Ich auch nicht. Was für eine Geschichte hat sie dir denn erzählt?«

»Ein neuer Mandant, der sofort meine Hilfe braucht und nicht in die Kanzlei kommen kann.«

Die Tür knarzte geräuschvoll, und die nette Wirtin kam mit einem Tablett zu ihnen. Sie sahen ihr angespannt zu, wie sie den Tisch mit Kaffee und Kuchen vollpackte. »So, jetzt lasst es euch schmecken.« Die Ablenkung kam wie gerufen – erleichtert machte sich Mona über die Leckereien her, Clemens begnügte sich mit dem Kaffee. Als sie das merkte, legte sie ihre Gabel weg, schob den Teller von sich und sah ihn an. »Clemens … es ist so schön, dich zu sehen.«

Er musterte sie kritisch, doch sie ließ sich nicht davon einschüchtern.

»Nun sind wir schon mal hier. Lass uns auch was daraus machen.« Sie sah ihm offen in die Augen. »Bitte.«

»Was soll denn da noch zu machen sein?« Jedes seiner Worte war wie ein Messerschnitt. »Warum?«

Dann zwang sie sich zu neutraler Sachlichkeit. »Ich will es einfach nur verstehen, wenn du dich anders entschieden hast.«

»*Ich* habe mich anders entschieden? Das ist ja wohl eine Verdrehung der Tatsachen.«

Sie sah ihn irritiert an.

Er verschränkte seine Arme, diese Distanz zu ihm tat Mona körperlich weh. »Ich muss zugeben, ich hätte es gern anders erfahren.«

»Was meinst du? Ich verstehe nicht.« Ihr schwirrte der Kopf.

»Na, dass du dich offensichtlich wieder mit deinem Mann versöhnt hast. Herzlichen Glückwunsch.« Von seinem emotionslosen Tonfall und undurchschaubaren Blick wurde es Mona heiß und kalt.

»Nein!«, rief sie. Sie konnte nicht mehr an sich halten. »Nein, nein, nein … wie kommst du denn darauf?«

»Sehr modern, mir das über Facebook mitzuteilen«, bemerkte er sarkastisch.

Sie schlug die Hand vor den Mund. »O Gott, o Gott, o Gott, nein! So war das nicht. Das ist alles ein Riesenmissverständnis.«

Sie griff über den Tisch und versuchte, ihn zu berühren, doch er blieb steif an seine Bank gelehnt. »*Du* warst doch gemeint, du und niemand sonst.«

Clemens schüttelte den Kopf. »Ich habe euch gesehen. Mit meinen eigenen Augen. Und ich wäre der Letzte, der sich zwischen ein Ehepaar drängt.«

»Wen? Albert und mich?« Sie schüttelte ebenfalls den Kopf.

»Willst du das wirklich leugnen?« Jetzt saß der Rechtsanwalt, der Ankläger Weißberg vor ihr.

Fieberhaft überlegte sie, bis plötzlich alles an seinen rechten Platz fiel. Ja, das war's. Jetzt wusste sie es. Gott, was für ein Kuddelmuddel … »In meinem Laden, oder?«, fragte sie ruhig.

Er nickte, einen kleinen Triumph um den Mundwinkel.

Sie barg ihren Kopf in ihren Händen, weil sie fürchtete, ihre Tränen nicht aufhalten zu können, Tränen der Wut und der Ohnmacht. Draußen zog eine Kuhherde muhend und glockenklingend vorüber. Nach einer furchtbar langen Weile schluckte Mona und sah ihn an.

Kaum hörbar sagte sie: »Glaub mir, Clemens, es ist das absolute Gegenteil. An dem Tag habe ich endgültig den Schlussstrich unter meine Ehe gezogen.« Eine Träne kullerte ihre Wange hinab.

Clemens löste seine Abwehrhaltung und legte seine Hände auf den Tisch.

»Was du gesehen hast, war kein Neuanfang, es war ein Abschied. Ich habe ihm von der neuen Beziehung erzählt.« Sie schniefte und lächelte ein schiefes Lächeln. »Du kannst also ruhig wieder ›Gefällt mir‹ anklicken.«

Nun griff er endlich über den Tisch nach ihren Händen, schloss sie in seine und ließ sie nicht mehr los. Seine Augen blitzten. »Mona, Mona, Mona … wie kann jemand, der so unklar kommuniziert, so eine begnadete Köchin sein?«

Strahlend vor Erleichterung zog Mona wieder einen Teller mit Kuchen zu sich und schaufelte sich ein großes Stück in den Mund.

»Es tut mir wirklich furchtbar leid. Ich hab da einfach keine Erfahrungswerte, ich glaub, ich kenne mich nicht aus mit dieser Art von Etikette.«

Clemens rückte an ihre Seite, umschlang ihre Taille, drückte ihr einen zärtlichen Kuss aufs Haar und begann endlich auch, was zu essen. Als sie das letzte Krümelchen verputzt hatten, sagte Mona ernst: »Versprich mir, dass du nicht mehr abhauen wirst, egal, was passiert.«

Einen Moment lang sah er sie nachdenklich an (das war bestimmt sein Anwaltsblick, wenn er alle Optionen abwägte und dann seine Strategie festlegte – ach, Mona fand das so sexy), dann hielt er eine Schwurhand wie vor Gericht hoch. »Ich schwöre.«

Mona lachte.

»Du musst mir aber auch was versprechen. Keine Facebook-Nachrichten mehr, sag mir die Wahrheit doch einfach ins Gesicht.«

Erntezeit

Mona betrachtete die prachtvollen Dahlien – so üppig und schwer, dass die Blüten fast aus der Vase zu kippen schienen – und runzelte die Stirn. Es versprach einer dieser goldenen Oktobertage zu werden, die zu einem Spaziergang in der Natur verlockten, zum Pilze Sammeln und Kastanien Aufklauben und Blätterhaufen Treten und Brombeeren vom Strauch Essen und Hochstanderklimmen und Rehe Beobachten und Picknick am See.

So, nun war also mal wieder Erntezeit, und sie hatte es schon wieder nicht hingekriegt, ihre Traumreise durch den Stiefelschaft Italiens anzutreten. Sich selbst gegenüber ein schlechtes Gewissen zu haben war ein bisher unbekanntes Gefühl. Ihr ganzes Leben lang hatte sie sich ständig anderen gegenüber gerechtfertigt. Aus ihren Kochbüchern wusste sie, dass September und Oktober die reichsten Monate überhaupt waren, da sprießten einem die herrlichsten Obst- und Gemüsesorten förmlich unter den Schuhen hervor.

Früher hatte sie Alexanders Schule als Ausrede anführen können oder ihren Fulltimejob. Noch vor ein paar Monaten hätte sie nicht gewusst, wem sie in der Zwischenzeit ihren Laden anvertrauen konnte, aber Ezra kannte sich schon richtig gut aus, und ihr vertraute Mona zu hundert Prozent. Klar fühlte sie sich auch dem Salon verpflichtet, aber die anderen blieben ja auch einfach weg, wenn sie im Urlaub waren, und hätten bestimmt Verständnis dafür gehabt, wenn sie ebenfalls mal eine Auszeit genommen hätte.

Sie rätselte gerade, wo die ganze Zeit hingekommen war, als sie in der Post einen Reiseprospekt für einen kulinarischen Ausflug in den Piemont fand. Das half nicht gerade, ihre Laune zu heben.

Wie gut, dass Clemens sie aus ihren trüben Gedanken küsste. »Guten Morgen, Schönste. Ein wunderbarer Tag heute, nicht?«

Ohne auf ihre Antwort zu warten, ging er zum Lagerraum und schleppte die Gartenstühle nach draußen.

Mona lächelte verzückt. Wie schnell man sich an neue Umstände gewöhnte ... »Ist dir klar, dass das Jahr bald rum ist?«, rief sie ihm hinterher. Solche Gedanken machten sich wahrscheinlich nur Frauen, von Männern wurden Jahre nur mittels Bilanzen beurteilt.

»Findest du das gut oder schlecht?«, fragte er zurück.

Wenn Mona Bilanz zog, dann wollte sie keine Sekunde missen, die sie mit Clemens verbracht hatte. Allzu viele waren es ja noch nicht gewesen, obwohl es sich gerade eben so selbstverständlich anfühlte, als wäre er zwanzig Jahre an ihrer Seite gewesen und nicht Albert. »Ich wundere mich nur, dass nächste Woche schon wieder die Winterzeit beginnt. Hast du Zeit, morgen früh mit mir in den Wald zu gehen und Sachen für mein Schaufenster zu sammeln?«

Er checkte kurz sein iPhone und sah sie grinsend an. »In den Wald mit dir? Nichts täte ich lieber.«

Sie würde in Gummistiefeln auf Felder stapfen und die bei der Ernte vergessenen Früchte auflesen. Tiefrote Bete, erdverkrustete Kartoffeln, goldene Maiskolben mit sonnengegerbten Blättern. Sie würde an den Ständen, die überall an der Landstraße erntefrisches Obst und Gemüse anboten, Kürbisse, Äpfel und Birnen mitnehmen. Sie würde buntes Herbstlaub, duftende Kiefernzapfen und glänzend polierte Kastanien sammeln und ihrem Laden mit all dem die Atmosphäre verleihen, die sie im herbstlichen Italien umgeben hätte.

Der Wandel der Jahreszeiten brachte Monas Geschäft zum Blühen – alles bereitete sich darauf vor, die kommenden Monate in kuschelig-warmen Stuben und heimeligen Küchen zu verbringen, mit Freunden Karten zu spielen, während im Ofen ein Braten gemächlich vor sich hin schmorte, Kastanien im Kamin zu rösten, Kuchenrezepte auszuprobieren, Marmeladen einzukochen, Gläser mit den Erträgen des Schrebergartens zu bevorraten, einen Rumtopf anzusetzen, bei geselligen DVD-Abenden eine schöne Flasche Wein zu leeren oder eine Feuerzangenbowle zu zelebrieren, und Monas schöne Kochbücher waren die reine Inspiration dafür.

Nichts war so wie vorher, doch es traf viel mehr Monas Vorstellungen, als sie für möglich gehalten hätte:

Da war Clemens ja schon wieder, sein Koffeinspiegel hatte wohl ein Update nötig. Sofort sprang Alexander, der oft nach der Schule hierher kam und seine Hausaufgaben machte, von seinem Lieblingsplatz an der Theke auf. Kochbücher würden wohl nie sein Ding werden, aber sobald jemand was zu trinken oder zu essen haben wollte, war er in seinem Element. »Er ist mit so viel Freude bei der Sache«, dachte Mona gerührt. Neuseeland hatte aus dem mauligen, arroganten Jugendlichen einen engagierten jungen Mann gemacht. Vielleicht überließ sie ihm das Café, wenn er alt genug war. Er schien sich ebenso über die Stippvisiten ihres Liebsten zu freuen wie sie. Monas Instinkt wäre eigentlich gewesen, irgendwelche Wege zu ebnen, damit sie sich einander annäherten, aber Männer musste man manchmal einfach alleine machen lassen. Die beiden hatten längst ein gemeinsames Thema gefunden: ihr Engagement für den Naturschutz. Zufrieden begab sich Mona nach draußen in die milde Herbstwärme und kümmerte sich um ihre Blumentöpfe.

»Mum! Kann ich nicht in Jeans zu eurer Scheidung gehen? Ich hab echt keinen Bock auf'nen Anzug«, rief ihr Alexander entgegen, als sie zurück in den Laden trat. Mona sah in Clemens' erstaunte Augen und wünschte sich, der Boden möge sich auf der Stelle auftun und sie verschlingen. Im nächsten Moment hatte er wieder sein undurchsichtiges Pokerface aufgesetzt. Er klopfte auf den Tresen und sagte: »Ich mach dann mal weiter«, stand auf und schritt mit einem Blick, der ihr einen eisigen Schauer über den Rücken jagte, wortlos an ihr vorbei aus dem Laden. Betrübt sah Mona ihm hinterher. Verdammt, wann lernte sie endlich, zur richtigen Zeit das Richtige zu tun?

Es war, als wäre bei Mona endlich ein Knoten geplatzt. Quasi über Nacht hatte sie aufgehört zu zweifeln. Aaaach, das war so entlastend. Jedenfalls schlüpfte sie am nächsten Morgen voller Elan in ihre Gummistiefel, in der Gewissheit, dass Clemens ihre Verabredung zum Waldspaziergang einhalten würde, obwohl er abends nur noch per SMS mit ihr kommuniziert hatte, um die Startzeit festzulegen. Sie konnte sogar mit seinem strengen Gesichtsausdruck leben, als er ihr die Körbe abnahm, ihr monoton einen Guten Morgen wünschte und ihr nur einen flüchtigen Kuss auf die Wange gab. Diesen neuen Menschen zu erleben, zu erforschen war für sie wie ein dauernder Griff in eine Wundertüte. All ihre persönlichen neuralgischen Punkte würden nun mal erst nach und nach ans Tageslicht kommen, da die vollkommene Vierundzwanzig-Stunden-Harmonie zu erwarten wäre einfach blauäugig. Vielmehr war Mona neugierig wie ein Kind bei seinem ersten Zoobesuch auf alle Facetten, die sie aus den Tiefen seiner Seele fischte. Glückselig betrachtete sie ihn, als er konzentriert den Wagen anließ und aus der Parklücke ausscherte.

Schweigend hatten sie die Fahrt aufs Land genossen, jeder auf seine Art. Ihnen würde noch genug Zeit bleiben, darüber zu sprechen, warum Mona Clemens nichts von ihrem bevorstehenden Scheidungstermin gesagt hatte. Erst mal mussten sie essbare Pilze aufstöbern, bevor sie ihnen alle von der geübteren Landbevölkerung weggeschnappt wurden.

Nach ihrer ersten Sichtung – Monas erster Pfifferling in der Wildnis – wurden sie vom Jagdfieber vorangetrieben wie Hunde bei der Fuchsjagd, den Blick starr auf den Boden gerichtet, alles um sie herum komplett ausgeblendet. Zwei Stunden später war Monas Einkaufskorb voll mit würzigen Maronenröhrlingen, Pfifferlingen, Rotkappen und herrlich fetten Steinpilzen, und ihr Kopf sprudelte bereits über vor Ideen, was sie daraus alles Feines würde kochen können. Doch zuerst musste sie mit Clemens reinen Tisch machen. Sie ließ sich auf einer sonnenbeschienenen Wurzel nieder und lehnte sich an den mächtigen Stamm des dazugehörigen Baumes. Er blieb stehen und ließ seinen Blick über die sanft geschwungenen Hügel schweifen, die den Waldrand einsäumten.

Sie zupfte an seinem Hosenbein. »Glaub mir, das hatte nichts mit dir zu tun.«

Er sah auf sie herunter und schüttelte den Kopf. »Mona, Mona, Mona …«

Sie zog ihn zu sich herab, besonders bei Konflikten war ihr seine Nähe wichtig, Alberts schweigende Fluchten waren die Hölle gewesen. Er setzte sich neben sie, verschränkte die Arme und sagte: »Ich schätze deine Diskretion, wirklich. Aber findest du nicht, der engste Kreis verdient eine andere Behandlung? Sofern du mich dazuzählst.«

»Und wie!«, rief sie aus und griff nach seiner Hand. »Enger als du geht es gar nicht.«

Er drückte ihre Hand. Gott sei Dank.

»Lass es mich bitte erklären.« Sie holte tief Luft. Clemens sah sie aufmerksam von der Seite an. »Er ist einfach wundervoll«, dachte Mona und begann: »Es gibt so vieles, was ich mit dir teilen möchte, Clemens.« Nur ein kaum sichtbares Zucken seines rechten Mundwinkels verriet ihr, dass es ihm genauso ging. »Meine Eheprobleme gehören nicht dazu. Albert ist meine Vergangenheit, und du bist ein Teil meiner Zukunft, und durch Alexander besteht ohnehin schon ein Ungleichgewicht zwischen uns.«

»Auf das du ziemlich stolz sein kannst«, warf er ein.

Das war das erste Mal, dass er sich über ihren Sohn äußerte. Sie lächelte. »Ja, das stimmt. Aber du hast genug zu tun, du tust so viel für mich – ich wollte nicht, dass du dich irgendwie verpflichtet fühlst, dich auch noch mit meiner Ehe zu beschäftigen. Darum wollte ich es dir erst erzählen, wenn es vorbei ist.«

Er zog seine Hand zurück und bedachte sie mit einem kritischen Blick. »Das, was du mal über Sarah gesagt hast, das gilt für dich genauso, nur umgekehrt. Du plauderst in Gesellschaft alles Mögliche aus, und vor den wichtigsten Menschen in deinem Leben hast du jede Menge Geheimnisse.«

Mona dachte über seine Aussage nach. Ja, da war was Wahres dran. Er hatte nicht verdient, dass sie ihn belog, und sie hatte nicht verdient, dass sie ihn deswegen verlor.

»Willst du die Wahrheit wissen?«

Er seufzte und sah in die Ferne.

»Ich hatte Angst davor, dass mein Scheidungstermin irgendwas zwischen uns ändert. Manchmal kriegt einer kalte Füße, sobald der andere frei ist.«

Er seufzte wieder und sah sie kopfschüttelnd an, so wie man einen Welpen ansieht, der einen Hausschuh zerkaut hat. »Mona,

Mona, Mona …« Sein Ton war sanft wie seine Lippen, die sich auf die ihren legten und sie mit einem langen, zärtlichen Kuss daran hinderten, weiteren Blödsinn zu reden.

Mona stellte die Körbe mit ihren bunten Schätzen aus Wald und Flur auf dem Boden ab, sah sich zufrieden in ihrem Geschäft um und rückte einen Stapel Flyer zurecht. Sarahs erster eigener Yogakurs. Mona atmete tief durch und lächelte. Sie hätten gute Gründe, ein Erntedankfest zu feiern, bei dem, was sie alle erreicht hatten – allen voran Sarah. Ihrem Mann war ihr Karrieretrip anfangs gar nicht so recht gewesen. Vor lauter Langeweile hatte er dann begonnen, die Rezepte des Kochsalons nachzukochen, inzwischen machte es ihm große Freude, ihre Rolle zu übernehmen, und er ging so in der Aufgabe auf, dass er damit liebäugelte, Hausmann zu werden. Lisa war zufrieden mit dem, was sie in den ganzen Workshops und Seminaren über sich erfahren und aus sich gemacht hatte. Andrea wirkte um einiges relaxter, seit sie nur noch *einen* Mann und nicht Hunderte um den Finger wickelte, und Marina war als verliebter Teenie auch ziemlich süß. Und sie, sie würde mit Clemens vor ihrem umbrischen Schaufenster eine Kerze anzünden, eine schöne Flasche Barolo aufmachen, wenn sie heute beide mit der Arbeit fertig wären, und in dicke Decken verpackt in Plänen schwelgen, wo und wie sie die Erntezeit im nächsten Jahr verbringen wollten.

Gelobtes Land

Es schien Monas Bestimmung zu sein, ihr Glück in einer Küche zu finden, umringt von Frauen, die schnippelten, hackten, rührten, backten, köchelten, abschmeckten und dabei lebhaft durcheinanderquatschten. Ezra und sie am Herd und ihre geliebten Königsberger Klopse. »Ich bin zu Hause«, dachte Mona.

Es war nicht einfach gewesen, in Kairo Kapern zu bekommen, aber ihre ägyptischen Cousinen und Tanten, die alle hier mit ihr zusammen in der Küche herumwerkelten, schienen jeden Händler der Achtzehn-Millionen-Metropole zu kennen. Ihre Schmetterlingsbrille auf halber Höhe der tiefschwarzen Augen, sah ihr ihre Stiefmutter kritisch beim Formen der Klopse zu. Die herbe Matriarchin mit dem Versace-Kopftuch flößte ihr solchen Respekt ein, dass Mona trotz Klimaanlage ziemlich ins Schwitzen dabei kam, das zarte Kalbfleisch in identische kleine Knödel zu rollen. Dass die Ägypterinnen extrem gewissenhaft waren, wenn es ums Essen ging, wusste Mona aus einer Dokuserie, die sie im Internet gefunden hatte: ein Beitrag über einen ägyptischen Kochsalon mit äußerst gepflegten, stark geschminkten, farbenfroh und körperbetont gekleideten Frauen, die sich regelmäßig in einer Küche versammelten, um einander mit großem Stolz ihre Lieblingsrezepte zu präsentieren. Ihre Anmut und ihre exakte Choreografie fand Mona bewundernswert, aber auch die Gerichte, die allesamt für eine Kompanie reichten und phantasievoll dekoriert waren wie auf dem Büfett einer Luxuskreuzfahrt. Doch das, was sie hier erlebte, war dennoch mit nichts zu vergleichen, was sie gesehen und gelesen hatte. Nachdem sie von ihren arabischen Wurzeln erfahren hatte, war sie wie besessen davon gewesen, die Küche und Kultur ihrer Heimat kennenzulernen. Sie hatte alle möglichen Rezepte ausprobiert, meistens natürlich mit Ezra, die ihr dazu wertvolle Tipps geben konnte. Manchmal hatte das solche Ausmaße angenommen, dass ihre Salonschwestern schon nach einem *ganz normalen* Essen verlangt hatten. Mona schmunzelte, als sie daran dachte. Verrückt, oder? In Deutschland hatte sie sich oft wie Falschgeld gefühlt, ihre arabische Seele hatte vor Heimweh geschrien nach einer Heimat, von der sie gar keine Vorstellung gehabt hatte, hier bäumte sich auf einmal die Deutsche in ihr auf: Sie backte Spitzbuben und Käsekuchen (Quark war auch nicht gerade was typisch Ägyptisches), was im Übrigen das Einzige war, das hier nicht in einer Tajine gegart wurde. Am liebsten würde sie pausenlos von ihren Kochkumpaninnen erzählen. Doch sie schwieg und genoss den Klang des lauten, fremdartigen Geschnatters und Gelächters der Frauen, die genauso lebhaft wie ihre Freundinnen Ful und Okra, Molokhia und Aish zubereiteten und ab jetzt ein Teil ihres Lebens sein würden.

Ihre Verwandten waren solche Fans ihrer Königsberger Klopse, dass kein Krümelchen davon übrig war, das Multi-Kulti-Mahl war ein voller Erfolg gewesen. Auch wenn die meisten ihrer weiblichen Verwandten berufstätig waren, gab es im Wohnsaal (anders konnte man diesen palastartigen Raum mit dicken Alabastersäulen und opulenter Einrichtung, in der Gold eine wesentliche Rolle spielte, nicht bezeichnen) dennoch eine unsichtbare Demarkationslinie zwischen den Geschlechtern. Darum ließ sich Mona neben ihre Cousine auf die Bank plumpsen, anstatt sich zu Clemens zu setzen, der sich im Kreise der würdevollen Patriarchen ganz wohlzufühlen schien. Sie ließ ihren Blick auf ihm ruhen, bis er von seinem konzentrierten Backgammonspiel aufsah, mit diesem leisen, verschmitzten Lächeln in seinen Augen und Mundwinkeln, das sie so an ihm liebte. Mit ihren Lippen formte Mona ein lautloses »Danke«.

Clemens sah ihr in die Augen und formte mit seinen Händen ein Herz vor seiner linken Brust. Ihr Herz hüpfte. Gott, hatte sie ein Glück! Hätte er sie nicht dazu ermutigt, den Schritt zu wagen, und sie dabei begleitet, wäre sie jetzt sicher nicht hier.

Alles hatte wieder einmal mit einem Besuch von Clemens begonnen. Eines Nachmittags saß er an der Theke ihres Kochbuchcafés und beobachtete Mona beim Auspacken einer neuen Lieferung. Sie riss den Plastikumschlag eines ornamental verzierten Kochbuches auf und schlug es auf. Obwohl es in arabischer Sprache war, blätterte Mona es durch, langsam, bedächtig, als könnte sie irgendwas davon lesen. Auf halber Strecke ließ sie es liegen und sah versonnen in die Ferne.

»Woran denkst du?«, fragte Clemens, eigentlich eine typische Frauenfrage, aber Mona war in letzter Zeit so oft in eine solch nachdenkliche Starre verfallen, dass er dem Impuls nachgab, sie ins Hier und Jetzt zurückholen zu müssen.

»Dass ich nicht weiß, wo ich herkomme«, antwortete Mona. Sie schlug das Buch zu. »Ich verstehe nichts davon, und meine Mutter habe ich auch die meiste Zeit nicht verstanden.«

»Und wenn du mit deinem Vater sprichst? Wie geht es dir da?«

Mona bekam eine Zornesfalte, wo sonst keine war. »Unterschiedlich. Irrational.«

Clemens rührte in seinem Espresso und wartete ab, bis sie fortfuhr: »Ich freue mich so sehr, dass ich es gar nicht fassen kann, wenn ich was von ihm höre. Er ist ja nicht mehr als eine Brieffreundschaft, wenn man es genau nimmt. Manchmal bin ich komplett taub, weiß nicht, ob das alles überhaupt Sinn macht, und manchmal sogar wütend, als ob er uns böswillig verlassen hätte …«

Clemens nahm ihre Hände in seine und sah ihr eindringlich in die Augen. »Ihr müsst euch sehen.«

»Es ist ja nicht so, dass er es nicht versucht hätte. Aber ich weiß nicht, findest du das normal, zum ersten Treffen mit seiner Tochter gleich mit der ganzen Entourage anzureisen und dann auch noch drei Wochen lang bleiben zu wollen?«

Clemens lehnte sich zurück und lachte. »Da sehe ich aber Parallelen, falls du Zweifel an seiner Vaterschaft haben solltest: Du willst auch immer alle, die du magst, in deiner Nähe wissen.«

Sie gab einen abfälligen Ton von sich. »Mir war das jedenfalls suspekt. Ich würde nie so spontan meine Koffer packen.«

»Ja, aber meinst du nicht, du denkst manchmal ein bisschen viel nach? Bis die Zeit vorüber ist, zu handeln ...«

»Mag sein. Aber versetz dich doch mal in meine Lage: Da ist ein fremder Typ, der dein Erziehungsberechtigter sein soll und im Übrigen nie Alimente für dich bezahlt hat, und erzählt dir, er habe ein billiges Ticket gekriegt und komme dich deshalb besuchen, und dann will er sich einfach mit seiner Familie bei dir einquartieren. Was würdest du da denken?« Ohne seine Antwort abzuwarten, fuhr sie fort: »Also, mir kamen die unmöglichsten Gedanken: Der hat irgendwelche Probleme und nutzt mich nur aus, um ins gelobte Land zu kommen – was weiß ich, vielleicht einen Berg voller Schulden oder keinen Job oder noch mehr Frauen mit Kindern?!«

Clemens musste schmunzeln. »Na ja, das sind alles Vermutungen. Die Fakten kennst du nicht und wirst du auch nie erfahren, wenn ihr euch nicht trefft.«

»Ja, ja«, maulte sie. »Aber was, wenn wir uns dann nichts zu sagen haben?«

»Was sagt dein Herz?«

Sie senkte den Blick. »Ich bin eine Ägypterin.«

Er grinste sie an. »Dann musst du in deine Heimat.«

Das war nur eines von tausend Gesprächen gewesen, in denen sie immer und immer wieder ihre tausend Bedenken geäußert hatte und Clemens ihrem Blödsinn geduldig wie ein Schaf gelauscht und dann wie eine hängende Schallplatte immer und immer wieder dasselbe gesagt hatte: »Hör auf dein Herz.«

Mona strahlte ihren Vater an, diesen grauhaarigen, langgliedrigen Herrn, dessen Nase und Ohrläppchen und Füße und Locken sie besaß. Und empfing etwas von ihm, das ihr bis dahin verwehrt geblieben war, den Blick eines Vaters, voller Stolz, voller Wärme und Liebe. Gleich morgen früh würde sie einen Flug für Alexander buchen. An diesem Silvester wollte sie ihn unbedingt hier haben.

Freudestrahlend ließ Mona ihren Blick weiterwandern. Die ganze Szenerie erschien ihr plötzlich wie ein Déjà-vu aus ihren Hamamphantasien. Doch halt, das passte aber nicht ins Bild: Ezra und Monas Onkel wechselten doch tatsächlich verliebte Blicke. Von wegen »Ich bin zu alt für die Liebe«… Gut, dann waren sie ja alle versorgt.

Wenn Mona sich einen Heiligabend hätte wünschen können, wäre es dieser. Dieser und kein anderer. Sie feierte Weihnachten zu Hause im Kreise ihrer Familie, ihr Liebster an ihrer Seite. Hätte ihr das jemand letztes Jahr um die gleiche Zeit gesagt, hätte sie ihn als fiesen Scherzkeks beschimpft.

Shokruan.

Danksagung

Meiner Agentin Eva Semitzidou für ihre tollen Ideen und ihre konstruktive Unterstützung, die dieses Projekt erst möglich gemacht hat.

Meiner Lektorin Katrin Andres für ihren Glauben an dieses Buch und ihre Leidenschaft für das Thema.

»Niemand kann allein sein« heißt das Oskar-Maria-Graf-Zitat auf der Getränkekarte des gleichnamigen Cafés im Literaturhaus. Er hat absolut recht, darum habe ich das Oskar Maria als meinen zwischenmenschlichen Ort des Schaffens gewählt. Großen Dank für das Verständnis, dass ich lange Stunden, Tage und Wochen einen Tisch besetzte, für die immer wieder inspirierende Atmosphäre und Verpflegung.